CATHARINA INGELMAN-SUNDBERG

Catharina Ingelman-Sundberg, auteur suédoise très populaire, a débuté sa carrière en tant qu'archéologue sous-marin et a participé à plusieurs explorations à la recherche notamment de drakkars ensevelis. Elle partage son temps entre la rédaction de romans et d'articles pour un grand quotidien suédois.

Après plusieurs romans historiques, *Comment braquer une banque sans perdre son dentier* (Fleuve Éditions, 2014) est sa première incursion romanesque dans le monde contemporain, suivie par *Le Gang des dentiers fait sauter la banque* (Fleuve Éditions, 2015), où l'on retrouve le même quintet de retraités farfelus.

TORONTO
PUBLIC
LIBRARY
Sale of this book
supports literacy programs

JUL - 2015

COMMENT BRAQUER UNE BANQUE SANS PERDRE SON DENTIER

CATHARINA
INGELMAN-SUNDBERG

COMMENT BRAQUER UNE BANQUE SANS PERDRE SON DENTIER

Traduit du suédois
par Hélène Hervieu

Titre original :
KAFFE MED RÅN

MIXTE
Papier issu de
sources responsables
FSC® C003309

Pocket, une marque d'Univers Poche,
est un éditeur qui s'engage pour la préservation
de son environnement et qui utilise du papier fabriqué
à partir de bois provenant de forêts gérées
de manière responsable.

Le Code de la propriété intellectuelle n'autorisant, aux termes de l'article
L. 122-5, 2° et 3° a, d'une part, que les « copies ou reproductions stricte-
ment réservées à l'usage privé du copiste et non destinées à une utilisation
collective » et, d'autre part, que les analyses et les courtes citations dans
un but d'exemple et d'illustration, « toute représentation ou reproduction
intégrale ou partielle faite sans le consentement de l'auteur ou de ses
ayants droit ou ayants cause est illicite » (art. L. 122-4).
Cette représentation ou reproduction, par quelque procédé que ce soit,
constituerait donc une contrefaçon, sanctionnée par les articles L. 335-2
et suivants du Code de la propriété intellectuelle.

© 2012, Catharina Ingelman-Sundberg,
en accord avec Grand Agency.
© 2014, Fleuve Éditions, département d'Univers Poche,
pour la traduction française.
ISBN : 978-2-266-25751-0

Prologue

La vieille dame empoigna son déambulateur, accrocha la canne à côté du panier en essayant de se donner un air déterminé. Être une bonne femme de 79 ans sur le point de commettre son premier hold-up, cela exigeait une certaine autorité. Elle se redressa, enfonça son chapeau sur son front et poussa la porte. Lentement, appuyée sur son déambulateur de la marque Carl-Oskar, elle entra dans la banque. C'était cinq minutes avant la fermeture, et trois clients attendaient leur tour. Le déambulateur grinçait un peu même si elle l'avait graissé avec de l'huile d'olive. Depuis qu'elle était entrée en collision frontale avec le chariot de ménage de la société de services, une des roues faisait des siennes. Mais, pour un tel jour, aucune importance. L'essentiel était que le déambulateur eût un grand panier pour y mettre beaucoup d'argent.

Originaire de Södermalm, Märtha Anderson se tenait un peu penchée en avant, habillée d'un imperméable de couleur indéterminée, choisi sciemment pour ne pas attirer l'attention. Elle était plus grande que la moyenne, enveloppée disons, mais pas grosse, et elle portait de bonnes chaussures de marche sombres afin de faciliter une éventuelle fuite. Ses mains aux veines apparentes étaient gantées d'une vieille paire en cuir et elle avait dissimulé ses cheveux blancs sous un chapeau marron à large bord. Autour du cou, elle avait noué un châle de couleur fluo. Au cas où elle serait photographiée, le fluo provoquerait automatiquement la surexposition de tout ce qui se trouvait autour et les traits de son visage disparaîtraient. Mais ce n'était qu'une précaution de plus – sa bouche et son nez étaient déjà cachés par son chapeau.

La petite banque dans la Götagatan ressemblait à s'y méprendre à toutes les banques d'aujourd'hui. Il n'y avait plus qu'un seul guichet, des murs impersonnels, un sol bien astiqué ; sur une petite table traînaient des brochures à propos d'emprunts avantageux avec des conseils sur la manière de s'enrichir. *Ah, chers créateurs de brochures*, pensa Märtha, *moi, je connais des solutions bien plus efficaces !* Elle s'installa sur le canapé des visiteurs et fit semblant d'étudier les affiches sur des prêts d'épargne logement et des fonds d'action, mais elle avait du mal à empêcher ses mains de trembler. Discrètement, elle sortit des bonbons de sa poche, une mauvaise habitude contre laquelle les médecins la mettaient en garde, et qui faisaient le bonheur des dentistes. Mais avec un nom aussi contestataire que *Rugissement de la Jungle*, ces réglisses archisalées convenaient parfaitement à un jour comme celui-ci. Et puis, après tout, elle avait bien le droit d'avoir des faiblesses.

Le panneau d'appel émit un bip, et un homme dans la quarantaine se précipita vers le guichet. Son affaire fut vite expédiée, ainsi que celle de l'adolescente après lui. Ensuite ce fut le tour d'un monsieur plus âgé qui farfouilla longtemps dans ses papiers tout en marmonnant. Märtha commença à s'impatienter. Il ne fallait pas qu'elle reste ici trop longtemps. On pourrait remarquer son comportement et d'autres détails susceptibles de la trahir. Cela serait embêtant, juste au moment où elle voulait avoir l'air d'une dame âgée ordinaire venue à la banque pour retirer de l'argent. Et c'était exactement ce qu'elle allait faire, même si la caissière serait étonnée du montant... Märtha fouilla dans la poche de son imperméable pour retrouver la coupure de journal de *Dagens Industri*. Elle l'avait découpée dans une rubrique qui disait que les braquages coûtaient cher aux banques. L'article titrait : « Ceci est un hold-up ! » Son action s'inspirait précisément de ces mots.

L'homme devant le guichet ayant bientôt fini, Märtha se releva en s'appuyant sur le déambulateur. Pendant toute sa vie, elle avait été quelqu'un de bien, qui inspirait confiance, elle avait même été déléguée de classe à l'école. À présent, elle allait devenir une criminelle. Mais il fallait bien qu'elle organise sa vieillesse ! Elle avait besoin d'argent pour s'offrir une belle maison pour les siens et elle-même ; ce n'était pas le moment de faire machine arrière. Avec ses vieux amis de la chorale, elle voulait vivre un troisième âge « radieux ». Bref, faire un peu la nouba à l'automne de la vie. Il en prenait du temps, le monsieur là-bas, pour ranger ses papiers ! Finalement le numéro de Märtha s'afficha. Avec lenteur mais dignité, elle s'avança vers le guichet. Tout ce qu'elle avait accumulé durant sa vie en termes de respectabilité allait voler en éclats en un instant. Mais que faire d'autre dans une société d'escrocs qui maltraite ses aînés ? Soit on acceptait et on se laissait anéantir, soit on s'adaptait. Elle avait toujours été du genre à s'adapter.

En franchissant les derniers mètres, elle regarda

attentivement autour d'elle avant de s'arrêter devant le guichet, de poser sa canne sur le comptoir et de saluer la caissière d'un signe amical de la tête. Puis elle lui tendit la coupure de journal.

« Ceci est un hold-up ! »

La femme au guichet lut ces quelques mots et releva les yeux avec un sourire bienveillant.

— En quoi puis-je vous être utile ?

— Trois millions, et vite ! dit Märtha.

La caissière sourit encore plus.

— Vous voulez retirer de l'argent ?

— Non, c'est vous qui allez me chercher l'argent, MAINTENANT !

— Je comprends. Mais la pension n'est pas encore arrivée. Elle est versée au milieu du mois, vous comprenez, ma petite dame.

Märtha sentit l'affaire mal engagée. Les choses prenaient une tournure imprévue. Il fallait réagir, et vite. Elle enleva son imperméable qu'elle passa de l'autre côté du guichet tout en l'agitant sous le nez de la caissière :

— Allez, dépêchez-vous ! Mes trois millions !

— Mais, la pension…

— Faites comme je vous dis. Trois millions. Posez-les sur le déambulateur !

La fille perdit patience et se leva pour aller chercher deux collègues masculins. L'un des hommes, dans la fleur de l'âge, lui adressa son plus beau sourire. L'autre, qui ressemblait à Gregory Peck – ou était-ce Cary Grant ? –, lui dit :

— Nous allons nous occuper de votre pension, ne vous inquiétez pas. Et mon collègue ici présent peut vous appeler une voiture pour rentrer, si vous voulez.

Märtha jeta un coup d'œil à travers la vitre. Dans

le fond de la pièce, elle vit que la fille avait décroché le téléphone pour prévenir quelqu'un d'autre.

— Dans ce cas, il faudra que je vous braque une autre fois, répondit Märtha en ramassant l'imperméable et la coupure de presse.

Tous lui sourirent gentiment, la raccompagnèrent jusqu'à la porte, puis l'aidèrent à monter à l'intérieur du taxi. Ils replièrent même le déambulateur pour elle.

— À la résidence services Le Diamant, indiqua Märtha au chauffeur en faisant au revoir de la main aux employés de la banque.

Au fond, tout s'était quand même passé comme elle l'avait prévu. Une vieille dame en déambulateur peut faire beaucoup de choses que les autres ne peuvent pas se permettre. Elle fourra la main dans sa poche et reprit des bonbons, en fredonnant un petit air. Pour que son plan fonctionne, elle n'avait besoin que de ses amis de la chorale, ceux qu'elle fréquentait depuis plus de vingt ans. Bien sûr, il ne s'agissait pas de leur demander de but en blanc de devenir des criminels ; elle allait devoir ruser un peu. Mais plus tard, elle en était convaincue, ils la remercieraient d'avoir changé leur vie.

Märtha fut réveillée par un petit bourdonnement lointain, suivi d'un fort « pling ». Elle ouvrit les yeux et essaya de savoir où elle se trouvait. Ah, c'est vrai, à la résidence pour personnes âgées. C'était bien évidemment Bertil Engström, surnommé « le Râteau », qui se levait toujours au milieu de la nuit pour manger. Il avait l'habitude de mettre la nourriture dans le four à micro-ondes et puis de l'oublier. Elle se leva et, toujours armée de son déambulateur, alla dans la cuisine. En râlant, elle sortit du four une portion de

macaronis à la sauce tomate et aux boulettes enveloppée dans du plastique, et regarda d'un air rêveur la
maison d'en face. Quelques points lumineux brillaient
dans la nuit. De l'autre côté de la rue, ils avaient
certainement des cuisines. Jadis, eux aussi avaient eu
leur propre cuisine, mais les nouveaux propriétaires
l'avaient supprimée – question de rentabilité. Avant
que la Société Anonyme Le Diamant ne reprenne cette
maison de retraite, les repas avaient été le clou de la
journée : de bons petits plats embaumaient alors la
salle commune. Mais à présent ? Märtha se pencha
sur l'évier en bâillant. Presque tout s'était dégradé ;
c'était devenu si déplorable que, souvent, elle se
rêvait ailleurs. Oui, quel rêve merveilleux elle avait
fait... Elle avait le sentiment d'avoir été là-bas, à la
banque pour de vrai, comme si son subconscient avait
pris les commandes pour lui transmettre un message.
Déjà à l'école primaire, elle protestait contre ce qui
n'allait pas. Et du temps où elle était institutrice, elle
s'était toujours opposée aux réglementations et autres
réorganisations absurdes. Mais ici, à la maison de
retraite, étrangement, elle avait tout accepté. Comment avait-elle pu devenir si apathique ? Quand les
gens n'étaient pas d'accord avec le gouvernement de
leur pays, ils faisaient la révolution. C'est ce qu'ils
devraient faire ici, mais il faudrait arriver à mobiliser
les autres. Encore qu'un casse, c'était peut-être aller
un peu loin... Elle laissa échapper un petit rire nerveux. Parce que c'était justement ça qui l'effrayait
un peu – *ses rêves se réalisaient presque toujours.*

1

Le lendemain, tandis que les hôtes du Diamant (comme on l'appelait maintenant) buvaient leur café matinal dans la salle commune, Märtha réfléchissait à la marche à suivre. Dans sa maison natale à Österlen, on ne restait pas assis les bras croisés, à attendre que quelqu'un d'autre fasse le travail, qu'il s'agisse de rentrer le foin ou d'aider une jument à mettre bas. Bref, on veillait à ce que le travail soit fait, un point c'est tout. Märtha regarda ses mains. Elle était fière de leur force, cela prouvait qu'elle n'avait pas chômé. Le bourdonnement des voix montait et descendait autour d'elle dans cette salle défraîchie. On se serait cru dans un orphelinat. Il suffisait de regarder les meubles : on aurait dit qu'ils venaient directement d'une décharge. Cette ancienne propriété construite en fibrociment gris vers la fin des années quarante évoquait à la fois une vieille institution scolaire et une salle d'attente de dentiste. Ah, non, jamais de la vie ! Ce n'était pas ici, avec un gobelet en plastique de café dans la main et de la nourriture industrielle dans le ventre, qu'elle avait rêvé de finir ses jours ! Märtha prit une profonde inspiration, repoussa la cafetière et se pencha en avant.

— Écoutez-moi. Que diriez-vous d'un autre café chez moi ? proposa-t-elle en faisant signe à ses amis de la suivre dans sa chambre. Je crois qu'il faut qu'on discute de pas mal de choses.

Et comme ils savaient qu'elle avait subtilisé tout un stock de liqueurs de mûre arctique, ils acquiescèrent et se levèrent immédiatement.

L'élégant, dit le Râteau, toujours saisi d'une fringale au milieu de la nuit, prit la tête du cortège, suivi du Génie, l'inventeur, et des deux amies de Märtha : Stina qui raffolait des chocolats belges, et Anna-Greta, dont la beauté faisait pâlir d'envie toutes les autres femmes. Personne n'était dupe : Märtha leur offrait de la liqueur seulement quand elle mijotait quelque chose. Cela ne lui était pas arrivé depuis un bon moment, d'ailleurs, mais, visiblement, elle avait une idée derrière la tête.

Une fois que tout le monde fut entré, Märtha sortit la liqueur, enleva le tricot en cours du canapé et pria ses amis de s'asseoir. Elle jeta un coup d'œil à la table en acajou avec sa nappe fleurie fraîchement repassée. Oh, elle avait longtemps envisagé d'en acheter une autre, mais le vieux meuble était grand, solide et il y avait de la place pour tout le monde autour. En sortant la bouteille, son regard tomba sur le bureau avec les photos de famille de Österlen. Dans leurs cadres, ses parents et toute sa fratrie lui souriaient devant la maison natale à Brantevik. Si seulement ils savaient ! Dire qu'ils étaient tous abstinents ! Tant pis pour eux. Elle sortit les verres à liqueur et les remplit à ras bord.

— À votre santé, dit-elle en levant son verre.

— À la tienne, répondirent poliment ses amis.

Après quoi ils mimèrent tous une variante muette

de chansons à boire. (Ici, à la maison de retraite, il ne fallait pas faire trop de bruit et surtout ne pas se faire surprendre avec de l'alcool.) Märtha mima encore une fois le refrain et ils gloussèrent tous ensemble. Jusqu'à présent, personne ne les avait encore pris sur le fait et ça les amusait toujours autant de désobéir. Märtha reposa son verre et jeta un regard aux autres. Allait-elle leur raconter son rêve ? Non, d'abord il fallait qu'elle les persuade de penser comme elle. Ces amis formaient une bande bien soudée puisque, dès la cinquantaine, ils avaient décidé de vieillir ensemble. Ils pouvaient peut-être prendre une nouvelle décision ensemble ? Ils partageaient déjà tellement de choses. Leur chorale, Les Cordes Vocales, s'était produite dans des hôpitaux et des paroisses et, depuis quelques années, ils avaient emménagé ensemble dans cette maison de retraite. Longtemps, elle avait milité pour qu'ils investissent plutôt leurs économies dans un château dans le Skåne, ce qui semblait un peu plus folichon. Elle avait lu dans le *Ystad Allehanda* qu'il y avait plein de vieux châteaux à vendre à des prix défiant toute concurrence et que certains étaient entourés par des douves.

— Si un fonctionnaire d'État désagréable ou l'un de nos enfants venait à réclamer une avance sur son héritage, nous n'aurions qu'à remonter le pont-levis, avait-elle dit en espérant les convaincre.

Mais quand ils avaient découvert à quel point un château coûtait cher en entretien et le personnel que cela exigeait, ils s'étaient finalement rabattus sur la maison de retraite Le Muguet, que les nouveaux propriétaires s'étaient empressés de rebaptiser « Le Diamant ».

— Alors, cette petite collation de minuit, c'était

bon ? voulut savoir Märtha alors que le Râteau léchait les dernières gouttes de liqueur dans son verre.

Il avait l'air un peu fatigué mais il avait, bien sûr, pris le temps de mettre une rose à sa boutonnière et un foulard impeccable autour de son cou. Mis à part ses cheveux un peu grisonnants, son charisme d'antan était intact et son élégance telle que même des femmes jeunes se retournaient sur lui.

— Collation de minuit ? Oh, il faut bien se remplir la panse. Mais c'était encore plus mauvais que des biscuits de marins, dit-il en reposant son verre.

Dans sa jeunesse, il avait parcouru les océans, mais, après avoir quitté la marine, il s'était reconverti en jardinier spécialisé. À présent, il se contentait de cultiver fleurs et herbes aromatiques sur le balcon. Son grand chagrin dans la vie était d'avoir été surnommé « le Râteau ». Il trouvait qu'il n'avait pas mérité ce sobriquet ridicule, tout ça parce qu'il aimait jardiner et qu'un beau jour il s'était pris les pieds dans un râteau ! Il leur avait bien proposé d'autres surnoms tels que « la Fleur » ou « la Feuille » ou « le Feuillage », mais personne n'avait daigné l'écouter.

— Tu ne pourrais pas plutôt prendre une tranche de pain avec du fromage ? De la nourriture qui se prépare sans bruit et qui ne fait pas « bip » ? râla Anna-Greta qui avait été réveillée et n'était pas parvenue à se rendormir.

C'était une femme un peu revêche, mais volontaire et honnête. Elle était si grande et élancée que le Râteau la taquinait en disant qu'elle avait dû venir au monde à travers une gouttière.

— Oui, mais il y a toujours une odeur d'épices et de nourriture qui provient de l'étage du dessus. À tous les coups, c'est ça qui me donne faim, dit-il en guise d'excuse.

— Tu as raison. Le personnel devrait partager. La nourriture sous Cellophane, ça ne rassasie pas son homme, déclara Stina Akerblom en se limant discrètement les ongles.

L'ancienne modiste qui avait rêvé de devenir bibliothécaire était la plus jeune de tous, avec 77 ans seulement affichés au compteur. Elle aurait tant aimé mener une vie calme et confortable, peindre des aquarelles et concocter de bons petits plats – et voilà qu'ici elle devait ingurgiter de la nourriture de second choix ! Il faut dire qu'elle avait vécu à Östermalm et était habituée à un certain standing.

— Non, le personnel a droit à la même chose que nous, rectifia Märtha. Ce sont les nouveaux propriétaires du Diamant qui ont leur bureau et leur cuisine à l'étage du dessus.

— Alors, nous devrions installer un monte-charge pour faire descendre leur nourriture, suggéra Oscar Krupp dit « le Génie », le plus astucieux de la bande, qui avait un an de plus que Stina.

Il était inventeur et avait eu son propre atelier à Sundbyberg. Lui aussi aimait la bonne chère, comme en témoignaient ses rondeurs. Il considérait en effet que l'exercice physique n'était qu'une perte de temps. Fallait croire qu'il y avait des gens qui n'avaient rien de mieux à faire.

— Vous vous rappelez la brochure que nous avons reçue, il y a quelques années, à notre arrivée ici ? demanda Märtha. « De bons plats de restaurant », y avait-il marqué. En plus, nous devions avoir droit à des promenades quotidiennes, à des visites d'artistes, d'un podologue et d'un coiffeur... Eh bien, il est temps de dire non.

— Du rififi dans la maison de retraite ! s'écria Stina de sa voix la plus mélodramatique en ouvrant si grands les bras que sa lime à ongles tomba par terre.

— Oui, exactement, une petite mutinerie, renchérit Märtha.

— Mais nous ne sommes pas en mer, objecta le Râteau.

— Les nouveaux propriétaires ont peut-être des problèmes financiers ? Vous allez voir que ça va s'arranger, dit Anna-Greta en réajustant ses lunettes datant du début des années cinquante.

Ayant travaillé toute sa vie dans une banque, elle comprenait qu'un entrepreneur doive faire des bénéfices.

— Tu plaisantes ? grommela le Râteau. Ces cochons-là nous augmentent le loyer tout le temps et nous ne recevons rien en échange.

— Ne sois pas si négatif, intervint Anna-Greta en replaçant encore une fois ses lunettes, si vieilles et usées qu'elles lui glissaient tout le temps sur le nez.

En vérité, elle paraissait n'en avoir jamais changé puisqu'elle remplaçait seulement les verres, estimant que sa monture était intemporelle.

— Comment ça, négatif ? Il faut exiger des améliorations. Sur tous les points, mais nous allons commencer avec la nourriture, déclara Märtha. Écoutez-moi, ils ont sûrement des bonnes choses à manger à l'étage au-dessus. Quand le personnel sera parti, j'ai pensé...

Et pendant que Märtha exposait son plan, une ambiance joyeuse se répandit autour de la table. Bientôt, les yeux des vieux scintillèrent comme la mer au soleil un jour d'été. Tous lorgnaient vers le plafond et se regardaient les uns les autres, le pouce levé.

Quand ses amis eurent quitté la chambre, Märtha dissimula la liqueur de mûre arctique tout au fond de sa penderie en chantonnant gaiement. Son rêve lui avait bien donné un regain d'énergie. *Rien n'est impossible*, se dit-elle. Mais pour réussir un retournement de situation, il fallait mettre tous les atouts de son côté. C'est ce qu'elle comptait faire. Ensuite, ses amis croiraient avoir pris la décision eux-mêmes.

2

Une fois tout le monde sorti de l'ascenseur, ils se retrouvèrent devant la porte du bureau de la Société Anonyme Le Diamant et Märtha leva la main pour intimer aux autres de faire moins de bruit. Parmi toutes les clés de l'armoire, une à tête triangulaire avait retenu son attention, une clé dont on ne peut pas faire de double n'importe où. Elle la glissa dans la serrure, la fit tourner et la porte s'ouvrit.

— Voilà, c'est bien ce que je pensais. C'est la clé principale. Parfait, entrons, mais en silence !

— C'est à moi que tu dis ça ? grommela le Râteau qui trouvait Märtha trop bavarde.

— Mais si on se fait prendre ? s'inquiéta Stina.

— Ça n'arrivera pas, on ne va pas faire de bruit et personne ne s'apercevra de notre présence, dit Anna-Greta à voix haute.

À l'instar de tous ceux qui sont un peu durs d'oreille, elle avait une voix forte – sans le savoir elle-même.

Les déambulateurs grincèrent à contretemps à mesure que les cinq acolytes, avec mille précautions, investissaient la pièce. À l'intérieur régnait une odeur de paperasse et de meubles cirés, et sur la table, les dossiers s'entassaient en piles vacillantes.

— Bon, si le bureau est ici, la cuisine doit être là-bas, déduisit Märtha en pointant le doigt dans une direction.

Elle devança les autres pour aller fermer les rideaux de la cuisine.

— Maintenant vous pouvez allumer !

Les plafonniers clignotèrent, puis nos cinq retraités découvrirent une vaste pièce avec réfrigérateur, congélateur et de grands placards aux murs. Au centre trônait un îlot de cuisine monté sur roues, et près de la fenêtre se trouvait une table de salle à manger avec six chaises.

— Une vraie cuisine, soupira d'aise le Génie en caressant la porte du réfrigérateur.

— À l'intérieur, il y a certainement plein de bonnes choses, dit Märtha en ouvrant la porte.

Sur les étagères s'entassaient poulets, rôtis de bœuf, gigots d'agneau et différents fromages. Dans les tiroirs du bas étaient entreposés salades, tomates, betteraves et fruits. La porte du congélateur, en revanche, s'ouvrit avec une certaine résistance.

— Du rôti d'élan et des homards… Ça alors ! s'écria-t-elle en maintenant la porte ouverte pour que tous puissent admirer. Ici, on trouve vraiment de tout, sauf des biscuits de marins. Ah, ils doivent souvent faire la fête !

Ils restèrent un long moment à contempler toutes ces victuailles sans pouvoir prononcer un mot. Le Génie se passa la main sur ses cheveux ras, le Râteau mit la sienne sur son cœur en soupirant, Stina manqua de s'étouffer et Anna-Greta poussa un petit cri.

— Il y en a pour une fortune ! murmura-t-elle.

— Si nous en prenons un petit peu, personne ne le verra, dit Märtha.

— Mais nous ne pouvons pas voler leur nourriture, protesta Stina.

— Nous ne volons pas. Avec quel argent croyez-vous qu'ils ont acheté la nourriture ? On prend ce qu'on a payé avec notre argent. Tenez !

Märtha sortit un poulet que le Râteau, qui avait toujours un petit creux le soir, fut le premier à réceptionner.

— Et puis il nous faut du riz, des épices et de la farine pour faire une sauce, ajouta le Génie, tout ragaillardi.

Outre le fait d'être un artisan compétent, il était aussi bon cuisinier. Il faut dire que sa femme préparait des plats si immangeables qu'il avait été obligé de s'y mettre. Plus tard, en se rendant compte qu'elle était non seulement une piètre cuisinière mais qu'elle voyait toujours la vie en noir, il s'était séparé d'elle. Encore aujourd'hui, il faisait des cauchemars où il la voyait debout à côté de son lit, le rouleau à pâtisserie dans la main et pleurnichant. Mais elle lui avait donné un fils, c'était au moins ça.

— Il nous faut aussi du bon vin pour la sauce, continua-t-il.

En jetant un regard autour de lui, il aperçut un casier sur le mur.

— Vous avez vu ces bouteilles. Oh, mon Dieu…

— Celles-là, vaut mieux pas y toucher. On risque de se faire prendre, dit Märtha. Si personne ne se rend compte de notre visite, nous pourrons recommencer.

— Oui, mais un plat sans vin, c'est comme une voiture sans roues, déclama le Génie.

Il s'avança jusqu'aux bouteilles et en choisit deux

parmi les meilleures. En voyant la mine de Märtha, il posa la main sur son épaule pour la rassurer.

— Ne t'inquiète pas, nous allons ouvrir les bouteilles, boire le vin et le remplacer par du jus de betteraves.

Märtha lui lança un regard admiratif. Il avait toujours une solution à tout, et il était d'un optimisme invétéré estimant que les problèmes n'étaient là que pour être résolus. Il lui rappelait ses parents. Quand sa sœur et elle s'étaient déguisées avec leurs vêtements en semant le désordre partout, elles s'étaient bien sûr fait gronder, mais leur père et leur mère avaient ensuite ri. Mieux valait un foyer mal rangé et des enfants heureux, qu'une maison en ordre et des enfants tristes, s'étaient-ils dit. Leur devise dans la vie était : « Tout s'arrangera. » Märtha était d'accord. Tout finissait toujours par s'arranger.

Planches à découper, poêles et casseroles furent sorties en un rien de temps et tout le monde mit la main à la pâte. Märtha enfourna le poulet, le Génie s'attaqua à la sauce, le Râteau prépara une salade divine et Stina fit de son mieux pour se rendre utile. Bien qu'elle eût jadis suivi des cours de cuisine, elle avait eu une domestique toute sa vie, et avait aujourd'hui oublié le peu qu'elle savait. La seule tâche avec laquelle elle se sentait à l'aise, c'était de trancher du concombre. Quant à Anna-Greta, elle s'occupa du riz et dressa la table.

— Tout ce qu'on lui demande de faire, elle le fait bien, chuchota Märtha en faisant un signe de tête amical vers son amie. Mais elle est si lente et elle veut toujours tout compter.

— Tant qu'elle ne compte pas les grains de riz... dit le Génie.

Bientôt, un agréable fumet se répandit dans la cuisine. Dans son blazer bleu et avec son impeccable foulard autour du cou, le Râteau servit le vin. Il venait de se peigner et sentait bon l'après-rasage. Stina, qui avait remarqué qu'il s'était bien habillé, sortit discrètement son poudrier et son rouge à lèvres. Quand personne ne la voyait, elle se maquillait rapidement en terminant avec un petit coup de houppette sur le nez.

Badinages et rire fusaient au milieu des bruits de casseroles et du cliquetis des assiettes. La préparation des plats prit du temps, mais où était le problème puisque, en attendant, tout le monde buvait du bon vin ? Enfin le dîner fut prêt et ils s'attablèrent, joyeux et excités comme des adolescents.

— Encore un verre ?

Le Râteau resservit tout le monde. C'était comme dans l'ancien temps, quand il avait été garçon sur un navire de croisière en Méditerranée. Certes le service était à présent un peu plus lent, mais la posture était aussi digne et révérencieuse, comme il se doit. Entre chaque bouchée, tout le monde trinquait et exprimait son bonheur. Le Génie dénicha une vieille fine champagne qui fit elle aussi le tour de la table. Stina leva son verre, renversa la tête en arrière et but un coup.

— Ça fait du bien par où ça passe, dit-elle joyeusement, en réutilisant une expression qu'elle venait d'apprendre de ses enfants.

L'ancienne modiste essayait de se tenir au courant de tout et ne voulait pas donner l'impression d'être une vieille dame. Elle reposa le verre et jeta un regard à la ronde.

— Maintenant, chers amis, nous allons danser !

— Faites ! encouragea le Génie en se croisant les bras sur le ventre.

— Eh bien, dansons ! s'écria le Râteau en se levant, tandis qu'il tanguait dangereusement.

Stina dut esquisser quelques pas toute seule.

— *Il vaut mieux oser un coup de dés, que de disparaître comme une flamme qui s'éteint*[1], déclara-t-elle en ouvrant grands les bras.

Même si elle n'avait jamais réussi à devenir bibliothécaire, Stina avait continué à cultiver sa passion pour la littérature et était incollable sur Verner von Heidenstam, Selma Lagerlöf ou Esaias Tegnér.

— Ça y est, on va encore avoir droit à tous les classiques ! Pourvu qu'elle ne se lance pas dans l'*Iliade*... marmonna Märtha.

— Pourvu qu'elle ne nous rebatte pas les oreilles avec la saga de Gösta Berling... renchérit le Génie.

— *Il vaut mieux écouter une corde qui casse, que de ne jamais tendre un arc*, poursuivit Stina, imperturbable.

— Très juste. Et si on en faisait notre devise ? proposa Märtha.

— Quoi, une *corde* qui casse ? s'étonna le Râteau. Non, je préfère écouter un *lit* qui casse plutôt que de toujours dormir en solo...

Stina rougit et s'arrêta en plein élan.

— Le Râteau ! Pourquoi faut-il que tu sois si rustre ? Fais un effort ! dit Anna-Greta en pinçant les lèvres en cul-de-poule.

— Mais à présent, nous avons tendu l'arc, n'est-ce pas ? reprit Stina. À partir de maintenant, nous allons venir ici au moins une fois par semaine.

---

1. Vers d'un poème célèbre de Carl Gustaf Verner von Heidenstam (1859-1940), prix Nobel de littérature en 1916. (Toutes les notes sont de la traductrice.)

Elle prit son verre et le leva.

— Santé ! On recommencera !

Tout le monde trinqua et ils continuèrent ainsi jusqu'à bafouiller de plus en plus. Leurs paupières devinrent lourdes. Märtha se mit à parler le dialecte de Skåne, ce qu'elle faisait seulement quand elle était très fatiguée. C'était un signe d'alerte et elle sentit le danger.

— Maintenant, chers amis, nous allons faire la vaisselle et tout ranger avant de redescendre chez nous, annonça-t-elle.

— T'as qu'à faire la vaisselle toi-même, répondit le Râteau en remplissant le verre de Märtha.

— Non, il faut nettoyer et tout ranger dans les placards pour que personne ne puisse se douter de quoi que ce soit, insista-t-elle en repoussant le verre.

— Si tu es fatiguée, tu peux te reposer sur mon bras, dit le Génie en lui tapotant gentiment la joue.

Et soudain – même Märtha ne sut pas comment –, elle posa sa tête sur le bras de cet homme et s'endormit.

Le lendemain matin, quand le directeur Ingmar Mattson de la Société Le Diamant arriva à son travail, il entendit un drôle de bruit en provenance de son bureau. Un grognement sourd comme si un troupeau d'ours s'était échappé du zoo de Skansen. Il jeta un coup d'œil dans le bureau, ne vit rien mais remarqua que la porte de la cuisine était ouverte.

— Mais bon sang, grommela-t-il avant de tomber en se prenant les pieds dans un déambulateur.

Il se releva en jurant et découvrit avec stupeur un spectacle édifiant. Le ventilateur de la cuisine était en marche, et autour de la table dormaient cinq des vieillards du Diamant, tout habillés. Sur la table traînaient des assiettes avec des reliefs de nourriture et des verres à vin vides. La porte du réfrigérateur était restée grande ouverte. Le directeur recensa visuellement les dégradations. Les pensionnaires étaient plus mal en point qu'il ne l'avait pensé au premier abord. Il demanderait à Barbro de s'occuper de cela.

3

Une alarme de voiture hurlait dans la rue en bas et un ventilateur bourdonnait au loin. Märtha cligna des yeux avant de les ouvrir. Un rayon de soleil filtrait par la fenêtre, lentement ses yeux s'habituaient à la lumière. Les carreaux étaient sales et auraient eu bien besoin d'être nettoyés, tout comme les rideaux légers et fleuris qu'elle avait accrochés aux fenêtres pour créer une atmosphère chaleureuse. Mais ici, la propreté n'intéressait visiblement personne et elle-même n'avait plus la force de faire ce genre de choses. Märtha bâillait, ses pensées s'envolaient encore, refusant de prendre forme. Aïe, aïe ! elle se sentait toute patraque. Depuis la grande fête, c'était comme si elle avait des petits nuages de gomme à mâcher dans la tête. Mais qu'est-ce qu'ils s'étaient amusés ! Si seulement ils avaient eu le temps de faire le ménage et de regagner leurs chambres... Oui, s'ils ne s'étaient pas endormis...

Märtha s'assit sur le bord du lit et enfila ses pantoufles. Dieu que cela avait été gênant, et comme il s'était emporté, le directeur ! Sans doute le vin et tous les comprimés qu'ils prenaient au quotidien ne faisaient-ils pas bon ménage. Elle chercha du regard sa table de nuit où était posé le tire-bouchon que le Génie lui avait offert en vue « des fêtes à venir », selon son expression. Mais à présent, c'était bien fini. Après le grand banquet, Barbro, l'aide-soignante, les avait tous enfermés et ils ne pouvaient sortir dorénavant qu'accompagnés d'un membre du personnel. Ensuite ils avaient eu droit à de petits comprimés rouges « pour se calmer ». Dieu, comme tout était devenu ennuyeux !

À propos de médicaments, tiens, pourquoi en bourrait-on toujours les vieillards ? Ils avaient presque plus de pilules que d'aliments à manger. C'était peut-être cela qui les rendait si mous ? Avant, ils jouaient aux cartes et ils se faufilaient les uns chez les autres après 20 heures. Mais, depuis que Le Diamant avait repris l'affaire, c'en était fini du bon temps. Oui, maintenant ils ne faisaient presque plus rien, et s'ils commençaient à jouer aux cartes, soit ils s'endormaient soit ils oubliaient quelle carte ils avaient jouée. Stina, qui adorait pourtant Selma Lagerlöf et Heidenstam, n'avait même plus la force de feuilleter un magazine, et Anna-Greta, qui écoutait d'habitude de la musique de fanfare et le chansonnier Jokkmokks-Jokke, se contentait désormais de fixer le tourne-disque, trop lasse pour sortir ses 45-tours. Le Génie n'avait plus fait d'inventions depuis longtemps et le Râteau négligeait ses fleurs. Le plus souvent, ils regardaient la télé et personne ne faisait plus rien. Non, quelque chose n'allait pas, mais alors pas du tout !

Märtha se leva, prit appui sur le déambulateur et alla dans la salle de bains. Pensive, elle se lava le visage et fit sa toilette matinale. Et elle qui voulait faire la révolution ! Elle se contentait de tourner en rond et n'arrivait à rien. Elle se regarda dans la glace et remarqua qu'elle avait l'air fatiguée. Elle avait le visage pâle et ses cheveux blancs étaient tout ébouriffés. Elle soupira et tendit la main pour attraper la brosse à cheveux. Au passage, elle renversa la boîte de pilules rouges qui se répandirent à ses pieds. Elle n'avait aucune envie de les ramasser. Märtha pesta et, d'un coup de pied ferme, fit valser le tout dans les conduits d'évacuation d'eau.

Elle décida de diminuer la dose de cachets. Au bout de quelques jours, elle se sentit déjà plus alerte. Elle reprit le tricot et, elle qui avait toujours adoré les polars, recommença à dévorer les histoires de meurtres horribles qui s'entassaient sur sa table de chevet. L'envie de révolte revenait.

À sa façon de frapper à la porte, le Génie comprit que c'était Märtha. Trois coups décidés, tout près de la poignée, puis plus rien. Bien sûr que c'était elle. Il sourit, s'extirpa du canapé et rabaissa son maillot de corps sur son petit bedon. Cela faisait longtemps qu'elle n'était pas venue lui rendre visite et il s'était posé des questions. Chaque soir, il avait pensé aller la saluer, mais il finissait toujours par s'endormir devant la télévision. Il chercha du regard un carton dans lequel il rassembla rapidement ses notes, les ciseaux et les écrous qui traînaient sur la table du salon, et il poussa le tout sous le lit. Quant aux deux chemises bleues et aux chaussettes trouées, il les cacha derrière les coussins du canapé, puis souffla sur les miettes de pain pour les faire tomber par terre. Fin prêt, il éteignit la télé et alla ouvrir la porte.

— Ah, c'est bien toi. Entre !

— Le Génie, il faut qu'on parle, dit-elle en pénétrant dans la chambre à grandes enjambées.

Il acquiesça et brancha la bouilloire. Dans le placard, il dut écarter deux circuits imprimés, un marteau et des câbles avant de trouver le café instantané. Derrière la boîte, deux tasses attendaient. Quand l'eau fut chaude, il en remplit les deux tasses et versa dessus un peu de café lyophilisé.

— Je regrette, je n'ai pas de gâteaux, mais...

— Ça ira très bien comme ça, fit Märtha, en prenant la tasse et en se laissant choir dans le canapé. Tu sais ce que je pense ? Je crois qu'ils nous droguent. Nous prenons trop de médicaments. C'est pour ça que nous sommes si apathiques.

— Qu'est-ce que tu racontes ? Tu veux dire que...

Il poussait discrètement un vieux transistor Grundig, démonté, sous le fauteuil en espérant qu'elle ne l'avait pas vu.

— Mais ça ne peut pas continuer.

— Très juste. Et nous qui devions protester...

Il prit sa main et la tapota doucement.

— Ma chère amie, il n'est peut-être pas trop tard.

— Tu sais, j'ai réfléchi à quelque chose. En prison, on a le droit de sortir à l'air libre au moins une fois par jour, alors qu'ici nous ne sortons presque plus jamais.

— Je ne sais pas si on peut vraiment appeler cela « sortir à l'air libre »...

— Les prisonniers sortent à l'air libre, et puis ils ont de la nourriture saine et ils peuvent travailler dans un atelier. En tout point, ils sont mieux lotis que nous.

— Travailler dans un atelier ? répéta le Génie dont l'œil s'anima.

— Tu comprends ? Je veux mourir jeune d'esprit et aussi tard que possible – *mais je veux vivre avec bruit et fureur le plus longtemps possible.*

Elle se pencha et lui chuchota quelque chose à l'oreille. Il écarquilla les yeux et secoua la tête. Mais Märtha revint à la charge.

— Le Génie, j'y ai beaucoup réfléchi et de manière assez précise...

— OK, au fond pourquoi pas ? dit-il en se renversant dans le fauteuil et en éclatant de rire.

4

Barbro se hâtait dans le couloir, les talons de ses sabots d'infirmière martelant le sol. Elle ouvrit la porte de la réserve, sortit le chariot pour mettre les médicaments sur le plateau de service. Chacun des vingt-deux résidents avait une fiche de comprimés qu'elle devait suivre à la lettre. Le directeur, M. Mattson, était très pointilleux là-dessus. Certaines pilules, comme les rouges, étaient distribuées à tout le monde, ainsi que les bleu ciel qu'il avait récemment imposées. Elles diminuaient l'appétit des vieux.

— Ils mangeront moins et nous ne serons plus obligés d'acheter autant de nourriture, avait-il dit.

Elle se demandait si c'était vraiment une bonne chose, mais n'avait pas osé en parler avec le directeur, car elle tenait à être bien avec lui. Elle voulait faire quelque chose de sa vie. Sa mère s'était retrouvée seule, avait travaillé comme aide-ménagère à Djursholm et les deux femmes avaient vécu chichement. Un jour qu'elle avait accompagné sa mère à son travail, elle avait découvert des tableaux coûteux, de l'argenterie étincelante et un parquet à motif en étoile. Et elle avait rencontré les maîtres vêtus de fourrures et de beaux habits. Cette brève vision d'une autre vie s'était à jamais gravée dans sa mémoire. Le directeur, M. Mattson, faisait aussi partie de ces gens qui réussissaient dans la vie. Il avait vingt ans de plus qu'elle, un corps imposant, de l'assurance et plusieurs années d'expérience dans les affaires. Mais avant tout il avait de l'influence, du pouvoir, et elle avait compris qu'il pourrait l'aider à avancer dans la vie. Elle buvait ses paroles, comme une fille écoute son père, et éprouvait de l'admiration pour lui. Il avait peut-être un peu d'embonpoint et travaillait trop, mais il était riche. Et avec ses yeux marron, sa chevelure sombre et ses manières séduisantes, il lui faisait penser à un Italien. Elle s'était rapidement entichée de lui. Certes, il était marié, mais elle espérait autre chose. Très vite, ils avaient commencé une liaison. À présent, il lui avait promis un voyage pour les vacances.

Elle se dépêcha de traverser le couloir pour distribuer les pilules aux vieillards. Puis elle rangea le chariot dans la réserve et retourna dans le bureau. Maintenant, il ne lui restait plus qu'à trier la paperasse pour que Katja, la remplaçante, trouve table nette en arrivant. Barbro s'installa à l'ordinateur, mais elle était d'humeur rêveuse. *Demain*, se dit-elle, *demain enfin !* Elle et Ingmar seraient rien que tous les deux.

Le lendemain, Märtha vit le directeur passer prendre Barbro en voiture. *Tiens donc*, songea-t-elle, ayant soupçonné depuis longtemps qu'il se tramait quelque chose entre eux. *Le directeur va à une conférence et l'emmène avec lui.* Ça ne pouvait pas mieux tomber. À peine la voiture eut-elle démarré que Märtha alla voir les autres pour leur parler de ces fameuses pilules. Chacun les fit rapidement disparaître.

Quelques jours plus tard, des conversations et des

rires résonnèrent dans la salle commune. Le Génie et le Râteau jouaient au trictrac, Stina peignait une aquarelle et Anna-Greta écoutait des disques ou bien faisait des patiences.

— Des patiences, c'est bon pour le cerveau, gazouillait Anna-Greta en posant les cartes sur la table.

Elle était très à cheval sur le fait qu'elle ne trichait pas et n'oubliait jamais de le clamer haut et fort, chaque fois qu'elle en réussissait une. Son visage allongé et son chignon bas lui donnaient un air de maîtresse d'école du siècle dernier, bien qu'elle eût été employée de banque. Des placements avisés lui avaient rapporté gros et elle était fière d'être douée en calcul mental. Quand le personnel de la maison de retraite lui avait proposé de gérer ses comptes, son regard était devenu si noir que personne n'avait osé le lui redemander depuis. En effet, elle avait grandi à Djursholm et avait appris la valeur de l'argent. À l'école, elle avait toujours été la première en maths. Märtha la regardait en douce en se demandant s'il était possible d'entraîner quelqu'un d'aussi convenable dans une telle aventure. Car, à présent, c'était décidé. Le Génie et elle avaient échafaudé un plan. Ils attendaient seulement que l'occasion se présente.

La période sans Barbro, c'était le calme avant la tempête. Vu de l'extérieur, tout semblait normal, mais à l'intérieur, chacun était occupé à quelque chose. Les cinq chantaient en chœur « Joyeux comme l'oiseau » et le premier couplet du « Dieu déguisé », comme ils l'avaient toujours fait avant que Le Diamant reprenne les rênes de l'institution. Le personnel applaudit et rit pour la première fois depuis longtemps. Katja Erikson de Farsta, 19 ans, la remplaçante de Barbro, prépara des brioches pour le café de l'après-midi, apporta des outils pour le Génie et laissa tout le monde faire ce qui lui plaisait. Tous reprenaient confiance en eux-mêmes, et quand arriva le jour où Katja repartit sur son vélo et que Barbro fut de retour, la graine de la révolte poussait déjà.

— Bon, préparons-nous au pire, soupira le Génie en apercevant Barbro franchir les portes vitrées.

— Elle va sûrement nous imposer encore plus de restrictions au nom de Mattson, annonça Märtha. D'un autre côté, cela pourrait servir notre cause, ajouta-t-elle avec un petit clin d'œil.

— Tu as certainement raison, dit le Génie en clignant de l'œil à son tour.

Quelques heures à peine après son retour, ils entendirent les portes claquer et ses hauts talons marteler le sol. Dans l'après-midi, elle convoqua tout le monde dans la salle commune, se racla la gorge et posa une liasse de documents sur la table.

— Malheureusement nous sommes obligés de faire un certain nombre d'économies, commença-t-elle.

Ses cheveux étaient bien coiffés et à son poignet, on pouvait voir briller un nouveau bracelet en or.

— En ces temps difficiles, chacun doit y mettre du sien. C'est fâcheux, mais nous serons obligés de réduire le personnel. Donc à partir de la semaine prochaine il n'y aura plus que deux personnes ici à temps plein, en dehors de moi-même. Cela veut dire que vous ne sortirez qu'une fois par semaine.

— Les prisonniers font au moins de l'exercice tous les jours. Vous ne pouvez pas nous imposer ça, protesta Märtha.

Barbro fit celle qui n'avait rien entendu.

— Ensuite, nous allons devoir faire des économies

sur la nourriture. À partir de maintenant, il n'y aura plus qu'un seul repas chaud par jour. Le reste du temps, vous aurez des sandwichs.

— Jamais de la vie. Nous voulons de la bonne nourriture, et vous devriez acheter plus de fruits et légumes, rugit le Râteau.

— Vous croyez qu'ils ont fermé la cuisine à clé là-haut ? chuchota Märtha.

— Ah, non, on ne retourne pas à cette cuisine-là, dit Stina en perdant sa lime à ongles.

Très tard le même soir, quand le personnel fut parti, Märtha monta tout de même à la cuisine, histoire de vérifier. Le Râteau serait si content s'il pouvait avoir de la salade. Il était un peu abattu parce qu'il n'avait pas eu de nouvelles de son fils, et il avait besoin de reprendre des forces. Märtha aurait voulu avoir une famille elle aussi, mais le grand amour de sa vie l'avait quittée quand leur fils avait 2 ans. Le petit avait des fossettes, des cheveux blonds et bouclés. Pendant cinq ans, il avait été sa joie de vivre. Le dernier été à la campagne, ils étaient allés voir des chevaux dans une écurie, ils avaient cueilli des myrtilles et ils étaient partis à la mer pour pêcher. Mais, un dimanche matin, pendant qu'elle dormait encore, il avait pris la canne à pêche et était descendu jusqu'au ponton. Et c'est là, près d'un des piliers, qu'elle l'avait retrouvé. Sa vie se serait arrêtée net si elle n'avait pas eu ses parents. Comment puiser le courage de continuer à vivre ? Depuis, elle avait connu plusieurs hommes, mais, quand elle était enfin tombée enceinte, elle avait fait une fausse couche. Au fil du temps, elle était devenue trop vieille et avait dû renoncer à fonder une famille. Ne pas avoir d'enfant était son grand chagrin, même si elle ne le montrait pas. Elle cachait sa douleur. On peut dissimuler tant de choses sous des rires. Comme il est facile de tromper les gens ! s'étonnait-elle.

Märtha chassa ces pensées, se faufila dans le bureau de Barbro et ouvrit la petite armoire qui contenait les clés. En arrivant à l'étage supérieur, le délicieux fumet de cuisine lui revint en mémoire et, pleine d'espoir, elle prit la clé principale. Puis elle s'arrêta net. Au lieu d'un trou de serrure, il y avait une sorte de boîtier pour cartes magnétiques. La société Le Diamant avait transformé la cuisine en forteresse inexpugnable ! Une vague de déception la submergea et il lui fallut un certain temps pour se reprendre et repartir dans l'autre sens. Mais pas question d'abandonner aussi facilement la partie ! Alors, dans l'ascenseur, elle appuya sur le bouton de la cave. Qui sait si elle n'y trouverait pas un garde-manger ou un cellier ?

Quand l'ascenseur s'ouvrit, elle se demanda d'abord où elle était, mais tout au fond du couloir elle entrevit une faible lueur provenant d'une très ancienne porte avec une lucarne. Celle-ci aussi était verrouillée, mais la clé principale permettait de l'ouvrir. Elle poussa doucement le battant et l'air frais de l'hiver lui fouetta le visage. Fantastique, c'était une issue de sortie ! Le froid lui éclaircit les idées et elle songea tout à coup à la clé de sa maison natale. Elle avait exactement la même tête triangulaire que cette clé-ci. Si elle échangeait les deux clés, on n'y verrait que du feu… Märtha referma la porte derrière elle, alluma l'interrupteur et s'aventura dans le couloir suivant. Sur l'une des portes était marqué : SALLE DE FITNESS – RÉSERVÉE AU PERSONNEL. Märtha déverrouilla la porte et jeta un coup d'œil à l'intérieur.

Comme il n'y avait pas de fenêtre, il lui fallut du temps pour trouver l'interrupteur. Les tubes au néon clignotèrent un instant avant de s'allumer, puis elle découvrit des cordes à sauter, des haltères et des vélos d'appartement. Le long des murs se succédaient des bancs de musculation, des tapis de course et de curieux appareils dont elle ignorait les noms. Comment ! La direction réduisait les coûts de fonctionnement de la maison de retraite et, parallèlement, finançait sa salle de fitness ! Combien de fois avaient-ils réclamé de récupérer leur salle de fitness, que la direction leur avait toujours refusée ! Märtha eut envie de donner un coup de pied dans la porte (geste quelque peu risqué à son âge), mais elle se ravisa, fit le dos rond comme un chat et brandit son poing fermé en déversant un torrent d'injures. Tout son répertoire y passa.

— Espèce de sales porcs, vous allez voir. Vous ne perdez rien pour attendre !

De retour dans le bureau, elle coinça la clé de la maison de ses parents sous la porte et tira pour la tordre un peu. Puis elle accrocha la mauvaise clé dans l'armoire. Personne n'aurait de soupçons en découvrant qu'elle n'entrait plus dans la serrure. Puis elle cacha la bonne clé dans son soutien-gorge et retourna se coucher. Le premier pas vers la liberté, c'était la libre circulation. Et ils n'en étaient plus très loin. Les yeux clos et le sourire aux lèvres, elle s'endormit en rêvant d'une bande de vieillards qui braquaient une banque et se faisaient acclamer à leur arrivée en prison...

5

Les projets d'avenir de Märtha et du Génie prenaient déjà une tournure plus audacieuse. L'attrait de la nouveauté les avait requinqués et la perspective de l'inconnu n'était pas dénuée de charme. Pendant ce temps, à la maison de retraite, on continuait à faire des économies. La direction réduisait le nombre de brioches servies au café de l'après-midi, et personne n'avait le droit de boire plus de trois tasses par jour.

Au moment de décorer le sapin de Noël, les pensionnaires eurent un nouveau choc. La direction avait considérablement réduit les décorations.

— Je parie qu'en prison, ils ont des sapins de Noël plus jolis, dit Märtha.

— Pas seulement ça. En plus, ils ont des permissions de sortie pour aller voir les illuminations, renchérit le Génie en se levant.

Après un moment, il revint avec une étoile qu'il avait faite avec du ruban adhésif argenté.

— Une étoile de Noël qui en vaut bien d'autres, dit-il, alors qu'il la consolidait avec quelques chenilles cure-pipes et la fixait au sommet du sapin.

Ils applaudirent à tout rompre et Märtha rit. À plus de 80 ans, il restait un fond de petit garçon en lui.

— Une étoile de Noël ne doit pourtant pas coûter une fortune ? s'étonna Anna-Greta.

— Les avares ne concèdent rien aux autres. Ils amassent. Ici, ça ne s'arrangera pas, ça sera plutôt de pire en pire. Le Génie et moi, nous avons rencontré la direction hier pour leur faire différentes propositions d'amélioration, mais ils n'ont pas voulu nous écouter. Pour changer quelque chose à notre existence, il faut le faire nous-mêmes, dit Märtha en se levant si brusquement que la chaise bascula par terre. Le Génie et moi, nous pensons changer les choses. Voulez-vous nous suivre ? (Märtha disait *changer les choses* au lieu de *se révolter*. Elle ne voulait pas les effrayer dès le début.)

— Oui, bien évidemment, dit le Génie en redressant la chaise.

— Pourquoi ne pas nous retrouver dans ta chambre pour un verre de liqueur de mûre arctique ? proposa Stina qui était en train de s'enrhumer et souhaiterait un petit remontant.

— Liqueur de mûre arctique ? Oui, tu parles d'un alcool, grommela le Râteau.

Un instant plus tard, les cinq faisaient leur entrée chez Märtha et s'installaient dans le canapé, tous à part le Râteau qui préférait prendre le fauteuil. La veille, il s'était assis sur le tricot à moitié terminé de Märtha, et ne voulait pas renouveler cette expérience. Après que Märtha eut sorti la liqueur et rempli les verres, la discussion reprit son cours. Les voix s'élevaient, et à la fin, elle dut frapper sur la table basse avec sa canne.

— Écoutez ! On n'a rien sans rien. Il faut travailler pour cela, dit-elle. Pour y arriver, nous devons améliorer notre condition. Voici la clé de la salle de fitness du personnel. Le soir, nous nous faufilerons là-bas pour nous entraîner.

Elle tenait triomphalement la clé en l'air.

— Mais ça ne marchera pas, objecta Stina qui aurait préféré faire un régime plutôt que de la gym. Nous allons nous faire prendre.

— Si nous rangeons tout à la fin de chaque séance, personne ne se doutera de rien, contra Märtha.

— T'as dit la même chose avec la cuisine. Je vais me casser les ongles !

— Et moi qui pensais avoir la paix dans une maison de retraite, geignait le Râteau.

Märtha, qui faisait semblant de ne pas entendre, échangea un bref regard avec le Génie.

— Après quelques semaines d'entraînement, nous serons capables de faire n'importe quoi, et nous aurons un mental d'acier, insista-t-elle en exagérant volontairement.

Elle ne pouvait pas encore leur dire toute la vérité. Qu'il fallait être fort pour devenir malfaiteur. La veille, elle s'était assoupie devant la télé et, en rouvrant les yeux, avait vu qu'on diffusait un documentaire sur la prison. Elle s'était réveillée d'un coup, avait cherché la télécommande et appuyé sur « enregistrement ». Avec un intérêt grandissant, elle avait regardé le journaliste pénétrer dans l'atelier et dans la laverie, et les prisonniers montrer leur cellule. Dans la salle à manger, les détenus choisissaient entre du poisson, de la viande ou un plat végétarien, et ils avaient même droit à des frites. Le tout accompagné de différentes salades et de fruits. C'est là que Märtha s'était précipitée chez le Génie. Ensemble, ils avaient regardé le DVD et, malgré l'heure tardive, en avaient discuté jusqu'à minuit.

Märtha reprit la parole.

— Voulons-nous, oui ou non, améliorer notre existence ? Si c'est le cas, il faut que nous nous entraînions. À présent, il n'y a plus de *si*.

Märtha savait l'importance de se maintenir en forme. Dans les années cinquante, quand la famille s'était installée à Stockholm, elle avait fait partie du groupe de gymnastique rythmique les Filles d'Idla. Pendant de nombreuses années, elle s'était entraînée pour être en bonne forme physique, avoir un excellent équilibre, être forte et rapide – même si elle n'avait jamais réussi à ressembler aux filles sur les affiches. Plus tard, moins assidue, elle avait pris quelques kilos et même si, de temps à autre, elle avait essayé de suivre un régime, l'embonpoint était là. C'était le moment ou jamais d'y remédier.

— Faire du sport ? Quelle esclavagiste ! s'exclama le Râteau en vidant sa liqueur comme si c'était du schnaps.

Il avala de travers et foudroya Märtha du regard. Mais cette femme lui souriait avec un air si gentil qu'il se sentit gêné. Non, elle n'était pas une esclavagiste, elle ne faisait que se préoccuper de leur bien-être. D'ailleurs, il était convaincu qu'elle portait sa banane au lieu d'un sac à main dans le seul but d'avoir les mains libres afin de pouvoir rapidement porter secours en cas de besoin.

— Écoutez. Je trouve que nous pouvons donner une chance à Märtha, intervint le Génie.

Ce dernier, bien qu'il n'aimât pas beaucoup l'effort physique, savait fort bien qu'ils n'iraient pas très loin de la maison de retraite s'ils rechignaient à un minimum d'entraînement.

Märtha lui lança un regard reconnaissant.

— Mais que devrons-nous faire ? demandèrent à l'unisson Stina et le Râteau.

— Devenir les vieillards les plus emmerdants du monde, répondit Märtha.

Le mot *révolte* attendrait encore un peu.

6

Le Râteau ôtait son tabac à priser de sa bouche et repartait pour une série d'haltères. Ça marchait un peu mieux maintenant qu'ils s'entraînaient depuis plus d'un mois, le soir aussi bien que le week-end. À côté de lui, Stina était assise sur son vélo d'appartement, et un peu plus loin Anna-Greta et le Génie occupaient de drôles d'appareils qui servaient à développer les muscles du thorax. Il leur arrivait aussi de marcher tous ensemble sur un tapis de course, sans arriver nulle part.

— Comment ça va, le Râteau ?

Märtha riait en lui donnant une tape amicale sur l'épaule.

— Bien, haleta-t-il, le visage rouge.

Il reposa les haltères, hagard.

À 79 ans, Märtha allait d'un appareil à l'autre, presque sans avoir l'air essoufflé. Quand sa fin arriverait, elle irait debout vers sa tombe, y descendrait en la scellant elle-même, elle en était convaincue.

— Encore une dernière série, tu vas y arriver ! continua-t-elle. Ensuite, nous rangerons tout.

Il grimaçait.

— Il ne faut pas qu'on voie que nous sommes

venus, le Râteau, tu comprends ? Et, s'il te plaît, évite l'ail. L'odeur peut nous trahir.

Mon Dieu, comme elle pouvait sermonner ! Märtha lui rappelait sa tante maternelle à Göteborg. La dame de Majorna, à présent décédée, avait été professeur et pesait cent cinquante kilos. Quand les élèves étaient indisciplinées, elle les menaçait :

— Si vous ne vous taisez pas, je m'assois sur vous.

Märtha et elle devaient avoir les mêmes ancêtres. Mais Märtha avait également une autre facette. Elle s'intéressait aux autres. Tous les jours, elle se faufilait dehors, à la supérette, pour acheter des fruits et des légumes à tout le monde. Et elle ne leur faisait rien payer.

— Tout ce qui est vert est bon pour vous, proclamait-elle en décochant un de ses sourires charmeurs tandis que ses yeux d'écureuil brillaient.

C'était devenu un sport de s'échapper de la maison de retraite en cachette, et elle était toujours d'excellente humeur au retour. Parfois, elle pouvait même leur donner une petite tape encourageante sur la joue. Ah ! s'il avait été un petit garçon tombé de vélo, il aurait couru se réfugier dans ses bras pour se faire consoler.

— Bientôt, on verra le bénéfice de l'entraînement, continua Märtha. Quelques vitamines et des protéines là-dessus et ensuite, mes amis, nous pourrons renverser le monde.

— T'as qu'à le renverser toi-même, grommela le Râteau.

Il y avait quelque chose de louche dans tout cela. Elle semblait si déterminée. Il avait le sentiment qu'elle manigançait quelque chose. Mais quoi ?

— Suffit, c'est assez pour aujourd'hui ! cria-t-elle.

N'oubliez pas d'essuyer le sol et les appareils. Puis rendez-vous dans ma chambre.

Un peu plus tard, quand tout le monde eut pris sa douche et fut fin prêt, ils se retrouvèrent chez Märtha. Elle avait sorti une corbeille contenant du pain et des fruits, tandis que le Génie avait aligné plusieurs bouteilles de boissons énergétiques. Elle avait mis une nouvelle nappe sur la table, ornée d'un motif à fleurs rouges et blanches.

— Encore un mois d'entraînement et nous devrions être assez bons, dit-il.

— Oui, et début mars, la neige aura fondu. Alors, on pourra commencer, ajouta Märtha.

— Commencer quoi ? s'étonna le Râteau. Nous n'irons pas en mer, au moins ? Au fait, où allons-nous ? Grands dieux, raconte-nous ce que tu es en train de mijoter !

— Je voudrais vous rendre plus heureux et plus alertes, et le jour où vous serez en forme, alors…

— Alors quoi ?

— Alors seulement à ce moment-là, vous connaî-trez le « grand secret », répondit Märtha.

Barbro reposa les haltères et réajusta son bandeau. Étrange, ça sentait l'ail dans la salle. Elle alla jusqu'au tapis de course et le mit en marche. En fait, c'était surtout ici et dans le placard des haltères que l'odeur était la plus forte. Elle monta sur le tapis et commença à courir. La salle de fitness n'avait pas de fenêtre, l'odeur ne venait donc pas de l'extérieur. À moins que ce ne soit le système de ventilation. Au fond, elle n'était pas vraiment emballée par la gym, mais elle voulait impressionner le directeur, M. Mattson. Il lui avait dit qu'elle avait un beau corps et elle voulait rester à la hauteur. Pour le séduire, il ne suffisait pas de porter un décolleté profond, il fallait être jolie et avoir des seins fermes. Jusqu'à présent, tout avait bien marché, même si, dernièrement, il avait fallu souvent se cacher. La plupart du temps, ils se retrouvaient au travail, puisqu'il avait sa famille. Mais tôt ou tard, il quitterait sa femme, elle en était certaine. En effet, d'après lui, son mariage battait de l'aile et le couple n'avait plus rien à se dire. « Depuis que je t'ai rencontrée, ma chérie, je suis heureux pour la première fois de ma vie », lui répétait-il. Barbro riait. M. Mattson, ou Ingmar comme elle l'appelait dans l'intimité, lui avait dit qu'ils étaient faits l'un pour l'autre.

Elle descendit du tapis de course, prit un tapis de sol et commença à faire des étirements. Si seulement elle pouvait repartir avec lui en vacances, ou mieux encore, vivre avec lui. Elle veillerait alors à devenir partie prenante dans son activité. En attendant, elle était obligée de se contenter de moments volés au travail et pendant les voyages d'affaires qu'ils partageaient. Mais si elle parvenait à gérer Le Diamant de manière plus rentable, peut-être verrait-il sa valeur et divorcerait-il ? Elle s'étira sur le tapis. Elle et lui. Un couple. Il fallait qu'elle arrive à ses fins !

En se relevant, elle aperçut un cheveu blanc ! Bizarre. Personne parmi le personnel n'avait les cheveux blancs. Qui d'autre alors se servait de la salle de fitness ?

7

Quand les amis allèrent prendre le café chez Märtha le lendemain, ils furent accueillis par la télé allumée. Une fois que tout le monde eut sa tasse et fut assis dans le canapé, le Génie mit un DVD.

— Il faut absolument que vous voyiez ça. C'est un documentaire sur le monde des prisons, annonça-t-il en tirant les rideaux.

— J'ai peur, dit Anna-Greta.

Les vieux burent leur café avec la goutte habituelle de liqueur de mûre arctique, et à peine eurent-ils vu le début du programme que la colère envahit la pièce.

— Comment est-ce possible, s'écria Stina en agitant sa lime à ongles. Les délinquants vivent mieux que nous !

— Et, qui plus est, avec l'argent de nos impôts, ajouta Anna-Greta.

— Bon, mais une partie des impôts finance aussi la retraite, fit remarquer le Génie.

— Alors, ça ne doit pas être grand-chose. Les conseils des communes préfèrent construire des complexes sportifs plutôt que des résidences pour seniors, poursuivit Anna-Greta.

— On devrait mettre les hommes politiques en prison, suggéra Märtha en lâchant une maille.

Elle avait du mal à regarder la télé et à tricoter en même temps.

— La prison ? Mais c'est là qu'on va aller, s'écria le Génie.

Märtha lui donna un coup de pied dans le tibia.

Ils s'étaient, en effet, mis d'accord pour ne pas mettre la charrue avant les bœufs. Il fallait d'abord être sûrs que les autres soient d'accord. Mais, pendant tout le programme, des commentaires amers fusèrent et, à la fin, Anna-Greta ne réussit plus à se tenir. Elle réajusta son chignon, croisa les mains sur ses genoux et regarda autour d'elle avec une mine sérieuse.

— Si même les prisonniers ont une meilleure existence que nous, on se demande bien pourquoi on reste encore ici.

Il y eut un silence de mort. Märtha la regarda avec étonnement, puis se reprit sur-le-champ.

— Justement. Pourquoi ne pas faire une petite série de cambriolages pour aller en prison ?

— Non, tu plaisantes ? répondit Anna-Greta en gloussant bizarrement.

— Des cambriolages ? Jamais de la vie ! s'écria Stina, dont l'éducation de l'Église évangélique libre de Jönköping était encore solidement ancrée. Tu ne dois pas voler, ainsi soit-il et point final !

— Essaie de réfléchir. Pourquoi pas ? dit Märtha qui se leva pour éteindre la télé. Qu'avons-nous à y perdre ?

— Tu es folle. D'abord tu nous transformes en sportifs, ensuite en délinquants ! Tu ne trouves pas que tu exagères ? fit le Râteau.

— Je voulais seulement voir votre réaction, mentit-elle.

Des soupirs de soulagement s'élevèrent et, rapidement, la conversation prit une autre direction. Mais, une fois tout le monde parti, le Génie s'attarda un moment chez Märtha.

— Je crois que ça les a fait réfléchir, dit-il. Maintenant, ils ont vu autre chose que la maison de retraite.

— Oui, ça a été le premier pas. À présent, il faut laisser les choses mûrir, estima Märtha.

Il lui caressa rapidement la joue.

— Tu sais, bientôt nous nous échapperons d'ici.

— Oui, et pas seulement, ajouta Märtha.

Une semaine passa sans que personne n'abordât le sujet, comme si cela leur faisait peur et qu'ils préféraient ne pas en débattre. Mais pendant que Märtha lisait son nouveau polar, *Meurtre à la maison de retraite,* le Génie s'occupait des préparatifs. Il avait conçu un système de freinage pour leurs déambulateurs qui avait pris la forme d'un bâton, afin qu'ils n'aient pas d'accident en ville, et procédait aux derniers réglages sur son invention de la semaine.

— Regarde-moi ça, Märtha, dit-il en lui tendant une casquette rouge avec cinq petits trous devant. Appuie sur la visière, tu vas voir.

Märtha prit la casquette, appuya et aussitôt un faisceau de lumière balaya la pièce.

— Bien mieux qu'une lampe frontale. Des casquettes à led pourront s'avérer très utiles pendant les cambriolages.

Märtha éclata de rire.

— Tu es prévoyant, dit-elle, non sans une pointe de tendresse dans la voix.

— Maintenant, j'ai besoin de davantage de diodes électroluminescentes.

— Si je peux acheter des fruits et des légumes à la boutique du coin, je pourrai certainement passer à la quincaillerie. Mais ce n'est pas normal que nous soyons obligés d'agir en cachette, dit-elle. Te rappelles-tu l'annonce pour la maison de retraite ? *Une vie en or après 70 ans.*

— Si notre plan réussit, nous aurons une vie encore plus belle que ça, renchérit le Génie en remettant la casquette. Sans compter qu'en prison, ils seront certainement gentils avec nous parce que nous sommes vieux !

— C'est assez excitant de devenir des voleurs… D'abord, il faut établir un plan et l'exécuter, ensuite faire de nouvelles expériences en prison.

— Exactement. Nous n'avons pas la forme physique pour sauter en parachute ou faire le tour du monde, mais, de cette manière, nous allons mettre du piment dans notre existence. Le tout est de trouver un délit mineur qui ne blesse personne, continua Märtha.

— Certains délits financiers sont assez graves pour mériter la prison, et dans ce cas nous aurions les autres avec nous, dit le Génie. De préférence, nous volerions ceux qui sont *très* fortunés.

— Cela augmenterait nos revenus, continua Märtha. Nous épargnerions les riches qui font des dons à la recherche et aux œuvres caritatives. Mais ceux qui ne paient pas d'impôts en cherchant à s'enrichir davantage, ceux-là, nous pourrions les voler.

— Des requins de la finance, des exploiteurs…

— Oui, ceux qui sont aveuglés par l'argent. Pourquoi ceux qui sont fortunés se comparent-ils toujours aux plus riches qu'eux ? Vu qu'ils ne comprennent pas qu'il faut savoir partager, nous allons les aider un peu. En fait, c'est simple : on va leur rendre service.

— Peut-être qu'ils ne verront pas les choses sous cet angle, objecta le Génie, mais tu as tout à fait raison.

Il avait connu la pauvreté dans sa jeunesse, un sort qu'il partageait avec beaucoup de ses amis d'adolescence à Sundbyberg. Son père avait travaillé pour l'entreprise Marabou et lui-même gagnait de l'argent de poche comme coursier. L'usine était dirigée par un bon directeur qui avait fait construire un parc où les travailleurs et leurs familles pouvaient se détendre. Le Génie jugeait cela d'une générosité extraordinaire et il avait du respect pour les vieux messieurs avec leurs chapeaux melon. Eux au moins savaient partager. Il se plaisait même si bien à l'usine de Sundbyberg qu'il était resté là, malgré les offres alléchantes à Stockholm après son diplôme d'ingénieur. Au début, il avait été employé dans une société d'électricité, mais, après la mort de ses parents, il avait ouvert un atelier au rez-de-chaussée de la maison. Son premier déménagement fut pour la maison de retraite Le Diamant.

— Tout ce que nous allons voler, nous le mettrons dans une « cagnotte », continua Märtha.

Elle reprit le tricot sur ses genoux, posa les pelotes sur le canapé et s'attaqua au dos du cardigan.

— Une cagnotte ? répéta le Génie.

— Nous y recueillerons l'argent et ensuite, quand nous sortirons de prison, nous partagerons l'argent entre la culture, les maisons de retraite et tout ce que l'État néglige. Ça te semble bien ?

Le Génie acquiesça.

Ensuite, ils passèrent la soirée à émettre différentes

propositions. Finalement, à l'heure du coucher, ils s'étaient décidés à frapper un endroit où se trouvaient les personnes les plus fortunées du pays. Et ils avaient planifié un *vrai* coup. Un coup comme ils n'en avaient vu qu'au cinéma.

8

Une légère neige tombait quand Märtha et ses amies du Diamant descendirent des taxis devant le *Grand Hôtel* à Stockholm. À présent, Märtha se rendait compte qu'ils faisaient un peu tache dans la foule. Le Génie portait sa casquette rouge et ils avaient les bâtons d'arrêt sur les déambulateurs. « Pour que personne ne se blesse », avait-il dit. En plus, son propre déambulateur avait un drôle d'air. Il faudrait qu'elle lui demande pourquoi les tubes en acier sur les côtés semblaient plus larges que les siens.

— En général, ceux qui descendent au *Grand Hôtel* donnent un pourboire, les informa l'un des chauffeurs de taxi.

— Cher monsieur, rétorqua Märtha, nous n'allons pas au *Grand Hôtel*, nous allons prendre le bateau pour Waxholm.

— Pourquoi tu mens ? chuchota Anna-Greta.

— Tu sais bien que les malfaiteurs laissent des fausses pistes.

— Bientôt vous aurez tous les pourboires que vous voulez, intervint le Râteau en recevant immédiatement un coup dans les côtes de la part du Génie.

— Chut. Sois un peu plus discret !

— Et c'est toi avec cette casquette qui me dis ça !
Éteins au moins la lumière.

Le Génie appuya rapidement sur la visière et les
diodes électroluminescentes s'éteignirent. Märtha
enfonça le bâton d'arrêt et fit signe au Génie de faire
de même. C'était mieux ainsi. Les témoins s'arrêtaient
toujours sur des détails.

— Maintenant, la grande aventure peut commencer,
déclara Märtha quand les taxis se furent éloignés.

Elle jeta un regard au *Grand Hôtel* et adressa un
hochement de tête au Génie. Ce qu'au début ils avaient
évoqué comme une blague était en passe de devenir
réalité. En avaient-ils douté une seconde ? Certes, il
leur avait fallu plusieurs semaines pour convaincre les
autres et, au fin fond d'elle-même, Märtha avait craint
que certains ne déclarent forfait. Elle avait tellement
envie de profiter de la vie *avant* qu'ils se retrouvent
derrière les barreaux. Elle avait fait des cauchemars,
imaginant l'un d'eux se dédire à la dernière minute
ou, pire, les dénoncer avant qu'ils n'aient eu le temps
de réaliser le premier coup de la Bande des retraités.

C'était l'idée de Stina de se baptiser ainsi, et tout
le monde l'avait approuvée parce que ça faisait jeune.
Le titre était un peu pompeux, mais plus que les mots,
c'étaient les actes qui importaient. *Outlaws Oldies*
comme Märtha l'avait proposé n'avait recueilli aucun
suffrage parce que les autres estimaient que ça sonnait
trop criminel.

Grâce à Barbro, passer du statut de vieillard impo-
tent à celui de délinquant potentiel s'était fait plus
rapidement qu'ils ne l'auraient cru. Märtha était en
effet allée à la quincaillerie pour faire les achats du
Génie, mais son écriture était si indéchiffrable que

ni elle ni le commerçant n'étaient parvenus à lire ce qu'il avait noté.

— Il va falloir appeler ton ami, avait déclaré le vendeur.

Sans attendre, Märtha lui avait donné le numéro du Génie.

Trop tard, elle s'était souvenue que toutes les conversations privées passaient par le standard de la maison de retraite.

— J'ai une dame âgée ici avec un déambulateur qui veut acheter quelque chose, mais je ne sais pas quoi, avait raconté le vendeur à la femme à l'autre bout du fil.

En vain, Märtha avait essayé d'arrêter la conversation, mais Barbro avait déjà compris que quelqu'un s'était glissé dehors sans son autorisation. Une semaine plus tard, on avait commencé à changer les serrures dans la maison de retraite tandis que Märtha pleurait sur l'épaule du Génie en disant que tous leurs efforts étaient réduits à néant.

— Voyons, ma petite Märtha, ne fais pas cette tête-là. Nous allons enfin commencer notre nouvelle vie de délinquants. Il faut juste s'en aller avant qu'ils ne changent la serrure de la porte d'entrée.

Puis il s'était installé devant l'ordinateur.

— Tu disais qu'il fallait cibler les gens fortunés. Ils sont ici, avait-il dit en ouvrant la page du *Grand Hôtel*. Nous allons faire une réservation.

— Au *Grand Hôtel* ?

Märtha avait failli s'étrangler. Passer de la plaine de Skåne près de Brantevik, à un deux-pièces à Söder puis à un hôtel de luxe ? Ses parents lui avaient toujours répété qu'on devait se contenter de ce qu'on avait… Elle avait dégluti avant de lancer :

— Ah oui. Le *Grand Hôtel*, bien sûr.

— Alors nous réserverons le forfait « spécial fête » avec fleurs, champagne et fruits pour tout le monde, pour qu'ils soient de bonne humeur.

— Il y aura des fraises des bois ?

— Évidemment, avait continué avec enthousiasme le Génie qui s'était soudain arrêté. Mais supposons que Stina et Anna-Greta se sentent trop bien à l'hôtel. Elles ne voudront peut-être plus aller en prison ?

— C'est un risque à prendre, avait tranché Märtha. Mais j'ai déjà entendu dire que vivre dans un trop grand luxe peut devenir ennuyeux.

Le Génie avait réservé des suites de luxe et cinq forfaits « spécial fête ». Märtha avait ressenti un agréable picotement dans tout le corps.

— Il nous reste exactement quarante-huit heures, avait annoncé le Génie en éteignant l'ordinateur. Le serrurier revient lundi matin. Nous devrons être déjà partis.

Le dimanche soir, une fois que le personnel était rentré chez lui, les cinq amis étaient sortis en catimini de la maison de retraite avec leurs déambulateurs. En cette première semaine de mars, les nuages et la neige ne les affectaient nullement. Désormais, une nouvelle phase de leur vie les attendait : la phase *Aventure*. Märtha avait fermé la porte de la cave à clé en sortant. Puis elle avait pincé les lèvres en levant le poing vers la maison de retraite.

— Des escrocs, voilà ce que vous êtes ! Quand vous avez rogné sur le budget pour les décorations de Noël, vous avez dépassé les bornes. Vous entendez !

— Tu disais ? avait demandé Anna-Greta, qui était un peu dure de l'oreille.

— Il faut profiter de la vie avant qu'il ne soit trop tard.

— Oui, oui, avait dit Anna-Greta.

— Maintenant, cherchons un taxi, avait repris Märtha en s'enveloppant dans son manteau d'hiver et en marchant en tête vers la station de taxis.

Une demi-heure plus tard, ils étaient arrivés au *Grand Hôtel*.

Quand ils eurent payé les taxis et alors qu'ils se dirigeaient vers l'entrée de l'hôtel, Märtha s'arrêta net. Pieusement, elle leva les yeux sur la façade du vieil hôtel majestueux.

— Quel édifice fantastique ! Dommage qu'on n'en fasse plus des comme ça aujourd'hui.

— Il faudrait d'abord fermer les écoles d'architecture, remarqua le Râteau. Je ne comprends pas pourquoi il faut faire des années d'études pour apprendre à dessiner des cubes qui soient bien carrés. Ça, je savais déjà le faire à 4 ans. Et, d'ailleurs, ils étaient plus jolis.

— Tu aurais peut-être dû devenir architecte ?

— Bienvenue au *Grand Hôtel*, leur lança un élégant concierge en s'inclinant devant eux.

— Merci, répondit Märtha en essayant d'émettre un petit rire blasé.

Mais plus elle riait, plus son rire sonnait faux. Être une canaille en cavale était finalement assez stressant à son âge.

9

Les déambulateurs avançaient sans encombre sur la moquette jusqu'à la réception de l'hôtel. Märtha regarda, enchantée, la bordure bleu profond avec les belles couronnes dorées. Elle songeait aux rois qui avaient foulé ce sol.

Les formalités prirent un certain temps puisque le personnel vérifiait discrètement leurs cartes de crédit. Grâce à Dieu, Anna-Greta était suffisamment riche pour couvrir tous les frais, mais c'était malgré tout une situation un peu stressante pour ceux qui n'avaient que leur pension. Finalement, les sourires revinrent et on leur souhaita la bienvenue.

— Il faut emprunter la deuxième porte à gauche après l'escalier, indiqua le Génie en prenant la tête des opérations. Vous les filles, vous aurez la suite de la Princesse Lilian, celle des stars, tandis que Râteau et moi prendrons deux suites de luxe.

— Mon Dieu, ça sera beaucoup trop cher, dit Anna-Greta, toujours aussi près de ses sous.

— Ma chère, où as-tu la tête ? Nous n'avons pas l'intention de payer, chuchota Märtha.

De bonne humeur, ils avancèrent dans le couloir, appuyés sur leurs déambulateurs. Grâce à leur entraînement à la salle de fitness, ils avaient recouvré de l'équilibre et n'en avaient plus besoin, mais ils pourraient encore servir. Märtha riait. Qui se méfierait d'une vieille dame en déambulateur ? Le panier à l'avant serait bien pratique pour mettre le butin.

Ils progressèrent lentement dans le couloir jusqu'à une porte sur la gauche.

— C'est ici, annonça le Génie, plein d'assurance, qui ouvrit la porte et entra, suivi de près par les autres. Pas grand-chose qui rappelle Sundbyberg, remarqua-t-il, les yeux écarquillés.

— Mon Dieu, vous avez vu ! Toute la pièce brille comme si elle était en or, s'écria Stina.

— Et vous avez vu comme ils sont magnifiques, ces fauteuils en velours rouge. C'est ainsi que les riches vivent ? s'étonna le Génie.

— Mais…, balbutia le Râteau. Ça ne sent pas un peu trop le parfum ?

— C'est à peine si j'ose entrer. Regardez les miroirs et le joli lavabo ! Est-ce la suite de la Princesse Lilian ? demanda Anna-Greta.

— Je n'en suis pas sûr, murmura le Génie. Un peu trop de miroirs, peut-être…

— Huit dans la même pièce, dit Märtha. Oh ! le beau lustre au plafond, et tout ce marbre et les lampes près du lavabo.

— Mais où sont les lits ? s'inquiéta Stina qui se sentait lasse et voulait se reposer un peu.

— Les lits ?

Le Génie balaya la pièce du regard. Au même moment, on entendit un bruit familier.

— Mais bon sang… ce sont les chiottes ! s'écria le Génie en pouffant. J'étais justement en train de me demander pourquoi il y avait huit lavabos.

Hilares, ils sortirent des toilettes pour dames et se dirigèrent vers l'ascenseur. Le Génie inséra sa carte magnétique pour les faire monter au huitième étage.

— Excusez-moi, j'avais la tête ailleurs. La suite de la Princesse Lilian est bien sûr à l'étage le plus haut.

Dans l'ascenseur, Märtha resta songeuse. Se tromper entre un appartement de luxe et des toilettes pour dames ne présageait rien de bon. S'ils erraient déjà ainsi en étant sobres, qu'est-ce que ça serait après un verre ou deux au bar ?

10

— Que fait-on, maintenant ? demanda Stina après avoir fait le tour de la suite plusieurs fois et allumé tous les écrans de télé qu'elle découvrait. C'est difficile de choisir lequel regarder, et puis il y a tellement de choses ici.

Que faire ? Se poser dans la bibliothèque, jouer un air sur le piano à queue, aller dans la pièce de home cinéma ou simplement se laisser choir dans le fauteuil le plus proche ? Encore que la grande baignoire avec ses belles mosaïques et le sauna soient bien tentants. La femme de chambre avait expliqué qu'on pouvait y mettre de la lumière verte et des sons qui ressemblent aux bruits de la jungle, ou allumer la lumière bleue si l'on préférait. Peut-être qu'elle allait seulement s'allonger et se reposer dans le grand lit double avec vue sur le Palais royal.

— On peut contempler les étoiles si l'on veut. Dans la chambre, il y a une sorte de télescope, annonça le Génie. Mais pourquoi ne pas le diriger sur le Palais ? Le roi fait sûrement des choses passionnantes.

— Mais, il n'est pas là en ce moment, objecta Märtha.

— Euh, est-ce qu'il y a un petit coin ici ? hasarda le Râteau en laissant errer son regard.

— Un à droite, un dans la salle de bains et puis deux plus loin, l'informa Stina.

— Toi alors ! Un pissoir me suffit, je ne peux pas utiliser quatre W.-C. en même temps !

— Il y a quatre douches aussi. Tu peux courir entre les quatre, suggéra Märtha.

Quand tout le monde eut défait ses valises et pris une coupe de champagne, ils s'installèrent dans les fauteuils pour un premier bilan.

— Planifier, c'est très important, dit le Génie. Il faut cartographier l'hôtel. Nous allons visiter le spa, prendre un verre au bar, nous asseoir dans la bibliothèque, manger au restaurant et nous fondre discrètement parmi les clients. Quand nous aurons repéré les plus riches, nous passerons à l'action.

— Je sais. Il y a quarante-deux suites de luxe et beaucoup de clients vont au spa et à la piscine, déclara Anna-Greta. Ils prennent certainement leurs montres et leurs bijoux avec eux.

— Exactement. Nous volerons leurs effets de valeur. C'est simple. Puis nous cacherons le butin pour pouvoir le récupérer quand nous serons sortis de prison, dit Märtha.

— Je crois que tu as lu trop de polars, commenta le Râteau.

— Mais non. Les grands criminels purgent leur peine, puis dépensent leur argent après leur libération. Comme les voleurs spécialisés dans les attaques postales en Angleterre et les rois de l'évasion en hélicoptère par exemple.

— Alors faisons comme eux, décréta Anna-Greta avec des yeux brillants d'excitation.

— Écoutez, tous, nous allons descendre au spa pour effectuer une reconnaissance des lieux. Nous en profiterons pour faire de l'aquagym dans la piscine, proposa Märtha.

— Non, non, nous ne sommes pas venus ici pour faire de l'exercice, protesta le Râteau… Espèce de monstre de vitalité…

— Mais si nous volons un tas de trucs, où allons-nous les cacher ? demanda Stina.

— On verra ça plus tard, dit Märtha, toute rouge de n'y avoir pas pensé plus tôt.

— Écoutez-moi. Il faut que nous commettions le vol avant que les autorités ne nous trouvent. Pourquoi ne pas frapper demain ou après-demain, proposa le Génie. Ensuite, nous pourrons rester ici un moment.

— Rester sur le lieu du crime, mon Dieu ! s'écria Märtha qui n'avait jamais vu cela dans ses polars. Le lieu du crime est un endroit où on ne retourne pas et où on ne s'attarde pas.

— Justement ! La police ne nous cherchera pas ici, rétorqua le Génie. Bon, maintenant, allons nous préparer, on se revoit tout à l'heure au bar.

Une fois les hommes partis, Stina parcourut les brochures de l'hôtel, tout en se limant soigneusement les ongles.

— J'aimerais que nous fassions des soins de beauté au spa, dit-elle en agitant sa lime à ongles.

— Spa et soins de beauté ?

Märtha lança à son amie un regard las. Stina se tenait toujours au courant des meilleurs moyens de prendre soin de soi-même. À 55 ans, elle avait fait un lifting, mais cela restait un sujet tabou. Elle voulait que tout le monde la croie jolie au naturel. Elle ne parlait même pas du blanchiment de ses dents. C'était peut-être à cause de son éducation ? Ses parents lui avaient interdit de se maquiller et pendant toute son enfance elle les avait entendus répéter que c'était un péché : il fallait être fier de son apparence naturelle, car tout ce que Dieu avait créé était un cadeau. Adolescente, elle avait dû se maquiller en cachette. À présent, elle taisait ses opérations esthétiques.

— Écoute un peu, continua-t-elle. Il y a des traitements qui peuvent dénouer des blocages émotionnels et physiques et procurer au corps une merveilleuse sensation d'apaisement. En plus, nous pouvons avoir un masque pour les yeux qui réduit toutes les marques dues à la fatigue et à l'âge.

— Je ne pense pas que j'aurai l'air plus jeune avec un masque complet, lâcha Märtha.

— Le massage des « points marma » autour des yeux est très efficace. Cela indique au système nerveux que les muscles doivent rester vigoureux, continua Stina, totalement absorbée par la publicité de l'hôtel.

— « Marma », c'est quoi ? voulut savoir Märtha.

— Non, ça, c'est encore mieux, répondit Anna-Greta qui tenait à la main la brochure. Nous pouvons faire soixante minutes d'acupuncture faciale. Les aiguilles vont stimuler la production de collagène et renforcer les tissus conjonctifs du corps.

— Exactement ce dont on rêve, ironisa Märtha en levant les yeux au ciel.

— Le traitement rend la peau ferme et douce, continua Anna-Greta.

— *Ferme et douce*. C'est ce qu'on disait de ma poitrine, dit Stina, d'une voix rêveuse. À présent, c'est à se demander où elle est passée.

— Écoutez. Nous faisons une série de cambriolages, rien d'autre. Maintenant, nous allons descendre au spa, asséna Märtha en récupérant les brochures. Mais n'oubliez *jamais* pourquoi nous sommes ici.

Les dames acquiescèrent, se mirent en maillot de bain et enfilèrent les peignoirs de l'hôtel. Märtha s'arrêta avant d'atteindre la porte.

— Une fois en bas, regardez bien autour de vous pour chercher montres, argent liquide, bagues et ce genre de choses.

— Allons-nous commettre un délit *pour de vrai* ? s'exclama Stina.

— Chut ! Mais non, ce n'est qu'une petite aventure, la rassura Märtha avec une tape sur l'épaule en entrant dans l'ascenseur.

Elle s'arrêta, rongée par l'inquiétude. *Pourvu que Stina ne fasse pas tout capoter !*

11

Une femme bien maquillée leur souhaita la bienvenue avec un large sourire. Elle allait dire quelque
chose quand le Génie et le Râteau entrèrent. Leur slip
de bain à pois des années cinquante se devinait sous
leur peignoir.

— Désirez-vous des serviettes ?

— Oui, merci, rit Märtha.

— Ça me rappelle quand j'étais en Turquie, dit le
Râteau. Des bains, de belles mosaïques, des femmes
et…

— Des chansons ? compléta Anna-Greta en pinçant
la bouche. Ça, c'était avant.

Les hommes reçurent des serviettes et partirent se
doucher, pendant que Märtha et les deux autres dis-
paraissaient dans le secteur des femmes. Tout un pan
de mur était recouvert de casiers numérotés.

— C'est le jackpot, regarde, chuchota Märtha, exta-
tique, en donnant un coup de coude dans les côtes
d'Anna-Greta.

— C'est comme si on nous attendait, répondit
Anna-Greta qui comptait les casiers.

Elles allèrent dans une pièce avec une piscine

tempérée où l'un des murs représentait un paysage d'archipel nordique.

— Regardez comme c'est joli, dit Stina. C'est le Nord exotique pour lequel les touristes paient.

— Alors qu'en réalité c'est gratuit, fit remarquer Anna-Greta.

— Mais tout ce qui est rare est cher, ajouta Märtha. C'est pour cela qu'il n'y a que des hommes d'affaires, des hommes d'État et des stars de cinéma qui logent au *Grand Hôtel*.

— Et puis nous, gazouilla Stina.

— Dans cet hôtel sont descendues des personnes qui ont gouverné le monde, continua Märtha avec des trémolos dans la voix.

— Alors comment peuvent-ils connaître le peuple ? s'étonna Stina.

— C'est justement ça, le problème. Ils ne savent pas comment les gens vivent, expliqua Märtha.

— Mais si tu avais été Frank Sinatra, Zarah Leander ou l'impératrice, tu n'aurais jamais logé dans une auberge de jeunesse. Sinon personne n'aurait compris que tu étais une star, objecta Anna-Greta. C'est comme à Djursholm. C'est l'adresse qui compte.

En arrivant à la piscine, elles virent que le Génie et le Râteau nageaient déjà à un rythme tranquille. L'eau scintillait dans des nuances de bleu et ça sentait bon la lavande et la rose. Le fond de l'eau était tapissé de grosses pierres noires et les quatre escaliers du bassin étaient ornés de grands arcs romains. Au bout de l'étroit couloir à droite, on pouvait entrevoir une porte sur laquelle était écrit : hammam.

— Là-bas, nous pouvons avoir un bain de vapeur, un cataplasme de feuilles de bouleau pour les pieds et un enveloppement de tourbe, annonça Anna-Greta.

— La tourbe stimule la respiration et la digestion et apporte paix et harmonie, récita Stina.

— Je te le répète, on n'est pas là pour ça, insista Märtha.

Le Génie et le Râteau qui montaient l'escalier avaient l'air contents et requinqués.

— Bon. Maintenant le hammam, fit le Génie.

Dans le hammam flottait un épais brouillard d'humidité qui gênait la vision. Un homme jeune, une femme et quelques quinquagénaires se trouvaient à l'intérieur. La pièce était assez grande avec des bancs disposés en demi-lune autour d'une sorte de piédestal noir. Il culminait à hauteur des yeux et était équipé d'une bouche qui crachait de la vapeur. L'air saturé sentait les sarments de bouleau. Il faisait chaud et des gouttelettes invisibles étaient en suspension dans l'air.

— Ma canne va se tordre, se plaignit Anna-Greta.

— Mon Dieu, tu aurais dû la laisser dans le vestiaire, s'emporta le Râteau.

— Encore une chance que tu n'aies pas pris le déambulateur, il aurait rouillé, dit Märtha.

Le Génie regarda, fasciné, le pilier.

— Hum. Une cavité d'où jaillit de la vapeur. Ça me va parfaitement, marmonna-t-il.

Les cinq amis y restèrent un court moment, puis sortirent prendre une douche. Après avoir fait un détour par les vestiaires, ils regagnèrent leurs appartements par l'ascenseur.

— Dites, les casiers n'ont pas de clé. On les ouvre à l'aide d'une carte en plastique, fit remarquer Märtha qui s'était installée dans le canapé.

— Chez les hommes aussi, soupira le Râteau.

— Elles n'ont pas du tout de bande magnétique. Chaque carte a un mot de passe, or là en bas il doit y avoir plus de trois cents casiers. À supposer que nous parvenions à craquer le code d'une des cartes, il nous en resterait encore deux cent quatre-vingt-dix-neuf autres.

Un silence pesant tomba sur la pièce, tous comprenaient ce que cela voulait dire. Le champagne ne les tentait plus. Le Génie se tortillait sur sa chaise.

— Avant demain, j'aurai certainement trouvé une solution, dit-il.

— Alors donnons-nous rendez-vous ici demain matin à 10 heures pour échafauder un plan, proposa Anna-Greta, coutumière des réunions matinales à la banque.

— Avant de passer à l'acte ? demanda Stina.

— Exactement, répondirent d'une seule voix le Génie et Märtha.

— Quand quelque chose est très compliqué, il y a toujours une solution très simple. À laquelle personne n'a pensé, dit Märtha. À présent, descendons pour le dîner. D'habitude, ça aide.

— Et nous mettrons la note sur la chambre, conclut Anna-Greta.

Ayant revêtu leurs plus beaux habits, ils s'installèrent sur la terrasse. Dans le restaurant tout en longueur qui ressemblait à un pont du *Titanic*, les tables à nappe blanche s'alignaient le long des grandes baies vitrées.

— Ce n'est peut-être pas une bonne idée d'être si près des fenêtres, réfléchit Märtha. Pensez donc, si quelqu'un nous voyait et nous enfermait de nouveau à la maison de retraite !

— Personne ne nous imaginerait ici, contra le

Râteau, en jetant néanmoins un coup d'œil inquiet vers la rue.

Il aimait bien être en cavale, et ne tenait pas à se faire démasquer tout de suite.

Ils commandèrent une sole meunière avec des haricots verts en fagots entourés de bacon, le tout accompagné d'un écrasé de pommes de terre. Quand les plats arrivèrent, ils en furent si impressionnés que le serveur leur demanda si quelque chose n'allait pas.

— Non, tout va bien. Nous avions seulement oublié à quoi ressemblait la vraie nourriture. Je veux dire, celle qui n'est pas sous vide.

Quand ils commencèrent à manger, il y eut un long silence. Puis vinrent des soupirs d'aise.

— Il fond sur la langue comme du beurre chaud, dit le Râteau en caressant le poisson de sa fourchette. Sur le *MS Kungsholm*[1], la cuisine en première classe avait parfois ce goût-là.

— C'est fou. C'est du vrai poisson, constata Stina en fixant l'assiette.

— Et goûtez, tout est parfaitement assaisonné. J'avais oublié que la nourriture pouvait être aussi bonne. On entre presque en religion, dit le Génie.

Ils continuèrent à déguster leur plat en silence, comme on le fait quand on savoure vraiment, et au moment du dessert – une crêpe Suzette flambée –, Anna-Greta s'essuya longuement la bouche avec la serviette en lin.

— Ceci est merveilleux, mais j'ai réfléchi à quelque chose. Si on n'arrive pas à ouvrir les casiers… l'hôtel

1. Paquebot de luxe construit en 1966 par la John Brown Company.

a le numéro de ma carte de crédit et je n'ai pas envie, comment dire, de payer pour tout ça...

Un silence gêné se fit.

— Du calme, Anna-Greta, la rassura Märtha. Ce qu'il y a à l'intérieur suffira pour toi *et* le butin de vol.

— Mais est-ce bien de voler de cette façon ? se demanda Stina. *Tu ne commettras pas de vol*, c'est écrit dans la...

— Ça dépend entièrement de *qui* le fait. Si c'est l'État ou la banque, ça va, dit Märtha. Maintenant, tu n'as qu'à faire semblant de gérer l'argent de notre retraite. Comme ça, tu pourras faire exactement ce que tu veux.

Tous approuvèrent de la tête, en se délectant de ce qui leur restait dans l'assiette.

En remontant dans l'ascenseur, le Génie demanda à Märtha de le suivre dans sa chambre.

— Viens. Il faut que je te montre quelque chose.

Elle ressentit d'abord une pointe d'espoir, mais comprit qu'il voulait lui parler d'un sujet sérieux. Ils pénétrèrent dans sa suite gustavienne, meublée dans un style austère mais élégant, qui donnait l'impression que Gustav III lui-même l'avait agencée – même si le roi n'avait pas mis personnellement la main à la pâte. Märtha avait du mal à comprendre comment le Génie, en si peu de temps, avait pu mettre un tel désordre : vêtements jetés négligemment sur les fauteuils, brosse à dents et dentifrice sur le bureau, brique de lait ouverte dans le vestibule. Des feuilles déchirées d'un cahier d'écolier traînaient ici et là, et l'une de ses pantoufles pointait son nez sous l'épais rideau de la fenêtre.

— Excuse le désordre, mais j'ai été très occupé. Tu vas voir.

Il alla jusqu'au lit et sortit un cahier coincé sous le matelas.

— Assieds-toi. Tiens, toi qui lis des polars…

Märtha s'installa et regarda pendant qu'il feuilletait ses dessins. Il se dégageait de lui une aura de calme et de chaleur et elle se sentait en sécurité. Ils se connaissaient depuis longtemps et elle l'avait toujours bien aimé. Mais ils s'étaient rapprochés maintenant qu'ils étaient devenus des complices. Elle eut un petit rire. Au fond, c'était drôle, la vie. On ne savait jamais ce qu'elle vous réservait.

— Bon, c'est ici. Le cambriolage ne sera pas aussi simple que j'avais pensé. Ce n'est pas comme dans les vieux films où on volait les clés du gardien et où l'on raflait tout.

— Tu veux dire qu'avant, même pour les coupables, c'était plus simple ?

— Il semblerait que oui.

Le Génie montra la page ouverte dans son cahier d'écolier où il avait dessiné la serrure et la charnière des coffres.

— Les coffres-forts ont une serrure électronique qui s'ouvre et se ferme par une carte à code. Un bel hôtel n'a bien évidemment pas des coffres bas de gamme. Ceux-là sont des modèles de luxe, chers et sophistiqués. L'installation en bas dans le spa coûte au moins cent mille couronnes et est garantie contre le vol. Je n'osais pas le dire aux autres. En fait, je n'ai aucune idée de la manière dont nous allons nous y prendre.

— Ne t'inquiète pas. Nous nous arrangerons pour créer une coupure de courant.

— Ça ne marche pas. Les coffres ont un système de secours qui fonctionne avec des piles, et tout ce qu'on obtiendra, c'est qu'ils se verrouilleront automatiquement.

— Mais alors, je sais ! s'écria Märtha, ravie. Demain matin, tu descendras et provoqueras un court-circuit pour que les coffres se verrouillent. Les clients du spa ne pourront pas accéder aux consignes et seront obligés de mettre leurs bijoux ailleurs. Tu as vu le casier de consigne, cette sorte de boîte en plastique à la réception ? Il ressemble à un ancien coffre à serrure. Je parie que l'hôtesse va mettre les bijoux dedans.

Le Génie regarda Märtha avec étonnement.

— Ma chère, je réfléchis à ce problème depuis hier…

— Vous les hommes, vous pensez plus au côté technique. Il existe un facteur humain aussi…

Le Génie rit, se leva et revint avec deux pochettes en plastique blanc.

— Et voilà les herbes. J'ai obtenu de la jusquiame du Râteau qui a préparé une petite dose inoffensive. Si on la verse dans la bouche du pilier, là où la vapeur sort, la poudre devrait se répandre dans tout le spa. Quand tous somnoleront, nous irons ouvrir le coffre.

— Et le contenu de l'autre sachet alors ?

— Ça doit également aller dans la bouche à vapeur. Le Râteau a gardé une petite quantité de cannabis de ses cultures expérimentales, à moins que ce ne soit du hasch ou de la marijuana du temps où il était marin, je ne me rappelle plus très bien. Quoi qu'il en soit, ça rend joyeux et ça donne envie de rire. Pense aux pauvres gens que nous allons dévaliser : s'ils peuvent inhaler un peu de vapeur de hasch, ils seront moins désolés au réveil en découvrant que le coffre de la réception a été vidé.

— Comme tu es gentil, le Génie, tu veilles toujours à ce que tout le monde soit bien, dit Märtha, aux anges. Nous aurons des victimes heureuses. Des gens qui riront de bon cœur en découvrant le vol.

Elle gloussait. Le Génie se joignit à elle.

— Si tu prends la responsabilité de répandre le contenu des sachets dans le hammam, moi, je m'occupe du coffre de l'accueil, proposa-t-il.

— Et les autres, alors ?

— La première fois, il vaut mieux que nous agissions seuls. Nous ne pourrons accuser personne si nous échouons. Et puis un peu d'expérience, ça ne nous fera pas de mal.

— Il n'y a pas beaucoup de gens qui se lancent dans une nouvelle carrière à nos âges, se rengorgea Märtha.

— Nous, si ! répondit le Génie.

Puis ils éclatèrent de rire à nouveau et il fallut un bon moment avant que Märtha reprenne le chemin de sa chambre.

12

À l'instant où le Râteau allait se déshabiller, on frappa tout doucement à sa porte. Il remonta son pantalon, remit sa veste et fit quelques pas hésitants vers la porte.

— C'est moi, Stina, dit une petite voix de l'autre côté.

Le Râteau se peigna rapidement les cheveux, noua un foulard autour du cou et ouvrit.

— Bienvenue !

Quand elle entra, il remarqua tout de suite qu'elle avait l'air soucieuse.

— Un peu de champagne ?

Elle fit non de la tête et s'affala dans le canapé.

— Finalement, tu as choisi la suite Drapeau. Elle a un petit côté masculin, dit-elle en lissant l'un de ses sourcils.

— Je trouvais qu'elle m'allait comme un gant. Élégante. Et puis elle me rappelle mon temps en mer, ajouta-t-il en rougissant.

— Quand je pense qu'on peut vivre aussi luxueusement ! Les clients qui reviennent à l'hôtel veulent toujours avoir la même chambre, paraît-il. Je les comprends. Je ne veux pas finir en prison. Je veux rester ici.

— Mais, Stina, on fait tout pour. C'est seulement si nous volons que nous pourrons vivre aussi bien, dit-il en s'installant à côté d'elle.

— Je ne veux pas voler. (La voix de Stina devint aiguë.) Ce n'est pas bien. On *ne doit pas* prendre les affaires des autres.

— Mais, ma chère amie, tu ne peux pas nous faire faux bond maintenant. Cela ruinerait tous nos efforts.

— Et mes enfants alors ? Que vont-ils dire ? Emma et Anders auront honte de moi. Tu te rends compte s'ils me tournent définitivement le dos ?

— Mais non. Ils seront fiers de toi. Pense à Robin des Bois qui volaient les riches. Les Anglais l'adorent.

— Tu veux dire que mes enfants vont avoir de l'estime pour moi parce que j'aurai volé comme Robin des Bois ? Mais Robin des Bois au *Grand Hôtel*, ce n'est pas tout à fait la même chose.

— Mais si, nous volons les riches, or les gens ont toujours de l'indulgence quand on dépouille les plus fortunés. Anders et Emma en auront également. Te rappelles-tu l'attaque du train postal en Angleterre ? Tout le monde reconnaît que c'était incroyablement bien joué. Le cerveau de l'opération est admiré de tous.

— C'était un très gros coup. Nous allons voler juste un petit peu.

— Assez pour aller en prison.

— Oui, ça vaut mieux qu'un bracelet électronique à la cheville. C'est si disgracieux. Tu t'imagines te promener avec une chose pareille ?

Stina regarda le Râteau avec des yeux mouillés de larmes. Il la serra dans ses bras pour la réconforter.

— Tu ne peux pas savoir comme tout le monde va penser que tu es courageuse. Ça sera un cambriolage historique et toi, tu en feras partie. Tu deviendras une légende.

— Moi ?

— Exactement. Les gens parleront de toi avec respect. Si tu savais comme je suis fier de toi et heureux que tu sois avec nous.

— Tu le penses vraiment ?

Stina baissa les yeux et le Râteau vit qu'il était en train de gagner la partie. Il avait toujours su s'y prendre avec les femmes. Il poursuivit sur sa lancée, sûr de son succès :

— Tu es très jolie, tu sais ? (Il prit sa tête entre ses mains et plongea son regard dans le sien.) Je crois en toi, je sais que tu y arriveras.

Puis il lui caressa la joue et l'étreignit pendant un long moment, avant de la relever du canapé.

— Je serai avec toi tout le temps. Tu peux me faire confiance, dit-il en l'embrassant sur la joue.

Ensuite, il la raccompagna jusqu'à la porte.

Quand Stina arriva dans sa chambre, elle resta longtemps éveillée, les mains posées sur sa poitrine. Le sourire aux lèvres, elle pensait au Râteau, à sa gentillesse et à la protection qu'elle avait ressentie quand il l'avait serrée dans ses bras. Mais cette chose concernant le vol... Ses parents, qui avaient été des Pentecôtistes, lui avaient inculqué qu'il était important de bien se conduire. Allait-elle tout renier maintenant ? Chaque dimanche, ils l'avaient obligée à aller à l'église. Elle s'y était ennuyée à mourir et sans la musique, elle n'aurait jamais tenu le coup. À Jönköping, tout tournait autour de l'Église évangélique libre et de la conduite irréprochable qu'il fallait avoir. Quand elle voyait l'eau du lac Vättern aux reflets argentés, lisse comme un miroir, elle croyait que le bon Dieu était de bonne humeur. Mais quand la tempête faisait bouillonner les vagues contre la grève, elle avait peur qu'Il ne soit fâché et qu'Il vienne la chercher. En effet, sa mère et son père lui avaient dit que Dieu la punirait si elle faisait des bêtises – ce qu'elle faisait souvent.

Stina ne put s'empêcher de rire un peu, là dans le noir.

Ses parents avaient possédé une boutique de textiles et avaient espéré qu'elle la reprendrait. Et cela serait sans doute arrivé si elle n'était pas tombée amoureuse d'Olle, un ténor à la chorale de l'église. Il voulait toujours qu'ils montent à Brahehus pour admirer la vue sur le Vättern. Les ruines étaient fascinantes avec leurs murs épais et les fenêtres vides tels des yeux aveugles. Elles l'effrayaient et l'attiraient, comme lui. Après quelques visites, il l'avait entraînée derrière quelques buissons, et puis elle avait perdu… son innocence. Exactement comme maintenant, elle n'avait pas su résister à l'attrait de la nouveauté, si excitante. Mais quand elle s'était retrouvée enceinte, les parents l'avaient obligée à se marier avec lui. Certes, Olle s'en sortait bien dans la vie et ils avaient eu pas mal d'argent pendant toutes les années où ils avaient été mariés. Mais ce n'était pas un bon mariage et, après une existence comme femme au foyer où elle avait dû jouer les épouses parfaites et s'occuper de choses qu'elle n'aimait pas, la séparation avait été un soulagement. Ensuite, elle avait ouvert une boutique de chapeaux grâce à l'argent du divorce et elle avait commencé une nouvelle vie plus intéressante.

Elle avait entrepris des études d'histoire de l'art, et puis elle avait chanté dans une chorale et s'était fait des amis. Elle s'était bien amusée. Stina ferma les yeux et repensa au Râteau. Eh bien, s'il devenait un délinquant, elle l'imiterait. Au fond, c'était comme les excursions à Brahehus. Quelque chose d'interdit et d'excitant...

Elle ....
....
... Non, elle ....
entier ....
tablettes, le sol ....
les-unes ....
desséchait ...

13

La réunion matinale terminée, il était temps de passer à l'action. Le Génie sortit sa pince coupante, un bout de câble électrique, un peu de ruban adhésif, un tube de colle à prise rapide, et mit le tout dans un sac en plastique opaque. Il avait largement la place dans la grande poche de son peignoir. Il jeta un coup d'œil à sa montre. Dans cinq minutes, il avait rendez-vous avec Märtha au spa.

Dans l'ascenseur, Märtha vérifia encore une fois le plan d'attaque. Les différentes phases avaient été soigneusement passées en revue ; sa seule inquiétude était que le Génie puisse prendre un coup de jus et s'évanouir en court-circuitant l'ensemble du système. L'hôtesse à l'accueil leva les yeux quand elle entra.

— Une serviette, s'il vous plaît, demanda Märtha.

— Oui, le peignoir vous l'avez déjà, à ce que je vois, dit la fille.

À l'instant même où le Génie disparaissait du côté des hommes avec son sac, l'hôtesse attrapa une grande serviette blanche sur l'étagère derrière elle.

— Quelle douceur ! s'extasia Märtha en l'appuyant contre sa joue.

La fille derrière le comptoir lui tendit une carte en plastique.

— Quand vous aurez mis vos affaires dans votre casier, vous appuierez la carte contre le dispositif de fermeture. Et quand vous viendrez rechercher vos affaires, vous referez la même opération, et le casier s'ouvrira.

— Que c'est intelligent ! dit Märtha en souriant avec l'espoir qu'elle s'était comportée comme une cliente normale.

Il y avait de la lumière et comme un parfum douceâtre dans le vestiaire. Une femme brune se changeait, et plus loin, une autre sortait des douches. Sinon c'était vide. Si tôt le matin, il n'y avait que quelques casiers occupés. Märtha prit sa douche, enfila son maillot de bain et entra dans la piscine. Elle n'avait nagé que quelques brasses, quand la lumière clignota. Elle s'arrêta, remonta l'escalier et retourna aux vestiaires. Là, les lampes s'étaient éteintes et il fallut attendre un moment avant que la lumière revienne. Elle essaya la carte. Le casier ne s'ouvrait pas. Elle eut un petit sourire, enfila son peignoir et retourna à l'accueil. Il y avait de la lumière.

— Je n'arrive pas à ouvrir mon casier, dit Märtha.

— Nous allons nous en occuper, répondit l'hôtesse.

— Mais où vais-je mettre mes objets de valeur ?

— Vous pouvez les ranger ici, fit l'hôtesse en montrant derrière elle un robuste coffre en acier peint en blanc. Mais vous n'avez pas déjà laissé vos affaires dans le casier en bas ?

— Ah si, j'avais oublié, dit Märtha.

— Alors, c'était comment ? s'inquiéta Anna-Greta une fois que Märtha fut revenue dans la suite.

Stina et elle n'avaient pas encore terminé leur petit déjeuner et traînaient toujours en robe de chambre. Stina montra le tricot de Märtha, posé sur le canapé.

— Et si tu le terminais une fois pour toutes, qu'on puisse s'asseoir sans se faire embrocher ?

— Excusez-moi, je l'oublie toujours. Ça va être un cardigan, précisa Märtha en rangeant la laine et les aiguilles.

Elle se versa du café.

— Quand les casiers ne fonctionnent plus, l'hôtesse place les objets de valeur dans un coffre derrière elle, exactement comme on le pensait, annonça Märtha.

— Bien. Alors il y a beaucoup de place dedans ? demanda Anna-Greta.

— Sans doute pas mal, répondit Märtha évasivement.

L'air dubitatif, Stina prit un chocolat et agita la main.

— Vous avez l'air contents de vous, mais nous avons commis une belle erreur. Nous sommes venus ici pour voler les plus riches, mais nous avons pris la suite la plus chère.

Le silence se fit pendant que les mots de Stina produisaient leur petit effet.

— La première fois, ce n'est pas si facile de jouer les malfrats, s'excusa Märtha en prenant à son tour un chocolat.

Elle pouvait bien s'accorder un peu de douceur…

— Nous aurions dû réserver une autre chambre et attendre qu'une très grande star vienne ici, un artiste riche, un roi, un président, poursuivit Stina.

— Ça n'a rien d'évident de penser évasion et vol

en même temps, à nos âges. Une chose à la fois, argua Märtha.

— Mais le cours de l'or est au plus haut. Trois gros bracelets en or massif rapportent aussitôt cent mille couronnes, dit Anna-Greta, fière de la vitesse de son calcul mental.

— N'oublie pas que ça nous permettra aussi d'aller en prison, fit remarquer Stina qui avait compris que le Râteau voulait y aller, et donc elle aussi.

— Nous descendrons au spa quand il y aura le moins de monde possible. À l'heure du déjeuner. Le coffre sera plein à craquer d'or, dit Märtha.

Les autres en convinrent. Quand tout le monde fut fin prêt, Märtha et le Génie passèrent tout en revue une dernière fois, dessins à l'appui :

— Ici, je fais le court-circuit, indiqua-t-il en pointant le doigt sur la feuille. Il faudra un certain temps avant que quelqu'un trouve la coupure, continua-t-il en montrant quelques tirets bizarres. Et les réparations des câbles du spa et du hammam sont provisoires. En deux secondes, je plonge le tout dans le noir. Le ruban adhésif argenté est fantastique !

Il avait l'air si passionné que Märtha lui trouva l'air d'un enfant devant un jeu électronique.

— Et si ça ne marche pas comme prévu ?

— Certes, tout peut capoter, auquel cas nous ferons un nouvel essai. Et là, il y a la pince-monseigneur et celle de réserve, dit-il en montrant le sac.

On frappa à la porte et le Râteau fit son entrée. Il avait l'air d'avoir sommeil et sentait l'ail. Il vit les deux sacs en plastique posés sur la table.

— Fais attention avec les herbes, dit-il, avant qu'on frappe de nouveau à la porte.

C'étaient Stina et Anna-Greta.

— Alors nous sommes prêts, conclut Märtha en essayant de prendre une voix assurée. Il n'y a plus qu'à attendre l'heure du déjeuner.

Tous acquiescèrent, la mine grave.

14

Quelques heures plus tard, quand Märtha prit l'ascenseur pour descendre rejoindre les autres au spa, elle tâta encore une fois la poche de son peignoir en éponge blanc. Les pochettes en plastique contenant la jusquiame et le cannabis étaient bien là. Elle jeta un coup d'œil au Génie. Il avait mis la serviette en dernier dans son sac pour cacher ses outils. Il avait l'air excité, comme s'il mijotait quelque chose. En fait, pensa-t-elle, *je me sens exactement dans le même état*.

Pour ne pas se faire remarquer, elle prit une douche et alla passer un moment dans la piscine. Tous barbotaient en attendant qu'il y eût plus de baigneurs. Anna-Greta encouragea les autres à être patients.

— Il y aura peut-être un bracelet supplémentaire, s'exclama-t-elle dès que quelqu'un proposa de commencer.

Finalement, le Génie dit qu'il n'en pouvait plus et qu'il n'attendrait pas une minute de plus. Puis il se pencha vers Märtha et lui chuchota :

— Tu as les sachets ?

Elle acquiesça.

— Quand la lumière commencera à clignoter, tu sortiras la poudre pour la verser dans cette sorte de bouche qui diffuse la vapeur. Mais il faudra faire vite pour que personne ne te voie.

— T'inquiète. J'ai déjà vu faire ça au cinéma ! rétorqua-t-elle.

Le Génie s'avança vers le comptoir d'accueil avec le tableau électrique, tandis que Märtha se dirigeait avec les autres vers le hammam. La jusquiame était censée faire somnoler les clients. Avant qu'ils ne soient trop dans les vapes, Märtha devrait verser le cannabis. Ensuite, Stina et Anna-Greta sortiraient du hammam en titubant et feraient semblant de s'évanouir, pendant que Märtha courrait à l'accueil pour donner l'alarme. Dès que l'hôtesse aurait quitté sa place, le Génie plongerait tout l'établissement dans le noir et, avec le Râteau, viderait le coffre-fort. Au cas où il ferait trop noir, le Génie avait pris la précaution d'installer des diodes électroluminescentes sur l'un de ses chaussons. Ce qui inquiétait quelque peu Märtha qui craignait que ce détail ne les trahisse. Il la rassura en disant qu'il n'y aurait aucun problème : le chausson ne serait utilisé qu'en cas d'extrême urgence et, dans l'agitation, personne ne remarquerait d'où viendrait la lumière. Märtha estimait que c'était elle qui avait raison et qu'il disait cela seulement parce que c'était lui, l'homme, et qu'il n'avait, de ce fait, pas beaucoup d'imagination. Toutefois, avec l'âge, elle avait appris qu'il était parfois plus judicieux de céder.

En arrivant dans le hammam, une chaleur moite les accueillit. Pendant que Stina et Anna-Greta prenaient place sur les bancs, Märtha regarda autour d'elle. Il y avait là au moins une vingtaine de personnes. Quelques messieurs d'un certain âge, plusieurs femmes et un couple de quinquagénaires s'étaient installés sur les deux bancs en forme de demi-lune posés en vis-à-vis. *Maintenant, il faut bien observer les plus proches afin de prévoir leur réaction*, se dit Märtha qui sentait les sachets en plastique gratter sous son maillot de bain. Au fond, c'est le Râteau qui aurait dû s'en occuper, mais il avait déclaré qu'il n'était concerné que par les plantes *vivantes*. Des feuilles mortes et sèches, il n'en avait rien à faire. Elle se redressa. Puisqu'il était si obstiné, il fallait bien qu'elle vienne à la rescousse. Märtha s'installa tout au bout du banc, aussi près de la porte que possible afin de profiter de l'air frais venant de l'extérieur. Elle posa les rameaux de bouleau à côté d'elle, puis se palpa au niveau du décolleté de son maillot de bain. Avec les sachets dissimulés en dessous, ses seins avaient l'air d'avoir retrouvé leur prime jeunesse ; dommage qu'il fît si noir à l'intérieur !

— Combien de temps allons-nous rester ainsi ? chuchota Stina.

— Pas très longtemps, la rassura Märtha. Je vous préviendrai le moment venu.

— Là-dedans, on ne tiendra pas longtemps, renchérit Anna-Greta en se protégeant la bouche de la main. La vapeur est trop chaude.

Le brouillard masquait l'expression des gens, ce qui ennuya Märtha. Elle aurait du mal à juger leur réaction. À peine cette pensée eut-elle traversé son esprit que la lumière clignota. Le Génie avait coupé le courant. C'était maintenant ou jamais ! Märtha mit la main dans son décolleté en quête des sachets en plastique. Bon sang, où étaient-ils passés ? Puis elle se rappela qu'elle n'avait pas pris ses lunettes. Dire qu'elle n'avait cessé de dire aux autres qu'un petit détail pouvait faire capoter les plus grands projets ! Enfin, elle trouva le sachet de cannabis. Elle remit sa main dans son décolleté et farfouilla. L'homme assis en face d'elle la regarda bizarrement.

— Je croyais que j'en avais trois en quittant la maison, plaisanta-t-elle.

L'homme l'observa d'un air imbécile.

— Deux alors ? hasarda-t-elle.

Embarrassé, il se racla la gorge, puis quelqu'un toussota dans le brouillard. Une vieille femme n'a pas le droit de faire de telles plaisanteries, était-ce cela qu'ils pensaient ? Märtha se sentit amère : les vieux aussi ont envie de s'amuser. Le brouillard devint plus dense et plusieurs personnes commencèrent à se couvrir le visage. Il faisait si chaud et humide dans la pièce que deux personnes se levèrent pour sortir. Elle ne pouvait plus attendre. Avec mille précautions, Märtha sortit le sachet de jusquiame et l'ouvrit. Elle n'avait que quelques pas à faire pour arriver jusqu'au pilier. Mais son pouce et son index ne trouvaient rien dans le sachet. Märtha ressortit sa main. Elle avait pourtant mis la poudre dedans. Perplexe, elle fourra les doigts tout au fond et sentit comme une mélasse. Bon Dieu ! De l'humidité s'était infiltrée à l'intérieur du sachet. Du coup, elle pensa à tous ceux qui se trouvaient dans la piscine auparavant avec elle qui auraient pu ingérer la jusquiame et s'endormir dans l'eau. En reconnaissant un homme avec qui elle était presque entrée en collision en nageant, elle se calma. Une infime partie de cette herbe avait dû s'échapper, le reste s'était seulement humidifié. Mais est-ce que cette plante avait pu perdre de sa force, et elle-même pouvait-elle être devenue sujette à des hallucinations à cause de la jusquiame qui s'était répandue ? Comment le savoir ? Bon, mieux valait agir vite, et filer ensuite à la douche. Mais s'il restait trop peu de jusquiame et que personne n'en ressente les effets ? Le Râteau lui avait dit de ne mettre qu'un tout petit peu de cannabis, mais à présent la situation était tout autre. Il valait mieux y déverser tout le contenu. Elle fouilla de nouveau dans son décolleté pour sortir le sachet de cannabis. Heureusement, celui-ci était intact. Elle alla à pas hésitants jusqu'au pilier, et après que la bouche eut libéré un souffle de vapeur chaude, elle y mit la jusquiame et le cannabis, en cachant ses manigances avec les rameaux de bouleau. Puis, elle alla s'asseoir sur la banquette, à proximité de la sortie, et attendit.

15

Barbro fumait dans son appartement à Sollentuna qui venait d'être rénové. Elle inhala la dernière bouffée avant d'écraser le mégot dans son verre à vin et de fermer la fenêtre. Depuis que le directeur avait repris Le Diamant, elle rêvait de collaborer avec lui. Ensemble, ils avaient tout pour réussir. Lui avait l'argent et pouvait investir, et elle gérer l'affaire. Or le temps passait et elle commençait à s'impatienter. Il faudrait tirer ça au clair avec lui. En y allant doucement pour ne pas le braquer.

— Dépêche-toi, chérie, dit-il en ouvrant les bras.

Couché sur le dos, M. Mattson était nu, et elle n'avait pas besoin d'être Einstein pour comprendre ce qu'il avait en tête. En franchissant les quelques pas pour arriver jusqu'au lit, elle continua à réfléchir à son idée. Il fallait qu'elle le rende accro à leurs parties de jambes en l'air. Le moment était propice pour en parler.

— Chéri, tu ne trouves pas qu'on est bien ensemble ?

Il l'attira vers lui et, pour toute réponse, l'embrassa. Elle recula en le regardant avec gravité.

— Si seulement on pouvait se voir plus souvent. Tu me manques quand nous ne sommes pas ensemble.

— Toi aussi, tu me manques, ma chérie, dit-il en essayant de l'enlacer.

— Tu as réfléchi à ce que tu vas faire avec ta femme, je veux dire le divorce et...

Il resta immobile un instant, avant de la serrer contre lui.

— Adorable petite sotte, un amour comme le nôtre n'a pas besoin du mariage. Nous appartenons l'un à l'autre.

Juste à ce moment-là, son téléphone portable sur la table de chevet sonna. À la deuxième sonnerie, il hésita et, à la troisième, il tendit le bras.

— Allô ? Ah, c'est toi. Oui, bien sûr. Vous allez bien ? Ah, parfait...

Percevant la voix claire et pénétrante à l'autre bout du fil, Barbro se leva et alla dans la cuisine. Elle n'aimait pas l'entendre parler avec son épouse, cela lui rappelait qu'il y avait quelqu'un d'autre dans sa vie. Et qu'elle-même était encore loin du but.

— Vous resterez encore une semaine, ma chérie ? Oui, oui, je comprends... Ah, chérie, c'est dommage. Et moi qui avais pensé vous emmener, les enfants et toi, dîner dehors.

Sa famille était partie à Londres. Et leur retour semblait retardé. Alors, Mattson et elle pourraient rester ensemble encore un peu plus longtemps ? Enfin, il raccrocha. Barbro retourna dans la chambre où il l'accueillit à bras ouverts.

— Chérie, ma famille est coincée à Londres. Je prendrai des congés, comme ça on pourra passer quelques jours ensemble.

— C'est merveilleux ! Mais les vieux, alors ?

— Nous recruterons quelqu'un.

— On peut se le permettre ?

— Voyons, Le Diamant est une vraie vache à lait. C'était quoi, déjà, le nom de celle qui te remplaçait avant ? Katja, je crois. Appelle-la.

Encore une fois, il ouvrit grands ses bras. Apaisée, elle se glissa sous la couverture et l'étreignit à son tour.

Quand Katja l'infirmière intérimaire arriva à la maison de retraite le lundi matin, elle trouva l'endroit étonnamment calme. Comme d'habitude, les vieux prenaient leur petit déjeuner dans la salle commune, mais il manquait la bande des choristes. Comme ils ne se montrèrent pas à l'heure du déjeuner non plus, elle alla dans leurs chambres : tout était en ordre, le ménage avait été fait, mais leurs manteaux n'étaient plus là. Ils devaient être partis chanter quelque part. Elle les avait entendus évoquer des représentations à Strängnäs et à Eskilstuna. Barbro avait dû oublier de la mettre au courant. Katja eut un sourire. Peut-être allaient-ils chanter « Dieu déguisé[1] », cet air qu'ils répétaient depuis si longtemps. Ils adoraient chanter et ce petit plaisir était bien mérité. Du coup, elle se sentit rassurée. Ils seraient de retour d'un instant à l'autre !

1. *Förklädd Gud :* texte de l'écrivain et poète suédois Hjalmar Gullberg (1898-1961), musique du compositeur suédois Lars-Erik Larsson (1908-1986). (*N.d.T.*)

16

L'intérieur du hammam était saturé d'humidité et on entendait le murmure irrégulier provoqué par les émissions de vapeur. Les herbes commencèrent à embaumer. Märtha se sentait somnolente et avait du mal à réfléchir. Elle louchait vers la porte. Au même instant retentit un premier rire. L'homme en face d'elle allongea ses jambes pour les poser sur la pierre devant lui, glissa, puis loupa la pierre de nouveau et rit. Les autres à côté de lui s'esclaffèrent et l'ambiance monta d'un cran. Une odeur sucrée régnait à l'intérieur. Märtha se dit qu'elle n'avait pas dû mettre assez de branches de bouleau. Elle se retourna pour aller en chercher, mais perdit aussitôt le fil de ses pensées. Il y avait quelque chose qu'elle devait faire, mais quoi ? Elle aurait dû le noter sur un bout de papier, mais si elle commençait à lire des pense-bêtes à l'intérieur d'un hammam, cela éveillerait les soupçons, non ?

Soudain le hennissement d'Anna-Greta se fit entendre, suivi d'un fou rire hystérique. Stina s'y joignit avec un gloussement incontrôlé et même Märtha dut se retenir pour ne pas rire. À ce moment-là, la lumière clignota, s'éteignit et revint de nouveau. Il n'y avait là rien de très amusant, mais tout le monde ricanait bêtement. Alors, Märtha entendit son propre fou rire et se rendit compte qu'elle devait sortir.

Ils s'étaient pourtant tous mis d'accord, mais elle n'arrivait plus du tout à se rappeler ce qu'elle devait faire ensuite. Quand l'homme en face d'elle mit sa main devant sa bouche en bâillant, cela lui revint enfin. Anna-Greta et Stina étaient censées s'évanouir, et elle-même devait courir chercher la dame de l'accueil. Elle donna un coup dans les côtes de son amie et chuchota :

— Maintenant, à vous de jouer. Couchez-vous sur la banquette !

— Peut-être pas ici, gazouilla Anna-Greta en faisant un clin d'œil à l'homme en face avant de faire glisser la bretelle de son maillot de bain avec un hennissement de tous les diables.

— Couchez-vous, évanouissez-vous, vite ! intima Märtha aussi discrètement que possible.

Non, pas celui-là ! Il est bien trop vieux, se dit Anna-Greta qui s'était ravisée et avait remonté sa bretelle.

Elle riait si fort que personne n'aurait pu s'évanouir dans ce vacarme.

— Allez, soyez gentilles, allongez-vous pour que je puisse aller chercher de l'aide, répéta Märtha qui commençait à avoir la tête qui tournait.

Stina, qui avait l'habitude d'exécuter des ordres, s'allongea sur la banquette et Anna-Greta, qui avait enfin compris ce qui se passait, se coucha à côté d'elle en se tordant de rire. Puis la lumière s'éteignit pour de bon. Märtha se précipita à l'accueil où il y avait encore du courant.

— Deux personnes se sont évanouies dans le hammam. Venez vite ! cria-t-elle.

La fille derrière le comptoir pâlit, se leva et se hâta de suivre Märtha. Dès que la réceptionniste eut ouvert la porte du hammam, Märtha retourna à l'accueil. Le Génie se tenait déjà devant le coffre en métal. Il était en tenue de jogging et travaillait sur la serrure avec un crochet.

— Merveilleux, ce vieux coffret à monnaie avec une serrure à clé, chuchota-t-il en lui demandant de tenir le sac de sport.

La serrure s'ouvrit avec une étonnante facilité, mais au moment où ils allaient commencer à ramasser leur butin, la lumière s'éteignit complètement.

— Qu'est-ce qui s'est passé ? demanda le Génie.

Puis il se rappela les diodes électroluminescentes et se baissa pour toucher ses pantoufles.

Il s'arrêta brusquement. Le Râteau lui avait demandé de mettre des baskets et voilà qu'il se retrouvait comme un imbécile avec ses chaussures de course. Et dans le noir complet. Il fallait faire quelque chose, et rapidement. Il mit la main dans le coffre et jeta tout ce qui se trouvait à l'intérieur dans son sac. La lumière clignota et se ralluma. Le Génie referma précipitamment la porte.

— À tout à l'heure, lança-t-il à Märtha, en prenant l'escalier qui menait à la salle de gym.

Arrivé là-haut, il posa le sac par terre et se dirigea vers l'un des vélos d'entraînement. L'instant d'après, le Râteau pénétra dans la salle. Ils échangèrent un regard complice. Puis son camarade ramassa les haltères les plus proches et commença à s'entraîner.

Entre-temps, Märtha était retournée au hammam où la jeune femme essayait de sortir Stina et Anna-Greta de la pièce. S'étant rapidement rétablies, elles riaient d'une manière incontrôlée. Des fous rires fusaient, tandis que deux hommes âgés manquaient de s'étouffer en se tapant sur les genoux. L'hôtesse ayant l'air déconcerté, Märtha chercha à croiser son regard.

— Il paraît qu'ils n'ont bu que du champagne au petit déjeuner. Je ne comprends plus les gens aujourd'hui, dit-elle.

— Les pires, ce sont encore ceux de votre âge.

— C'est parce qu'ils voudraient paraître plus jeunes, chuchota Märtha, tout en voyant du coin de l'œil Stina et Anna-Greta se diriger vers l'accueil.

— Allons prendre une douche, les filles, dit-elle, mais ce ne fut pas une mince affaire de traîner ses joyeuses amies vers les vestiaires.

— Je ne me suis jamais autant amusée, piailla Stina tout heureuse, une fois qu'elles se retrouvèrent dans les vestiaires.

— Pourquoi on ne fait pas la même chose à la maison de retraite ? s'enquit Anna-Greta.

— Chut ! les rappela à l'ordre Märtha, ce qui ne fit que déclencher une nouvelle explosion de rires. Il lui fallut un bon bout de temps avant de réussir à les entraîner dans la salle de repos. Elles devaient faire semblant de se détendre en buvant des jus de fruits frais et en lisant des journaux pour se donner un air innocent. Märtha trouvait que c'était stressant de demeurer sur le lieu du crime, mais le Génie lui avait assuré que cela attirerait moins l'attention sur eux. À peine s'étaient-elles installées sur les transats qu'elles entendirent des cris provenant du vestiaire en dessous et, au bout d'un moment, n'y tenant plus, elles descendirent. En approchant de l'accueil, le tapage allait grandissant. L'agitation était à son comble. La porte du coffre était grande ouverte et un groupe de baigneurs un peu pompettes se tenaient à côté, le montrant du doigt.

— Le coffre est vide. Tout a disparu, colliers, bijoux, passeports, caqueta une dame d'un certain âge, complètement hilare. Pschitt, envolés !

L'hôtesse avait l'air accablée.

— Et mon bracelet en or a aussi disparu. Plus rien ! pépia son amie aux cheveux gris.

— Et l'horrible montre que j'ai reçue de ma belle-mère, pareil, radota un vieux gentleman. Bon débarras, ha, ha !

— Et l'argenterie alors ? Je t'avais bien dit qu'il ne fallait pas emporter des objets de valeur ici, se lamenta son épouse.

— Ne t'en fais pas, ma chère, tu avais raison et Dieu sait que ce n'est pas tous les jours. Tu devrais t'en réjouir.

Sur ce, il se tordit de rire.

Dans ce vacarme infernal, Märtha prit ses amies par la main et les entraîna vers l'ascenseur.

— Il vaut mieux monter, dit-elle.

Mais celles-ci continuaient de glousser et de faire les folles pendant que Märtha chantait « Cul sec[1] » en dialecte de Skåne.

Finalement, c'était aussi bien que ce ne fût pas le Râteau qui se soit occupé des herbes : il en aurait mis trop peu, songea Märtha. Elle, en revanche, avait utilisé la totalité du sachet.

---

1. *Helan går* : chanson à boire traditionnelle en Suède quand on trinque avec un petit verre d'aquavit ou de vodka.

17

Les verres de champagne étaient vides et il ne restait plus une seule olive. Le moment était enfin arrivé d'ouvrir le sac de sport et de sortir le butin. Le Génie brandit le sac en l'air d'un air solennel et renversa le contenu sur la table entre les cinq voleurs qui l'entouraient, tels des enfants pleins d'espoir à la vue du tas qui augmentait. Les yeux brillants, ils commencèrent à farfouiller. Soudain, l'agitation retomba.

— Mais c'est quoi ? dit Märtha. Du maquillage et des brosses à cheveux ?

— Pas de rouge à lèvres pour moi, merci, grommela le Râteau. L'idée de piller le coffre, elle venait de qui ? Vous espériez quoi ?

— Les hommes au moins y ont déposé leurs téléphones portables. Ils valent peut-être quelque chose ? hasarda Anna-Greta. Et regardez, il y a quelques bracelets et des montres.

— Malheureusement, rien qui nous envoie en prison, soupira Märtha.

— Et ça ne fait pas grand-chose non plus à se partager, estima Stina.

— Si, ce lourd bracelet, c'est probablement de l'or

102

dix-huit carats, et la montre vaut bien dans les cent mille couronnes, fit remarquer Anna-Greta.

— Ici il y a un poudrier en or, ajouta Märtha en extirpant un boîtier ouvragé tape-à-l'œil.

Le fermoir était si petit que Märtha n'arrivait pas à l'ouvrir.

— Cette boîte-là, je la voudrais bien, si personne d'autre… dit Anna-Greta en la raflant avant que quiconque n'ait eu le temps de réagir.

Stina lui lança un regard noir.

Le silence retomba, et chacun essaya d'y trouver son bonheur. Malgré leurs efforts, ils ne trouvèrent rien de valeur. Le casse avait réussi, mais le butin était maigre.

— Disons que c'était notre coup d'essai. Robin des Bois n'a peut-être pas réussi la première fois non plus, marmonna Stina en contemplant tristement l'ongle qu'elle s'était cassé en fouillant dans le tas.

— J'ai du mal à croire qu'il a volé des brosses à cheveux, fit remarquer le Râteau.

— Nous avons pris d'énormes risques pour récolter des babioles. La prochaine fois, nous devrons faire les choses en grand. Une prise d'otages ou l'équivalent, décréta Anna-Greta en agitant sa canne toute tordue.

— Une prise d'otages ?

Un murmure d'horreur parcourut l'assemblée.

— Oui, on prend des otages et on exige une rançon.

— Ça, je l'ai lu souvent, dit Märtha, mais il faut maîtriser les victimes, et je ne sais pas si nous en sommes capables. Imaginez que nous nous fassions tabasser…

— On ne peut pas seulement flanquer une petite raclée à quelqu'un ? demanda Stina.

— Lui faire un croche-pied, tu veux dire ? ricana le Râteau.

Personne n'eut le courage d'en rire. Malgré le champagne, l'ambiance était lourde.

— Nous pourrions demander à la réception si des clients très fortunés vont bientôt arriver, proposa le Génie au bout d'un moment.

— Et puis, tu les kidnappes. Clinton ou Poutine, par exemple ? J'aimerais bien voir ça.

Le Râteau inclina sa tête.

— Je sais. Et si nous organisions un casino clandestin dans la chambre ? Cette suite est si chic que personne n'aura de soupçons. Le vol plus les tricheries au jeu peuvent nous valoir de la prison, fit Märtha.

— Mon Dieu, bientôt tu ouvriras un bordel, tant que tu y es. Il faut quand même rester un tant soit peu réalistes, dit Anna-Greta.

— Tricher au jeu, ce n'est pas une mauvaise idée, estima le Génie, mais on n'aura droit qu'à de la prison avec sursis.

— En effet. Nous devrons adapter le vol en fonction du temps que nous voulons passer derrière les barreaux. Et de préférence, si possible, dans la meilleure prison, ajouta Märtha qui avait pris goût au luxe.

— Comme si ce n'était pas déjà assez difficile comme ça de commettre un crime ! gémit Stina en sortant sa lime à ongles.

— Nous n'avons pas beaucoup de temps. Il faut que nous trouvions un larcin à faire avant d'être interpellés pour le vol au spa, dit Märtha.

— Ou que Barbro lance un avis de recherche.

La longue discussion les avait tous fatigués. Un peu plus tard, une bande aux mines abattues se retira dans ses pénates.

— N'abandonnez pas. La nuit porte conseil et, demain matin, nous trouverons certainement une solution, fit Märtha.

Au milieu de la nuit, elle se réveilla. Son cœur s'emballait. Elle dut attendre un certain temps avant que les palpitations se calment. Elle se redressa péniblement dans son lit et chercha son verre d'eau. Puis un grand sourire illumina son visage ridé. Pas étonnant que son cœur tambourine comme un marteau sur une enclume. Son vieux cerveau avait continué à cogiter pendant son sommeil, et il avait, à son rythme et sans bruit, trouvé une solution à leur délicat problème. À présent, elle en était sûre : ils allaient commettre un kidnapping, mais *version moderne* ! Incapable de contenir son enthousiasme, Märtha ne ferma pas l'œil de la nuit.

18

En descendant au spa, pour passer la matinée à la piscine, nos cinq amis découvrirent que l'endroit était interdit d'accès. Des policiers munis de gants et de mètres à ruban s'activaient en chuchotant.

— Je crois qu'il vaut mieux prendre un bain dans la suite, annonça Stina en faisant immédiatement demi-tour.

— Hum, et moi, j'ai oublié mes chaussons de piscine dans la chambre, ajouta Anna-Greta en lui emboîtant le pas.

Les deux femmes et le Râteau prirent l'ascenseur, tandis que Märtha et le Génie s'attardaient encore un moment. Märtha observa les méthodes de travail de la police et nota que les policiers se servaient de gants. À cause de l'ADN et des empreintes digitales, bien sûr. La trace d'un pouce pouvait faire tomber les plus grands escrocs. Il faudrait qu'elle s'en souvienne pour plus tard.

Après un petit déjeuner continental dans la suite de la Princesse Lilian, ils se réunirent pour faire le point. Une fois que tous furent confortablement assis dans les canapés, Märtha engloutit son quatrième chocolat en se demandant si elle n'allait pas en prendre un cinquième. Mais, ne voulant pas faire figure de mauvais exemple pour les autres, elle se ravisa. À son corps défendant, elle s'était déjà habituée au luxe de l'hôtel (et aux viennoiseries du petit déjeuner) et s'inquiétait à juste titre : ses amis et elle allaient-ils pouvoir s'habituer à la prison ? Elle garda ses craintes pour elle. Pas la peine de leur casser le moral.

Le Génie fut le premier à prendre la parole.

— Quelqu'un a écouté la radio ce matin ? demanda-t-il. Est-ce qu'ils ont dit que des vieillards étaient signalés disparus ou quelque chose du genre ?

— Les vieux ne manquent à personne, dit Stina qui avait toujours le vin un peu triste les lendemains de fête.

— Nous n'allons pas déprimer à cause du maigre butin d'hier, mais plutôt nous réjouir d'avoir réussi notre coup d'essai. On s'en est bien tirés. Il faut voir ça comme un entraînement, déclara Märtha.

Toujours aussi optimiste, celle-là, songea le Râteau.

— Nous ne sommes peut-être pas encore recherchés et l'hôtel ne tient sans doute pas à divulguer le cambriolage. C'est mauvais pour son « image », commenta le Génie.

— Mais que Barbro n'ait pas encore donné l'alarme ! fit remarquer Stina, presque vexée que personne ne s'inquiète de sa disparition.

— Je parie qu'elle a filé avec le directeur. Ils doivent roucouler dans un coin et ne se sont même pas rendu compte que nous étions partis, enchérit le Râteau.

— Toi alors, tu ne peux pas t'empêcher de… ! fit Anna-Greta en le menaçant de l'index.

— Ça suffit, coupa Märtha. Nous sommes ici pour discuter de notre prochain coup – un casse qui ne doit blesser personne, seulement nous rapporter plein de sous pour la cagnotte. J'ai une proposition. Un kidnapping, ici, dans les parages.

Tout le monde retint son souffle. Le Râteau semblait effrayé.

— Au Palais royal ? Tu as complètement perdu la tête.

— Mais non, imbécile, pas là. Nous en prendrions pour plusieurs années. Non, seulement un petit kidnapping qui ne nous vaudra qu'un ou deux ans de détention. Ça nous permettra d'expérimenter la prison. Elle est peut-être surestimée, à l'instar de notre résidence pour personnes âgées ? Si ce n'est pas aussi bien que ce que nous pensons, nous pourrons toujours aller dans une autre maison de retraite.

— Jamais de la vie ! s'exclamèrent-ils en chœur.

— Nous en choisirions une meilleure, bien sûr. Grâce à notre casse, nous en aurions les moyens.

— Il faudrait un gros hold-up pour ça, fit remarquer Anna-Greta qui, tout à coup, songea à la facture du Diamant qu'elle payait chaque mois. Si on veut en avoir pour son argent, je veux dire.

Il s'ensuivit un échange animé sur les différents logements et ce qu'on pouvait s'offrir avec la retraite. Certains suggérèrent d'envoyer tous les politiques dans les maisons de retraite les plus minables, mais on estima que c'était une punition trop lourde. De plus, comme ceux-ci seraient enfermés à partir de 20 heures, ils ne pourraient plus participer aux débats télévisés.

— Bon, revenons aux choses sérieuses, trancha Märtha. Je crois que j'ai trouvé le casse idéal.

Un silence de mort régna autour de la table. Même le Râteau tendit l'oreille.

— À cinquante mètres d'ici se trouve le Musée national qui contient plus de dix mille tableaux. Vous me suivez ? demanda-t-elle en regardant triomphalement l'auditoire. C'est évident qu'ils ne sont pas *tous* reliés à une alarme. En en volant pour trois à quatre millions, cela devrait nous garantir une ou deux années de prison.

Personne n'applaudit, mais elle put déceler dans leurs yeux l'intérêt que ses propos avaient éveillé.

— Et comment comptes-tu y arriver ? voulut savoir le Génie.

— Rien de plus simple. Nous provoquerons un petit incident et, pendant ce temps, quelques-uns d'entre nous décrocheront un tableau ou deux, puis on déguerpira, répondit Märtha.

— Sauf que nous ne pouvons pas nous sauver en courant, objecta Anna-Greta.

— C'est bien pour cela que nous devons distraire les gardiens.

— Nous pourrions nous déshabiller et courir nus dans les salles d'exposition ? suggéra le Râteau.

— On a passé l'âge, voyons, espèce de vieux pervers, rétorqua Anna-Greta.

— Ne dis pas ça. Aujourd'hui, il paraît que nous attirons *encore plus* l'attention, remarqua Stina. Alors, il est hors de question que je traverse nue le musée en courant.

— En plus, comment pourrions-nous cacher les tableaux volés sans nos vêtements ? objecta Märtha. Non, j'avais pensé à un autre incident…

— Ce n'est pas aussi simple que tu le crois. Tu as pensé aux caméras de surveillance, par exemple ? s'inquiéta le Génie.

— Nous les occulterons. Puis nous décrocherons les

tableaux et sortirons, calmes et dignes. Il faudra faire comme si nous n'étions pas les voleurs, dit Märtha.

Elle ouvrit son sac banane et en sortit un sachet de zan ultra fort. Elle savait qu'elle ne devait pas manger de sucreries, mais un peu de temps en temps, ça ne pouvait pas faire de mal.

— Quelqu'un d'autre en veut ? demanda-t-elle en posant le sachet sur la table.

Tous déclinèrent l'offre.

— Faire comme si ce n'était pas nous ? Là, il faut que tu m'expliques, fit le Râteau qui commençait à perdre patience.

— Quand nous aurons décroché les tableaux, nous les poserons sur mon déambulateur, puis je les couvrirai avec mon imperméable.

— Ton imperméable sur un grand Bruno Liljefors pendant que l'alarme hurle ? s'étonna le Râteau en levant les yeux au ciel.

— Ne sois pas si négatif, pesta Märtha.

— Mais si quelqu'un nous demande ce que nous faisons, qu'est-ce qu'on leur répondra ? demanda Stina.

— On n'est pas obligés de répondre, dit Märtha.

— Comment saurons-nous quels tableaux sont munis d'une alarme ? s'enquit le Génie dont le cerveau réfléchissait déjà aux différents moyens de débrancher ce genre de dispositif.

— Je crois qu'il y a des Rembrandt et des Van Gogh, indiqua Märtha, et même des Paul Gauguin. Mais peut-être pas des Carl Larsson qui se vendent très cher chez Bukowskis.

— Ah, chez Bukan, ajouta Anna-Greta pour montrer qu'elle s'y connaissait. Nous allons donc d'abord voler des tableaux de grande valeur, puis essayer de les vendre chez Bukowskis. Ça ne marchera pas. Ils sont trop connus.

— C'est pour ça que j'ai imaginé une autre solution, dit Märtha. Nous n'allons pas simplement voler des tableaux comme n'importe quel délinquant. Nous allons les kidnapper. Rien ne sera abîmé, personne ne sera agressé ni lésé. L'État, dans le cas présent le musée, n'aura qu'à nous payer quelques millions pour les récupérer.

Un petit « oh » se fit entendre autour de la table. Même le Râteau dut admettre que Märtha avait bien réfléchi.

— Quelques millions… Ah, ma chère Märtha, quand tu parles, tout semble si facile, dit Anna-Greta. Mais l'État est d'une extrême lenteur.

— Il existe des donations. Ils devront passer par l'Association des Amis du Musée national pour que les choses aillent plus vite. Ils nous paieront, je te le promets. Les tableaux du musée sont des trésors nationaux.

— Ça semble une bonne idée, mais comment ça se traduit dans les faits ? s'enquit Stina en regardant les autres.

Elle avait commencé à prendre goût à l'aventure. Elle s'était tellement amusée dans le spa qu'elle était prête à commettre un autre délit.

— Je propose que nous dessinions un plan pour localiser les meilleurs tableaux, savoir où se trouvent l'alarme et les caméras de surveillance, puis qu'ensuite nous décidions de la marche à suivre, continua Märtha. Ce serait bien aussi que nous fassions une reconnaissance des lieux pour repérer les sorties de secours. Le Génie, tu n'aurais pas un grand cahier par hasard ?

Le Râteau déglutit à plusieurs reprises comme pour

protester, mais il ne trouvait rien à redire. Il se rendait compte qu'ils ne pouvaient pas rester éternellement à l'hôtel et il était d'accord pour échanger la maison de retraite contre une bonne prison. Il tendit la main vers le sachet de zan et se servit.

— Écoutez, je suis d'avis que nous regardions un film ce soir pour nous détendre. Nous serons plus d'attaque demain.

Märtha voulut protester, mais au fond c'était bien que tout le monde soit de bonne humeur. Un peu de divertissement ne ferait pas de mal. Elle alla chercher des cacahuètes et du chocolat noir, puis commanda deux vidéos : *Le Crime de l'Orient Express* et *Lady-killers*.

— Nous avons besoin d'un peu d'inspiration, dit-elle.

Stina eut l'air si effrayée que Märtha se sentit obligée d'expliquer.

— Chère petite Stina, dit-elle pour la rassurer. Nous n'allons pas nous inspirer des meurtres mais du mode opératoire.

Le lendemain, Märtha et le Génie parcoururent, parmi le public, les salles du Musée national de Stockholm. Pendant qu'ils feignaient d'admirer les œuvres, le Génie prenait des notes avec zèle dans son cahier.

— J'ai l'impression que les gardiens nous ont à l'œil, dit Märtha après un moment en jetant un regard par-dessus son épaule.

— Tu crois ? S'ils nous interrogent, tu n'as qu'à dire que nous sommes des artistes.

— Comme si ça expliquait tout.

— Ça explique pas mal de choses, plaisanta le Génie.

Märtha était inquiète. Ça semblait plus compliqué que prévu. Ils avaient découvert des systèmes d'alarme et des caméras de surveillance partout et, dans chaque pièce, une lumière rouge clignotait. En outre, on rencontrait des gardiens quand on s'y attendait le moins, même dans l'ascenseur. L'objectif allait demander une préparation minutieuse.

Tout en déambulant dans les salles d'exposition, elle se disait qu'ils devaient organiser le casse parfait, mais aussi veiller à se faire prendre à un moment ou à un autre. Sinon, comment pourraient-ils se retrouver en prison ? Le problème, c'est qu'ils se sentaient si bien au *Grand Hôtel* que personne n'avait envie d'en repartir. En tout cas, pas *maintenant*. Des phrases toutes faites lui revinrent en mémoire, du genre « la richesse rend aveugle ». Leur métamorphose s'était-elle opérée si rapidement ?

Le Génie nota quelque chose dans son cahier, puis ils entrèrent dans une autre salle. Partout, la hauteur sous plafond était impressionnante, et Märtha se demandait pourquoi on ne pouvait pas accrocher des tableaux plus haut. À la fin, épuisée d'avoir tant marché et réfléchi, elle s'assit sur un banc pour se reposer. Elle n'avait pas seulement observé les tableaux, elle avait aussi vérifié le système d'alarme. Un certain découragement la gagna. Tous les gardiens étaient équipés de téléphones portables et de talkies-walkies. S'ils voyaient quelque chose de suspect, ils appelleraient la police. Encore qu'il existât ce qui s'appelle le facteur humain. Les gardiens travaillaient tous les jours. Tôt ou tard, ils devaient relâcher un peu de leur concentration. Ne prenaient-ils jamais de pauses-café comme tout le monde ? Le Génie vint la rejoindre sur le banc et croisa les mains sur son ventre.

— Je crois que ça pourra se faire, glissa-t-il à voix basse. Les gardiens ne seront pas un problème.

— Tu crois ? dit-elle, pleine d'espoir. C'est toujours si extraordinaire avec toi, tu es si optimiste.

Il serra la main de Märtha.

— Mais c'est toi, mon inspiratrice, chère Märtha, et je te promets qu'on y arrivera. Ensemble, nous réussirons. J'ai ma petite idée. Viens, je vais te montrer.

Il se leva et aida Märtha à se relever. Ils se dirigèrent vers les salles d'exposition temporaire. Peut-être la surveillance y était-elle d'un niveau moins élevé.

19

Katja raccrocha le téléphone en fixant l'écran, comme s'il pouvait l'aider. Elle ne savait plus combien de fois elle avait appelé Barbro sans parvenir à la joindre. La gérante avait vaguement parlé de vacances prolongées, mais Katja n'y avait pas prêté attention. Les autres fois, elle n'avait jamais eu de problème pour l'avoir au bout du fil afin de lui demander conseil, mais à présent qu'elle en avait vraiment besoin, il n'y avait plus personne. Katja soupira en regardant la salle commune. Une femme était en train de confectionner une couverture et deux messieurs jouaient aux échecs. La bande des choristes, en revanche, n'était pas revenue et cela l'inquiétait. C'étaient de joyeux drilles qui apportaient de l'animation aux autres pensionnaires de la maison de retraite. Sans eux, le silence et l'ennui régnaient. Katja songea au Génie qui bricolait en croyant que personne ne l'entendait, au Râteau qui chantait ses chansons de marins. Même un petit hennissement d'Anna-Greta contribuait à l'ambiance. Jamais elle n'aurait pensé qu'ils lui manqueraient autant. Elle pensa au Râteau qui cultivait des plantes sur son balcon, bien que ce fût interdit, et à Stina qui l'aidait à les arroser. Katja l'avait vue lui jeter des regards à la dérobée ; il était clair qu'elle était amoureuse de lui. Ne se faisait-elle pas toujours belle avant d'aller frapper à sa porte ? Bref, tout le contraire d'Anna-Greta qui donnait l'impression de s'habiller uniquement pour ne pas avoir froid. S'il n'y avait eu que des gens comme elle, les mannequins auraient été au chômage et les créateurs de mode auraient fait faillite depuis belle lurette.

La bande des choristes, mais où était-elle donc passée ? Elle chercha dans le bureau du personnel un document susceptible de lui donner une explication. Barbro lui avait peut-être laissé un message. Mais Katja ne trouva rien qui puisse l'éclairer. Si les vieillards étaient partis à un concert à Strängnäs ou à Eskilstuna, ils auraient dû être de retour. Non, il fallait qu'elle prenne une initiative. Malheureusement, cela pourrait gravement entacher la réputation de la maison de retraite.

Prête à décrocher, Katja ne put se résoudre à prévenir la police. Elle préféra envoyer un message à toutes les congrégations religieuses des environs pour leur demander si les vieux étaient venus leur rendre visite. La diaconesse avait peut-être eu vent d'un concert prévu par un chœur de personnes âgées ? Ah bon, ce n'était pas le cas ? Deux heures plus tard, elle déclara forfait. Personne n'avait pu la renseigner. Märtha et les autres donnaient-ils seulement des concerts ? Katja était inquiète pour de bon et comprit qu'elle aurait dû donner l'alerte sur-le-champ. Sa main trembla en soulevant le combiné. Elle essaya de se calmer et, pendant que la sonnerie retentissait, elle se consola en se disant qu'il valait mieux que tous les cinq aient disparu plutôt qu'un seul. Dans ce cas, ils pourraient s'aider si quelque chose allait de travers.

Katja prit une profonde inspiration et signala le plus calmement possible la disparition de cinq résidents d'une maison de retraite de la ville.

Quand Märtha et le Génie revinrent de leur visite au musée, ils se reposèrent un long moment, avant de commander du champagne et un dîner pour l'ensemble de la bande. Ils se sentaient inspirés et, après ce petit somme, ils étaient d'excellente humeur, voire un peu étourdis. Le Génie avait par erreur choisi le menu « jeunes mariés » avec trois plats plus le gâteau de mariage, mais Märtha s'en était aperçue à temps et avait corrigé en cochant la case « menu gourmet ». Plus tard, elle se mit à rougir en pensant à Freud. Et si le Génie avait inconsciemment coché ce menu parce que au fond de lui-même c'était ce qu'il espérait ? Elle jeta un regard de son côté et vit qu'il l'observait.

— J'étais en bas pour lire les journaux dans la bibliothèque, annonça le Génie après avoir versé du champagne à tout le monde et reposé la bouteille. Il n'y avait rien sur nous, mais j'ai aperçu quelques policiers. Ils étaient en civil et avaient tous l'air de s'être entraînés dans la même salle de sport et d'avoir utilisé le même rasoir. Ils étaient en train d'interroger le personnel.

La police ? Une certaine inquiétude emplit l'atmosphère car, malgré tout, ils gardaient du respect pour les autorités. Le butin était enfoui dans des chaussures et des chaussettes au fond du placard… une piètre cachette. Il faut dire qu'ils avaient eu tellement d'autres choses à faire. Sans compter qu'ils étaient en train d'organiser leur prochain casse.

— Le Génie et moi avons fait une reconnaissance

au musée aujourd'hui, et nous avons trouvé quelques points faibles, annonça Märtha une fois le dessert terminé.

Le Génie l'encouragea du regard.

— Chic, bientôt un nouveau coup ! dit le Râteau en reposant sa fourchette à dessert.

Stina essuya un petit peu de mousse au chocolat au coin de sa bouche et Anna-Greta se pencha en avant.

— Voilà la situation. Le musée va inaugurer une nouvelle exposition intitulée *Vices et vertus*, poursuivit Märtha. Nous avons pu y jeter un coup d'œil : ce sera très immoral et érotique, avec plusieurs tableaux assez obscènes.

— Je peux faire le guetteur, proposa le Râteau.

— Tôt le matin, il n'y aura pas trop de monde dans les salles d'exposition, et je pense que la plupart des agents de sécurité seront dans cette salle, continua Märtha.

Les autres hochèrent la tête.

— Je pense que nous interviendrons à ce moment-là. Nous pourrons tromper leur vigilance si nous travaillons par équipes.

Cette fois encore, les autres étaient d'accord. Pour Märtha, c'était la preuve que le coup précédent avait porté ses fruits.

— Toi, Anna-Greta, tu auras un rôle crucial. Je veux que tu ailles dans la salle des peintres hollandais. Tu prendras ta canne et te mettras devant l'un des tableaux de Rembrandt, tu te pencheras en avant en montrant la peinture avec la canne afin de couper le rayon de l'alarme.

— Mais ma canne n'est pas droite. Tu sais, le hammam au spa...

— Justement, c'est parfait.

— Mais alors, l'alarme va se déclencher.

— C'est le but recherché. Mais je ne rentrerai pas dans tous les détails maintenant. Aujourd'hui, nous n'esquisserons que les grandes lignes.

— Tant mieux, sinon on y sera encore demain, commenta Stina.

Elle venait de se rappeler qu'elle avait oublié de mettre du vernis à ongles. Il faudrait qu'elle le fasse avant d'aller se coucher.

— Il existe de nombreuses alarmes dans le musée, précisa Märtha, et toutes les salles sont équipées de caméras. Mais j'ai vu qu'il y avait un grand humidificateur sous la caméra de surveillance dans la salle des impressionnistes. On n'a qu'à grimper dessus pour vaporiser de la peinture noire sur l'objectif. Toi, Stina, qui es petite et menue, tu devrais y arriver.

— Quoi, moi ?

— Oui, ou est-ce que tu préfères t'évanouir ?

— Évanouis-toi, c'est plus commode, dit le Râteau. Moi, je peux m'occuper de cette caméra. D'ailleurs, pourquoi ne pas simplement poser un cache dessus ?

— Non, je peux m'en charger, fit Stina. On a besoin de toi pour des tâches plus importantes.

— Alors, c'est décidé, constata Märtha. Toi, Anna-Greta, tu déclenches l'alarme dans la salle du Rembrandt, Stina, tu feras semblant de t'évanouir quand je te le dirai. Et toi, le Génie, tu couperas le câble des tableaux pendant que je ferai écran. C'est bon ?

Ils se mirent tous à parler en même temps. S'ensuivit une longue discussion avant de tomber d'accord sur la répartition des tâches. Quand un plan de bataille fut établi, il resta néanmoins quelques problèmes à résoudre.

— Comment allons-nous faire sortir les tableaux

volés ? demanda le Génie. Nous ne pouvons pas dévaler les escaliers avec.

— Nous prendrons l'ascenseur. Puisqu'il n'est pas grand, nous viserons des tableaux de petite taille.

— Des tableaux non sécurisés et assez petits, ajouta Stina qui avait commencé à réfléchir au moyen de les caser sur le déambulateur.

— Précisément. Un grand tableau de Liljefors ou de Rembrandt n'est pas ce que nous recherchons, renchérit Märtha.

— Ni *Le Couronnement de Gustave III* de Carl Gustav Pilo, compléta Anna-Greta, avec son hennissement retentissant.

Son père, un juriste renommé, avait possédé plusieurs tableaux de grande valeur chez lui à Djursholm et, enfant, elle avait appris pas mal de choses sur l'art. À l'époque de ses études, elle fréquentait les vernissages et les expositions et, à la retraite, elle avait approfondi ses connaissances en suivant des cours d'histoire de l'art à l'université. Le tableau de Pilo sur Gustave III... Mon Dieu, cette peinture faisait au moins cinq mètres sur deux !

— J'ai vérifié ce qu'ils ont comme œuvres, reprit Märtha. Il y a des tableaux plus petits de Strindberg et de Zorn, mais ils sont protégés par un système d'alarme et bien fixés au mur. Par contre, d'autres sont seulement protégés par une caméra de surveillance ou par une alarme tactile, et certains semblent ne pas avoir d'alarme du tout.

— Merveilleux, n'est-ce pas ? s'exclama Stina, enchantée, en prévoyant déjà ce qu'elle allait acheter avec sa part du butin.

Elle, qui avait tendance à laisser traîner son rouge

à lèvres et ses limes à ongles partout, avait besoin d'une trousse de beauté.

Le dîner se transforma en un moment de chant, à côté du piano. Après une petite pause, on sortit les jeux de cartes. Le Râteau, une bière à la main, proposa de jouer au bridge en pariant avec de la vraie monnaie. Anna-Greta fit remarquer que, pour le moment, ils n'en avaient pas, même si, un jour, ils seraient riches comme Crésus. Sur ce, les autres l'approuvèrent. Alors le Râteau se vexa et chuchota quelque chose à l'oreille de Stina. Tous deux avaient passé quelques étés en Finlande dans leur jeunesse où ils avaient appris un peu de finnois. Alors, pendant le jeu, le Râteau fredonna de temps en temps une chanson finlandaise en inventant les paroles, ce qui lui permettait, en vérité, de révéler à Stina les cartes qu'il avait en main. Et elle faisait de même.

— Moi, j'ai appris cinq langues, et vous, vous chantez en finnois ! Pourquoi pas en turc, en grec ou dans une autre langue que je connais ? grogna le Génie.

Mais Stina et le Râteau expliquèrent que les chansons folkloriques finlandaises n'avaient pas d'équivalent. Durant toute la soirée, ils chantèrent et raflèrent la mise. Mais, à la vue du maigre gain – un sachet de pistaches qu'Anna-Greta avait trouvé dans le minibar –, le Râteau proposa d'aller au cinéma. Ils sortirent pour voir un film anglais bien ficelé, *Le plus grand des hold-up*, où tous les bandits réussissaient à se faire la belle. Märtha et le Génie prirent consciencieusement des notes, tandis qu'Anna-Greta piquait un roupillon. Comme ses ronflements étaient à la hauteur de ses hennissements, ils eurent tôt fait de la réveiller et tout le monde décréta qu'il était temps d'aller au lit.

Le cahier d'écolier du Génie était alors complètement gribouillé : il avait tiré des traits en long et en large, sans compter qu'il avait recopié une grille de sudoku et des mots croisés.

— Si la police a cela entre les mains, elle n'y comprendra rien, dit-il, enchanté en faisant un clin d'œil à Märtha. Moi aussi, je sais semer les fausses pistes.

Märtha ne put s'empêcher de rire.

Quelques heures plus tard, le Génie se réveilla. La lumière du petit matin filtrait à travers les rideaux. Il frissonna. Tiens, n'était-ce pas la voix du Râteau qu'il entendait ? Mais si ! Son ami s'égosillait devant sa porte. Le Génie alla lui ouvrir.

— Je me les gèle, dit son ami en demandant une couverture et un grog.

Quand le Génie lui eut versé un petit verre, le Râteau lui raconta qu'il avait dormi la fenêtre ouverte. Et quand la température avait chuté, il s'était enfoncé sous les couvertures pour garder la chaleur. Il n'avait pas remarqué que le thermomètre était descendu en dessous de zéro. Peu après minuit, le radiateur avait gelé. Autour d'une heure du matin, celui-ci avait commencé à fuir et quand il s'était réveillé, tout le plancher était inondé.

— J'ai crié : « Nous coulons, nous coulons, tout le monde sur le pont », en me précipitant vers la porte, dit le Râteau en vidant son verre.

— Toi alors, répondit le Génie.

— Non, c'est vrai ! J'ai appelé l'accueil, mais le personnel ne me croyait pas, exactement comme toi. Si tu avais vu leurs tronches quand ils ont découvert l'inondation.

— Tu crois vraiment à ton histoire ? demanda le Génie en bâillant.

Le Râteau tendit son verre.

— Sois gentil, et prête-moi une paire de chaussettes chaudes.

— Non, maintenant ça suffit. Il faut qu'on dorme.

Le Râteau adorait raconter des histoires.

— Peut-être que la vérité dépasse la fiction ? tenta-t-il en montrant son verre vide. Allez, encore une goutte.

Le Génie fit non de la tête.

— Nous nous verrons demain matin. Fais en sorte d'être en forme. Je te rappelle qu'on a un hold-up au programme.

— Comme si je ne le savais pas. C'est pour cela que je n'arrivais pas à dormir. Mais l'histoire du radiateur était bien trouvée, non ? Ça méritait bien un grog...

— Le Râteau, retourne tout de suite te coucher !

— Excuse-moi pour le dérangement. Je croyais que tu étais réveillé, toi aussi.

— Je ne l'étais pas, mais maintenant je le suis.

— Oui, excuse-moi, mais l'histoire du radiateur est vraie. Elle s'est produite un jour ici, à l'hôtel, au XVIIIe siècle.

— Le Râteau, va dormir !

Une fois son camarade parti, le Génie regarda longtemps la porte. Même si lui suivait les consignes à la lettre, les autres pouvaient tout faire capoter. Déjà qu'il n'était pas très sûr de Stina. Maintenant, il lui faudrait aussi garder un œil sur le Râteau.

20

Quel bâtiment ! Le Musée national en imposait vraiment. Märtha jeta un coup d'œil sur les escaliers majestueux et se sentit toute petite. À l'intérieur se trouvaient *Les Funérailles de Charles XII de Suède* et les grands tableaux de Carl Larsson. Et cela ne la rassurait guère de savoir qu'elle allait commettre le plus gros vol d'œuvres d'art de la décennie. Il faut dire qu'elle avait été prof de sport durant sa carrière, et non voleuse. Ils avaient eu beau planifier le vol dans les moindres détails, selon une chronologie précise, un détail pourrait tout faire capoter. Märtha se rassurait en pensant qu'ils avaient répété plusieurs fois les gestes que chacun devait accomplir. À présent, il s'agissait de ne rien oublier et de garder son calme. Elle s'avança jusqu'à la caisse pour acheter des tickets. Le musée venait d'ouvrir, et ils avaient choisi, d'un commun accord, ce moment de la journée afin d'opérer sans être trop dérangés. Leur hypothèse était que les gardiens n'étaient pas « au top » à ce moment-là, comme l'aurait dit Stina.

— Bonjour, madame. Vous avez froid ? demanda la caissière en voyant que Märtha n'ôtait pas ses gants.

— Mes rhumatismes, répondit Märtha en souriant avant de rejoindre les autres.

Elle jeta encore un regard vers les escaliers. Les marches à elles seules étaient comme un monument à part entière. Pourquoi diable les tableaux étaient-ils accrochés plusieurs étages plus haut ? Pourquoi ne pas les avoir suspendus ici ? Elle distribua les tickets à ses amis ; après les avoir fait passer dans un lecteur, ils se présentèrent devant l'ascenseur.

— Je ne crois pas qu'on puisse tous monter en une seule fois, dit le Génie.

— Il vaut mieux que nous qui avons des déambulateurs montions les premiers, estima Märtha qui désirait contrôler comment c'était là-haut.

L'ascenseur était lent et il fallut attendre une éternité avant qu'il monte, avec force grincements, les deux étages. Märtha sentit l'excitation la gagner, et espéra que le Râteau se rappellerait d'installer le panneau HORS SERVICE en bas. C'était une combine vieille comme le monde, mais cela devrait fonctionner. Le Génie avait préparé le panneau à l'aide d'un ordinateur, l'avait collé sur du carton, puis l'avait percé de deux trous pour y enfiler une ficelle. Märtha était fière qu'ils aient pensé à tous ces petits détails. On avait décidé que le Râteau, par exemple, ferait le guet en bas près de l'ascenseur. Ça ne l'enchantait guère. Mais quand Märtha lui avait expliqué que le succès de l'opération dépendait de lui, il s'était déridé et avait accepté la mission.

Stina et Anna-Greta se dirigèrent vers la salle des expositions temporaires. L'inauguration du très controversé *Vices et vertus* allait avoir lieu le lendemain. Märtha comptait sur le fait que la plupart des gardiens s'y trouveraient. Ils allaient sans doute y jeter un coup d'œil en douce avant que l'exposition ouvre au public.

Le petit groupe se dirigea vers les grandes salles. Comme prévu, il n'y avait encore personne. Il fallait agir tout de suite. En s'appuyant sur sa canne bancale, Anna-Greta alla vers la gauche, vers les maîtres hollandais, tandis que les autres se dirigeaient vers la peinture française du XVIIe siècle. Ils essayaient de marcher sans faire de bruit, le Génie ayant pris soin de graisser les déambulateurs avec de l'huile de colza de son cru. Après quelques pas, Stina s'arrêta.

— Zut, j'ai oublié mes médicaments, dit-elle.

— Mais tu n'en as pas besoin maintenant ? répondit Märtha avec un regard un peu inquiet.

— C'est pour la tension, reprit Stina, honteuse de sa négligence.

— Ne t'inquiète pas. Nous n'en avons pas pour longtemps, nous serons bientôt rentrés à l'hôtel, la rassura le Génie. D'ailleurs, ça tombe bien, puisqu'il est prévu que tu t'évanouisses.

Märtha marchait derrière le Génie, un peu décalée, et lorgnait de temps en temps son déambulateur. Un jour, elle s'était étonnée de la robustesse de l'armature et lui avait demandé pourquoi les tubes métalliques étaient si épais sur les côtés.

— Mes outils, bien sûr, avait-il répondu avec un large sourire.

C'est là qu'il dissimulait les cisailles. Au bout d'un moment, ils arrivèrent devant les impressionnistes et les peintres français du XVIIe siècle. Un court instant, Märtha oublia pourquoi elle était ici et son intérêt pour l'art prit le dessus. Elle avait un faible pour Cézanne, Monet et Degas ; elle aurait bien chapardé une jolie danseuse en bronze de Degas pour l'offrir au Génie.

Mais elle était malheureusement trop lourde. Ils avancèrent et passèrent devant les portes de l'exposition *Vices et vertus* (ou était-ce *Vices et beautés* ? elle confondait toujours). De l'intérieur de la salle montaient des cris et des rires, et Märtha s'étonna qu'il soit si amusant de regarder la nudité. Mais quelle importance puisque c'était un moyen facile de se débarrasser des gardes...

Märtha et le Génie échangèrent des regards furtifs, et s'avancèrent vers deux petits tableaux signés de Monet et de Renoir. En faisant semblant d'étudier les deux impressionnistes français, leurs regards se dirigèrent discrètement en hauteur, vers le câble. Ici, il n'était pas renforcé avec une gaine d'acier, mais restait tout de même assez épais. Märtha posa son manteau sur le panier du déambulateur et se positionna à la droite du Génie, tandis que Stina se plaçait discrètement à gauche. Il dévissa rapidement le haut de son déambulateur pour sortir la grande cisaille.

— Stina, protège-moi un peu mieux, s'il te plaît, chuchota-t-il.

— Attends, l'objectif de la caméra d'abord, dit-elle en s'approchant de l'objectif.

Mais l'humidificateur avait disparu et il n'y avait plus rien sur quoi grimper. En cherchant, elle découvrit une prise électrique. C'était encore mieux ! Elle la retira et retourna auprès des autres. Puis elle se mit sur la pointe des pieds à côté du Génie en se faisant aussi imposante que possible.

— Nous n'avons plus qu'à attendre qu'Anna-Greta mette en route l'alarme dans la salle des Hollandais, chuchota Märtha.

Stina et le Génie étaient prêts et avaient du mal à rester tranquilles. Ils s'humectaient les lèvres et se trituraient les ongles. Attendre. Enfin l'alarme se déclencha et le Génie leva la cisaille vers le câble. Au même moment, Stina s'évanouit et son sac à main vola sur le sol.

— Mon Dieu, elle ne devait pas s'évanouir maintenant, dit Märtha, contrariée. Elle devait faire écran pour toi.

— Soulève ses jambes, en général cela aide, répondit le Génie tout en coupant le premier câble.

— Mais il faut que je reste au milieu pour te protéger de l'autre caméra de surveillance, répliqua Märtha qui tira néanmoins un peu Stina par les pieds.

On entendit quelques nouveaux coups de cisailles, puis *La Conversation* de Renoir se balança et faillit tomber par terre. À la dernière minute, ils réussirent à l'attraper et la glissèrent sous le manteau de Märtha. L'alarme dans l'autre pièce hurlait, et Märtha se réjouissait que, chez les impressionnistes, ce soit plus calme. Cette salle était équipée d'une alarme silencieuse qui envoyait les signaux directement à la police, avait-elle noté pendant son tour de reconnaissance. Ce qui leur laissait quelques minutes en plus. En toute hâte, le Génie combla le vide laissé par le tableau par un panneau : INVENTAIRE EN COURS.

Pour le Renoir, c'était bon. Il ne restait plus que la peinture de Monet sur l'estuaire de l'Escaut. Ils se décalèrent sur la droite et Märtha vit le Génie s'acharner sur les deux câbles avant de réussir finalement à les cisailler eux aussi. Il sortit le troisième panneau et l'accrocha à la place du tableau. À présent, il stressait et voulait s'en aller. Märtha partageait la même envie, mais savait qu'il fallait se contrôler. Elle avait vu les portes s'ouvrir et remarqué que les gardiens arrivaient en nombre. À peine eut-elle le temps de glisser le tableau sous son manteau que l'un des gardes surgit. Vite, Märtha se pencha sur Stina. C'était à ce moment-là qu'elle aurait dû faire semblant de s'évanouir.

— Réveille-toi ! cria Märtha en mettant les jambes de son amie en l'air.

Le gardien se dépêcha de les rejoindre.

— Aidez-nous ! Un homme a essayé de voler son sac à main. Il est parti par là en courant, dit Märtha en pointant du doigt la salle des Hollandais.

Le garde eut l'air décontenancé, mais, quand Märtha fit mine de vouloir soulever sa copine évanouie, il l'aida. Ensemble, ils mirent Stina debout en l'appuyant contre le déambulateur. Il ramassa aussi son sac et le lui tendit. C'est le moment qu'elle choisit pour se ressaisir.

— C'est fini maintenant ? demanda-t-elle.

— Rattrapez-le, rattrapez-le, il est parti par là, hurla Märtha en essayant de couvrir la voix de son amie.

L'homme avait la barbe, des cheveux longs et sentait mauvais. Märtha montra une nouvelle fois la direction. Le déambulateur vacillait et elle s'attendait à ce qu'il s'affaisse d'un moment à l'autre. Le Génie avait calculé le poids que son déambulateur pourrait porter, mais il n'avait pas prévu qu'il supporterait soixante kilos en plus. Elle jeta un coup d'œil au Génie qui avait observé la scène.

— Je m'occupe d'elle, dit-il au garde. C'est ma femme. Je n'aurais pas dû m'éloigner. Elle doit être encore sous le choc.

Le garde acquiesça, confus, et se dépêcha de rejoindre ses collègues. Quand il fut parti, Märtha jeta un dernier coup d'œil vers l'emplacement du Monet. Elle regarda, ferma les yeux et les rouvrit. Au lieu d'INVENTAIRE EN COURS, il était écrit à la main : JE REVIENS DE SUITE.

— Mon Dieu, c'est le panneau que Stina accroche quand elle descend pour faire des courses à l'épicerie, déclara Märtha.

Elle allait le décrocher quand des visiteurs pénétrèrent dans la salle.

— Nous n'avons pas le choix, il faut aller à l'ascenseur, souffla le Génie.

— Mais le panneau…

— Personne ne sait qui l'a accroché. Allez, viens !

Märtha déglutit, inspira profondément et prit un air impassible. Avec lenteur et majesté, le Génie et elle se dirigèrent avec leurs déambulateurs vers l'ascenseur, suivis de près par Stina. Märtha lui donna un caramel. Quand ils arrivèrent à l'ascenseur, elle avait déjà retrouvé des couleurs. Märtha lui tapota la joue en signe d'encouragement, ouvrit la porte de l'ascenseur et la poussa à l'intérieur ainsi que les déambulateurs avec les tableaux. Puis elle appuya sur le bouton pour descendre. Il n'y avait plus qu'à attendre Anna-Greta.

Au rez-de-chaussée, le Râteau entendit l'arrivée de l'ascenseur, enleva le panneau HORS SERVICE et ouvrit la porte.

Il ne transféra pas les tableaux sur son propre déambulateur – ce qui aurait pris trop de temps – mais échangea simplement le sien contre celui de Märtha. Ensuite, il couvrit les tableaux volés avec son manteau et posa celui de Märtha sur le déambulateur qui devait remonter avec l'ascenseur. Il ouvrit la porte de l'ascenseur avec précaution. Quand Stina lui eut fait signe que la voie était libre, il sortit avec le butin.

— Voilà, murmura-t-il en raccrochant le panneau HORS SERVICE sur la porte.

Puis il décocha un large sourire à Stina et sortit un peigne de sa poche pour se recoiffer.

— Allons-y, dit-il en avançant tranquillement vers la sortie du musée avec Stina qui s'appuyait sur le déambulateur de Märtha plus bringuebalant que le sien et chargé des précieux tableaux.

Ce hurlement ! Le bruit était insupportable. Jamais Anna-Greta n'aurait cru qu'une alarme puisse sonner aussi fort. Et elle qui avait seulement effleuré la *Jeune fille à la fenêtre* de Rembrandt ! Cela avait suffi pour déchaîner ce bruit infernal. Quand l'alarme fut coupée dans la salle d'exposition, elle fut si effrayée qu'elle oublia presque de se coucher par terre. Elle se laissa vite tomber sur le sol en laissant échapper un « aah ». Pour ne rien arranger, une horde de gardiens se précipita dans sa direction afin d'appréhender le voleur. Au moment de se jeter sur elle, ils découvrirent qui était couché par terre.

— Arrêtez, c'est une vieille dame ! lança le premier gardien sur les lieux en stoppant les autres.

— Excusez-moi, je ne sais pas ce qui m'est arrivé. J'ai dû glisser, cria-t-elle en tentant de couvrir l'alarme, tout en faisant mine de se relever.

L'un des gardiens l'aida et lui tendit sa canne.

— Mais elle est complètement tordue, lui fit-il remarquer.

— Ça doit être pour ça que je suis tombée, répondit Anna-Greta. Je vous demande vraiment de bien vouloir me pardonner.

Les gardiens avaient l'air embarrassés et cherchaient des yeux l'inconnu.

— L'alarme, dit Anna-Greta en se bouchant les oreilles.

Un gardien se dépêcha d'aller l'éteindre, tandis que les autres restaient sur place. Elle épousseta ses vêtements.

— Avez-vous vu un homme barbu avec des cheveux longs traverser la pièce en courant ? demanda l'un des gardiens.

— Oui, en effet. Un jeune homme barbu était ici il y a un instant. Il avait l'air gentil. Malheureusement, je ne sais pas où il est parti. Je suis tombée.

Le sourire du gardien disparut.

— Jeune et gentil ?

— Ah oui, j'aurais aimé qu'il soit mon fils.

— Il faut retourner là-bas, murmurèrent les autres.

— C'était un voleur ? demanda Anna-Greta.

— Rien n'a été volé d'après ce que nous savons, dit le gardien.

— Tant mieux, se réjouit Anna-Greta en s'appuyant sur la canne.

Mais celle-ci dérapa une nouvelle fois et l'un des gardiens la rattrapa avant qu'elle ne tombe.

— Il faut que je m'achète une nouvelle canne, n'est-ce pas ? Celle-ci est vraiment trop dangereuse.

— Je ne vous le fais pas dire, ma petite dame. Il faut que vous fassiez très attention, la prévint le gardien en la soutenant par le bras. C'est mieux comme ça ?

Anna-Greta acquiesça.

— Bon. Si vous revoyez ce barbu, pouvez-vous nous prévenir, s'il vous plaît ? Nous sommes là-bas, dit-il en montrant du doigt la salle des expositions temporaires.

— Ah bon. Je vous souhaite bien du plaisir, laissa

échapper Anna-Greta, qui les remerciait pour leur aide et se dirigeait en boitant vers l'ascenseur.

Elle se dépêcha de sortir, en espérant de tout son cœur qu'elle n'éveillerait pas les soupçons. En arrivant, elle vit à son grand soulagement que Märtha et le Génie l'attendaient. Märtha avait réceptionné le déambulateur du Râteau avec les manteaux. Jusque-là, tout allait bien.

— Dépêche-toi, la sermonna Märtha.

Dès qu'ils furent tous les trois dans l'ascenseur, elle appuya sur le bouton du rez-de-chaussée.

Une fois en bas, ils jetèrent un coup d'œil alentour, attendirent qu'un visiteur entre à son tour, puis se faufilèrent à l'extérieur. Le Génie décrocha le panneau HORS SERVICE, puis se ravisa et le raccrocha. Près de la porte, Märtha enfila son manteau à l'instant même où les premiers policiers se précipitaient à l'intérieur du bâtiment. Märtha, le Génie et Anna-Greta s'écartèrent poliment pour les laisser passer, avant de poursuivre leur route et de se retrouver sur le perron. Une fois dehors, ils tournèrent à droite, direction le *Grand Hôtel*.

Les policiers dans la deuxième voiture eurent aussi le temps d'apercevoir les vieillards, avant de se précipiter vers l'entrée du musée. À l'intérieur, comme l'ascenseur ne marchait pas, ils furent obligés de prendre l'escalier.

21

Il ne restait plus une goutte de champagne et les coupes de fraises et de gelée de framboise étaient vides. Mais les cinq vieillards continuaient à chantonner dans la suite en levant leurs verres et en s'approchant sans arrêt des tableaux pour les contempler.

— Dire qu'on peut toucher un vrai Renoir, soupira Anna-Greta en tapotant avec précaution l'un des coins du tableau. Jamais je n'aurais pu rêver d'une chose pareille !

Ils avaient passé une grande partie de la journée à déterminer quel tableau était le meilleur sans pouvoir se mettre d'accord. Märtha avait un faible pour Monet et se remémorait qu'il y avait plusieurs peintures de lui au musée. Un court instant, elle se demanda s'ils n'allaient pas les voler aussi, puis elle se rappela avoir lu dans plusieurs romans policiers qu'il était stupide de reproduire ses crimes. C'était le meilleur moyen de se faire prendre et il leur fallait d'abord récupérer la rançon pour les tableaux déjà dérobés. Elle se calma et sortit sur le balcon, où ses complices se tenaient avec leurs flûtes de champagne. D'humeur joyeuse, ils observaient le chaos en bas dans la rue.

— Quand je pense que c'est nous qui sommes la cause de toute cette pagaille, commenta Stina.

Une grande partie de la rue longeant le Musée national était fermée à la circulation et aux journalistes. Un peu plus loin, derrière les barrières, la foule se pressait pour essayer de voir quelque chose.

— Il n'y a pas eu un vol au Musée national au moins ? s'enquit Anna-Greta.

Sur ce, elle fit retentir un tel hennissement que personne ne put garder son sérieux. Ensuite ils trinquèrent avec leurs verres vides et esquissèrent même quelques pas de danse sur le balcon. Cependant, une fois les voitures de police parties, ils commencèrent à ressentir des signes de fatigue et rentrèrent à l'intérieur. Le Râteau et le Génie voulurent aller au spa avant le dîner. Pendant que les hommes se baignaient, les femmes restèrent dans les canapés en admirant Stockholm à travers l'immense baie vitrée. Stina peignait une aquarelle du Palais royal et Anna-Greta se détendait avec un sudoku. Märtha les observa en enviant leur calme. Elle-même n'arrivait pas à se détendre parce qu'une question la taraudait : *Où allaient-ils conserver les tableaux en attendant la rançon ?* Quand elle était plus jeune, elle pouvait planifier plusieurs choses en même temps et garder tout en tête. À présent, elle en était incapable.

Elle se leva et alla dans la chambre à coucher où les œuvres d'art étaient posées contre le montant du lit. Si elle les contemplait, elle aurait peut-être une idée ? Mais plus elle les regardait, plus elle se sentait inquiète. Comme c'était elle qui avait organisé ce vol et entraîné les autres, il fallait qu'elle le finalise d'une façon intelligente. *Où allaient-ils cacher les tableaux ?* Toute la journée, ils avaient vu les policiers entrer et sortir du musée. Peut-être viendraient-ils bientôt chercher des témoins. Et s'ils faisaient une perquisition… Elle n'en était pas sûre, car les romans policiers anglais n'étaient tout de même pas de vrais manuels d'apprentissage. À force de rester là, un autre détail lui revint en mémoire. Le personnel de l'accueil avait pris le numéro de leurs cartes de crédit quand ils étaient arrivés. À l'hôtel, on savait non seulement qui occupait la suite de la Princesse Lilian, mais aussi combien ils avaient sur leurs comptes bancaires. Si le solde de leurs comptes avec la pension mensuelle s'élevait tout d'un coup à plusieurs millions, cela éveillerait sans aucun doute les soupçons. Märtha laissa échapper un petit soupir. Finalement, être délinquant ne s'avérait pas si facile que ça.

— Quelqu'un a-t-il réfléchi au compte que nous allons utiliser pour la rançon ? demanda-t-elle.

— Pourquoi ? Tu n'as pas encore décidé ? demanda Anna-Greta, surprise, en levant les yeux du sudoku. C'est toi qui mènes les opérations. Tu as même insisté pour ça.

Märtha essaya de garder son calme.

— Ils ont pris le numéro de nos cartes de crédit quand nous sommes arrivés ici. Alors où le musée va-t-il verser l'argent de la rançon ?

— Ce sera probablement une valise avec du cash, comme au bon vieux temps, intervint Anna-Greta.

— Avant tout, cachons les tableaux, coupa Stina qui estimait qu'il fallait faire les choses dans l'ordre.

— J'ai vu un bon endroit : sous le lit.

— C'est trop risqué. Tu imagines s'ils passent l'aspirateur en dessous ? objecta Märtha.

— Ils ne le font jamais dans les hôtels.

— Si. Ici, ils le font, c'est sûr, répliqua Märtha en commençant à faire les cent pas. Non, il faut trouver une autre solution. Le plus simple, c'est toujours ce qu'il y a de plus difficile, ce à quoi personne ne songe.

Cela semblait trop abstrait pour Anna-Greta. Stina mâchouillait son pinceau.

— *Écoute une prière de lèvres pieuses*, marmonna-t-elle.

— Hein ?

— C'est de Almqvist, Carl Jonas Almqvist, répondit Stina.

Märtha soupira et arpenta de nouveau la suite. Elle jeta un coup d'œil dans la cuisine, traversa lentement la bibliothèque, entra dans la chambre à coucher et revint dans le salon. Aucune idée ne lui était venue. Un long moment, elle regarda le Palais royal et le Parlement avant de se retourner.

— Savez-vous que nous sommes des marginaux ? Nous appartenons à un groupe de voleurs très particulier qui n'a pas peur d'aller en prison. Nous voulons seulement retarder un peu l'échéance. Donc, nous pouvons prendre des risques plus importants. Je propose que nous cachions les tableaux sous le nez de la police. Là où ils ne penseront jamais à les chercher, et où ils ne les trouveront pas avant que nous ayons encaissé la rançon.

— Alors, je sais. Dans le musée ! s'écria Anna-Greta.

— Je suis sérieuse, précisa Märtha.

— Nous avons les tableaux avec nous, alors pourquoi ne pas profiter de ces merveilles, estima Stina en reposant le pinceau.

Son aquarelle du Palais royal n'était pas achevée et ressemblait à l'un de ces tableaux de l'Armée du

Salut. Avec un soupir, elle rangea son matériel dans son grand sac à main.

— Oui, je connais un endroit sûr où personne n'ira les chercher. Donnez-moi quelques instants et je vais arranger ça.

Märtha et Anna-Greta la suivirent du regard quand elle sortit de la pièce avec son sac en bandoulière.

— Laisse-la faire, dit Märtha. Elle pourra peut-être trancher ce nœud gordien.

— Ce nœud comment ? répéta Anna-Greta, la main en pavillon derrière l'oreille.

— Gordien, répéta Märtha.

— Ah, ce nœud-là...

22

Le Râteau était dans le sauna avec le Génie et écoutait un morceau de percussions diffusé par les haut-parleurs. Sous la lumière verte, la vapeur montait des pierres chaudes. Il se pencha pour atteindre le baquet d'eau en jetant un regard interrogateur au Génie.

— Encore un peu, à ton avis ?

Le Génie émit un grognement que le Râteau prit pour un oui. Il se versa encore un peu d'eau sur le corps et se renversa en arrière avec un soupir d'aise. Il était tellement content de toutes les louanges qu'il avait reçues. Après la visite nocturne chez le Génie, il s'était finalement endormi, mais s'était réveillé avec un terrible mal de crâne. Il avait alors craint de ne plus pouvoir participer au vol, mais après une douche glacée, il s'était ressaisi. Et voilà que Märtha avait dit que le coup avait réussi grâce à lui... Et en effet, c'était le cas. Indéniablement, c'était lui qui avait eu la plus grande responsabilité, puisque sans lui ils n'auraient jamais pu sortir les tableaux du musée. La musique du *Livre de la jungle* emplissait l'espace confiné. Il fredonna. Mais il ne faisait quand même pas aussi chaud que dans la jungle.

— On en rajoute un peu ?

Il se pencha pour prendre la louche et la remplir.

— Non, fais gaffe, sinon il fera trop chaud. Tu n'es pas un champion du monde en endurance au sauna, que je sache, dit le Génie.

— T'inquiète. Nous ne sommes pas en Finlande, on va seulement se décrasser, plaisanta le Râteau en versant encore de l'eau sur les pierres chaudes. De toute façon, ça me rappelle le hammam, continua-t-il en se protégeant le visage avec les mains quand la vapeur s'éleva en volutes. Et le coffre-fort.

— Le coffre-fort ? Ce vol-là, je l'ai déjà oublié. Dérober un Renoir et un Monet, c'est quand même autre chose, déclara le Génie en levant sa canette de bière. Qui plus est, sans armes. À ta santé, toi le trafiquant de tableaux !

Les hommes trinquèrent si fort que la bière les éclaboussa. Le Râteau trouvait que c'était un des meilleurs moments de sa vie. Il s'était absenté de la maison de retraite depuis seulement trois jours et il avait déjà vécu plus de choses que pendant l'année passée. Un coup à la porte le fit sursauter.

— Allez, dépêchez-vous. Il faut que vous sortiez ! J'ai quelque chose à vous montrer, cria Märtha.

Le Râteau leva le bras en renversant la bière.

— Je me demande comment tu fais pour la supporter, elle veut mener tout le monde à la baguette.

— C'est justement ça qui est bien. Elle s'occupe de nous. Sans elle, nous ne serions pas ici.

Le Râteau se tut, il n'avait pas pensé à cela.

— Mais je préfère Stina. Elle est plus calme et ne se met pas trop en avant. En plus elle est jolie, élégante même.

— C'est une femme douce, mais tu sais, il faut de tout pour faire un monde.

— Oui, si tu avais vu quand je naviguais dans la mer des Philippines, quelles femmes ! L'une d'elles avait un de ces c..., commença le Râteau qui fut coupé par de nouveaux coups à la porte.

— On reprendra cette conversation plus tard, dit le Génie en se levant. Mieux vaut voir ce qu'elles veulent.

Les hommes nouèrent leurs serviettes autour de la taille, prirent les canettes de bière et ouvrirent la porte. Un court instant, le Génie eut des papillons dans le ventre. La police les avait-elle déjà démasqués ? Puis il aperçut la mine déterminée de Märtha.

— Avez-vous pensé à ce que nous allons faire des tableaux en attendant l'argent de la rançon ? demanda-t-elle.

Le Génie et le Râteau, déconcertés, se dévisagèrent.

— Non, pas vraiment.

— Nous non plus. Mais Stina les a cachés. Je voudrais que vous essayiez de les retrouver.

— Mon Dieu, vous êtes de vrais gosses, déclara le Génie.

Ils se mirent néanmoins à chercher, vêtus de leurs serviettes mouillées, dans la suite de la Princesse Lilian, les deux tableaux volés d'une valeur totale de trente-deux millions de couronnes. Pourtant, malgré leurs efforts, impossible de mettre la main dessus ! Ils semblaient s'être volatilisés.

23

Le commissaire Arne Lönnberg avait reçu un coup
de fil d'une jeune femme qui s'inquiétait à la maison
de retraite du Diamant. Cinq personnes avaient disparu
bien que la porte d'entrée ait été fermée à clé. Il fouilla
dans ses papiers. La disparition de cinq personnes en
même temps n'était pas un fait courant, surtout quand
les fugueurs étaient tout sauf des jeunots, vu qu'ils
avaient plus de 75 ans. La personne qui avait appelé
avait une voix peu assurée et elle lui avait demandé
d'être discret. Si cela venait à se savoir, la maison de
retraite pourrait perdre des clients, avait-elle dit. Des
clients ? s'esclaffa-t-il en y repensant. Être client, c'est
pouvoir choisir de son plein gré. Actuellement, c'était
plutôt les enfants et les petits-enfants qui mettaient
les parents dans les maisons de retraite ; dans ce cas,
on n'était pas vraiment un client. Dieu merci, il était
célibataire et n'aurait pas d'enfant bien intentionné
pour se mêler de son logement quand il serait vieux.

Il tapotait sur le papier en réfléchissant comment
traiter la demande. En principe, les vieillards avaient
le droit de se promener à l'extérieur de la maison
de retraite comme ils le voulaient – du moins en
théorie – , et la police n'avait ni l'envie, ni les res-

sources et encore moins l'autorisation de lancer un avis de recherche. On pourrait les inscrire sur le fichier des personnes recherchées, c'est vrai, et ils feraient alors l'objet d'un signalement, au cas où ils voudraient quitter le pays. Autrement, non. Tant que la famille n'insistait pas pour qu'on les retrouve et qu'ils n'avaient pas commis de crime, cela ne concernait pas la police.

Le commissaire Lönnberg s'adossa à sa chaise. Il trouvait que les vieux méritaient bien de s'amuser un peu. Ils étaient peut-être partis en cachette en croisière ou bien ils essayaient d'échapper à leur famille trop intéressée par leur argent. Il existait, en effet, des cas de personnes âgées harcelées par leurs enfants qui en voulaient à leur héritage.

Il ressortit le bout de papier avec ses notes et écrivit le nom et le numéro de téléphone de la fille qui venait d'appeler, au cas où elle le relancerait. Puis il se ravisa, froissa le papier et le jeta dans la corbeille. S'il recevait un autre coup de fil de la maison de retraite, il ferait inscrire les noms des vieux sur le fichier des personnes disparues. Allez, ils avaient bien le droit de profiter de quelques jours de liberté avant d'être forcés à réintégrer la maison de retraite.

Les hommes s'impatientaient en tournant en rond dans la suite, enroulés dans leurs serviettes humides, à la recherche des tableaux. La suite de la Princesse Lilian, de la taille d'un vaste appartement avec ses cinq chambres, regorgeait de cachettes. Ils durent déclarer forfait. À la fin, ils retournèrent dans le sauna, prirent une douche et s'habillèrent. À peine étaient-ils sortis qu'ils entendirent la voix joyeuse de Stina.

— On n'a pas le droit d'abandonner, essayez

143

encore ! (Ses yeux étincelaient.) « Le Génie suédois ne restera pas éternellement en labeur dans son mouchoir », cita-t-elle en s'inspirant du poète Atterbom.

Tout le monde en déduisit qu'elle était de très bonne humeur. D'habitude, elle veillait scrupuleusement à ne pas écorcher ses classiques. Puisque personne n'avait trouvé les tableaux, elle organisa un jeu où celui qui les dénichait gagnait une grande coupe de chocolats pralinés. Anna-Greta pinça les lèvres, le Génie haussa les sourcils et le Râteau rit en son for intérieur. De son côté, Märtha était contente de voir sa copine reprendre des forces et lancer des initiatives. Cela devait tenir au fait qu'ils avaient quitté Le Diamant et qu'elle se sentait bien avec le Râteau. Qui sait si elle n'était pas tombée amoureuse ?

— Après tout le mal qu'on s'est donné pour voler ces tableaux, j'espère vraiment que tu ne les as pas cachés quelque part où nous ne les retrouverons jamais, dit le Râteau.

— Mais non. Toi qui as tellement bourlingué, je pensais que tu aurais eu assez d'imagination pour les retrouver, répondit Stina.

Le Râteau se redressa et regarda autour de lui avec un air connaisseur. Il aurait tellement voulu faire plaisir à Stina. Il n'était certes pas un grand spécialiste en art, mais en son temps, comme marin, lors des escales, il s'était parfois rendu dans des musées. Il entreprit donc d'inspecter les tableaux des différentes pièces ; il les souleva en cherchant s'il y avait quelque chose écrit au dos. Puis il s'arrêta net. Au-dessus du piano, il crut reconnaître les œuvres. L'une représentait effectivement un homme et une femme en conversation dans un café et l'autre était une marine avec de vieux voiliers sur un fleuve. Sauf que sur le tableau qui ressemblait à un Renoir, l'homme portait un drôle de chapeau, des cheveux longs et des lunettes, et sur la peinture de Monet, il y avait des voiliers qui n'y étaient pas avant. Alors il comprit. Stina avait caché les tableaux à sa manière. Une vague de tendresse le submergea. Cette petite maligne avait simplement transformé les tableaux avec de la peinture à l'eau – pas beaucoup, mais assez pour induire en erreur la personne qui les regardait. Elle avait même maquillé les signatures. Il observa attentivement dans l'angle droit. Au lieu de la signature de Renoir, il pouvait lire *Rene Ihre*. Quant à Monet, elle l'avait rebaptisé *Mona Ed*.

24

Le lendemain du grand casse, les cinq acolytes se trouvaient dans la bibliothèque du *Grand Hôtel* à lire des quotidiens. Seuls le froissement des pages, les murmures et de petits rires meublaient le silence qui régnait dans cette pièce. Aucun d'entre eux ne voulait être dérangé dans cette agréable lecture où ils se délectaient de chaque mot. Mais à la fin, Märtha ne put se contenir plus longtemps.

— Vous avez vu ? C'est marqué que c'est l'un des vols d'objets d'art les plus habiles jamais réalisés, dit-elle avec des yeux étincelants. Bien plus intelligent que la dernière fois où le musée s'est fait cambrioler. Les voleurs avaient alors fait usage de mitraillettes, avaient mis le feu aux voitures et s'étaient sauvés avec les toiles dans un bateau volé. Ils ont eu tout faux. On ne doit pas attirer autant l'attention.

— Très juste, renchérit le Râteau avec une mine de désapprobation sur le déambulateur de Märtha.

Le Génie y avait revissé le bâton d'arrêt. Ah, si seulement elle pouvait cesser de porter cette banane autour de la taille !

— Ils croient que c'est un barbu à cheveux longs qui a commis le vol, continua Märtha.

Du côté de Stina, on entendit un gloussement et Anna-Greta avait du mal à dissimuler sa fierté. C'était elle qui avait lancé la fausse piste.

— Et lui, le barbu, il paraît qu'il avait l'air gentil, ajouta Märtha.

— Oui, j'ai dit ça parce que ce n'est pas le genre de choses qu'aurait dit un voleur, dit Anna-Greta en poussant un tel hennissement que le Râteau faillit se boucher les oreilles.

Anna-Greta ne s'était jamais mariée et cela ne le surprenait pas. Elle avait peut-être eu des prétendants dans sa jeunesse, mais elle avait dû les effrayer avec son rire – à moins qu'ils ne se soient envolés avec l'appel d'air.

— Avez-vous lu ceci ? reprit Märtha en levant les yeux du journal. C'est dans l'*Express*, en page 7. Le journaliste se pose des questions sur le panneau « JE REVIENS DE SUITE ». Il pense qu'il s'agit d'une secte religieuse qui croit au retour sur terre de Jésus-Christ. À moins qu'il ne s'agisse d'un groupe terroriste qui projette un nouvel attentat. Quoi qu'il en soit, la police a renforcé sa surveillance.

— Renforcé sa surveillance à cause de quelques vieillards fous ! s'esclaffa le Génie.

— Et un panneau « JE REVIENS DE SUITE », enchérit Stina en sortant sa lime à ongles.

À présent, ils riaient tous si fort que cela devait s'entendre jusqu'à la réception. Märtha le fit remarquer et leur demanda de baisser d'un ton.

— C'est dommage que le panneau ait été écrit à la main. Voilà un détail qui pourrait nous faire prendre, dit-elle.

— Mais, Märtha, ne me dis pas que tu as oublié pourquoi nous le faisons ? fit observer le Génie.

— Bien sûr que non, mais la prison peut bien attendre un peu.

Un murmure d'approbation accueillit sa déclaration. Quelques clients de l'hôtel se dirigeaient vers la terrasse, tandis qu'eux restaient seuls dans la bibliothèque. Märtha se pencha en avant.

— Même s'ils soupçonnent d'autres voleurs, il ne faut pas relâcher notre vigilance, commença-t-elle. On ne sait jamais quand ils vont commencer à nous rechercher. Pensez si Barbro...

— Le plus important est que nous récupérions notre argent, coupa Anna-Greta. Pourquoi ne réclamerions-nous pas dès aujourd'hui la rançon par voie de presse ?

— Oui, nous pouvons envoyer un fax ; ça va vite, estima Stina.

— C'est démodé, on est à l'ère des ordinateurs, intervint le Génie.

— Mais ce genre d'appareils peut leur permettre de remonter jusqu'à nous, dit Stina qui, faisant une infidélité à ses chers classiques, avait emprunté à Märtha un roman policier intitulé *Indices silencieux dans le cyberespace*.

— Alors, faisons-le à l'ancienne, comme pour les lettres anonymes, intervint le Râteau après avoir réfléchi un moment. Nous achetons un journal pour découper les mots et les lettres dont nous avons besoin. Ensuite, nous les collons sur une feuille de papier, nous glissons le message dans une enveloppe et, hop, dans une boîte aux lettres.

Il y eut un silence pendant que tout le monde réfléchissait à sa proposition.

— Mais la poste met tellement de temps, remarqua Anna-Greta après un moment, et cela ne semble pas très sûr.

— Alors, j'ai une meilleure idée, dit le Râteau. Nous les appellerons. Je sais travestir ma voix.

— Non, laisse-moi appeler, proposa Anna-Greta, soulevant la protestation générale.

Personne ne voulait prendre le risque qu'elle laisse échapper son fameux rire. Après moult tergiversations, on finit par se mettre d'accord sur le message avec des lettres découpées. Évidemment, il fallait veiller à ce que tout le monde porte des gants pour ne laisser aucune empreinte digitale.

— Mais il reste un problème, objecta Märtha. De quelle manière allons-nous récupérer la rançon ?

— Nous leur demanderons de mettre l'argent dans une valise et de la placer dans l'un des ferries pour Helsingfors, suggéra le Génie.

— Quelle bonne idée ! s'écria Märtha, tout heureuse à l'idée de faire une croisière avec lui.

Les ferries organisaient des soirées dansantes et peut-être arriverait-elle à entraîner le Génie sur la piste de danse.

— Une croisière, pourquoi pas, ce serait amusant de retourner en mer, fit le Râteau. Quand je naviguais dans les mers australes, les vagues étaient si hautes que vous n'en croyiez pas vos yeux. C'était au point que...

— Il serait plus avisé de leur demander de déposer la valise à l'aéroport d'Arlanda, coupa Anna-Greta. Ils croiront ainsi qu'il s'agit d'une bande mafieuse internationale.

— Mais s'ils nous confondent avec des terroristes et qu'ils nous tirent dessus ? demanda Stina, toujours aussi inquiète.

Cela parut peu vraisemblable, mais afin de satisfaire tout le monde, ils se décidèrent pour la croisière.

Somme toute, un ferry à destination de la Finlande semblait plus rassurant.

— Nous posterons la lettre aujourd'hui en leur donnant une semaine de délai pour verser la rançon, proposa Märtha. Mais, d'abord, nous devons acheter des journaux pour écrire la demande de rançon.

— Parfait. Combien pensez-vous que nous devons demander ? s'enquit le Génie.

— Dix millions, lança le Râteau.

— Mais… Cela en fera, des billets ! Voyons voir, mille billets de mille couronnes font un million, et dix mille billets de mille couronnes font dix millions. Et tout ça dans une valise ? Non, ce n'est pas possible.

Un ange passa car personne n'avait songé à ce détail-là.

— Des billets de mille couronnes attirent l'attention. Mieux vaudrait des billets de cinq cents, déclara le Génie.

— Et pourquoi pas des billets de vingt couronnes à l'effigie de Selma Lagerföf ? Ils sont si beaux. Et puis cela donne un côté culturel à l'ensemble.

— Tu ne sais pas compter ? Combien de billets crois-tu que cela fera ? Non, attends. Un billet de cinq cents couronnes pèse environ un demi-gramme. Cela fera en tout sept kilos de billets, annonça Anna-Greta après un rapide calcul mental. Mais les billets prennent de la place. Attendez, vingt mille billets de cinq cents couronnes, cela devrait faire une pile de quatre mètres…

— Alors, il vaudra mieux prendre un Caddie, dit Märtha. Voyons voir. Quatre mètres de billets, on devrait pouvoir les mettre dans deux grands chariots. Je sais que chez Urbanista, les Caddies sont en tissu rose et sont appelés Pink Panther. Ils contiennent jusqu'à cinquante-cinq litres.

— Un Caddie rose ? Il faut quand même pas exagérer, grommela le Râteau.

— Ils en ont également un noir ou un brun plus masculins, avec une poignée rétractable, continua Märtha. Et ils sont assez hauts et étroits pour que les billets soient bien rangés.

— Écoutez, continuez à discuter entre vous. Je vais acheter les journaux à la boutique de l'hôtel en attendant, annonça le Râteau que la discussion ennuyait et qui voulait faire quelque chose de concret.

— À propos, j'ai aussi besoin de certaines choses. Depuis trois jours, je porte le même tailleur, se plaignit Stina en rangeant sa lime à ongles et en se levant.

— Mais, Stina, pourquoi vas-tu au magasin alors qu'on peut commander par la poste ? demanda Anna-Greta.

— Il me faut du sur-mesure...

— Cela n'est pas du tout avantageux à nos âges, fit remarquer Anna-Greta, tandis que Stina était déjà partie avec le Râteau.

Une demi-heure plus tard, ils étaient de retour. Stina portait un pull rouge de la même couleur que le vernis à ongles qu'elle venait de s'offrir, et une nouvelle écharpe. Elle arborait également un bracelet étincelant au poignet.

— Ah oui, du sur-mesure, je vois, dit Märtha.

— Nous sommes tout de même au *Grand Hôtel*, s'excusa Stina. Et j'ai demandé à le mettre sur notre note.

Anna-Greta regarda longuement Stina. Outre le fait que cette coquette dépensait de l'argent, elle courtisait en plus le Râteau ! À vrai dire, elle-même n'aurait pas dédaigné un peu d'attention de la part du vieil homme et elle ne comprenait pas pourquoi il s'intéressait seulement à Stina. N'était-elle pas plus intelligente et mieux éduquée, après avoir longtemps vécu dans une grande maison de la Strandvägen à Djursholm ? Et elle était plus débrouillarde que sa copine. Mais il faut croire que cela n'avait pas d'importance. Le goût des hommes était très bizarre. Elle se serait bien mariée avec un jeune homme comme il faut, mais elle n'avait jamais été courtisée par celui qui convenait. Comme son grand amour d'adolescence venait de la classe ouvrière, son père s'était catégoriquement opposé à ce qu'ils continuent à se fréquenter. Elle devrait se marier avec quelqu'un de cultivé ou au moins quelqu'un de fortuné, avait-il dit. À la fin, il ne restait plus personne. Pendant quelques années, elle avait songé à mettre une annonce dans un journal, mais même si elle avait été à deux doigts de le faire à plusieurs reprises, elle n'avait jamais franchi le pas. Elle soupira sur son malheur, puis pensa à la croisière en Finlande. Peut-être rencontrerait-elle un charmant veuf sur le bateau ?

— Ne reste pas là à rêvasser, Anna-Greta, il faut écrire notre lettre, dit Märtha.

Les cinq comparses prirent place autour de la table. Ils sortirent une bouteille de champagne, des noix et des fraises, puis commencèrent à chercher le message le plus percutant possible. Cela leur prit beaucoup de temps même s'il ne s'agissait que de quelques lignes. Il faut dire qu'après tout le champagne qu'ils avaient bu, ce n'était pas une mince entreprise que de rédiger un texte qui satisfasse tout le monde. Pendant qu'Anna-Greta chantonnait le *Penningagaloppen*, « La Ronde de l'argent », ils découpèrent soigneusement le texte pour le coller au milieu d'une feuille blanche de format A4.

La Conversation *de Renoir et la* Marine *de Monet sont en notre possession. Les peintures vous seront restituées contre une rançon de 10 millions de couronnes seulement. L'argent doit être placé dans deux chariots de couleur noire de la marque Urbanista que vous mettrez à bord du ferry* Sérénade *de la compagnie Silja Line au plus tard le 27 mars à 16 heures. De plus amples instructions suivront. Dès que nous serons en possession de l'argent, les peintures seront restituées au musée.*

P.-S. : Si vous contactez la police, nous détruirons les tableaux.

Stina voulait signer de son propre nom, mais les autres l'en empêchèrent à la dernière minute. Ils relurent une dernière fois le message en chantonnant. Anna-Greta était contente d'avoir pu inclure le mot dix millions *seulement*. Les gens du musée comprendraient par là que c'était une bonne affaire, d'autres voleurs auraient certainement exigé davantage. Märtha, en revanche, n'était pas entièrement satisfaite.

— Est-ce que ça n'est pas trop poli pour être écrit par de vrais criminels ? s'interrogea-t-elle. Est-ce que les voleurs d'art rendent les œuvres eux-mêmes ? Je pense plutôt qu'ils indiquent un endroit où on peut les récupérer après versement de la rançon. Il faudrait à mon avis que le texte soit un peu plus agressif pour qu'ils ne pensent pas que nous sommes des amateurs.

— Mais si nous sommes polis, ils seront plus enclins à nous payer, rétorqua Stina.

Tout le monde trouva cette remarque judicieuse et

il fut décrété qu'on enverrait le message tel quel. Puisque personne n'osait utiliser les enveloppes et le papier avec l'en-tête du *Grand Hôtel*, le message fut plié en deux puis fermé par du ruban adhésif avec l'adresse du Musée national écrite dessus et un timbre.

— Au fond, nous aurions pu aller leur déposer la lettre pour éviter le coût du timbre, estima Anna-Greta, dont la remarque provoqua un tollé général.

Un peu plus tard, Märtha prit l'enveloppe pour la glisser dans la boîte aux lettres près du métro. Elle regarda longtemps la fente avant d'y glisser la lettre. Puis elle tapota la boîte avant de se rendre compte de son état de nervosité. À présent, il ne s'agissait plus d'un vol insignifiant. Ils avaient choisi le chemin de la délinquance et il n'y avait plus moyen de faire marche arrière. Ils étaient devenus des *criminels*. Sur le chemin du retour à l'hôtel, elle goûta le mot. *Criminel...* un mot excitant ! Elle voulut esquisser un petit pas de danse malgré son âge, et d'emblée, elle ressentit le même enthousiasme que dans son adolescence. Sa vie prenait un nouveau sens et elle se réjouissait à la perspective de récupérer l'argent dans deux Caddies. Le recevoir par virement sur un compte aurait été beaucoup moins excitant. Désormais, ils pourraient s'offrir une croisière pour se détendre et, en même temps, tenter de ramener la rançon à la maison, sans se faire démasquer. Combien de personnes de son âge pouvaient se targuer de participer à une aventure aussi palpitante ?

25

Le commissaire Petterson n'y comprenait rien. Des inconnus avaient volé deux tableaux inestimables au Musée national et, en dépit des barrages de police, des contrôles de voyageurs dans les gares et les aéroports, des contacts avec les loueurs de voitures, on n'avait aucun indice. En outre, personne n'avait vu le ou les voleurs s'enfuir du musée ou partir avec le butin. Quelque chose ne collait pas. Les voleurs n'avaient pas pu s'envoler ! Ils avaient dû s'échapper en voiture avant même que le personnel du musée ne se rende compte du vol des tableaux. Il avait entendu dire que les équipes des musées ne savaient même pas ce qui se trouvait dans les collections, alors autant dire que l'alarme ne servait pas à grand-chose.

Le commissaire Petterson était un homme dans la fleur de l'âge, mais de nature dépressive. Le cas semblait sans espoir. Il n'avait pas la moindre piste. Il était incollable sur les armes, les munitions, les poursuites en voiture et les tentatives d'escroquerie, mais un vol de tableaux ? La police n'avait rien obtenu de leurs indicateurs.

— Le coup doit avoir été planifié depuis des années, déclara son collègue Rolf Strömbeck, un quinquagénaire barbu, en fouillant dans ses papiers sur le bureau. Tu penses ! S'échapper sans laisser le moindre indice ! Aucune empreinte digitale et rien de suspect sur les images des caméras de surveillance non plus. Je ne comprends pas.

— La caméra dans la salle des impressionnistes français était en panne. Si au moins l'objectif avait été vaporisé de peinture. Nous aurions pu les suivre à la trace, mais les voleurs se sont contentés de débrancher la prise, soupira Petterson. Bah, allons prendre un café.

Les deux hommes s'attardèrent près du distributeur automatique. Petterson en était à son sixième de la journée. Le liquide brûlant avait un goût de plastique, mais ça lui faisait une pause bien méritée. Il devait pourtant y avoir des indices, il suffisait de les trouver. Cela lui fit penser aux visiteurs du musée.

— Il serait temps d'établir très précisément qui était au musée ce jour-là et de les convoquer pour un interrogatoire. Il y avait forcément d'autres personnes que ces vieillards séniles dont les gardiens nous ont parlé.

— Les vieux ont évoqué un homme aux cheveux bruns que l'une des dames a trouvé très gentil. Elle aurait voulu que ce soit son fils, soupira le collègue.

— Mais l'une des autres dames l'accusait d'être un chapardeur. Il aurait essayé de lui arracher son sac à main. Les pauvres ont dû être paniqués quand l'alarme s'est déclenchée.

Petterson se tut et commença à ruminer sur la vieillesse. Comment pouvait-on devenir si gâteux, pensa-t-il. Comment serait-il, lui, le moment venu ? Désormais, il mangerait plus de fruits et de légumes, il avait entendu dire que c'était bon pour le cerveau.

Il chipa une pomme dans la corbeille de fruits en hochant la tête.

— Allons examiner les panneaux. C'est la seule chose que les voleurs ont laissée derrière eux.

— Comme si ça allait nous aider à y voir plus clair !

Ils retournèrent au bureau et examinèrent les trois pancartes trouvées au musée et posées sur la table : HORS SERVICE, INVENTAIRE EN COURS et JE REVIENS DE SUITE.

Le commissaire Petterson essaya de se remémorer les faits. Les panneaux avaient retardé la police. Il leur avait fallu plusieurs heures pour comprendre que l'ascenseur fonctionnait. Puis il y avait les deux autres panneaux qui leur avaient fait croire que tout était en règle. La police était alors partie explorer les autres salles d'exposition, en se concentrant principalement sur l'exposition temporaire *Vices et vertus* où la présence de chaque tableau avait été soigneusement vérifiée. Quand il fut avéré qu'aucun d'entre eux ne manquait, on avait alors élargi l'enquête aux autres salles. Vers la fin seulement, on avait de nouveau prêté attention aux deux panneaux dans la salle d'exposition des impressionnistes. INVENTAIRE EN COURS…

Petterson avait envoyé un groupe de collègues dans la réserve afin de vérifier si les peintures étaient bien là, pendant que ses assistants consultaient fichiers et listes sur un ordinateur. La police avait mis tout son cœur à l'ouvrage, mais quand le Renoir et le Monet restaient introuvables. La nature du larcin ne faisait plus aucun doute. Bon Dieu, ce n'étaient pas n'importe quels tableaux ! La *Marine* de Claude Monet et ce chef-d'œuvre de Renoir qui avait déjà subi un acte de vandalisme par le passé. Comment cela pouvait-il encore se reproduire !

— Des voleurs intelligents, commenta Petterson en désignant le panneau INVENTAIRE EN COURS. Quelle fausse piste !

Son collègue Rolf Strömbeck contempla longuement les panneaux, se mit du tabac à chiquer sous la lèvre en hochant la tête.

— Et nous, on s'est fait avoir comme des bleus. C'est simple et drôlement futé, reconnut-il.

— Et le panneau JE REVIENS DE SUITE, tu le comprends celui-là ?

— Je n'ai jamais vu un truc pareil depuis que je suis dans la police, répondit son collègue. Qui a pu mettre un tel panneau et pourquoi ?

— En tout cas, celui-ci a été écrit à la main, nous avons au moins une écriture manuscrite.

— Est-ce que le panneau JE REVIENS DE SUITE a été écrit par quelqu'un qui avait découvert le vol et était parti avertir la police ? Dans ce cas, nous devrions retrouver cette personne, dit-il en mordillant son stylo pendant qu'il réfléchissait. Nous devrions lancer un avis de recherche ; reste à savoir comment formuler la chose.

Le commissaire Petterson rédigea mentalement plusieurs textes mais rien ne le satisfaisait.

— Si nous publions un avis de recherche pour retrouver la personne ayant écrit JE REVIENS DE SUITE sans donner de détails, nous allons recevoir des réponses du pays entier. Et aucune du malfaiteur. Aucun voleur professionnel ne laisserait un indice aussi évident. Les panneaux ont été manipulés avec des gants, mais celui-ci comporte des empreintes digitales bien visibles. Tu vois le pouce dans le coin ? La couleur noire a dû coller.

Petterson le passa à son collègue.

— Tu sais quoi ? Ce panneau-ci ne nous mènera nulle part. Je n'y vois qu'une seule utilité.

Strömbeck se leva, ouvrit la porte et accrocha le panneau JE REVIENS DE SUITE sur la poignée à l'extérieur.

— Sortons déjeuner ! Au moins comme ça, on sera tranquilles un moment.

26

Le jour du versement de la rançon, ils prirent un taxi pour le terminal Viking. Ils achetèrent des tickets (Anna-Greta paya en liquide, bien sûr) et s'assirent en attendant le départ. Pour une fois, ils n'avaient pas pris leurs déambulateurs. Ils utiliseraient ceux mis à leur disposition par la compagnie de ferries. Bien qu'aucun d'eux n'en eût réellement besoin, cela leur donnait un air plus innocent. Une fois à bord, ils rangèrent les déambulateurs ainsi que des bricoles dans leurs cabines respectives. Ensuite, ils sortirent discrètement dans le couloir, prirent l'escalier jusqu'au pont des voitures et redescendirent sur le quai par la rampe d'accès des véhicules. Si quelqu'un les recherchait, il en serait pour ses frais : les cinq amis allaient en réalité monter à bord d'un tout autre ferry.

Une fois dehors à Stadsgården, ils prirent les Caddies Urbanista qui les attendaient, commandèrent un taxi pour les ferries Silja dans le port de Värta, et arrivèrent juste avant que le *Sérénade* ne lève l'ancre. Märtha était très fière de ce petit tour de passe-passe qu'elle qualifia de « manœuvre de diversion ». La police ou les autres autorités pouvaient les rechercher tant qu'ils voulaient sur le *Mariella* de la Viking Line, ils seraient tranquillement installés sur le *Sérénade*, le fleuron de la compagnie maritime Silja Line.

Le Râteau lui avait demandé la raison de cette pénible sortie supplémentaire et Märtha lui avait expliqué que, dans la plupart des romans policiers, il y avait des fausses pistes. Ça permettait de gagner du temps. Et puis ne s'étaient-ils pas mis d'accord pour s'amuser un peu avant de passer par la case prison ?

Dans la queue pour réserver leurs cabines, les cinq amis plaisantaient joyeusement sur les vertus du hold-up. Les passagers devant et derrière eux jetèrent un regard amusé sur ces vieillards insouciants, et ne purent s'empêcher de rire. Au fond, ce n'était peut-être pas si dramatique que ça de vieillir... Quand Märtha et les autres eurent enfin leurs cartes magnétiques en main, ils prirent l'ascenseur et, au lieu de rejoindre leurs cabines respectives, descendirent au pont des voitures. Ici, tout en bas parmi les camions suédois et étrangers et les voitures, plus personne ne leur prêtait attention et ils purent sans problème s'avancer vers la rampe d'accès. Chemin faisant, ils inspectèrent chaque espace et recoin entre les poutres à la recherche d'un endroit pour entreposer leurs Caddies. Le pont était humide avec des flaques d'eau par-ci, par-là et une forte odeur de gasoil, mais cela ne les perturba pas le moins du monde, ils étaient trop concentrés sur leur mission. Peu avant la rampe, ils trouvèrent un espace réservé aux bottes et vêtements de pluie. Entreposés par terre, il y avait déjà une caisse en bois et deux sacs de marin.

— Ici, s'écria Märtha, triomphante.

Ils poussèrent leurs Caddies parmi les vêtements de pluie avec précaution et jetèrent un dernier coup d'œil en arrière afin de vérifier que personne ne les avait vus, puis ils quittèrent rapidement les lieux. Certes, ils ne récupéreraient pas la rançon avant de revenir à Stockholm, mais ils voulaient ainsi vérifier si les chariots resteraient sagement à leur place ou si la police allait leur tendre un piège.

Le soleil matinal entrait à flots dans la suite de la Princesse Lilian et faisait briller le piano et le petit tapis gris. La jeune femme de chambre de l'hôtel, Petra Strand, secouait les coussins du canapé et regardait vers la fenêtre. Elle avait passé l'aspirateur et nettoyé la salle de bains, puis elle avait épousseté tous les meubles. Elle se redressa et passa la main dans ses cheveux roux. Une fois que la pièce fut propre, elle put attaquer la partie agréable du travail : faire l'inventaire de la décoration en vue d'éventuelles améliorations. Certes, elle n'était que femme de chambre, mais quand la direction avait appris qu'elle avait fait des études artistiques, elle lui avait demandé son opinion sur les couleurs et la décoration intérieure de la suite. Bien qu'il y eût surtout des personnes âgées au *Grand Hôtel*, la bulle spéculative des nouveaux médias avait changé la donne et de jeunes millionnaires commençaient aussi à venir. La direction voulait certainement s'adapter et s'assurer que cette nouvelle clientèle s'y sente bien.

Elle jeta un regard au Palais royal baigné de soleil, posa le chiffon à poussière sur son chariot et fit le tour de la suite. Pendant qu'elle étudiait la décoration, les tapis et les tentures, elle réfléchissait aux changements possibles. Les tons de la suite étaient une déclinaison de blanc, de gris et de noir. Elle aimait bien la moquette épaisse dans une nuance argentée. Les jetés-de-lit aux grandes fleurs turquoise et les

162

teintes de gris allaient bien avec la splendide vue. Même les pièces aux couleurs plus claires étaient très design. Mais il manquait indéniablement quelque chose. L'aménagement des trois cent trente mètres carrés de la suite nécessitait d'être revu. Peut-être de nouveaux tableaux ?

Les œuvres d'art aux murs étaient un peu tristounettes. Elle aurait préféré des couleurs qui claquent davantage. Dans l'une des chambres, un grand tableau représentant un voilier était accroché au-dessus du lit et, dans le couloir menant à la cuisine, il y avait une gravure. Deux natures mortes ornaient les murs de la bibliothèque. Elle s'arrêta devant les deux peintures à l'huile au-dessus du piano. Elles avaient l'air tout à fait convenables, mais sans plus. L'une représentait des voiliers et des bateaux de pêche dans l'embouchure d'un fleuve, l'autre une scène parisienne avec un homme et une femme dans un café. Celle du fleuve avait des tons dominants de brun et de gris sale. Quant à l'autre tableau, ce n'était guère mieux. La femme assise au café, à la coiffure sombre, était représentée de trois quarts, et l'homme paraissait bizarre avec ses cheveux longs, sa moustache immense et son chapeau anachronique. L'ensemble était surchargé, il aurait suffi de la coiffure de la femme. Malgré tout, le motif lui sembla familier. Elle examina la peinture d'un peu plus près. En fait, elle ressemblait réellement à l'une des œuvres de Renoir. Les grands maîtres étaient souvent copiés, avec un résultat en général assez douteux. Celle-ci n'échappait pas à la règle. Il s'agissait de l'œuvre d'un amateur. De toute façon, les deux tableaux s'intégraient mal dans la pièce. Elle aurait préféré une grande toile moderne à la place. Pourquoi pas un Ola Billgren, un Cecilia Edelfalk ou un Picasso ? Elle décrocha les deux peintures, les posa sur son chariot et descendit à l'annexe.

En bas, ils étaient en pleine rénovation. Dans une pièce qui servait de débarras, il y avait plusieurs toiles entreposées par terre. Elles avaient été décrochées pendant les travaux de réfection de quelques chambres. Elle les examina une par une. L'une d'elles ressemblait à un Chagall, l'autre, la plus grande, était une aquarelle dans l'esprit de Matisse – toutes deux seraient parfaites au-dessus du piano.

Elle laissa les tableaux de la suite Lilian sur le chariot, emporta les autres sous le bras et reprit l'ascenseur. Très excitée, elle les accrocha au-dessus du piano et recula de quelques pas pour admirer le résultat. Ses yeux brillèrent. C'était bien mieux ! Elle glissa la main dans la poche de son jean pour sortir une boîte de tabac et prit une chique. C'est la direction de l'hôtel qui allait être contente !

27

Quand les cinq amis se furent reposés un peu dans leurs cabines, ils s'habillèrent pour aller dîner. Märtha était toujours sur le qui-vive, qui sait s'ils n'étaient pas suivis ? Ce n'est pas rien d'exiger une rançon, même si c'est très excitant...

— La carte ou le buffet ? demanda Märtha quand ils arrivèrent dans la salle à manger.

— Le buffet, bien sûr, répondirent-ils d'une seule voix en se plaçant dans la queue pour le festin.

Assis côte à côte, le Râteau et Stina parlaient entre eux. Märtha tenait compagnie au Génie et à Anna-Greta. Dans la cabine, avant de monter pour le dîner, celle-ci lui avait posé une drôle de question. Une question qui l'avait laissée fort dubitative.

— Qu'est-ce qui fait qu'un homme s'intéresse plus à une femme qu'à une autre ? avait-elle demandé.

Märtha avait essayé d'esquiver la question par une plaisanterie, mais Anna-Greta était très sérieuse.

— Il faut sans doute être bien habillée, joyeuse et ouverte, avait-elle répondu en lorgnant la tenue d'Anna-Greta.

Sa robe ressemblait à une tenue de camouflage. Son seul avantage était d'être discrète.

— Bien habillée ? Je ne comprends pas, avait repris Anna-Greta en fixant la banane autour de la taille de Märtha.

— Si, il faut porter des vêtements élégants et, bien sûr, se maquiller et flirter un petit peu, avait poursuivi Märtha.

— Et ça, tu crois que tu le fais ?

— Non, pas moi, je disais ça en général, avait répondu Märtha en songeant que ce serait bien si Anna-Greta pouvait rencontrer quelqu'un, puisque, visiblement, elle se sentait exclue.

Stina et le Râteau donnaient l'impression de s'apprécier et elle-même passait le plus clair de son temps avec le Génie.

— Sais-tu ce qui est si merveilleux avec la vie ? lui avait demandé Märtha. On ne sait jamais ce qui va se passer et il n'est jamais trop tard pour espérer.

— Tu as encore d'autres clichés de ce genre ? avait maugréé Anna-Greta.

Märtha s'était tue. Elle avait seulement voulu l'encourager. Elle ne pouvait pas dire à Anna-Greta qu'elle était trop coincée, qu'elle portait des vêtements à pleurer d'ennui et qu'elle avait un rire de cheval.

Grâce à la tarte en dessert, Anna-Greta fut de meilleure humeur et, au deuxième verre de vin, elle parlait et riait comme d'habitude. Märtha l'observait, soulagée, et se disait qu'ils devraient s'occuper un peu plus d'elle. Extérieurement, Anna-Greta avait toujours paru sûre d'elle, mais dans le fond, elle aurait bien voulu connaître l'amour, elle aussi.

Après le dîner, la soirée se poursuivit dans le bar à karaoké. Émoustillés par le vin et en tant qu'anciens choristes, tous ressentirent l'envie de chanter. Märtha monta la première sur l'estrade et entonna *Yesterday*, le Râteau chanta *La Mer* comme d'habitude. Anna-Greta prit son courage à deux mains et interpréta *My Way* d'une manière très personnelle, avec des gestes encore plus originaux. Tout le monde eut droit aux applaudissements d'usage, mais quand Anna-Greta voulut entonner l'hymne national suédois, Märtha proposa qu'ils aillent ailleurs. Anna-Greta protesta vivement, mais Märtha lui glissa qu'il y avait certainement beaucoup de veufs au bar, ce qui suffit à la convaincre.

Les joues de Barbro étaient toutes rouges et elle était en nage après avoir passé plusieurs heures dans la cabine avec M. Mattson. Elle s'était imaginé qu'il l'emmenerait faire un voyage de quelques jours en Europe où elle aurait vécu luxueusement dans un hôtel de charme. Au lieu de cela, elle avait dû se contenter d'un voyage tout ce qu'il y a de plus ordinaire à destination de Helsingfors à bord du *Silja Sérénade*. Cela lui avait semblé un peu pingre, mais en écoutant son explication, elle s'était calmée.

— Tu comprends, ma puce, sur une ligne d'avion régulière, je cours toujours le risque de rencontrer des collègues. Ici, sur le bateau, je sais que nous ne serons pas dérangés et que nous pourrons ainsi nous consacrer entièrement l'un à l'autre.

À ces mots, elle s'était laissé amadouer. Qu'elle fût aussi importante pour lui la rendait heureuse. Cela voulait dire qu'avec le temps, il finirait par l'épouser... Bientôt, oui, très bientôt, elle atteindrait son but. Il semblait si épris. Après être montés à bord vers 16 h 30, ils s'étaient enfermés aussitôt dans leur cabine. À présent, il était plus de 20 heures et elle n'avait même pas remarqué que le *Sérénade* avait quitté le quai.

— Que dirais-tu d'aller prendre un verre au bar et de grignoter quelque chose ? demanda-t-elle quand la faim se fit sentir.

— Il faudra manger très vite alors, dit-il en l'attirant à lui. Ah, mon petit trésor…

Les mots qu'elle retenait au fond d'elle-même depuis si longtemps faillirent sortir tout seuls : « Eh bien, divorce et marie-toi avec moi ! » Mais elle s'abstint. Il fallait attendre le moment propice. Peut-être après un verre ou deux au bar ?

Les cinq retraités en cavale, chacun leur verre à la main, observaient la piste de danse. Plusieurs couples y évoluaient à l'aise et Märtha se demanda si elle n'allait pas tenter un petit tour. Grâce à l'entraînement sportif, elle se sentait plutôt en forme. Elle écouta ses amis rire et constata le grand changement qui s'était opéré en eux. Quelques mois plus tôt, ils étaient fatigués, pour ne pas dire croulants. À présent, ils formaient une joyeuse bande, et même Anna-Greta avait l'air d'humeur joyeuse. De temps à autre, sa voix couvrait le brouhaha, mais elle semblait contente et c'était ce qui importait. Märtha repensa à ce qu'elle avait osé évoquer plus tôt dans la soirée.

— Anna-Greta, ne le prends pas mal, mais ce que tu demandais sur les hommes…

— Oui ?

— Tu ne devrais pas parler si fort. Retiens un peu tes éclats de rire. Les autres aussi aiment attirer l'attention sur eux.

Märtha s'était étonnée d'avoir osé être si franche, mais elle ne voulait que le bien de son amie. Ensuite, elle avait conduit Anna-Greta aux toilettes. Là, elle lui avait prêté son rouge à lèvres et l'avait aidée à se coiffer de manière plus seyante. Elle avait dénoué son chignon sur la nuque, ce qui lui avait donné un air plus jeune, plus séduisant. Quant à la robe et au cache-cœur que Märtha lui avait prêtés, ils lui allaient parfaitement. Mais la transformation avait été de courte durée. Anne-Greta avait certes engagé la conversation avec un gentleman âgé, mais, dans l'empressement, sa voix était redevenue aussi stridente que d'habitude. Le volume sonore avait même augmenté. Märtha secoua la tête. L'homme allait certainement bientôt abandonner la partie. Mais le temps passait et il ne faisait pas mine de vouloir partir. Au contraire, ils restèrent tout près l'un de l'autre. Même quand Anna-Greta fit retentir son hennissement, il ne recula pas. Anna-Greta aurait-elle enfin rencontré l'âme sœur ? Oui, tout pouvait arriver à partir du moment où l'on sortait de l'isolement de la maison de retraite. Märtha songea à tout ce qu'ils avaient réussi à faire pendant ces quelques jours de liberté. Comme elle aurait aimé que d'autres, là-bas, puissent avoir la même vie qu'eux ! Il y avait certainement quelque chose qui clochait dans cette société quand on était obligé de devenir délinquant pour s'amuser un peu à l'automne de sa vie…

De nouveau, elle entendit le rire d'Anna-Greta. L'homme lui avait posé la main sur l'épaule. Mon Dieu, il avait l'air de vouloir l'inviter… Oui, il se tournait à présent vers elle, prenait son bras et s'avançait vers la piste de danse. Anna-Greta semblait avoir trouvé l'homme qu'il lui fallait : il portait une prothèse auditive. Qu'il avait probablement éteinte.

La musique commença et, au moment où Märtha

se demandait si elle allait se risquer à faire quelques pas, le Génie arriva vers elle. Comme elle aurait aimé l'enlacer, elle espéra qu'il était venu l'inviter à danser. Mais dès qu'il l'eut entraînée sur la piste de danse, il lui chuchota à l'oreille :

— Barbro est ici ! Qu'est-ce qu'on fait maintenant ?

28

Les jours suivant la disparition des vieux, les commérages allèrent bon train dans la maison de retraite. Où étaient partis les choristes ? Personne ne les avait vus. Katja avait encore cherché à joindre Barbro sur son téléphone portable, en vain. Elle n'eut guère plus de résultat en appelant la police. Le commissaire Lönnberg répondit en répétant qu'il voyait mal ce qu'il pouvait faire dans un tel cas.

— Cela ne relève pas de la compétence de la police, ma petite dame, avait-il dit. Si les vieux veulent sortir, ils en ont le droit. Qu'est-ce que vous voulez qu'on y fasse ? Dites-vous qu'ils sont ensemble. Vous n'avez sûrement aucune raison de vous inquiéter.

— Mais je suis inquiète, s'écria-t-elle.

— La loi c'est la loi, continua-t-il.

Excédée, Katja raccrocha. Elle perdait son temps à parler avec lui, mais que pouvait-elle faire ? Elle préféra ne pas penser à la réaction de Barbro en découvrant ce qui s'était passé en son absence. Katja reposa la tasse de café et alla dans la salle commune. Comme d'habitude, tout était calme et silencieux. Une télévision était posée dans un coin, sans son, et les deux hommes qui jouaient habituellement aux échecs s'étaient endormis. Une dame âgée lisait et son amie regardait par la fenêtre. Ce n'était pas seulement calme, c'était d'un ennui mortel. Elle se préparait à rentrer chez elle, quand la porte s'ouvrit. Un vieillard annonça en forçant sa voix :

— Vous avez de la visite.

— De la visite ?

Katja n'attendait personne.

— C'est quelqu'un qui veut parler à Barbro, et comme c'est vous, sa remplaçante…

Katja acquiesça, mit de l'ordre dans sa tenue et se dirigea vers l'accueil où elle aperçut un homme d'âge moyen en blouson de cuir, les cheveux courts, un anneau dans l'oreille et des tatouages aux poignets. Il se leva dès qu'elle entra dans la pièce.

— Salut, je suis Nisse Engström. Je voudrais voir le paternel.

— Le paternel… ?

— Oui, Bertil Engström, le Râteau, vous savez.

— Ah, lui. Y a-t-il un message à lui transmettre ?

— Mais, putain, je veux le voir, c'est tout.

— Sa chambre est par là, mais…

— Je lui ai promis de lui rendre visite chaque fois que mon bateau jette l'ancre dans le coin, et cette promesse, je la tiens.

Avant qu'elle n'eût le temps de l'arrêter, il se dirigea vers la chambre de son père et ouvrit la porte en grand.

— Mais il est où, bordel ?

— Je ne sais pas, mais…

— Tu ne sais pas où il habite ? Alors qu'est-ce que tu fous dans cette maison ?

Katja rougit.

— Le Râteau et les autres membres du chœur sont sûrement partis chanter quelque part.

— Ah bon, c'est ça, fit l'homme, rassuré, en se laissant tomber sur une chaise. Merde, je l'ai loupé. On accoste si rarement par ici et on ne peut pas toujours débarquer.

— Alors, comme ça, vous êtes marin ?

— Eh oui, comme le paternel. On habitait à Majorna. De là-haut, on voyait le fleuve et tous les bateaux amarrés. Le paternel m'a raconté tous ses voyages, il m'a même amené au musée de la Marine.

Katja s'assit sur la chaise d'à côté. Derrière son air un peu sauvage, le fils du Râteau était un chic type au fond.

— Et où était votre mère ?

— Oh, ils ne sont pas restés mariés très longtemps. Le paternel était un sacré coureur de jupons. C'est dommage, elle méritait mieux. Elle ne s'est jamais remariée. Je crois qu'elle a aimé papa toute sa vie.

— Le Râteau est bien apprécié ici aussi, glissa Katja.

— On avait l'habitude de pêcher dans les douves. Il mettait les lignes, puis on restait là à les surveiller en parlant de la mer. Ça ne faisait aucun doute que je deviendrais marin.

Katja rit.

— Nous pêchions des brochets, des anguilles, et un ou deux saumons. Plus tard, l'eau est devenue polluée, alors ça a été fini. La merde, quoi.

Il se leva.

— Bon, je dois y aller. Nous levons l'ancre demain. Mais saluez-le de ma part.

Katja se leva pour le raccompagner jusqu'à la porte. Là se trouvait Henrik, 93 ans, appuyé sur sa canne.

173

— Ici, c'est trop calme, se plaignit-il. Depuis que les choristes ont disparu dimanche dernier...

— Hein ? Qu'est-ce que tu dis ? s'exclama Nisse en se tournant vers Katja. Depuis dimanche dernier ? Ça, tu ne me l'avais pas dit !

— J'ai essayé de prévenir la police, mais ils ne veulent pas m'écouter, se défendit Katja. Je suis désolée. Ce serait mieux si un parent proche les appelait.

— Putain, il faut lancer des recherches !

Nisse, le fils du Râteau, dégaina son portable et composa le numéro d'urgence.

29

— Quoi ! Barbro est ici sur le bateau ? Ce n'est pas possible ! Ah non ! s'écria Märtha, si fort qu'elle couvrit presque la musique.

Elle prit instinctivement la main du Génie et l'attira vers le comptoir. Là, elle prévint les autres.

— Partons, déclara le Râteau avant de se raviser en voyant que Barbro était en compagnie de Mattson. Non, après tout, il n'y a pas le feu. Ces deux-là n'ont d'yeux que pour eux-mêmes.

Les cinq attendirent en se faisant le plus discrets possible.

— Elle ne nous a peut-être pas vus, hasarda Stina un moment après que le couple eut disparu en direction des cabines.

— Bien sûr qu'ils n'ont rien vu. Ils n'ont même pas pris le temps de finir leur verre, renchérit le Génie.

— Ce n'est pas pour ça qu'ils sont ici, fit remarquer le Râteau.

— Elle a probablement aussi peur que nous d'être reconnue. En tout cas, nous avons désormais la certitude qu'il se passe quelque chose entre eux, dit Märtha.

— Ils doivent se vautrer dans le lit, comme d'habitude. Bonne prise, commenta le Râteau.

— Toi alors ! commença Anna-Greta, aussitôt interrompue par Märtha.

— Il ne faut pas que Barbro nous voie. Elle va tout gâcher.

— Si ça arrive, nous lui demanderons ce qu'elle fabrique ici sur le ferry avec Mattson, rétorqua le Râteau avec un sourire entendu.

Ils avaient beau être un peu rassurés, la bonne humeur s'en était allée. La seule qui ne semblait pas concernée, c'était Anna-Greta.

Du coin de l'œil, Märtha vit que le vieil homme l'avait de nouveau invitée sur la piste de danse. Märtha se réjouissait tout en redoutant que cela ne se termine par une catastrophe. La hanche d'Anna-Greta n'était pas rétablie après la fausse chute au Musée national. Qu'est-ce que cela aurait été si elle était tombée pour de vrai !

— Bon. Il est temps d'aller se coucher. J'ai les yeux qui se ferment. On se voit au petit déjeuner, lança Märtha qui s'inquiétait pour le lendemain et voulait dormir.

Les autres l'approuvèrent et se dirigèrent vers les cabines, sauf Anna-Greta qui resta sur la piste de danse. Si Barbro revenait… Mais, d'un autre côté, son amie avait l'air d'être en si bonne compagnie avec son nouveau cavalier que Märtha n'avait pas le cœur de les arrêter. Anna-Greta s'en sortirait certainement.

Tôt le lendemain matin, il fut difficile de la réveiller. Märtha lui demanda, curieuse, à quelle heure elle s'était couchée.

— Comme si je pensais à regarder l'heure, répondit-elle avec des étoiles dans les yeux.

Impossible d'en savoir plus. Après la réunion matinale, elle daigna éclairer leur chandelle.

— Nous allons nous revoir, annonça-t-elle, toute rouge au moment où la voix du capitaine retentit dans les haut-parleurs.

Anna-Greta se tut et tous se regardèrent. Märtha applaudit.

— Voilà, les amis, nous sommes arrivés à Helsingfors. Il est temps de rejoindre le pont des voitures. N'oubliez pas de bien regarder autour de vous.

Tous opinèrent et quittèrent la cabine. Puis ils suivirent le flot des passagers qui prenaient l'ascenseur pour descendre jusqu'au pont des voitures. Ils s'approchèrent du renfoncement près de la rampe d'accès, quand le bateau accosta. Märtha et le Génie échangèrent un regard. Les chariots n'avaient pas bougé. Les cinq comparses attendirent encore un peu que le bateau soit amarré et que le personnel du pont fasse signe aux premiers conducteurs de sortir. Märtha et le Génie s'emparèrent de leurs déambulateurs et se dirigèrent vers la sortie, tandis que les autres prenaient les Caddies. Le petit groupe descendit la rampe d'accès et débarqua. Personne ne les arrêta ni même ne les interpella. Mais, dans le cas contraire, Märtha avait prévu le coup. Elle aurait réclamé à parler à la direction et se serait plainte que la compagnie maltraitait les personnes âgées uniquement parce que c'étaient des vieux... Aucune compagnie de ferrys ne voulait prendre le risque de discriminer les vieillards. Ou les « seniors » comme on les appelait désormais.

Enfin sur le quai, ils se détendirent : tous étaient convaincus qu'il ne serait pas très difficile de récupérer la rançon. Au marché de Saluhallen, ils achetèrent des saucisses sèches, du jambon et du fromage suisse « made in Finland », avant de prendre le tram bringuebalant pour le centre-ville. À la pâtisserie Fazer, ils burent du café, achetèrent des sandwiches et des gâteaux, après quoi ils conclurent cette petite virée à Helsingfors par l'achat de bonbons salés à la réglisse, de caramels et d'une grande quantité de liqueur de mûre arctique.

— On doit vraiment chercher la rançon maintenant ? Ça ne peut pas attendre ? s'inquiéta Stina qui commençait à être nerveuse.

Ils allaient récupérer l'argent sur le chemin du retour et, par ce geste, devenir irrévocablement des délinquants purs et durs.

— Voyons, « attendre », ça n'a plus grand sens à notre âge, trancha Märtha. On n'a que trop attendu déjà. (Elle sentait qu'il fallait être ferme. Ils devaient tous rester unis.) À propos, j'ai vu qu'il y a du chocolat belge à bord. Venez, allons faire nos dernières emplettes.

Il n'en fallut pas plus pour distraire Anna-Greta.

Ils retournèrent au bateau et Märtha prit son amie par le bras pour l'entraîner vers le magasin. Là, elle lui acheta cinq boîtes de chocolat belge et, pendant qu'elle faisait la queue pour payer, elle passa en revue tous les détails une dernière fois. Quand le ferry accosterait à Stockholm, on devrait trouver deux chariots de courses identiques aux leurs, dans le renfoncement, avec lesquels il faudrait faire l'échange… La seule chose qui différencierait les Caddies, c'était le petit trou que le Génie avait percé pour les bâtons d'arrêt – un trou si petit que personne hormis eux ne le remarquerait.

— Tiens, prends ce chocolat et va donc te reposer un peu. Nous nous retrouverons dans une heure dans ma cabine pour prendre l'apéritif avant le repas, dit Märtha en tendant la boîte à Stina.

Son amie serra le cadeau contre sa poitrine, remercia et obéit.

Quand Märtha et le Génie se glissèrent un peu plus tard le long du bastingage, elle mourut d'envie de lui prendre la main pour se rassurer, mais elle se contrôla. Avec tous ces Caddies et ces parapluies à gérer, ils avaient les mains occupées. Ils avancèrent lentement et avec mille précautions jusqu'au renfoncement près de la rampe d'accès, et ouvrirent leurs parapluies lorsqu'ils furent presque arrivés. Le Génie avait dit que les caméras de vidéosurveillance tournaient certainement. Ils prirent une grande inspiration. Märtha n'osa presque pas regarder... Les vêtements de pluie étaient là ainsi que les bottes en caoutchouc et... oui, tout au fond dans le coin, il y avait deux nouveaux Caddies noirs de chez Urbanista, pareils aux leurs... Restait à vérifier que le musée y avait bien mis les dix millions... Une petite augmentation de leur retraite, comme disait Märtha. Et une des rares transactions sur lesquelles la banque ne pouvait pas les taxer.

Elle aurait bien voulu récupérer les deux chariots tout de suite, mais s'ils les montaient dans sa cabine, elle et ses amis seraient susceptibles d'être suivis. Il fallait user de discrétion. Les Caddies resteraient là jusqu'au moment de débarquer à Stockholm. Encore que... Il fallait quand même vérifier qu'ils ne s'étaient pas fait avoir. Peut-être pourrait-elle tirer un peu sur le tissu ? Elle le fit d'un petit coup rapide, puis elle y alla franchement. Quand elle entendit le froissement de papier et eut l'impression de sentir les liasses de billets à l'intérieur, elle ressentit une telle joie qu'elle fit quelques pas de danse. Le Génie l'arrêta, mais elle lut la chaleur et la joie dans son regard. À cet instant, elle eut envie de l'embrasser, mais cela aussi devait attendre. Après avoir posé leurs Caddies à côté des autres, et être revenus vers l'ascenseur, ils replièrent leurs parapluies et s'autorisèrent une grande accolade.

Une fois remontés dans la cabine, Märtha et le Génie papotèrent un moment pour laisser retomber la pression puis retournèrent chacun chez soi pour un repos bien mérité. Märtha sortit son tricot et s'assit sur le lit avec quelques jolis coussins moelleux calés dans le dos. Le musée allait récupérer deux chariots remplis de papier journal et eux leurs dix millions. Un troc avantageux. Mais est-ce que cela marcherait ? Quelque part, se dit-elle, cela semblait trop facile. Et elle n'alla pas plus loin dans ses considérations car elle s'endormit avec le tricot sur le ventre et ne se réveilla pas avant que le Génie vienne frapper à la porte de la cabine. Il était temps d'aller dîner.

En se retrouvant dans la salle à manger, ils n'étaient pas peu fiers, mais durent tout de même vérifier que Barbro ne fût pas dans les parages. Ils la cherchèrent du regard, en vain.

— Mattson et elle sont probablement couchés et... commença le râteau, aussitôt coupé par Anna-Greta.

— Tu ne vas pas recommencer, l'admonesta-t-elle, la bouche pincée, en lui décochant un regard sévère.

— Mais c'est évident qu'elle est couchée sur le dos dans une des cabines, insista le Râteau.

Il sentait l'ail et tenait une grande chope de bière dans la main. Anna-Greta le regarda avec désapprobation et Stina fit un geste d'apaisement. Puis tout d'un coup, Anna-Greta se détendit et son froncement de sourcils disparut.

— Tu sais quoi, le Râteau, si Barbro est amoureuse de Mattson, eh bien, grand bien lui fasse ! Qu'ils continuent leur petit manège !

30

Il faisait déjà nuit, et le commissaire Petterson contemplait les lumières de la ville qui scintillaient sous la pluie. Il faisait encore des heures supplémentaires, cette histoire de vol de tableaux le laissait vraiment perplexe. Il repensa aux caméras de surveillance du Musée national : si celle dans la salle des impressionnistes n'avait pas fonctionné, il restait tout de même les autres. Les enregistrements auraient dû montrer tous les visiteurs présents au musée ce jour de malheur et, parmi eux, le ou les voleurs. Il avait tout visionné, mais n'avait repéré aucun comportement suspect. Au premier étage, consacré à la peinture moderne et au design, on voyait déambuler trois messieurs âgés et une famille avec deux enfants. Dans un coin de l'exposition, deux femmes d'une trentaine d'années regardaient des verres colorés dans une vitrine et une dame plus âgée s'intéressait aux objets de Gustavsberg. Personne qui ressemblât à un malfaiteur. Les visiteurs se promenaient lentement et regardaient les vitrines avec intérêt.

Dans le grand escalier menant à l'étage au-dessus, on voyait deux jeunes filles à talons hauts, il zooma sur elles. Qu'est-ce que leurs robes étaient courtes !

Un peu plus loin, trois couples d'âge mur étaient sur le point de pénétrer dans la salle des peintures Rcnaissance et, près de la porte ouvrant sur les impressionnistes français, il vit une femme âgée avec un déambulateur, un vieil homme et une petite femme menue. Rien à signaler là non plus, sinon qu'ils avaient l'air d'avoir froid puisqu'ils portaient des gants. Ah, c'est dur de vieillir et d'avoir une mauvaise circulation !

Au département des peintures flamandes, où se trouvait l'inestimable tableau de Rembrandt, la salle était vide à l'exception d'une dame âgée avec une canne. Sur aucune des images, il ne voyait de gardien, ce qui lui parut étrange. Les collections du musée valaient quand même plusieurs millions, voire davantage. Autre détail curieux : il n'avait pas encore trouvé une seule trace de ce jeune homme à barbe dont les retraités avaient parlé.

Le commissaire Petterson se leva pour ouvrir la fenêtre. Il faudrait examiner ça de plus près, et non se contenter de faire défiler les images, se reprochat-il. Il devrait tout visionner encore une fois dans le calme. Il prit une bouffée d'air frais et alla chercher un cappuccino à la machine à café. Puis il se rassit devant l'ordinateur et repassa les films depuis le début.

Les images qui défilaient n'étaient pas spécialement intéressantes et il avait du mal à se concentrer. Mais en arrivant aux caméras de la salle Rembrandt, il fut pris d'un doute. Sur une des images, on voyait une femme âgée s'avancer jusqu'à l'une des peintures de Rembrandt. Elle s'approchait beaucoup trop près et agitait une canne tordue. Il avait lui-même une vieille mère et savait que les vieux pouvaient avoir des comportements étranges, mais cela avait tout de même l'air très curieux. Et il découvrit une autre bizarrerie. La femme regardait un peu autour d'elle avant de s'allonger, avec précaution, par terre. Quand il avait regardé la bande en avance rapide, il avait cru qu'elle était tombée, mais elle semblait s'être couchée par terre volontairement ! C'était quoi, cette histoire ? Peu de temps après, elle se redressait sur les coudes pour se traîner plus près du tableau. Elle essayait probablement de se remettre debout. Mais voilà qu'elle posait la canne à côté d'elle pour que cette dernière ait l'air d'être tombée là quand elle avait soi-disant trébuché. Quelques séquences plus loin, les gardiens se précipitaient pour l'aider. C'étaient les mêmes gardiens à qui elle aurait dit avoir vu un jeune homme barbu traverser la pièce.

D'ailleurs, pourquoi n'étaient-ils pas dans les salles d'exposition ? Il y avait quelque chose de louche, car aucune des caméras de vidéosurveillance ne montrait quelqu'un sortant des tableaux du musée. Aucun des visiteurs n'avait de valise ni de sac où ils pouvaient cacher les peintures... La seule chose qu'on voyait était les deux déambulateurs sur lesquels s'appuyaient une femme âgée et un homme voûté. On voyait l'homme sortir calmement du musée en compagnie d'une femme. Quant à la femme âgée, elle ne pouvait être impliquée dans le vol. Elle avait enlevé son manteau pour le poser sur le déambulateur quand elle était entrée au musée et elle l'avait remis en sortant. Et il n'y avait rien dans la corbeille – pas même un livre ou une paire de lunettes. Non, le vol au musée avait dû être réalisé à l'aide de complices à l'intérieur. Il ne pouvait s'agir que du personnel du musée ou des gardiens. Bien que l'affaire de la dame et de sa canne soit un peu étrange. Or elle avait l'air si maigre et malade qu'elle n'aurait rien pu porter. Le commissaire s'adossa sur son siège en se passant les doigts dans les cheveux. Mais bien sûr ! Si les gardiens ne se trouvaient pas dans les salles d'exposition, c'était parce qu'ils préparaient le coup. Il laissa échapper un sifflement et se sentit immédiatement mieux. Pourquoi n'y avait-il pas pensé plus tôt ? Il était grand temps de convoquer les gardiens pour un interrogatoire.

31

Dès qu'ils eurent dépassé Sveaborg, Märtha sentit le vent pousser la coque du ferry, mais elle ne s'inquiéta pas. Les bateaux modernes possédaient des stabilisateurs. Les autres n'avaient rien remarqué, trop occupés à se servir au buffet et à plaisanter entre eux.

— Les restaurants ici ne sont pas trop mal, mais les cabines n'arrivent pas à la cheville de la suite de la Princesse Lilian, déclara Märtha.

— Dieu soit loué, nous serons bientôt de retour à l'hôtel, dit Stina. Le standing y est bien meilleur et puis cela ne tangue pas.

— C'est fou comme on s'habitue vite au confort. Nous avions réservé les cabines de luxe, mais elles ont l'air de placards comparées à la suite, admit Märtha.

— Bientôt, nous pourrons oublier le casse du siècle et planifier de nouveaux exploits, dit malicieusement le Râteau en passant son bras autour des épaules de Stina. Pourquoi ne pas rester encore un peu à l'hôtel ? Au pire, on peut toujours régler la facture nous-mêmes.

— Mais nous ne devions pas payer l'hôtel, justement, protesta Anna-Greta. Auriez-vous oublié que notre but est d'aller en prison ?

— Non, mais ce n'est pas nous qui déciderons du moment mais la police, fit remarquer le Génie.

— Nous verrons bien si le musée les a prévenus, mais je crois qu'ils n'ont pas osé. Rappelez-vous notre post-scriptum : « Si vous contactez la police, nous détruirons les tableaux », dit Märtha. Même si nous n'allons pas le faire, nous l'avons écrit.

— De toute façon, il faut que nous soyons prudents, observa Anna-Greta. L'argent est à nous à partir de maintenant. Mais après, Märtha ? Où allons-nous le stocker ? Il n'y aura pas assez de place dans un coffre de banque.

Il y eut un silence gêné car personne n'avait pensé à la chose. C'était le problème d'avoir trop à prévoir. Ils s'étaient laissé dépasser par les événements encore une fois. Märtha gémit. Ici, ce n'était pas comme à Brantevik où on pouvait tout entreposer dans les dépendances.

— Pas de problème tant qu'il y a des matelas, dit-elle pour détendre l'atmosphère.

— Ah, des matelas ? Non, il faut trouver autre chose ! protestèrent les autres.

Il s'ensuivit une discussion animée pour savoir où cacher l'argent.

Les cinq amis ne purent se mettre d'accord, et quand la mer fut vraiment démontée, ils se retirèrent dans leurs cabines respectives. Il fallait être en forme pour l'arrivée à Stockholm, quand ils récupéreraient les Caddies. Juste avant que Märtha s'endorme, elle se repassa le scénario du lendemain en tête afin de s'assurer de n'avoir rien oublié cette fois. Elle songeait à la deuxième lettre qu'ils avaient postée un jour après la première :

Vous remplirez les deux chariots de courses de la marque Urbanista avec dix millions de couronnes que vous laisserez sur le pont des voitures du Sérénade *à l'emplacement réservé pour entreposer les vêtements de pluie, le plus proche de la rampe d'accès. Ne tentez rien d'inconsidéré. Ne prévenez pas la police. Faites seulement ce qu'on vous dit et rien ne vous arrivera, ni aux tableaux.*

Märtha se rappela combien la dernière phrase lui avait plu, mais les autres avaient hésité.

— C'est un peu menaçant, avait dit Stina.

— Bof, ça va. Il ne faut pas être trop tatillon, avait estimé Anna-Greta.

— On ne peut pas supprimer les deux dernières phrases et se contenter de signer les *Bandidos* ? demanda le Génie. Ça veut tout dire.

Ils avaient longtemps discuté de la formulation avant de tomber d'accord sur un compromis où on rayait *Bandidos*, même si tout le monde admettait que l'idée était intéressante. Mais la sinistre conclusion avait été maintenue. Après réflexion, Märtha ne l'aimait plus tant que ça. Cela avait un côté irresponsable. Toujours est-il qu'elle était allée poster la lettre.

Tout d'un coup, le bateau tangua en prenant une grosse vague par la proue. Il n'y avait plus que ses réflexions qui la tenaient éveillée, il y avait aussi le roulis. Elle relisait la lettre de mémoire, se demandant si le musée avait réussi à réunir dix millions de couronnes en si peu de temps. Ils avaient peut-être mis des liasses fictives dans les Caddies... Bien souvent, les musées n'avaient même pas assez d'argent pour remplacer des placards ou des porte-serviettes chauffants quand c'était nécessaire. Elle remonta la couverture sous son menton en décidant de ne pas s'inquiéter inutilement. Le Renoir et le Monet étaient inestimables. Alors dix millions ne représentaient que de la menue monnaie.

Pendant la nuit, le vent forcit et, à l'aube, la tempête se leva. Dans l'archipel d'Åboland, ils restaient assez protégés du mauvais temps, mais de Mariehamn à Stockholm, le bateau tangua terriblement. Bientôt, la tempête fit rage. Les cinq complices passèrent la nuit cramponnés à leur lit et, à deux reprises, Märtha faillit vomir. Elle espérait sincèrement que les autres n'étaient pas aussi malades, car elle se sentait vraiment dans un état lamentable. Heureusement, la houle diminua près de la côte et, à 7 heures, elle avait, contre toute attente, réussi à s'habiller et à monter jusqu'à la cafétéria. Les autres avaient l'air blêmes. Chacun ne prit qu'une tasse de thé et un peu de pain grillé pour le petit déjeuner. Une heure plus tard, quand les haut-parleurs grésillèrent et que le capitaine invita les conducteurs à rejoindre leur voiture, la bande était déjà positionnée près des ascenseurs. Ils descendirent rapidement au pont des voitures.

Au début, personne ne remarqua rien, tout paraissait seulement un peu mieux rangé qu'avant. Mais en s'approchant de la rampe, Märtha nota qu'un changement de taille avait eu lieu. À la place des quatre Caddies, il n'y en avait plus qu'*un seul* !

Elle regarda autour d'elle, mais n'en aperçut aucun. Son cœur se serra si fort dans sa poitrine qu'elle eut du mal à respirer.

— Le Génie, tu as vu ? chuchota-t-elle, si bouleversée qu'elle en oublia d'ouvrir le parapluie.

Mais le Génie garda son calme, ouvrit le sien et
celui de Märtha, et s'approcha avec précaution. Il
s'arrêta et regarda autour de lui.

— Si nous commençons à rechercher les autres
chariots, cela éveillera les soupçons. Un Caddie, c'est
déjà cinq millions de couronnes. Je trouve que nous
devrions nous contenter de cela.

— Tu as raison. Dans les romans policiers, les
voleurs trop gourmands se retrouvent toujours en
prison. En prenant un seul Caddie et en quittant le
bateau comme si de rien n'était, le personnel va penser
que nous sommes les retraités innocents que nous
prétendons être.

— Le problème, c'est que nous pourrions être redevables des millions disparus, le jour où nous irons en
prison, précisa le Génie.

— Oh, nous demanderions simplement à Anna-
Greta d'éponger nos dettes.

Ils se regardèrent en éclatant de rire. Le Génie chercha rapidement le trou qu'il avait prévu pour le bâton
d'arrêt et ne le trouva pas. C'était bien le Caddie
du musée. Il le prit, puis leva et baissa le parapluie
deux fois comme convenu, avant de débarquer du
bateau. Malgré ce qui s'était passé, Märtha n'était pas
inquiète pour la douane. Ils ne contrôlaient jamais les
passagers en provenance d'un pays voisin et les cinq
pauvres petits retraités ne les intéresseraient certainement pas. Mais, au moment de passer, deux douaniers
s'avancèrent vers eux.

— Nous n'avons pas de bouteilles d'alcool,
annonça aussitôt le Râteau.

— Et pas de drogue non plus, ajouta Stina qui éternua. (Elle s'était encore enrhumée.)

— Alors vous avez quoi dans votre Caddie ? voulut savoir l'un des douaniers en faisant signe au Génie de l'ouvrir.

— Il est plein de billets de banque. C'est la rançon que nous avons reçue pour le vol des tableaux au Musée national, dit Märtha avec un sourire engageant. (Elle était certaine que, si elle leur racontait la vérité, personne ne la croirait.)

— Non, c'est l'argent que j'ai gagné à la roulette, intervint Anna-Greta. Maintenant, je vais le déposer à la banque.

Märtha lui jeta un regard irrité. Il ne faut jamais en dire trop. Ce qu'elle venait d'ajouter ne ferait que raviver l'intérêt des douaniers. Ce qui fut le cas.

— Ah, vous jouez ? Auriez-vous l'obligeance de nous montrer ce qu'il y a à l'intérieur, dit le douanier en essayant de descendre la fermeture Éclair.

À ce moment précis, Stina s'évanouit. Ce n'était pas prévu, mais, à cause du mal de mer, elle avait vomi ses comprimés contre la tension. Märtha se précipita pour lui soulever les jambes comme elle le faisait d'habitude, tandis que les autres essayaient de la secouer pour la faire revenir à elle.

— S'il vous plaît, vous avez un bonbon ? demanda Märtha au douanier.

Comme il n'était pas assez réactif, Anna-Greta lui donna un petit coup sur le ventre avec sa canne.

— Aidez cette pauvre femme, sinon elle risque de mourir, rugit-elle avec sa voix tranchante comme un rasoir.

Le douanier s'exécuta.

Mais, pendant que les hommes tentaient de réveiller

Stina, une longue queue se forma derrière eux, qui ne cessait de s'allonger. Finalement, quand Stina, toute pâle, se remit sur ses pieds, la patience du douanier avait atteint ses limites.

— Allez, filez, ordonna-t-il.

La bande des choristes ne se fit pas prier. À cause de l'incident, les douaniers n'eurent plus le courage d'arrêter qui que ce soit parmi les passagers et retournèrent dans leur bureau pour se remettre de leurs émotions avec une tasse de café. Voilà pourquoi, ce jour-là, il y eut plus de marchandises frauduleuses qui arrivèrent à Stockholm que pendant toute une semaine.

32

Barbro posa les mains sur ses hanches et, la bouche ouverte, fixa Katja. Qu'est-ce qu'elle venait de dire, cette fille ? Cinq des vieillards s'étaient échappés de la maison de retraite ? Et précisément la semaine où elle s'était absentée ! Ce n'était pas vrai… Qu'allait dire Ingmar ? Barbro fut si bouleversée qu'elle en bafouilla. Si on n'avait pas sonné dans l'une des chambres à ce moment-là, elle aurait probablement pris la fille par la peau du cou pour la secouer comme un prunier. Barbro jura tout haut. Si seulement elle avait été là, une telle chose ne se serait jamais produite. On ne pouvait jamais se fier à personne. Si au moins les vieillards avaient clamsé quelque part, elle aurait pu rapatrier leurs cadavres dans l'établissement. Oui, Barbro était de fort mauvaise humeur. Ingmar n'avait pas demandé sa main cette fois-ci non plus, et s'il apprenait cette affaire, il deviendrait fou. Et elle pourrait dire adieu à ses projets. Non, il ne fallait pas qu'elle baisse les bras. Si elle était arrivée aussi loin, ce n'était pas pour abandonner la partie maintenant. Elle n'avait nullement l'intention de continuer à être payée des clopinettes comme le reste du personnel, *elle voulait devenir riche et s'offrir une vie décente* !

Elle inspira profondément et baissa les épaules pour se ressaisir. Elle allait résoudre le problème.

— La police se demande si elle doit les inscrire sur le fichier des personnes disparues. Dès qu'ils utiliseront leurs cartes de crédit ou qu'ils s'apprêteront à quitter le pays, on devrait les localiser, dit Katja pour la consoler.

— Ne t'inquiète pas. Ce sont des choses qui arrivent. Tout va rentrer dans l'ordre, répondit Barbro.

Mais en son for intérieur, elle en était moins sûre. Il fallait qu'elle retrouve les choristes le plus vite possible, avant que quelqu'un ne vende la mèche à la direction. Mais où ? Elle enfouit son visage dans ses mains et éclata en sanglots.

Quand tous les passagers eurent débarqué, le maître d'équipage Jansson et son copain Allanson nettoyèrent le pont des voitures au tuyau d'arrosage en prévision de la prochaine traversée. Ces deux-là travaillaient pour Silja Line depuis dix ans, ils avaient l'habitude mais ça ne les amusait pas particulièrement, car après la forte mer de la veille, il régnait un grand désordre sur le pont. Jansson se dirigea vers tribord et soupira à la vue de tous les détritus qui jonchaient le sol. En râlant, il commença à ramasser cartons, bouteilles et autres déchets. Une caisse en bois s'était détachée à bâbord, son couvercle s'était ouvert et des clous et des outils s'étaient répandus sur le pont. Des bouées de sauvetage, des vêtements de pluie et un sac de flotteurs avaient aussi été expulsés de leur rangement. Il dirigea le jet vers les cirés pour les envoyer dans un coin où s'entassait déjà tout un fatras. Tout près, il y avait une galerie pour voiture. Comment le conducteur ne s'en était-il pas rendu compte ? Faut dire qu'en voyage, les gens perdaient un peu leurs repères et c'était encore pire après une tempête. Il referma le robinet et s'avança jusqu'au tas, côté tribord. En plus de la galerie, il y avait plusieurs bouées, des Caddies et quelques bouteilles d'alcool cassées. Les Caddies étaient trempés mais en bon état. Il essaya d'ouvrir l'un d'eux, puis découvrit qu'il était cadenassé. Il passa à l'autre, mais celui-là aussi était fermé. Il sortit son couteau pour couper le tissu, mais fut interrompu par son camarade.

— Viens voir. Plusieurs cartons de bouteilles de Koskenkorva. Comment se fait-il que personne ne les ait réclamés ?

— Des propriétaires ivres morts, pour sûr.

— Et ça : des Caddies Urbanista et un coffre de toit.

— Ça ira aux objets perdus, comme d'hab'.

Les hommes nettoyèrent le pont, attachèrent la remorque à leur voiture et chargèrent les affaires. Jansson avait déjà tourné la clé de contact quand il s'arrêta.

— Dis, vu qu'il y avait des Kosken dans les caisses en bois, peut-être qu'il y aurait des choses intéressantes dans le coffre de toit et dans les Caddies ?

— OK, on regardera une fois dans le hangar.

Jansson retourna dans la voiture et descendit la rampe. Ils utilisaient toujours une remorque non bâchée pour que personne ne les soupçonne de trafic illicite. Ils saluèrent les douaniers au passage. Ça marchait. Personne ne les avait arrêtés jusqu'à présent. Mais ils étaient pressés. Ils n'avaient pas beaucoup de temps avant que de nouveaux passagers ne montent à bord.

33

Quand les cinq amis retournèrent au *Grand Hôtel*, le personnel demanda courtoisement combien de temps ils avaient l'intention de rester. La jeune femme de la réception feuilleta dans les factures où le champagne, le forfait « spécial fête », des repas de luxe, des boîtes de chocolat et de nombreux achats dans la boutique de l'hôtel s'accumulaient.

— Jusqu'à la fin de la semaine, répondit Märtha poliment. Pourquoi ? Vous attendez quelqu'un ? Vous allez peut-être nous remplacer par le président des États-Unis ?

À ces mots, Anna-Greta éclata d'un tel hennissement que l'hôtesse afficha son plus large sourire en leur souhaitant une très bonne journée. Dès qu'ils furent dans la suite, ils ouvrirent le Caddie et crurent suffoquer à la vue des billets. Ils partirent d'un grand rire. Ensuite ils brassèrent joyeusement les coupures de cinq cents. C'était une occupation si agréable que cela dura un long, très long moment avant qu'ils ne s'en lassent. À la fin, ils refermèrent le Caddie, l'entreposèrent dans le dressing et célébrèrent leur succès avec une bouteille de champagne. Märtha observait les autres et voyait la joie qui illuminait leurs visages.

Ces aventures les avaient rapprochés et ils s'amusaient bien ensemble. À la maison de retraite, il y avait parfois un artiste qui venait chanter, on buvait du café et, de temps à autre, une messe était organisée. Mais c'étaient des occupations passives, le secret c'était de créer *soi-même* ses activités. On n'était pas forcément obligés de se transformer en malfaiteurs pour cela... Elle-même avait l'impression d'avoir rajeuni de dix ans depuis qu'ils étaient partis. Et encore, ils avaient travaillé dur presque chaque jour. Deux cambriolages en moins d'une semaine, voilà des statistiques à faire pâlir des voleurs professionnels ! Et puis, après quelques jours de repos, ils avaient fait ce voyage passionnant à Helsingfors. Même Anna-Greta s'était épanouie.

Märtha songeait à l'ancien temps, quand les vieux parents habitaient à côté de leurs enfants, tout en continuant à participer aux travaux de la ferme. Ils se sentaient utiles. Mais à présent ? Qui aurait envie de vivre en se sentant inutile ? Non, le monde marchait sur la tête. En commettant ces méfaits, ils avaient prouvé la force intérieure des vieux. Satisfaite, elle alla dans la cuisine chercher son verre de champagne et le posa sur la table de la salle à manger.

— On aurait besoin d'une petite collation, hasarda Stina.

Märtha retourna à la cuisine. En passant devant le piano, elle eut l'impression que quelque chose avait changé. Elle s'arrêta net, fixa le mur, secoua la tête et regarda à nouveau.

Barbro alluma une autre cigarette et inspira une bouffée. Ces retraités paumés et indisciplinés ! La police avait apparemment réussi à retrouver leurs traces jusqu'au *Mariella* de la Viking Line en route vers Helsingfors, mais au retour du ferry à Stadsgården, ils avaient disparu. Elle les imaginait s'être perdus quelque part en Finlande ou peut-être encore plus à l'est. L'aimable commissaire Lönnberg au poste de police à Norrmalm avait essayé de la calmer en disant que, tôt ou tard, ils referaient surface, mais plus d'une semaine s'était déjà écoulée.

— N'oubliez pas que ce sont cinq adultes qui s'entraident. Ça se passe certainement bien, ma petite dame. Dès qu'ils réapparaîtront, je vous ferai signe.

Mais elle ne voulait pas rester assise à attendre que le scandale éclate. Il fallait agir. Le fils du Râteau avait déjà lancé des recherches et, à la maison de retraite, ils ne parlaient plus que de cela. Mais elle avait beau leur poser des questions, personne ne pouvait la renseigner.

— Personne ne s'en va sans raison, disait une petite vieille en bafouillant dans son dentier.

— La goutte qui a fait déborder le vase, ça a été les décorations de Noël, geignit un autre. Il ne faut jamais être trop avare. Cela monte les gens contre vous. D'ailleurs, quand est-ce que vous allez nous redonner des pâtisseries avec le café ?

— Si vous ne nous donnez pas des brioches ou des pains au lait, peut-être que nous aussi nous allons nous sauver ! menaça Elsa, 90 ans au compteur, avec un petit sourire. Et pourquoi on n'a pas droit à des chaussons fourrés ? J'aimerais bien ceux avec beaucoup de crème fraîche et de la frangipane.

Barbro en perdait son latin. Auparavant, tout était si calme et agréable, tout le monde restait dans son fauteuil à regarder la télé. À présent, ils se plaignaient en permanence. Toutefois, elle s'inquiétait surtout pour

Märtha, le Râteau et les autres. Elle ne comprenait pas comment ils avaient réussi à quitter la maison de retraite. Ils avaient dû bénéficier d'une aide extérieure, peut-être de leurs enfants ? Sûrement que oui. Le fils du Râteau avait téléphoné depuis son bateau dans le Kattegat en jurant et délirant tellement qu'on ne pouvait pas compter sur lui. Mais les enfants de Stina ? Barbro se décida à les appeler. Elle ne s'en sortirait pas toute seule.

34

Pas ça, non !

Märtha se pencha sur le piano, bouche bée, inclina la tête et leva encore une fois les yeux vers le mur. Non, ça devait être la fatigue due au voyage. Dès qu'elle aurait mangé quelque chose, elle se sentirait mieux. Une tranche de gigot d'agneau et un peu de vin, et tout irait bien. Quel bonheur de pouvoir prendre un repas sans que le sol bouge sous ses pieds ! Elle essaya de se convaincre, mais au fond d'elle-même, elle savait que quelque chose clochait, quelque chose de très simple… Elle secoua la tête et rejoignit les autres sans dire un mot.

Pendant le déjeuner, Märtha resta silencieuse tandis que les autres discutaient. Fallait-il regretter la perte de la moitié de la rançon ? À la fin, ils s'accordèrent sur le fait qu'ils devaient se contenter de ce qu'ils avaient. Malgré tout, cela représentait plus d'argent qu'ils n'en avaient jamais eu. La seule à rouspéter, c'était Anna-Greta.

— Comment allons-nous récupérer l'autre partie de la somme ? demanda-t-elle. Cet argent est à nous.

— Pas si fort, chuchota le Râteau en posant un doigt sur ses lèvres. À nous, c'est vite dit...

— Mais si nous ne pensons même pas aller le chercher, que faisons-nous ici ? Ne devions-nous pas aller en pris... ?

Le Râteau lui décocha un coup de pied dans le tibia.

— Les choses ne se déroulent pas toujours selon les prévisions, répondit Märtha, en pensant aux peintures disparues. (Elle n'avait toujours rien osé signaler.)

— Je suis du même avis qu'Anna-Greta. Il est probablement temps pour nous d'aller plus loin, déclara le Râteau. Ici, c'est toujours la même nourriture de luxe avec des sauces et des gelées bizarres. J'ai envie de manger un honnête hamburger.

— Oui, ou à une cantine de travailleurs. J'ai vu ce qu'ils servaient dans la prison, renchérit Stina. Tout y est préparé selon des préceptes diététiques : boulettes de viande, poisson et salade.

Märtha termina les restes du sorbet à la fraise, repoussa l'assiette et s'essuya longuement la bouche avec la serviette en lin. Mais, avant qu'elle n'ait pu prononcer un mot, Anna-Greta reprit la parole.

— Je ne sais pas ce que nous attendons. Nous devions rester ici seulement quelques jours, tout au plus une semaine. Nous sommes déjà le 1er avril et, mine de rien, cela fera vite deux semaines. L'idée était que nous quittions Le Diamant pour être mieux traités en prison...

— Chut, siffla le Râteau.

— Je veux dire, trouver une meilleure habitation permanente...

Le silence se fit. Märtha lorgnait vers Anna-Greta. Elle avait raison. Même si c'était très divertissant de commettre des vols, ils ne pouvaient pas rester éternellement à l'hôtel. De plus, ils s'étaient procuré une somme rondelette qui illuminerait leur existence après leur séjour en prison. Seule la police n'avait pas fait son travail. C'est ça qui compliquait la donne. La police ne les soupçonnait même pas et personne de la maison de retraite ne s'était apparemment inquiété de leur disparition. Pour corser le tout, les tableaux n'étaient plus à leur place... Märtha se racla la gorge.

— Écoutez, nous avons un petit problème.

— Attention, Märtha va encore faire un discours, lança le Râteau.

— Montons dans ma chambre, proposa Märtha.

Elle l'avait dit dans son dialecte de Skåne, et le Génie comprit alors qu'elle était très fatiguée. Dans l'ascenseur, il lui prit la main et la serra tout doucement. Comme Märtha aurait aimé se laisser aller et poser sa tête sur son épaule pour se faire consoler !

— Trouvez-vous quelque chose de changé ici ? demanda-t-elle quand tout le monde fut confortablement installé dans les canapés avec une tasse de café et une pâtisserie, sauf le Râteau qui avait choisi un fauteuil après s'être encore une fois assis sur le tricot de Märtha.

— Non, dit le Râteau.

— Vérifie d'abord, maugréa Märtha.

— Ça a l'air un peu différent, c'est vrai. Ils ont fait le ménage, dit-il en se levant et en se dirigeant vers le piano.

— Si on chantait quelque chose ? *Vers la mer*[1], par exemple ? demanda-t-il, aussitôt interrompu par un cri strident.

1. *Till Havs* est un poème du Finlandais de langue suédoise Jonatan Reuter, mis en musique en 1917 par Jean Sibelius.

— Mes tableaux ont disparu ! s'exclama Stina.

— Les tiens, tu parles, fit le Génie.

— Oh, mon Dieu ! s'écria Anna-Greta en cachant son visage entre ses mains.

— Maintenant, nous serons peut-être redevables de trente-deux millions.

— Oui, vous voyez vous-mêmes, dit Märtha. Il ne suffit pas de trouver un endroit où cacher l'argent, il s'agit aussi de récupérer les tableaux.

— Que vont dire mes enfants ? Robin des Bois ne perdait jamais son butin, renifla Stina qui dut se moucher.

— Savez-vous que nous avons perdu deux des tableaux les plus précieux de Suède ? Un véritable trésor égaré par négligence ! lança Anna-Greta en jetant un coup d'œil sévère à Märtha. Ce n'est pas du tout ce qui était prévu !

— Arrêtez, ce n'est pas la faute de Märtha, nous sommes tous impliqués, dit le Génie. On peut peut-être les retrouver.

— Oui, mais nous ne pouvons guère aller réclamer à droite et à gauche un Monet et un Renoir, objecta Stina.

— Je crois tout simplement que nous devons nous faire connaître, estima Märtha. Le temps est compté. La police ne semble toujours pas sur nos traces. Si nous nous repentons, peut-être obtiendrons-nous une remise de peine.

— Et de l'aide pour retrouver les tableaux, dit le Génie. Ce n'est pas bête du tout !

Ils restèrent silencieux un moment. Märtha sortit la bouteille de champagne pour égayer l'ambiance, mais tous firent non de la tête.

— Prochain arrêt, la prison. Peux-tu aller chercher

de l'eau pour qu'on s'y habitue petit à petit ? demanda le Râteau. D'ailleurs, je commence à me lasser du champagne.

— Très juste. Avez-vous remarqué qu'ils ne servent pas de soupe aux pois chiches ? Imaginez une bonne soupe bien épaisse avec beaucoup de lardons, dit le Génie en se pourléchant les babines.

— Vous parlez de nourriture, mais pensez à la baignoire en mosaïques. Elle est beaucoup trop basse pour ma hanche ! Il n'y a certainement pas de telles baignoires en prison, dit Anna-Greta.

— Et la salle de cinéma ici est beaucoup plus petite qu'un cinéma normal. En prison, ils ont certainement d'autres films pour nous les mecs, ricana le Râteau.

Stina le regarda avec méfiance.

— Que veux-tu dire ?

Mais, avant qu'il ne puisse répondre, Märtha prit la parole.

— OK, votons. Combien veulent aller en prison ?

Il y eut un frémissement prolongé, mais personne ne voulut lever la main.

— Quelqu'un a-t-il une autre idée ?

Ils discutèrent un bon moment et s'accordèrent à dire qu'ils pourraient se dénoncer. Personne ne désirait que la police arrive en trombe dans leur suite pour leur passer les menottes. Mieux valait apporter ses bagages et ses déambulateurs pour frapper à la porte des autorités. Le problème restait le Caddie qu'ils ne pouvaient pas traîner avec eux.

— Où allons-nous cacher l'argent en attendant de sortir de prison ? s'inquiéta le Râteau.

Märtha regarda autour d'elle et attendit des suggestions. Il n'y en eut aucune.

— Le Génie, d'habitude tu as toujours de bonnes idées...

Il se caressa le menton.

— J'ai bien une idée, mais elle est si folle que je ne suis pas sûr que vous allez être d'accord.

— C'est quoi ? voulut savoir Märtha.

Le Génie chercha le Caddie pour faire sa démonstration. L'ambiance se fit plus légère car le sujet du camouflage de l'argent avait préoccupé tout le monde, et l'idée farfelue du Génie était tout à fait réalisable. En tout cas, en théorie. Tout le monde, hormis Anna-Greta, leva la main pour la valider, et faute de meilleure proposition, celle du Génie fut retenue. Pour finir, ils votèrent aussi afin de déterminer s'ils iraient se dénoncer à la police ou non, auquel cas, il restait encore quelques points à clarifier. Il fut décidé de reporter la question. C'était l'affaire de quelques jours puis tout rentrerait dans l'ordre, croyait Märtha. L'essentiel étant, pour l'heure, de cacher l'argent. Le Génie jeta un coup d'œil à sa montre.

— Nous avons le temps de nous en occuper aujourd'hui, dit-il, mais prenez d'abord l'argent dont vous avez besoin. N'oubliez pas que notre retraite ne vaut plus grand-chose aujourd'hui.

Les autres étaient entièrement d'accord. Märtha, Stina, Anna-Greta et le Râteau se rassemblèrent autour du Caddie pour récupérer leur part. Un court moment, Stina se demanda si elle allait donner une partie de son argent à Emma et Anders, mais ses enfants étaient adultes à présent et devaient être capables de subvenir à leurs propres besoins. Quand tout le monde fut fin prêt, le Génie demanda à Märtha de l'aider à choisir des images sur Internet. Le Génie alla sur le site de clubs de parachutisme et choisit les parachutes les plus joyeux et les plus colorés qu'il pût trouver. Märtha comprit ce que le Génie voulait faire, et elle chercha de son côté des textes concernant les indemnités de licenciement et les parachutes dorés. À mesure que les tirages sortaient de l'imprimante, Märtha les découpait et les posait sur le Caddie. À la fin, ils trouvèrent un nom et fabriquèrent un panneau.

Vers 16 heures, soit une heure avant que le Musée national ne ferme ses portes, ils quittèrent l'hôtel.

— Et si jamais les gens pensaient que c'était une blague et non pas une installation sérieuse ? s'inquiéta le Génie, pris de doutes. C'est le 1er avril, aujourd'hui.

— Non, je pense surtout au fait que nous avons perdu deux tableaux et la moitié de la rançon. Il serait bon que nous ne perdions pas également les derniers sous qui nous restent, répondit Märtha.

— En tout cas, on s'est bien amusés, n'est-ce pas ?

— Ça, c'est sûr, reconnut Märtha en rougissant.

Ils traversaient le pont d'un pas lent. Il leur fallut un moment avant de réussir à grimper la pente qui menait vers l'entrée principale. En pénétrant dans le musée, les gardiens voulurent les arrêter, mais Märtha expliqua que son déambulateur s'était cassé et que le Caddie lui servait d'appui. On les laissa entrer et, après avoir confié leurs manteaux au vestiaire, ils pénétrèrent dans les salles d'exposition. Ils marchèrent un bon moment avant d'apercevoir une estrade surélevée avec une sculpture en bois représentant un homme qui tendait la main.

— Le Génie, tu penses à la même chose que moi ? demanda Märtha.

— Tout juste, gloussa-t-il.

Dès que la salle d'exposition fut déserte, ils soulevèrent le Caddie noir et le placèrent sur l'estrade devant la main tendue. Cela faisait un effet si comique que Märtha eut un mal fou à garder son sérieux. Elle souleva le rabat du Caddie pour que les photos des parachutes et des billets de banque soient visibles. Ensuite, elle colla à côté un article sur les bonus des requins de la finance et, pour finir, le Génie installa le panneau qu'il avait réalisé.

« L'Avarice de la comtesse Stina Adelshög » était inscrit en délicates lettres d'or. L'installation était terminée. De baptiser l'artiste fictive du nom de Stina avait été une évidence pour le Génie et Märtha. Leur amie avait été si affectée par la disparition des tableaux qu'ils voulaient lui remonter le moral. Ils se reculèrent un peu pour contempler leur œuvre.

— Tu crois vraiment que personne n'y touchera ? s'inquiéta Märtha.

— Personne n'osera déplacer une œuvre d'art. Surtout si elle a été réalisée par une comtesse.

— Non, bien sûr, c'est évident, marmonna Märtha, sans être totalement convaincue.

Ils faisaient les cent pas dans la salle d'exposition pour contempler leur œuvre sous différents angles, trouvant qu'elle faisait très pro. Ils récupérèrent leurs manteaux et s'apprêtaient à quitter les lieux quand quelqu'un les interpella.

— Eh, vous là-bas, venez voir !

Ils se retournèrent et virent l'un des gardiens courir vers eux. Avec leur Caddie.

— Qu'est-ce que vous traficotez ?

Märtha sentit son ventre se nouer tandis que le Génie déglutit en enfonçant sa casquette sur sa tête.

— Excusez-nous, on voulait juste s'amuser un peu, dit-il. Nous trouvions que c'était mieux comme cela.

— Vous êtes complètement fous ? On n'a pas le droit de modifier une œuvre d'art !

— Mais c'est très joli ! insista Märtha.

— On est le 1er avril, on voulait seulement… balbutia le Génie en faisant semblant de rigoler.

Pour la première fois, le hennissement d'Anna-Greta lui manqua.

— Ah, c'était un poisson d'avril ? Eh bien, c'est raté. En général, c'est censé être drôle, grogna le gardien en leur redonnant le Caddie. Allez, disparaissez avant que je n'appelle la direction.

Märtha se raidit.

— Si vous croyez que seuls les jeunes ont le droit de s'amuser, vous vous trompez ! rétorqua-t-elle en prenant le Caddie et en refermant le rabat. Dans ce cas, nous voulons aussi récupérer le panneau.

Ils retournèrent, découragés, à l'hôtel, la queue basse. Quand les autres virent le Caddie, leurs mines s'assombrirent.

— Bah, allons prendre un verre, nous trouverons sûrement autre chose, dit le Génie pour les consoler.

Cet échec était le sien, mais il avait toujours su se relever. Combien de fois s'était-il trompé ? Combien de fois s'était-il engagé dans des projets qui avaient capoté ? Mais tout finissait toujours par s'arranger. Il alla chercher des verres et les ingrédients pour faire un grog, et proposa de sortir sur le balcon. Le soleil brillait encore et, avec un manteau, il faisait très bon dehors. Pendant que le soleil se couchait sur le Strömmen, ils sirotèrent leurs grogs, chacun absorbé dans ses pensées. Le Râteau vida son verre et passa son bras autour des épaules de Stina.

— On va arranger le coup, ma petite, ne t'inquiète pas, dit-il.

— J'ai froid, il faut que j'aille me mettre un collant plus chaud, répondit-elle, puis elle s'arrêta net. Eh, regarde ! cria-t-elle, ravie, en lui montrant la gouttière en contrebas. Le Râteau suivit son regard, mais ne vit qu'un toit et de larges gouttières noires. Il fallut qu'elle soulève sa robe et lui dévoile ses jambes pour comprendre ce qu'elle voulait dire.

— Écoutez, ressaisissez-vous. Nous avons trouvé la solution, Stina et moi, déclara-t-il. Nous allons cacher les billets dans la gouttière. Mes chères amies, qui a des collants à me prêter ?

— J'en ai des ordinaires, dit Märtha.

— Moi, j'en ai une paire avec un motif, fit Stina.

— Les miens ne sont pas vraiment modernes, mais ils sont à talons renforcés, annonça Anna-Greta.

— Bon, résuma le Râteau. Il nous reste environ neuf mille billets de cinq cents, si mes calculs sont bons. Nous les mettrons dans les collants. Ensuite, nous n'avons besoin que d'un peu de plastique pour les protéger et de fil de pêche.

Tout de suite, l'ambiance monta d'un cran, et la bouteille de champagne fit son apparition. Ils commandèrent un menu de fête composé de trois plats plus de la gelée de framboise, et terminèrent la soirée en chantant en chœur *Dieu déguisé* sur un accompagnement du Râteau au piano. *Tout s'arrange*, songea Märtha. *Tout finit toujours par s'arranger.*

Le lendemain matin, Märtha se dépêcha d'aller chercher de grands sacs poubelles noirs et le Râteau se rendit à un magasin de matériel de pêche pour acheter du fil enduit de goudron – ou du *märling* comme il l'appelait dans son langage de marin. De son côté, Stina acheta trois paires de collants dans la boutique de l'hôtel. Anna-Greta en enfila un qu'elle trouva très joli, soutenant que son vieux collant ferait largement l'affaire pour les billets. Ensuite, ils fermèrent soigneusement à clé la porte de la suite et commencèrent à glisser les billets de cinq cents l'un après l'autre dans les collants. Puisque c'était Anna-Greta qui avait les jambes les plus longues, ils commencèrent par les siens et il s'avéra alors qu'ils n'eurent besoin que de deux paires. Le Râteau les noua avec de vrais nœuds marins, avant que le Génie ne les glisse dans deux grands sacs poubelles noirs. Enfin, le Râteau saucissonna le tout avec du fil de pêche qui sentait merveilleusement bon le goudron ; tant mieux, car les collants d'Anna-Greta étaient vieux et dégageaient une odeur de transpiration.

— Ça y est, déclara le Génie avec cette lueur de jeunesse dans le regard. Et toi, le Râteau, tu garantis que le fil est solide, n'est-ce pas ?

— Je n'ai jamais eu de pépin avant, en plus j'ai ficelé le tout avec deux lignes, des doubles nœuds et des nœuds de chaise, répondit-il.

Cela leur parut rassurant. Le lendemain matin, quand les hommes se levèrent vers 5 heures pour vider leur vessie, ils s'habillèrent et allèrent frapper à la porte des dames. Ensuite, ils procédèrent à la délicate opération. Pendant que le Râteau tenait les lignes, ils firent descendre la saucisse noire dans la gouttière. Comme ils avaient bien serré les billets avant de les mettre dans les collants, la saucisse de billets de deux mètres ne prenait guère de place dans le tuyau. L'eau allait naturellement s'évacuer un peu moins vite mais, d'après les calculs du Râteau, pas au point d'attirer les soupçons. Pour terminer, ils assurèrent le tout avec les nœuds du Râteau. Puisque le fil goudronné était aussi foncé que la gouttière, on ne remarquait rien d'en haut. Il aurait fallu être un voyant pour deviner qu'il y avait près de cinq millions en billets de banque à l'intérieur.

Quand les deux hommes eurent terminé leur travail, il s'était écoulé à peine une petite heure et la circulation sur Skeppsbroen commençait tout doucement à s'intensifier. Pendant que le soleil montait de plus en plus haut dans le ciel, nos cinq amis prenaient leur petit déjeuner, le sourire aux lèvres. Cette fois-ci, ils ne se contentèrent pas du petit déjeuner continental habituel, mais commandèrent une collation de fête avec champagne. La mission était achevée et la seule chose qui rappelait le grand casse de tableaux était le Caddie noir Urbanista, vide. Malheureusement bien contaminé par l'ADN de la bande des retraités.

35

Puis arriva le jour tant redouté où ils devaient
signaler leur casse à la police. Märtha s'était imaginé
aller dans une petite antenne de police tranquille où
elle aurait pu, dans le calme et la sérénité, parler à
un gentil agent. Mais le commissariat du quartier de
Gamla Stan – avec sa si jolie lumière rouge au-dessus
de la porte – était fermé pour de bon. Alors il fallait
aller à Kronoberg, le grand colosse de Kungsholmen,
le bâtiment qui abritait la maison d'arrêt... Elle jeta
un coup d'œil sur la grande bâtisse de briques rouges
et frémit. Elle eut la sensation d'être un vrai escroc,
ce qui l'agaça jusqu'à ce qu'elle se rappelle ce qu'elle
avait fait. Avec ses compères et le Caddie à la traîne
derrière elle, elle s'arrêta à l'accueil et fixa le réceptionniste en disant :

— Je voudrais signaler un délit.

— Ah bon, vous avez été volée ?

— Non, il s'agit d'un kidnapping.

— D'un kidnapping ?

La jeune femme derrière le comptoir pâlit et appuya
sur la touche d'urgence. Märtha n'arriva pas à entendre
ce qu'elle dit, mais aussitôt un policier costaud appa-

rut. Il n'avait pas l'air commode et quand elle fit une génuflexion pour le saluer, il haussa les sourcils.

— Si vous voulez bien me suivre, dit-il.

— Mais mes amis ? protesta Märtha.

— Vous n'allez pas tous signaler un délit ?

— Si, c'est le même, répliqua Märtha en se rendant compte que cela sonnait idiot.

— Il suffit d'un seul pour commencer, trancha le policier en lui montrant le chemin vers la pièce d'interrogatoire.

— Bon, je vous écoute, fit-il, une fois assis derrière son ordinateur.

— Oui, je suis venue pour signaler un vol, annonça-t-elle en rougissant légèrement.

— Ah bon, rien d'autre ?

— À vrai dire, c'était un kidnapping.

— Excusez-moi, mais vous pourriez être plus claire ?

— Vous savez, le vol au Musée national. Eh bien, c'est nous qui avons commis le forfait. Mes amis et moi.

— Alors, vous vous seriez emparés de ces deux tableaux archiconnus de l'histoire de l'art ? ironisa-t-il. Et sans laisser d'indice ?

— Faut croire, puisque personne ne nous a démasqués.

— Bon, je comprends, dit le policier en jetant un coup d'œil sur sa montre.

— Dites-moi, vous m'aviez parlé d'un kidnapping. Cela concerne qui ?

— Euh... personne en particulier. Nous avons *kidnappé* les tableaux au Musée national.

— Ah, c'était dans ce sens-là. Et comment avez-vous fait ?

— Nous les avons décrochés et mis sur le déambulateur.

— Oui, oui, je vois. Puis vous les avez emportés chez vous. Avez-vous d'autres délits à signaler ?

Märtha réfléchissait. Devait-elle indiquer celui du coffre-fort aussi ? Tout compte fait, le butin avait été maigre, et cela n'aurait guère d'incidence sur la peine de prison. Néanmoins, elle n'en était pas peu fière : combien de personnes avaient réussi à commettre un délit en robe de chambre au *Grand Hôtel* ?

— En vérité, nous ne sommes pas des délinquants débutants, dit-elle. Avant de voler les tableaux, nous avons pillé le coffre-fort du *Grand Hôtel*.

— Ah bon, ça aussi. Vous n'avez pas chômé, on dirait. Et comment vous vous y êtes pris, cette fois ?

— Nous avons créé un court-circuit pour le coffre-fort, puis nous avons drogué tout le monde avec de la jusquiame et du cannabis.

— Oui, bien sûr, je comprends, dit le policier qui, jusqu'à maintenant, n'avait rien tapé de sa déclaration. Et après ?

— Nous avons partagé le butin, bien sûr.

— Évidemment. Et vous avez fait ça à la maison ?

— Non, nous habitions en réalité à la maison de retraite Le Diamant, mais nous nous sommes échappés et sommes venus nous installer au *Grand Hôtel*, de sorte que nous avons procédé au partage là-bas.

— Alors, si je comprends bien, vous vous êtes enfuis de la maison de retraite ?

— Oui, la nourriture était infâme là-bas et puis ils nous enfermaient à clé. Alors, nous sommes partis en taxi.

— Bon, fit l'agent de police en se retenant de rire,

214

quand on vous a enfermés à clé, vous avez pris un taxi...

— Oui, jusqu'au *Grand Hôtel*. Et c'est là que nous avons planifié le vol des tableaux. Malheureusement, cela ne s'est pas passé comme nous l'avions imaginé, continua Märtha, gênée de sentir à quel point son récit n'avait ni queue ni tête. Quand nous avons voulu aller chercher la rançon des tableaux, il y a eu une forte houle et tout l'argent a disparu. Sur le pont des voitures, je veux dire.

— Vraiment ? lança le policier en essayant de garder son sérieux. L'argent a disparu sur le pont des voitures. Et ça, c'était en bas à la réception ?

Märtha n'écoutait pas, trop absorbée par son histoire.

— Mais vous savez, c'était peut-être le destin. On ne peut pas tout décider. Que nous ayons perdu la rançon, c'est une chose, mais ce qui nous inquiète le plus, ce sont les tableaux. Ils ont disparu.

— Quels tableaux ?

— Ceux que nous avons volés, naturellement. Nous les avions accrochés au mur pendant que nous étions partis en croisière pour récupérer la rançon, et au retour ils n'y étaient plus.

Märtha avait l'air malheureuse. Le policier soupira.

— Et c'était quoi comme tableaux ?

— Un Monet et un Renoir, vous ne lisez donc pas les journaux ?

— Si, bien sûr, je voulais seulement savoir si nous parlions des mêmes tableaux, se défendit l'agent de police.

— Ce qui m'inquiète le plus, continua Märtha, c'est qu'ils ne connaissent peut-être pas la valeur des tableaux.

— Qu'un Renoir et un Monet soient précieux, tout le monde le sait.

— Le problème, c'est que nous avions peint des voiliers sur le tableau de Monet.

— Vous avez repeint des voiliers par-dessus ?

— Oui, c'est cela, et puis nous avons ajouté un chapeau noir et une grosse moustache sur la peinture de Renoir.

— Ah, très bien. Oh, il y a mille façons de s'amuser, commenta le policier en fermant son ordinateur.

— Mais je n'ai pas fini, protesta Märtha. Qui va savoir qu'il s'agit de tableaux de maîtres ? Nous voulions les rendre au musée, dès que nous aurions récupéré la rançon. Vous devez nous aider à les retrouver. Ils appartiennent à notre patrimoine culturel.

— Alors les peintures que vous avez « kidnappées » ont disparu, tout comme la rançon ? Au fond, vous n'avez pas eu de chance ! commenta le policier. Vous savez quoi ? Si vous voulez, je peux demander à quelqu'un de vous ramener à la maison de retraite, vous et vos amis.

— Mais nous sommes des délinquants, insista Märtha, offensée.

— Oui, je comprends bien, mais s'il fallait mettre en prison tous les délinquants… Je vais vous appeler une voiture.

À cet instant, Märtha comprit qu'il n'avait pas cru un traître mot de son histoire. Et la seule preuve de leur implication dans le vol, c'était l'argent dans la gouttière, mais c'était pour plus tard, quand ils sortiraient de prison. Elle hésita un moment puis, agacée, ouvrit son portefeuille et en sortit un billet.

— Examinez ce billet de cinq cents. Vous devez avoir les numéros des billets de la rançon ? Vérifiez-les. Comme ça, vous comprendrez que c'est nous qui avons fait le coup.

Elle jeta le billet sur le bureau.

— Que la rançon ait été emportée par le vent sur le pont des voitures, ce n'était pas notre faute. La mer était démontée. L'argent se trouvait dans ce Caddie et nous n'avons pu sauver que quelques billets. À présent, il est vide. Regardez par vous-même.

Elle se leva, prit le Caddie et ouvrit le dessus pour que le policier puisse voir. La colère la submergeait. Alors qu'elle était si fière d'avoir commis le crime presque parfait, on ne la croyait pas !

— Si vous ne prenez pas ma déclaration au sérieux, je vous accuserai de faute professionnelle, continuat-elle d'une voix cassante. D'ailleurs, j'attendrai ici, le temps que vous vérifiiez le numéro du billet. Mes amis et moi, nous refuserons de quitter le bâtiment avant.

Comme elle brandissait un poing menaçant, l'agent de police décrocha son téléphone pour passer quelques coups de fil. Après avoir contacté différents services et vérifié plusieurs fois le numéro du billet, il raccrocha et la regarda avec surprise.

— Vous avez raison. Mais comment diable avezvous pu vous procurer ce billet de cinq cents ? Ce vol-là, nous étions persuadés de ne jamais pouvoir le résoudre. C'était le crime parfait.

— Vous êtes sincère ? s'enquit Märtha, enchantée. *Le crime parfait ?* Une joie intense l'envahit.

36

— Votre mère est incarcérée à Kronoberg. Voilà ce qu'il en est. J'ai parlé avec la police.

Barbro avait la visite des grands enfants de Stina et, à en juger par leurs têtes, elle comprit qu'ils étaient profondément choqués.

— Maman a dû devenir sénile, dit Emma, sa fille de 42 ans, en soupirant.

Comme sa mère, elle était blonde et frêle, mais au lieu de ses grands yeux bleu clair, les siens étaient vert pâle et légèrement bridés.

— Oh, elle a dû suivre les autres comme d'habitude, ajouta Anders qui avait sept ans de plus qu'elle.

Il avait des cheveux bouclés et beaucoup trop longs. Il haussa les épaules comme pour signifier que la mère avait bien le droit de se comporter comme elle le désirait.

— À moins qu'elle n'ait eu une absence ? hasarda Emma.

— Votre mère avait l'air d'être en bonne forme la dernière fois que je l'ai vue. Après, je n'en sais pas plus que ce qui est marqué ici.

Barbro leur tendit les deux quotidiens du soir. Le

vol au Musée national occupait toute la une de *Afton-bladet*.

— « Important vol – des tableaux disparus », lut Anders en secouant la tête. J'ai du mal à croire que ma mère soit impliquée là-dedans.

— Si. Regarde, il y a également des photos d'eux, confirma Emma en montrant l'*Expressen*.

Barbro observa les clichés d'identité en noir et blanc de Märtha, Stina, Anna-Greta, Bertil et Oscar souriants. D'une certaine manière, Barbro avait l'impression qu'ils se moquaient d'elle en particulier. Elle avait lu plusieurs fois l'article.

« Ils sont accusés du grand vol de tableaux », était-il écrit en gras. Mais le plus terrible, c'était que leurs vrais noms étaient indiqués sous les photos et qu'il était précisé qu'ils résidaient dans une maison de retraite. Dieu merci, le nom du Diamant n'était pas mentionné, dans le cas contraire, Barbro n'osait imaginer les conséquences catastrophiques pour l'image de l'établissement. Ingmar la jugerait si incompétente que jamais il ne l'épouserait ni ne lui laisserait prendre les rênes. Qui sait, peut-être qu'il irait jusqu'à la virer ? Elle alla au bureau chercher un paquet de cigarettes.

— Et moi qui trouvais que maman était une poule mouillée ! rit Emma. Elle a visiblement plus de ressources que ce que je pensais.

— Quand une femme a une idée en tête ! commenta son frère en tournant les pages. Et écoute ça : ni les tableaux ni l'argent n'ont été retrouvés.

Cela semblait le réjouir au plus haut point.

— Maman a, visiblement, encore toutes ses facultés. Ils ont aussi réussi à récupérer la rançon ! Une sacrée bande de malfrats ! dit Emma qui reprenait de la vigueur.

— « La Bande des retraités », rit Anders. Ma petite mère prétend que la rançon a disparu sur l'un des ferries à destination de la Finlande. Que l'argent a été emporté par les vagues. Je n'y crois pas un instant.

— Non, ils l'ont certainement caché. Maman a sa part du butin quelque part, crois-moi.

— Ne me dis pas que tu penses à ton futur héritage ?

— Si, en effet. Elle devrait partager. Plusieurs millions ont disparu... en tout cas, si on en croit les journaux.

— Maman passera au moins deux ans dans un établissement pénitentiaire, continua Anders en montrant du doigt un article dans *Aftonbladet*. Eh bien, quand nous lui rendrons visite à la prison, nous en profiterons pour lui demander où se trouve le butin. Nous réclamerons une avance sur l'héritage.

— Anders, il y a quelque chose de louche dans tout cela. Pourquoi se sont-ils dénoncés ? Personne ne les soupçonnait. D'abord, ils commettent le crime parfait, puis ils vont se livrer à la police. On dirait qu'ils avaient *envie* de se retrouver derrière les barreaux.

— On n'est pas gentil avec les vieux ici ? demanda Anders à Barbro quand elle fut de retour. Personne ne va quand même de son plein gré en prison ?

— Euh, les personnes âgées peuvent être un peu déroutantes, répondit-elle vaguement. On ne sait jamais avec elles. Voulez-vous du café ? Nous avons une machine.

— Oui, volontiers, répondit Emma.

— Avez-vous une pièce de cinq couronnes ? demanda Barbro en tendant la main.

Emma et Anders lui donnèrent chacun une pièce.

Pendant que Barbro cherchait le café, ils poursuivirent leur lecture des journaux du matin.

— J'ai mauvaise conscience, nous aurions dû venir voir notre mère un peu plus souvent, dit Emma après un moment en reposant *Dagens Nyheter*.

— Oui, on aurait peut-être évité cela, admit Anders, mais il s'arrêta quand Barbro revint avec le café. Auriez-vous une brioche ? Nous n'avons pas eu le temps de déjeuner.

— Je regrette...

— Un petit gâteau sec, peut-être ?

— Malheureusement...

Emma contempla la pile de journaux sur le canapé. À côté se trouvaient deux exemplaires de l'*Expressen* de la veille. Elle reposa la cafetière et prit l'un des magazines.

— Nous n'avions pas eu le temps de l'acheter hier. Pouvons-nous le prendre ?

— Non, malheureusement. Il appartient à la maison de retraite, répondit Barbro.

Anders éclata de rire.

— Viens Emma, on s'en va.

Il se leva et se dirigea vers la porte.

— Et la chambre ? Il faudrait que nous nous mettions d'accord, dit Barbro.

— Nous la gardons jusqu'à nouvel ordre. Notre mère n'est pas encore condamnée et, de toute façon, pendant son absence, vous faites des économies de café...

Barbro grimaça. Elle qui avait contacté les enfants de Stina pour qu'ils essaient de l'aider, être traitée comme ça... Elle aurait peut-être dû leur offrir le café ?

— Alors, c'est convenu, mais il y a une dernière

chose… (Barbro se tordait les mains et ne savait pas comment l'aborder.) Oui, en repensant à notre conversation, je vous serais reconnaissante si vous pouviez garder ces informations secrètes. Je préfère que Le Diamant ne soit pas mêlé à cette affaire.

— En gros, vous ne voulez pas qu'on sache que notre mère a résidé ici ?

Barbro acquiesça et se leva.

— Savez-vous ce que je pense ? dit Anders. Si elle et les autres avaient été heureux ici, tout cela ne serait jamais arrivé. Vous devriez réfléchir à changer le fonctionnement de cet établissement.

Ils se dirigèrent vers la porte, puis Emma se retourna.

— Au fait, si j'étais vous, je m'occuperais un peu mieux de ceux qui restent pour qu'ils ne se sauvent pas non plus, lança-t-elle.

Sur ce, le frère et la sœur sortirent.

Anders allait à l'agence pour l'emploi où il travaillait et Emma devait faire des courses avant de rentrer chez elle. Elle était enceinte et ne travaillait qu'à mi-temps.

— Maman n'a pas eu une vie facile ici, elle qui a habité presque pendant toute sa vie une grande maison à Östermalm. C'était courageux de sa part de partir d'ici, dit Emma.

— Bien sûr, il y a de quoi être impressionné. Elle qui était si pantouflarde ! Quand elle vivait avec papa, elle n'a jamais osé s'affirmer. La pauvrette, toujours à organiser des dîners chic et à tenir son rang. Ça n'a pas dû être très amusant pour elle. Au fond, c'est bien qu'ils se soient séparés, et voilà qu'elle *s'est enfuie* !

— Finalement, elle a osé s'affirmer. Avant, elle voulait toujours faire plaisir à tout le monde. Elle appartient à cette génération de femmes qui devaient croire en Dieu, recevoir une éducation pour devenir de parfaites femmes d'intérieur et se consacrer à leur mari et à leurs enfants. Dire que papa ne s'est pas rendu compte qu'elle allait si mal !

— Non, tu sais bien, il ne s'occupait que de lui-même. À présent, elle se rattrape. Tu veux que je te dise ? Ça commence à me plaire, toute cette histoire, déclara Anders en mettant ses mains dans ses poches de pantalon.

— Maman me fait penser à un ressort métallique de vieux matelas. Un ressort qui a été longtemps comprimé, mais qui se libère et qu'on ne peut plus remettre en place, dit Emma avec un petit rire.

— Mais de là à se mettre hors la loi, je n'aurais jamais imaginé ça. D'un autre côté, tu as vu ce qu'il y avait d'écrit dans le journal : « L'un des plus grands casses d'œuvres d'art de toute la Suède ! » Au fond, je crois que j'admire ma mère. Elle a fait quelque chose pour changer sa vie, alors que moi, je croupis dans la même ornière. Je peux travailler autant que je peux, c'est de pire en pire.

— C'est pareil pour tout le monde, fit remarquer Emma.

— Oui, mais mon salaire ne suffit plus. Depuis les élections, le loyer a été triplé. Ma femme et moi serons obligés de déménager. Pas question que j'aille habiter en banlieue.

— Alors il faudra que tu deviennes délinquant, toi aussi, ou que tu demandes une avance sur ton héritage, dit Emma.

— Je ne compte pas là-dessus, maman peut encore vivre vingt ans.

— Tu as raison. En outre, il faudrait faire un truc pour être *dignes* de cet héritage, non ?

Emma alluma une cigarette et contempla la bâtisse de fibrociment gris où sa mère avait passé les trois dernières années. Elle inhala puis expira lentement la fumée.

— Si elle va en prison, il faudra aller la voir un peu plus souvent. Nous occuper d'elle. Sinon, il faudra qu'on trouve de l'argent d'une autre manière.

— Hé, tu te mets à raisonner comme un voyou !

— Où est le mal ? s'étonna Emma. C'est vrai que ça donne des idées.

Quand Petra, la femme de ménage intérimaire, alla chercher le chariot de ménage dans le débarras, elle s'arrêta brusquement. Ses gants de ménage avaient disparu, ainsi que les tableaux qu'elle avait descendus de la suite de la Princesse Lilian. Et le produit pour les vitres aussi. Quant au nettoyant pour les sols, il n'en restait presque plus. Elle ne pouvait s'en prendre qu'à elle-même. Elle avait pensé remettre le chariot dans la réserve et ne s'était arrêtée dans le débarras que pour déposer les tableaux de la suite Lilian. Mais, juste à ce moment-là, son petit copain avait appelé. Il l'avait vue au bar avec un inconnu et exigeait une explication. Il lui avait fallu pas mal de temps pour le convaincre que l'autre n'était qu'un collègue. La conversation l'avait tellement chamboulée qu'elle avait complètement oublié le chariot. Ce n'est qu'une fois dans le métro qu'elle s'était rappelé, mais trop tard, que les tableaux étaient restés dans le débarras.

Le lendemain, elle constata que quelqu'un s'était servi du chariot et que les tableaux s'étaient envolés. Elle les chercha parmi les autres toiles, en vain. Un instant, elle se demanda si elle devait en parler à la direction, mais elle eut peur d'avoir fait quelque chose de mal. Elle avait agi sur sa propre initiative et risquait de perdre son job. Si personne ne s'en était rendu compte, elle n'était pas obligée d'en parler. Les tableaux referaient certainement surface un jour ou l'autre.

Elle posa une bouteille neuve de produit à vitres sur le chariot et ouvrit une autre boîte de nettoyant pour le sol, alla chercher une paire de gants en caoutchouc et prit l'ascenseur. Comme d'habitude, ce n'était pas le travail qui manquait.

37

Le maître d'équipage Jansson entra dans la zone des hangars du port Värta et arrêta la voiture devant la barrière qu'il actionna avec la télécommande. Le quai était désert et, à part un docker à moitié endormi sur une palette, il ne vit personne. Il alla plus loin et se gara près du hall 4 B. Allanson descendit de voiture, ouvrit le portail et dirigea son camarade qui entra en marche arrière avec la remorque. Jansson éteignit le moteur et sortit à son tour.

Bien qu'ils n'aient loué le hangar que depuis neuf mois, il commençait à être rempli. Le long de l'un des murs étaient entreposés des palettes, un compresseur et des pneus de voiture, et le long de l'autre, il y avait des rangées d'étagères pleines d'affaires : pièces détachées de voitures, alcool de contrebande, tuyaux de cuivre et tout un bric-à-brac. Mais, ce qui prenait le plus de place, c'étaient les vélos. À vrai dire, ils auraient dû être vendus directement en Estonie, mais la police en avait eu vent et ils avaient été obligés de faire profil bas pendant un certain temps.

— Voyons voir si on a eu une bonne prise cette fois-ci, dit Jansson avec un coup d'œil à la remorque.

— Une caisse de Koskenkorva, ce n'est déjà pas mal.

— Et le coffre de toit ?

Ils forcèrent la serrure. Allanson sortit un tournevis et tripatouilla un moment avant d'entendre un déclic.

— Te rappelles-tu la fois où un coffre de toit était bourré de linge sale ?

Jansson ricana et ouvrit le couvercle. À l'intérieur, il y avait une cage de chat, de la nourriture pour chat, quelques couvertures et des conserves. Deux paires de skis avec des bâtons qu'on apercevait dessous.

— Bof.

— Ça ira aux objets trouvés.

— Non, c'est juste bon à jeter.

— Et le Caddie ? (Allanson fractura la serrure et tira sur la fermeture à glissière.) Bordel de merde ! Du papier... Qui est assez con pour bourrer tout un Caddie de papier journal ?

— Il y a probablement des choses en verre en dessous.

Impatient, Jansson commença à arracher le papier. Le sol se couvrit de journal sans qu'il ne trouve rien.

Allanson se gratta la tête et examina le Caddie.

— Il y a peut-être de la drogue dans la poignée. Il vaut mieux être prudent. Tu as vu le petit trou là-haut ? Ils y ont peut-être versé quelque chose de louche. Moi, je ne veux pas être impliqué dans ce genre de truc.

— Moi non plus. On va s'en débarrasser. Et l'autre Caddie ?

— C'est sûrement la même merde, répondit Jansson. (Il ouvrit tout de même le rabat et jeta un coup d'œil dedans.) Du papier journal dans celui-ci aussi, geignit-il.

— Il y a un trou dans la poignée ?

Jansson tâta avec ses doigts.

— Oui, là aussi.

— Et celui-là ?

Jansson donna un coup de pied dans le troisième Caddie.

— Hum, ici, il n'y a pas de trou, mais touche, tu sens bien qu'il y a du papier à l'intérieur. Je ne comprends pas, trois Caddies de papier journal. Bah, mettons tout ça à la poubelle. (Allanson jeta les Caddies sur la remorque en regardant autour de lui.) Dis, et si on se débarrassait de ceux-là ? ajouta-t-il en désignant le fond du hangar là où les vélos s'empilaient contre le mur.

Trois semaines plus tôt, ils avaient fait un raid en ville avec la pince coupe-câble et ils en avaient chargé plusieurs remorques.

— Peut-être la semaine prochaine. Les voyages le week-end sont bien pour ça ; j'ai d'ailleurs demandé aux Estoniens un paiement en euros, dit Jansson.

— Parfait, mais maintenant, il faut y aller.

Jansson s'installa au volant et sortit la voiture. Quand Allanson eut refermé la porte du hangar à clé, il s'installa à côté de lui. Il sortit une cigarette, l'alluma et baissa la vitre. Quelques gouttes de pluie tombaient sur son visage.

— Merde, il va encore pleuvoir. Allez, roule ! dit-il.

— Au fait, ces Caddies sont imperméables. On n'a qu'à les garder, proposa Jansson.

— Ces merdes ? Non.

— Au moins un ? insista Jansson qui avait complètement oublié les trous dans la poignée.

— T'as l'intention de te balader avec un Caddie de bonne femme, toi ?

Jansson ne l'écouta pas, sortit de la voiture et saisit un des Caddies de la remorque. Puis il ouvrit la porte du hangar et le posa sur une palette tout près de l'entrée. Quand il l'eut refermée à clé, il pleuvait pour de bon.

— Un Caddie comme ça, c'est top. Ça peut servir si on veut transporter quelque chose au sec. Tôt ou tard, on en aura besoin.

— OK, mais le jour où tu te ramèneras avec un parapluie et un chapeau melon, tu pourras te chercher un autre pote.

Les hommes roulèrent jusqu'au container un peu plus loin sur le quai et y jetèrent les sacs poubelles et les deux autres Caddies. Ils déposeraient la galerie et quelques autres bricoles au bureau des objets trouvés. Ils avaient pris cette habitude pour garder une réputation d'hommes honnêtes.

Le soleil entrait à flots dans la pièce et faisait transpirer le commissaire Petterson. Il se leva et ouvrit la fenêtre, mais la referma aussitôt quand un coup de vent fit voler ses papiers. Il les ramassa en proférant quelques jurons et ôta sa veste. Il se rassit, s'essuya le visage avec son mouchoir et attrapa le document sur le dessus de la pile. L'enquête avait pris de ces proportions ! À présent, six hommes étaient mis sur le coup, six policiers chevronnés qui essayaient de retrouver les tableaux et la rançon. Il soupira. C'était un drôle de crime : on avait bien cinq coupables, mais les objets volés et l'argent avaient disparu. Jamais il n'avait participé à une pareille enquête. Et bien que cette femme zélée eût en sa possession l'un des billets disparus, ce n'était pas assez pour les condamner. Les vieillards avaient une faculté à mélanger le rêve et la réalité, et ce billet, elle aurait pu l'avoir n'importe où. Le procureur avait voulu les arrêter pour laisser à la police le temps de réunir des preuves. On n'avait pas encore beaucoup avancé, mais des empreintes digitales et des échantillons d'ADN avaient été envoyés à Linköping pour analyse. Cela donnerait peut-être des résultats. Petterson se tourna vers son collègue.

— Écoute, Strömbeck. Il faudra faire une perquisition aujourd'hui à l'hôtel.

— Je sais, j'ai déjà appelé. Tu sais, les vieux ont occupé la suite de la Princesse Lilian. Comme des stars de cinéma ! C'est dingue !

— Hum, je trouve ça formidable. Au moins, cette partie-là de leur aveu est véridique. Mais qu'ils aient accroché sur les murs des tableaux valant trente-deux millions, faut quand même pas pousser, dit Petterson.

— Des tableaux qui ont disparu pendant qu'ils étaient en Finlande, rappela Strömbeck. Ils ont pu tout inventer. Comment allons-nous trouver des traces de quelque chose qui a disparu ?

— C'est bien ça, le problème. Puis la bonne femme prétend qu'ils voyageaient sur le *Sérénade* pour Helsingfors, dit Petterson. Mais selon les documents de voyage, ils avaient embarqué sur le *Mariella* de la Viking Line, et une partie de leurs affaires a été retrouvée là-bas.

— Ils s'amusent peut-être à appeler le ferry *Sérénade*, essaya Strömbeck qui, fort de sa participation à plusieurs enquêtes compliquées, savait qu'il fallait remonter le moral des troupes quand tout s'embrouillait.

— Ah, ce n'est même pas le bon bateau... soupira Petterson.

— Leurs chambres à la maison de retraite pourraient nous donner des indices, enchaîna Lönnberg qui leur avait été prêté par l'unité de Norrmalm. (Il avait déjà parlé avec le personnel du Diamant et espérait découvrir quelque chose sur place.) Les vols ont été minutieusement préparés. Ils ont dû laisser des notes quelque part. Des annotations ou des croquis qu'ils auraient oubliés.

— Tu as raison. Prends deux hommes et vas-y, déclara Petterson.

Le commissaire acquiesça, se leva pour enfiler son manteau. Il avait beau faire grand beau dehors, le vent était froid.

— Perquisition dans une maison de retraite, soupira Lönnberg dans l'embrasure de la porte. Ce travail ne manque jamais de surprises...

— N'oublie pas de regarder dans le panier à pain, taquina Strömbeck. Ou pourquoi pas sous le matelas.

— Nous devons prendre cela au sérieux, rappela Petterson sur un ton cassant. Nous ne pouvons pas passer à côté de cette affaire simplement parce que cinq personnes nous disent avoir commis le vol.

— Mais que cinq vieillards aient pu exécuter un casse au Musée national, ce qu'aucun professionnel n'avait réussi jusqu'ici, non, ça paraît quand même... Sincèrement, je crois qu'ils se moquent de nous, fit Lönnberg.

— Oui, ça se peut. Parce que malgré la disparition des tableaux et de la rançon, les vieillards nous racontent un hold-up parfait, soupira Petterson.

Les hommes ne parvenaient pas à s'empêcher de sourire.

231

— Ils disaient qu'ils devaient récupérer l'argent dans deux Caddies qu'ils avaient prévu d'échanger contre deux identiques remplis de papier journal. Mais c'est pas tout, continua Petterson. Ils disent que « tout l'argent a dû passer par-dessus bord lors de la tempête ».

— Dix millions, ça ne s'envole pas comme ça ! Et les Caddies non plus, objecta Strömbeck. Que montrent les caméras de vidéosurveillance ?

— Pas grand-chose. Le maître d'équipage qui travaille à bord a pour habitude de nettoyer le pont au jet d'eau et, visiblement, des saletés et du sel ont sali la lentille de la caméra. C'est à se demander pourquoi ils ont une surveillance. Dès qu'on en a besoin, les images sont inexploitables. J'ai visionné les films. C'est comme regarder à travers de la mélasse. Sur certaines séquences, on a l'impression de voir des ombres noires avec des parapluies. Comme si les conducteurs allaient sur le pont des voitures avec des parapluies ! Et d'ailleurs, ni Jansson ni Allanson n'ont remarqué quoi que ce soit de particulier… ni vieillards ni Caddies.

— Je parie que l'argent se trouve dans le panier à pain de la maison de retraite, lança Strömbeck en étouffant un petit rire.

— Bah, allons à l'hôtel, décida Petterson en se levant. Mais n'oubliez pas que nous devrons chercher un tableau de Renoir maquillé, avec un homme qui porte un chapeau et une moustache fraîchement peints.

— Mais oui, bien sûr… dit Strömbeck en se levant lui aussi.

Les hommes enfilèrent leurs manteaux et prirent l'ascenseur pour descendre au parking. La Volvo démarra au troisième essai et, après avoir été pris dans les embouteillages du centre-ville, ils arrivèrent enfin au *Grand Hôtel*. Discrètement, ils sortirent leurs cartes de police et demandèrent à voir les chambres où les cinq vieillards avaient séjourné.

— Vous cherchez les retraités de la suite Princesse Lilian ? demanda poliment la jeune femme de la réception. Pourquoi cela ?

— Nous ne pouvons pas vous le divulguer...

— Oh, ils étaient si charmants. Mais malheureusement, ils ont quitté l'hôtel. Une star s'y trouve actuellement.

— Nous aurions bien voulu jeter un coup d'œil à cette suite.

— Ce n'est pas possible. Ce n'est pas dans nos habitudes.

Petterson et Strömbeck agitèrent leurs cartes de police. La réceptionniste parut songeuse, puis passa un coup de fil. Au bout d'un moment, la gouvernante du *Grand Hôtel* fit son apparition. Quand Petterson eut expliqué la situation, elle acquiesça et les accompagna jusqu'à la suite. Elle frappa à la porte et, comme personne ne répondit, elle ouvrit la porte.

— Mon Dieu, laissa-t-elle échapper, avant que les policiers pénètrent dans la suite.

Des bouteilles et des cendriers pleins jonchaient la table basse, et sur le piano à queue trônait une culotte rouge. Sur la table de la salle à manger, il y avait quatre bouteilles de champagne vides et sur l'une des chaises, des assiettes à moitié pleines et des serviettes froissées.

— Oui, à cette heure de la journée, nous n'avons pas encore eu le temps de faire le ménage, expliqua la gouvernante.

Le commissaire Petterson vit la guitare posée contre

le canapé, mais que faisait la culotte rouge sur le piano ? Dans la chambre, ce n'était guère mieux. Au-dessus des lits défaits, les tableaux pendaient de travers, des vêtements traînaient un peu partout et, en sortant, Strömbeck se prit les pieds dans un soutien-gorge. La salle de bains sentait l'après-rasage et, par terre, il y avait un gros tas de linge sale. Plusieurs marques de rouge à lèvres ornaient le coin inférieur gauche de la glace, et sur l'étagère à côté du rasoir reposait une brosse pleine de cheveux blonds.

— Rod Stewart ? demanda Strömbeck.

— Nous restons discrets sur nos hôtes, répondit la gouvernante.

Ils s'arrêtèrent à côté du piano puis le commissaire Petterson se rappela ce que Märtha lui avait raconté durant l'interrogatoire. Le Renoir et le Monet avaient été accrochés là. Maintenant, on voyait à la place deux tableaux colorés rappelant un Chagall et un Matisse.

— Depuis combien de temps ces tableaux sont-ils ici ? demanda Strömbeck.

— Nous les avons achetés en 1965, mais la suite n'a pas été terminée à cette époque-là. Laissez-moi voir, elle a été inaugurée il y a quelques années…

— Et depuis, les peintures ont toujours été là ?

— Je présume.

— Vous n'auriez pas vu un Monet ou un Renoir à la place ?

— Cher monsieur, les grands chefs-d'œuvre doivent être partagés avec tout le monde. C'est pour cela que les musées existent. Si vous allez au Musée national ici juste à côté, vous pourrez les admirer parmi d'autres toiles célèbres.

Strömbeck regarda impuissant ses collègues et murmura :

— Qu'est-ce qu'on fout ici ?

— Nous recherchons un Renoir et un Monet, plus dix millions de couronnes, à part ça, c'est tout, chuchota Petterson.

Ils voulurent procéder à une perquisition, mais abandonnèrent vite. Dans l'ascenseur, ils furent rejoints par une femme de ménage d'un certain âge. Au bout de son chariot se trouvaient un balai pour la poussière et un sac-poubelle et, dans la corbeille au-dessus, des produits nettoyants et des chiffons. Il y avait aussi quelques tableaux.

— Ceux-là, c'est quoi ? s'enquit le commissaire Petterson en les désignant.

— Des tableaux destinés à l'Armée du Salut.

— L'Armée du Salut ?

— Oui, ce sont de mauvaises reproductions. Nous nous devons d'avoir des originaux ici au *Grand Hôtel*, pas de telles croûtes, répondit la femme de ménage en repoussant les cadres avec son balai.

— Je comprends, dit Petterson. Et où l'hôtel entrepose-t-il ses bons tableaux ?

— Dans la réserve. Il y a aussi quelques sculptures. Et nous avons stocké quelques tableaux dans le débarras pendant les travaux de rénovation.

Un peu plus tard, Petterson et Strömbeck se firent accompagner dans la réserve par l'un des vigiles de l'hôtel. Ensemble, ils vérifièrent tous les tableaux qui s'y trouvaient ainsi que dans le débarras, mais ils ne découvrirent aucun Renoir ni Monet. Pas même une imitation. Fatigués, ils retournèrent au commissariat.

La perquisition à la maison de retraite n'avait rien donné non plus. Le commissaire Lönnberg avait eu une dure journée. Une employée, une certaine Barbro, ne l'avait pas lâché d'une semelle en le suppliant de se montrer discret, tout en obligeant tous les petits vieux à se lever. Pour couronner le tout, il y avait eu la messe matinale et on ne lui avait rien proposé à manger. Pas même un vrai café avec un croissant. Les chambres des vieillards étaient tout de même bien rangées et faciles à fouiller, mais à part quelques vêtements démodés, des chaussures pour pieds sensibles, des albums de photos et des petites boîtes à pilules, il n'y avait pas grand-chose. Une des chambres était remplie d'outils, de vis, de moteurs et de diodes électroluminescentes, mais rien qui pût avoir un lien avec le vol des tableaux. Lönnberg avait cherché partout, sans succès. Si encore une seule personne s'était accusée du coup du siècle, l'affaire aurait pu être classée, mais ils affirmaient être cinq. Le commissaire s'était lamenté et, à défaut d'autre chose, avait emporté leurs brosses à cheveux. On pourrait toujours analyser leur ADN même si, à Linköping, ils se faisaient payer grassement pour le faire.

Quand les trois policiers se retrouvèrent au bureau pour faire le point, tous étaient épuisés et passablement découragés. Le commissaire Petterson croisa les mains sur la table.

— Comme vous le savez, les tableaux et l'argent ont disparu, et cinq personnes ont reconnu le crime. Même si nous n'avons rien trouvé qui puisse accréditer les affirmations de ces vieux, le procureur va faire une demande d'incarcération. Il s'agit malgré tout de tableaux d'une valeur de trente-deux millions et nous n'avons pas d'autres pistes.

Strömbeck posa les pieds sur la table et regarda droit devant lui.

— Vous imaginez les titres des journaux : *La police met cinq vieillards sous les verrous. Ils n'ont pas d'autres pistes.*

Tout le monde soupira et conclut qu'il valait mieux rentrer chez soi. Non seulement ils se coltinaient un casse compliqué, mais, en plus ils avaient cinq vieillards sur les bras.

38

La Volvo dépassa la station de métro et se gara près de la maison d'arrêt de Sollentuna. Le conducteur, Kalle Ström, et deux gardiens de prison aidèrent Märtha à sortir de la voiture et vérifièrent qu'elle eût bien son sac-banane, sa canne et son déambulateur avec elle.

— Drôle de gadget, fit Kalle en touchant le bâton d'arrêt de Märtha.

— Personne n'a envie de tomber par terre, expliqua-t-elle. Il vaut mieux avoir un déambulateur avec un système de freinage qu'une hanche cassée.

Kalle rigola. Il avait transféré de nombreux criminels, mais cette dame lui plaisait particulièrement. Elle avait semblé fascinée par la prison et avait chantonné non-stop *Dieu déguisé* pendant le trajet depuis Kronoberg.

Märtha le remercia pour le voyage, s'appuya sur son déambulateur et regarda autour d'elle. Elle secoua la tête en voyant les maisons préfabriquées grises dans le centre-ville de Sollentuna.

— Les garçons, regardez les gratte-ciel là-bas. Plus laids, tu meurs. C'est les responsables qui auraient dû se retrouver en prison, pas moi.

— Mais ce bâtiment n'est pas trop mal ? protesta Kalle en désignant la maison d'arrêt de Sollentuna.

Märtha pencha la tête et jeta un regard vers la façade. La grande bâtisse se détachait des constructions grises alentour et scintillait quand le soleil se reflétait dans les vitres. Il y avait de belles lumières extérieures – dommage que désormais, elle doive rester à l'intérieur.

— Par ici, fit l'un des gardiens en lui montrant l'entrée de la maison d'arrêt.

Elle allait se débarrasser de toutes ses affaires, puis serait menée dans une autre salle pour l'acte d'écrou. D'un coup, elle prit conscience du caractère sérieux de la situation. Elle se rappela le choc qu'elle avait ressenti quand l'agent de Kronoberg s'était penché vers elle et l'avait fixée en disant :

— On ne met pas les femmes et les hommes dans le même établissement.

À ce moment-là, Märtha avait failli s'évanouir. Comment avait-elle pu omettre un pareil détail ? Elle avait eu honte et compris que s'ils étaient condamnés, elle et Stina seraient toutes deux privées de leurs galants pendant *toute une année*. Si elle l'avait su, ils seraient peut-être restés à la maison de retraite… Mais, dans ce cas, ils n'auraient pas vécu de telles aventures. Comme toujours, tout se paie dans la vie. Malheureusement, elle ne pourrait voir ni Stina ni Anna-Greta.

— Les complices n'ont pas le droit de rester ensemble, avait prévenu l'agent.

— Et pourquoi ça ? avait demandé Stina.

— Quand plusieurs personnes sont impliquées dans un même délit, nous devons les séparer.

— Vous ne pouvez pas faire cela, avait protesté

Märtha. Nous sommes une grande famille. Nous devons rester ensemble.

— C'est justement cela que nous voulons éviter. Les tableaux et l'argent n'ont toujours pas été retrouvés et vous n'avez pas le droit de vous consulter.

Impuissants, les cinq amis avaient regardé l'agent sans même arriver à apprécier le compliment involontaire, puisqu'il les prenait pour une bande organisée. Il y avait eu un lourd silence et tous les regards s'étaient dirigés vers Märtha.

— Et toi qui n'arrêtais pas de nous dire qu'on serait mieux en prison, s'était indignée Anna-Greta. Nous sommes très loin du compte, ma chère.

— Excuse-moi, je n'aurais jamais pu imaginer…

Märtha avait senti les larmes commencer à couler. Le Génie avait dû le voir, parce qu'il l'avait enlacée :

— Ma très chère, tout le monde peut se tromper. Ne pleure pas. Nous serons bientôt sortis.

Alors Märtha avait laissé tomber toutes ses inhibitions, posé sa tête sur sa poitrine et éclaté en sanglots.

— Quand je pense que le Râteau ne peut pas venir me voir, avait soupiré Stina en reniflant, elle aussi.

Du coup, le Râteau lui avait passé un bras autour des épaules pour la réconforter.

— Quand j'étais marin, je restais très longtemps en mer, avait-il expliqué. La prison correctionnelle est au moins sur la terre ferme et ils sont généreux avec les permissions. Tu vas voir, on se reverra bientôt, avait-il ajouté en lui écartant les cheveux du visage et en l'embrassant sur la joue.

Le Râteau s'était raclé la gorge et le Génie essuyé plusieurs fois le nez. Tous avaient fait une mine d'enterrement et Märtha avait eu mal au ventre à l'idée qu'elle en était la seule responsable. Presque rien ne s'était passé comme elle l'avait imaginé. Depuis qu'ils avaient signé leurs aveux au commissariat, Stina et le Râteau avaient préféré rester à l'hôtel. Quant à Anna-Greta, elle s'était mis à rêver de Gunnar, l'homme qu'elle avait rencontré sur le ferry pour la Finlande. Du jour au lendemain, ils n'avaient plus du tout voulu aller en prison.

— Tu aurais pu te renseigner un peu mieux, lui avait reproché Stina qui regrettait de devoir être séparée du Râteau. Mais elle redoutait aussi ce que ses enfants et ses anciens amis de Jönköping allaient dire, ceux de la chorale de l'église.

— Et vous alors ? Vous auriez pu vous renseigner aussi ? s'était défendue Märtha. J'étais trop occupée par la préparation des vols.

— Espèce de monstre d'arrogance, avait dit le Râteau.

Et Märtha avait recommencé à pleurnicher.

— Je suis affreusement désolée. La prochaine fois, je ferai plus attention.

— La prochaine fois ? avait fait l'agent en dressant l'oreille. Vous n'êtes même pas encore en prison que vous prévoyez déjà un nouveau casse ?

— Non, non, je veux dire dans la vie, avait rectifié Märtha en essayant d'esquiver. À partir de maintenant, je réfléchirai avant d'agir.

— Eh bien, bon courage ! avait dit le Râteau.

Puisque tout le monde avait pu pleurer tout son soûl, ils s'étaient réconciliés avant d'être conduits à leurs cellules respectives. Ils s'étaient serrés un long moment et s'étaient juré de se revoir très vite. Märtha avait tenté de finir par une phrase optimiste :

— Le temps passera vite. Bientôt, on nous transfé-rera dans un établissement ouvert ou bien nous aurons un joli bracelet au pied. Et après, hop, nous serons libres. (Puis elle avait baissé la voix au cas où des oreilles indiscrètes traîneraient.) Et surtout, n'oubliez pas de demander à voir le pasteur. Il n'y a pas que Dieu qui lui parle, avait-elle continué sur un ton mystérieux en leur faisant un clin d'œil.

Ensuite, elle leur avait serré la main trois fois. Ses amis avaient alors compris qu'elle avait manigancé quelque chose.

39

Ça sentait bon le propre à la maison d'arrêt de Sollentuna. Le bâtiment semblait plus moderne que celui de Kronoberg. Märtha traversa les locaux, la tête haute, l'air faussement calme et concentré, mais au fond elle était très énervée. Avant tout, elle ne comprenait pas pourquoi les policiers de Kronoberg avaient été si grincheux. Quand les cinq amis s'étaient présentés là-bas pour avouer leurs méfaits, les types en uniforme, au lieu de leur témoigner de la reconnaissance, s'étaient montrés ironiques, voire méprisants. Aucun respect pour les aînés ! Et quand Anna-Greta avait pleuré à la pensée des tableaux disparus et que Stina avait raconté comment elle les avait maquillés, l'agent avait jugé qu'il en avait assez entendu. Il avait appelé le procureur en exigeant qu'ils soient tous arrêtés. Puis ils avaient été questionnés un peu plus et soupçonnés du crime dont ils s'étaient eux-mêmes accusés.

— Venez ici !

Märtha sentit un coup de coude dans les côtes. Le gardien de prison la conduisit dans une salle pour les formalités de la mise sous écrou. Une pièce assez nue qui sentait le bois fraîchement coupé et le plastique. Märtha fut placée dans un fauteuil à l'intérieur d'un petit box devant un large mur vitré et fut priée d'attendre. Après un moment, elle vit quelques personnes en chemise bleu foncé de l'autre côté de la vitre. Elle leur fit poliment signe de la main. C'était probablement les matons. Elle s'entendit murmurer plusieurs fois le mot *maton*, ayant appris que les détenus donnaient ce nom aux surveillants. Il s'agissait de ne pas passer pour une imbécile, maintenant qu'elle avait atterri dans un établissement pénitentiaire. À Kronoberg, elle avait entendu parler d'actes d'intimidation, entre autres méchancetés, alors il fallait rester vigilante. Un guichet s'ouvrit et l'un des gardiens s'adressa à elle.

— Bienvenue, dit le maton.

Märtha trouva cela bizarre, comme si ceux derrière la vitre s'attendaient à ce qu'on vienne les saluer.

Puis s'ensuivit une conversation où l'homme lui demanda comment elle allait, si elle prenait des médicaments, si elle avait besoin d'un régime alimentaire particulier et comment elle envisageait son incarcération. Elle dut se séparer de sa montre, son portefeuille, ses bagues, son bracelet et ses autres effets personnels, avant d'échanger ses vêtements contre ceux de l'institution. Les matons avaient besoin de voir qui était un escroc ou pas – et en cela elle devait avouer que c'était plutôt difficile à définir dans son propre cas. Munie de son déambulateur, rien ne laissait présager qu'elle fût un escroc.

Une fois la procédure d'admission terminée, elle fut conduite dans sa cellule située le long d'un large couloir peint en gris avec des tubes au néon à la lumière vacillante. Märtha s'arrêta et prit une profonde inspiration. C'était exactement comme dans les films.

— Je vous en prie, fit le maton en ouvrant la porte de la cellule numéro 12.

Une fois à l'intérieur, elle se crut sur le ferry pour la Finlande, à un détail près qui avait son importance : elle avait atterri en deuxième classe. L'espace ne devait pas faire plus de dix mètres carrés. En réalité, il devait plutôt en faire six ou sept. Il y avait une douche et des toilettes, mais en dehors de cela il n'y avait de la place que pour un lit, une table fixe, une étagère et quelques crochets pour suspendre les vêtements. Dès que Märtha entra, elle fut submergée par un sentiment d'enfermement. Jusque-là, elle avait plutôt eu l'impression de passer des vacances passionnantes ; à présent elle se sentait punie.

Le maton verrouilla la porte. Elle regarda autour d'elle et découvrit que le haut de l'étagère et du placard penchaient vers l'avant. Tous les objets étaient fixés dans la pièce, et il n'y avait ni lunette sur les toilettes ni portemanteau pour que personne ne puisse se blesser ou se pendre quelque part. Märtha se mit à douter. Si la maison d'arrêt la plus moderne du pays ressemblait à cela, les autres prisons ne devaient guère payer de mine… Elle contempla les tablettes de guingois du placard. Dans le ferry, le mobilier était d'aplomb et à l'équerre, dans un bateau qui gîtait. Ici, tout avait l'air penché et pourtant le sol ne bougeait pas. Ah, la vie vous réservait toujours des surprises, rien ne pouvait jamais être parfait !

Elle se consola en se disant qu'elle ne ferait pas de vieux os ici. Dès que le jugement serait prononcé, elle serait transférée ailleurs. Malheureusement, ce ne serait pas pour retrouver le Génie. Elle s'assit sur la couchette et s'apitoya sur son sort. Son bonhomme lui manquait. Et Stina ? Comme elle devait être malheureuse… Pour Anna-Greta non plus, ce ne devait pas être facile, elle qui avait placé tant d'espoir en son Gunnar. Märtha soupira. Non, on n'était pas mieux ici qu'à la maison de retraite et, pour la première fois depuis qu'ils étaient partis, elle se demanda s'ils ne devaient pas s'évader pour de bon… Une fois sous liberté conditionnelle, il n'y aurait qu'à aller chercher l'argent dans la gouttière et partir. Elle se voyait déjà avec la bande des choristes s'envoler pour la Floride ou tout autre endroit où il faisait beau et chaud. Là, ils habiteraient dans un hôtel de luxe, joueraient au casino et mangeraient de la nourriture de qualité. Mais, pour ça, il fallait qu'elle concocte un plan et autant s'y mettre tout de suite. *Avec un peu de chance*, se dit-elle, *je trouverai peut-être une idée pour notre première permission…*

Le lendemain, elle appela le maton. Elle lui dit qu'elle était restée éveillée toute la nuit parce qu'elle avait quelque chose de très important à dire. Pour retrouver la paix intérieure, il fallait qu'elle parle à un pasteur. Sinon, il y avait un risque pour qu'une femme de son âge ne survive pas à sa détention. Le maton appela aussitôt l'aumônier (celui censé sauver les âmes).

40

La fameuse star de pop musique dans la suite de la Princesse Lilian alla jusqu'au bar en titubant et sortit une autre bouteille de whisky. Ses cheveux blonds mi-longs étaient en désordre et son jean pendouillait. Il rota, regarda l'étiquette et prit une autre bouteille. Un Macallan 1952. En bas, au bar, le centilitre coûtait 1 199 couronnes, alors ça devrait faire l'affaire. Il dévissa le bouchon et but quelques gorgées avant d'aller vers la chambre à coucher. La fille dormait profondément et il hésita un moment avant de se décider à prendre une cigarette. Son regard tomba sur la table de nuit avec la bouteille de whisky de la veille. Il en restait un chouïa. Ça irait parfaitement avec sa Marlboro.

Il sortit sur le balcon et inspira l'air tiède. Stockholm se réveillait, le soleil était en train de se lever et les couleurs du ciel devenaient plus claires. Près de la maison du Parlement, un homme posait un filet dans l'eau ; il se demandait comment c'était possible en pleine métropole. Ah, qu'est-ce qu'il aimait Stockholm ! Ici, on était en plein centre, mais encore à la campagne. C'était merveilleux de jouer en Suède. Les Suédois étaient bien élevés et applaudissaient, alors qu'on pouvait se faire huer dans des pays comme l'Italie et la France. À Stockholm, il se faisait toujours ovationner, même quand le concert était pourri. Pas étonnant qu'il ait fait la fête la veille au soir. Son regard tomba sur les bouteilles de whisky que son groupe et lui avaient jetées par-dessus la balustrade du balcon. Quelques bouteilles vides traînaient sur le bord du toit et deux avaient roulé vers la gouttière. Il avait fait la fête trop longtemps, il avait un concert à Oslo le soir même et il fallait qu'il soit en forme. Mais il s'était attaché à cette fille rencontrée au bar Cadier et ensemble ils avaient enchaîné les verres. Plus tard, elle était évidemment montée avec lui dans la suite, et ça avait été torride. Il balança la bouteille dans une main et sortit son briquet de l'autre. Avec sa gueule de bois, il eut du mal à l'allumer. C'était un beau briquet en or gravé à son nom. Il approcha la cigarette de la flamme, l'alluma et tira quelques bouffées.

Il fumait calmement en suivant les volutes de fumée jusqu'à ce qu'elles se dissolvent dans l'air. Il écrasa son mégot, but le fond de la bouteille et la balança par-dessus la balustrade. Avec un tintement, elle cogna les deux autres. Alors il découvrit qu'une des bouteilles n'était pas ouverte. Ça alors ! Il eut un petit rire. Jadis, il jouait les funambules sur les toits, au point qu'il y avait même organisé une soirée. Depuis, il était devenu plus raisonnable, mais bon, il n'était pas vraiment sobre. Merde, quoi... Il fallait qu'il récupère cette bouteille de whisky et, comme ça, il pourrait pousser les autres bouteilles dans la gouttière. S'il se couchait à plat ventre et tendait le bras, alors... Effectivement, il parvint à toucher les bouteilles vides et allait les faire glisser dedans, quand il découvrit une corde noire qui descendait droit dans la gouttière. Et si quelqu'un y avait descendu une bonne bouteille de champagne afin de la garder au frais pour le prochain séjour ? Ou, qui sait, un type riche qui avait peut-être planqué quelques diamants pour payer de la drogue, une voiture ou quelque chose de ce genre ? Son imagination s'emballait. Il s'enhardit. Sans être sécurisé par une corde, il passa de l'autre côté de la balustrade et rampa vers la gouttière. La corde sentait le goudron. Donc, elle était là depuis peu de temps. La curiosité le piqua, il attrapa la corde et tira. Il y eut un grincement, puis ça se bloqua. Il força et ça finit par bouger. Il vit alors apparaître ce qui ressemblait à un sac-poubelle noir. Il continua de tirer, mais le sac se coinça de nouveau. En colère, il tira un bon coup mais la corde cassa. Il entendit la chose glisser vers le bas de la gouttière avant de se coincer à nouveau. Satanée merde ! Il jura en laissant les deux bouteilles vides suivre le même chemin. Quant à la bouteille non entamée, il la cala sous son tee-shirt, avant de reculer avec précaution pour rejoindre le balcon. Là, il réussit à poser la bouteille par terre et à se hisser à l'intérieur. Il se redressa, épousseta son tee-shirt et examina le butin. Ce n'était pas un whisky à 3 000 couronnes le verre, mais un vulgaire Lord Calvert à deux cents balles ! En poussant une série de jurons, il la balança dans la gouttière et retourna dans la suite. Au même moment, il entendit un bruit en provenance de la chambre. La fille s'était réveillée. Du coup, il se rappela comme elle était belle et se dépêcha d'aller la rejoindre.

41

Le Génie s'était retrouvé au dernier étage de la maison d'arrêt de Sollentuna parmi les voleurs, les meurtriers et les criminels en col blanc. Lui qui était habitué à ses amis de la maison de retraite fut un peu déboussolé. Mais on ne doit pas condamner autrui. Chaque personne est bonne à sa manière et a des choses importantes à dire. Il s'agissait de garder le moral, même si plusieurs individus assez louches pouvaient facilement le trucider. Tout était un peu déprimant. En un sens, la maison de retraite avait été plus sécurisante.

La cellule où il se trouvait était si petite qu'il y tenait à peine. Sans compter qu'il n'avait pas pu apporter ses outils. Il songea à Märtha. Quel embrouillamini elle avait provoqué, cette petite ! Bien sûr, elle avait agi dans leur intérêt, mais le résultat n'était pas franchement celui escompté. Il serait probablement mieux une fois transféré dans une vraie prison, car il y aurait un atelier. Alors il n'aurait plus besoin de trier des lacets comme il le faisait ici. Il s'allongea, contrarié, sur sa couchette pour se reposer quand on frappa à la porte. Un surveillant entra.

— Un pasteur t'attend au parloir.

— Un pasteur ?

Le Génie allait demander ce que l'homme lui voulait, quand il se rappela les paroles de Märtha. *N'oubliez pas de demander à voir le pasteur. Il n'y a pas que Dieu qui lui parle.*

— Ah bon, le pasteur, fit le Génie en se levant pour suivre le gardien jusqu'au parloir.

Ce devait être Märtha qui était derrière ce coup-là et elle avait sûrement quelque chose d'important à dire. Il rit sous cape et salua poliment le sauveur des âmes. Le surveillant se retira. Le Génie et le pasteur s'installèrent dans le canapé des visiteurs. L'homme habillé de noir sortit quelque chose de sa poche.

— J'ai un poème avec moi. Une femme à qui je rends visite voulait que je vous le donne. Elle espère que vous trouverez la lumière.

— La lumière ?

— Oui, la détenue Märtha Anderson semble très anxieuse. Elle écrit des poèmes chaque jour, et celui-ci est l'un de ses plus beaux. Elle voulait vous l'adresser personnellement.

Le pasteur lui tendit une feuille de papier. Le Génie reconnut l'écriture de Märtha, déplia la feuille et commença à lire.

Lui, le plus Grand
Étend sa main
Te donne la vie
Comme l'eau dans une gouttière
La richesse menant à la liberté.
Ensemble nous irons
Très loin
Ne m'oublie jamais.

Perplexe, il tapota le papier.

— Je ne m'y connais pas dans ces choses-là, dit-il. Un poème, ça ne devrait pas rimer ?

Il lui rendit la feuille. Le pasteur lut en silence, puis caressa plusieurs fois le papier du dos de sa main.

— Je pense que cette femme vous aime bien, dit-il après un moment. Voyez ici : « ensemble nous irons » et « ne m'oublie jamais ». C'est beau.

Il lui redonna le papier.

— Elle m'aime bien, vous croyez ? Mais elle ne pourrait pas me le dire plus simplement, au lieu de m'écrire tout ce charabia ?

Le Génie relut le poème.

— Chacun s'exprime à sa manière. C'est peut-être sa façon de formuler ses sentiments, supposa le pasteur.

En rougissant, le Génie replia la feuille et la fourra dans sa poche. Dès que Märtha n'avait plus été à ses côtés, il s'était senti délaissé, rien n'avait plus été amusant. Mais maintenant, quel poème ! Il se tourna vers le pasteur.

— C'est une femme incroyable, croyez-moi. Nous avions cru que nous pourrions nous voir en prison, mais ce n'est pas le cas. À présent, tout ce que j'espère, c'est que nous ne moisirons pas ici trop longtemps. Le Râteau, mon ami, doit aussi se languir de sa femme.

— Elle doit lui rendre visite ?

— Non, sa Stina ne peut pas lui rendre visite. Elle aussi est incarcérée.

— C'est terrible. Vous êtes quatre retraités qui avez commis un crime ?

— Non, cinq. Anna-Greta qui chante dans notre chorale était aussi avec nous.

— Cinq âmes coupables, alors... (Le pasteur sortit sa Bible.) Nous pourrions peut-être lire un peu ensemble ?

— Merci, volontiers, mais d'abord j'aurais voulu remercier ma Märtha pour sa charmante attention. Pouvez-vous lui transmettre mes salutations sous forme de poème ?

— Quoi, par exemple ?

— Je ne sais pas très bien.

— Une citation de la Bible, peut-être ?

— Sur Moïse qui erre dans le désert... ou peut-être devrais-je essayer d'écrire un poème moi-même ? Elle comprendra alors que je me suis donné du mal pour elle.

— C'est une très belle pensée.

Le pasteur sortit un stylo et déchira une page de son almanach.

— Voici, dit-il en lui tendant le papier.

Le Génie rumina longtemps pendant que le pasteur restait silencieux pour ne pas le déranger. Lentement et en s'appliquant, il gribouilla son poème.

Je tends ma main, Märtha
Vers les choses oubliées, ma toute douce
J'accueille avec joie la lumière avec toi
En espérant que tu penses à moi
Ensemble nous irons vers un nouveau printemps.
Très loin, j'espère que tu comprends ?

C'était crypté en diable, et le pasteur n'y comprendrait certainement rien. Mais Märtha, oui. Il évoquait l'argent dans la gouttière qui leur apporterait une vie meilleure, le jour où ils sortiraient de prison. Mais en plus il y avait un rendez-vous caché dans son poème.

La richesse menant à la liberté. Ensemble nous irons.
Elle préparait quelque chose...

— Comme je vous l'ai dit, je n'y connais rien
en poésie, avoua le Génie en tendant ce qu'il avait
composé. Croyez-vous qu'elle appréciera ceci ?

Le pasteur regarda rapidement le poème avec un
sourire encourageant.

— C'est très beau. Vos mots me touchent.

Quand le pasteur fut parti, le Génie était de très
bonne humeur. Märtha et lui avaient trouvé un moyen
de communiquer. Tôt ou tard, il saurait ce que cette
femme merveilleuse était en train de fomenter.

42

Les soirées devinrent plus claires et les bourgeons des bouleaux étaient sur le point d'éclore le jour où Märtha allait être transférée à Hinseberg. En sortant, elle vit que la voiture était déjà avancée. Avant de s'y engouffrer, elle jeta un dernier regard à la maison d'arrêt Sollentuna où le ciel se reflétait comme d'habitude sur la façade vitrée. Les rayons de soleil y brillaient joliment, mais la vie derrière ces murs n'avait pas été si rose. À présent, Dieu merci, il y avait une vraie prison, même si c'était dommage qu'il n'y eût que des femmes. Elle y serait sûrement mieux qu'à la maison d'arrêt, même si elle ne se berçait pas trop d'illusions. Elle avait découvert ce que c'était qu'être réellement *enfermée*. À la maison de retraite, les portes étaient verrouillées, mais Barbro n'avait tout de même pas été jusqu'à mettre des barreaux aux fenêtres. Märtha ne pouvait guère faire appel de la sentence prononcée à son encontre. Puisque c'était elle qui avait mené le projet, il ne lui semblait pas convenable de se dédire au dernier moment. Pourtant, ils avaient bien failli ne pas aller en prison. Le juge avait en effet requis la liberté. Le billet de cinq cents et le Caddie ne constituaient pas des preuves convaincantes, même si les tests ADN accréditaient la version de Märtha. Certes, la police avait trouvé des téléphones mobiles, des brosses à cheveux et un ou deux bracelets en or dans l'armoire du *Grand Hôtel*, mais... non, les vieux devaient seulement être un peu gâteux. D'ailleurs, l'enquête sur le vol du Musée national n'était toujours pas terminée. La canne tordue laissait tout le monde perplexe, et dans la reconstitution faite par la police, on n'avait pas pu déterminer le rôle qu'elle avait joué dans le vol lui-même. Le juge disait que mieux valait libérer que condamner et qu'il lui semblait inapproprié d'exiger un an ferme pour des vieillards sans antécédents. Les jurés par contre avaient trouvé que les cinq suspects avaient amplement mérité la sanction. Pendant plusieurs semaines, les journaux avaient en effet écrit de longs articles sur ces retraités sans scrupules qui avaient détourné le patrimoine suédois et usurpé des tableaux d'une valeur de trente-deux millions de couronnes, plus une rançon d'un montant record de dix millions. Dans chaque éditorial, les journaux avaient mis en avant la gravité des faits, n'hésitant pas à les comparer aux malversations des requins de la finance. Les jurés avaient bien entendu été influencés par cela, même s'ils se targuaient d'être objectifs. Märtha avait dit qu'ils avaient prévu de rendre les tableaux au musée et de donner les dix millions à une œuvre de bienfaisance, mais personne n'avait voulu la croire. Quand la sentence fut prononcée, aucun d'entre eux ne jugea utile de faire appel. Les appels prenaient du temps et, en plus, il y avait eu pas mal de remue-ménage dernièrement. En comptant sur les remises de peine pour bonne conduite, ils devraient être sortis dans six mois et, d'ici là, ils auraient pu expérimenter la vraie prison.

Märtha était curieuse de connaître son nouveau logement et pensait que ce serait passionnant de partager le quotidien de délinquantes. Elle était toujours prête pour de nouvelles expériences. En plus, ça devrait être mieux qu'à la maison d'arrêt, ce bâtiment où elle avait été à l'étroit et où tout s'était révélé lugubre. Même l'exercice quotidien n'avait pas du tout été aussi plaisant qu'elle le pensait. Les matons l'avaient conduite dans une cour entourée des murs les plus hauts qu'elle eût jamais vus. Pas de jolis champs de blé ondulant comme à Österlen, mais du béton, rien que du béton. Même si quatre détenus étaient montés sur les épaules les uns des autres, avec elle tout en haut, elle n'aurait pas pu atteindre le sommet pour voir de l'autre côté ! Déçue, elle s'était contentée d'écouter les oiseaux, les trains de banlieue et la vie normale à l'extérieur. Le contraste avec la suite de la Princesse Lilian était si frappant qu'il lui fit même regretter le bruit des repas nocturnes du Râteau à la maison de retraite et le rire tonitruant d'Anna-Greta. Si le pasteur n'était pas venu de temps à autre avec les poèmes cryptés du Génie, elle n'aurait probablement pas tenu le coup. Mais grâce à eux, elle avait repris courage. Elle devait faire travailler ses méninges.

— Dépêchez-vous. Vous venez ? rouspéta le chauffeur.

L'homme de service voulait partir vite afin d'éviter les embouteillages du vendredi. Or Märtha se mouvait lentement avec ses menottes et il lui fallut un certain temps pour plier le déambulateur. Les matons l'aidaient, mais ils ne savaient pas comment ranger le bâton d'arrêt. Finalement, elle réussit à le leur expliquer et s'assit, hors haleine, entre eux sur la banquette arrière. Le fourgon démarra, les barrières s'ouvrirent puis ils s'élancèrent sur la route. Le trajet vers Örebro fut rapide. Pendant que le paysage défilait, Märtha songea à ses amis de la chorale. Anna-Greta et Stina aussi allaient être placées à Hinseberg et elle avait hâte de les revoir. En outre, elle pourrait les mettre dans la confidence quant à ses projets. À ce stade, il aurait peut-être été plus judicieux de parler d'*idées*. Premier défi : les convaincre.

Au bout de plusieurs kilomètres, le chauffeur rétrograda. Märtha aperçut une construction entourée de clôtures et de barbelés. Après être passé devant le gardien posté à l'entrée près de la barrière, le fourgon entra dans la cour et s'arrêta. Elle risqua un coup d'œil au-dehors, elle avait ouï dire que Hinseberg était un édifice datant du Moyen Âge et que des familles nobles avaient vécu ici. Il n'était pas donné à tout le monde d'être incarcéré dans un château, se dit-elle, même si une partie des anciens bâtiments avait été démolie. Au loin, elle aperçut le scintillement de la mer. Pas de hauts murs en béton ici. Ici, on pouvait voir à travers les barbelés et les barrières. Elle sortit de la voiture, remercia pour le voyage et salua les nouveaux matons. Une femme maigre d'âge moyen, avec de longs cheveux blonds, vint à sa rencontre.

— Märtha Anderson ? demanda la femme en vérifiant dans ses papiers.

— Elle-même, répondit-elle en tendant sa main.

Elle se demanda s'il y avait vraiment eu des rumeurs sur son arrivée. On lui avait fait comprendre que ça risquait d'être le cas. Personne parmi les quatre-vingts détenues ici n'aurait pu croire qu'ils auraient une délinquante de 79 ans avec elles. Encore que l'âge, ce fût une notion assez subjective. Il existait des vieux de 90 ans en meilleure forme que des personnes de 70, et des personnes de 75 ans qui avaient l'air de centenaires. Märtha se sentait en bonne forme puisqu'elle avait fait de l'exercice à la maison d'arrêt. Elle n'avait pas l'intention d'utiliser le déambulateur ici, elle le gardait seulement pour s'en servir lors d'un autre coup. Même si les détenues avaient pour la plupart entre 30 et 40 ans, cela ne lui faisait rien. Au contraire. Elle avait toujours aimé les jeunes : ils étaient souvent plus dynamiques que les gens de son âge.

Une fois que la matonne à la queue-de-cheval eut achevé de lire les papiers, elle emmena Märtha pour accomplir les formalités. Märtha fut obligée d'enlever ses vêtements pour la fouille. Certes, c'était dégradant de se montrer nue devant des inconnues quand on n'était plus dans ses meilleures années, mais ici il ne fallait pas être trop regardant sur ce genre de choses. C'était normal que les surveillants veuillent vérifier qu'on n'avait rien apporté d'interdit sur soi.

— Vous avez une idée, vous, pourquoi on devient si ridé en vieillissant ? demanda Märtha en montrant du doigt la peau qui pendait sous son menton et sous son ventre. À quoi ça sert, toute cette peau en trop ?

La femme à la queue-de-cheval leva les yeux sur elle, mais ne dit rien.

— Surtout qu'on ne peut pas faire un lifting du visage sur tout le corps, hein ? On aurait l'air de quoi ? continua Märtha qui ne put s'empêcher de sourire de sa propre blague.

— Levez les bras.

— Oui, bien sûr. J'ai peut-être caché quelque chose sous les aisselles. Mais je me permets de vous faire remarquer qu'il y a beaucoup plus de place sous mes seins qui pendent.

La femme ne broncha pas.

— Les seins qui pendent sont parfaits pour des diamants volés, même si ça écorche un peu, gazouilla Märtha en désignant sa poitrine qui jadis avait été sa fierté. Vous comprenez, l'or c'est trop lourd, ça tombe.

— Pardon ? demanda l'autre.

— Au fait, comment procédez-vous quand une femme a des implants mammaires ? Avez-vous un scanner spécial pour cela ?

— Vous pouvez vous rhabiller. Suivez-moi pour la visite médicale.

Märtha n'était pas parvenue à la dérider.

— Je ne suis pas malade.

— Nous allons procéder à une fouille corporelle.

Märtha comprit sur-le-champ ce que cela signifiait. Elle inspira profondément et relâcha l'air avec un *pschiiit* bien audible.

— Pourquoi pas ? C'est agréable de voir le médecin. Ça fait longtemps… Mais, plus sérieusement, vous perdez votre temps. Je n'ai pas caché les tableaux à cet endroit.

La queue-de-cheval lui jeta un regard assassin. Märtha se tut aussitôt. Comme cette femme était de mauvaise humeur ! Märtha avait probablement mal choisi le moment et l'endroit pour blaguer. Après tout, on était dans une prison. Au même instant, elle eut une prémonition. La détention à Hinseberg ne serait peut-être pas aussi agréable que prévu.

43

Le temps de la détention provisoire étant terminé, il allait être transféré ailleurs. Assis dans sa cellule, le Génie feuilletait les poèmes qu'il avait reçus de Märtha. Oserait-il les garder ? Ils seraient peut-être confisqués et analysés, là où il allait. En même temps, il doutait d'être capable de se rappeler tout ce qu'elle avait écrit. Il devait les emporter avec lui. Au pire, il pourrait mentir en disant que c'était lui, l'auteur.

Il relut les poèmes. Dans les premiers, elle s'était cantonnée à faire une allusion à l'argent caché dans la gouttière, mais dans les suivants, elle avait fait des propositions sur ce qu'ils devraient faire des millions. Outre des contributions au troisième âge, à la culture et aux pauvres, ses propos avaient pris un tour plus romanesque. C'était une honte, selon elle, qu'il existât des musées sans moyens, et elle proposa de redonner une partie de l'argent au Musée national – pourquoi pas comme un don anonyme via l'Association des Amis du Musée national. *Grande richesse, à l'art retournera*, avait-elle écrit, ou quelque chose dans ce genre-là. Plus tard, elle avait dit dans un autre poème : *Le repos en paix de Mammon est donné par l'eau de la vie qui se termine.* Son interprétation était que l'argent devait rester dans la gouttière, mais cela pouvait aussi n'être qu'une de ses fausses pistes habituelles ?

Le pasteur devenait de plus en plus perplexe et le Génie dut lui expliquer que Märtha ne devait pas se sentir très bien en prison. Dans les deux poèmes les plus récents, elle avait brusquement pris un autre virage.

> *Dans une vie sans limites*
> *Avec de la richesse pour tous*
> *Dans le salut du soleil de la terre*
> *Tout le monde sera heureux*

Märtha voulait donc qu'ils donnent aux autres – mais qu'*en plus* ils aillent s'installer dans un pays chaud. Ensuite, la cagnotte devait visiblement prospérer.

> *Le fonds charitable de la chorale céleste*
> *Remplissez-le et entretenez-le*
> *La bonté de Dieu*
> *Pourvoit à tous.*

Märtha semblait avoir de grands projets, mais elle était peut-être beaucoup trop optimiste. Car, même s'ils avaient volé des objets de valeur et deux tableaux, ils ne pourraient pas faire n'importe quoi. Le monde de la criminalité était un milieu dur, voire dangereux. Certes, cela avait été instructif de côtoyer ces circuits parallèles, mais si les prisons ressemblaient modèles à la maison d'arrêt, leur réputation d'établissements modèles était surfaite. Si les cinq amis devaient commettre un nouveau casse, il fallait que tout fonctionne à la perfection, pour éviter de se retrouver sous les verrous.

Le Génie repensa à quelques individus terribles qu'il avait rencontrés à la maison d'arrêt. Juro, un grand Yougoslave costaud, avait parlé tout bas d'un hold-up de banque. Il s'était exprimé en croate, mais le Génie, qui maîtrisait plusieurs langues, avait tout compris. Son père avait été charpentier en ex-Yougoslavie et sa mère venait d'Italie. Quand ses parents s'étaient installés en Suède et retrouvés à Sundbyberg, ils avaient entendu parler toutes les langues possibles et le Génie avait appris certaines d'entre elles. Il s'intéressait à ces différents idiomes et écoutait souvent les radios étrangères quand il travaillait à l'atelier. C'était une façon pour lui d'apprendre sans efforts. Et jusqu'à maintenant, cela avait plutôt fonctionné. Il était même devenu bon en croate.

Le Yougoslave avait dû voir le Génie dessiner ses inventions, car quelques jours plus tard, dans la cour de la prison, il s'était glissé tout près et lui avait chuchoté :

— Tu savoir beaucoup technique, hein ?

— Oh, je ne sais pas. J'ai fait des jeux de construction avec des Lego quand j'étais petit, c'est tout.

— Non, être inventeur. Moi savoir. Toi être super pour serrure et alarme.

Merde, s'était dit le Génie qui voulait garder profil bas.

— Bah, j'ai seulement étudié Polhem quand j'étais enfant et ses serrures ont trois cents ans, répondit le Génie pour minimiser la chose.

— Les banques, toi savoir, continua le Yougoslave. Bêtes, très bêtes. Eux prendre argent d'État quand temps mauvais, mais pas partager quand temps bons. Moi arranger ça, toi aider…

— Non, il existe d'autres moyens, l'interrompit le Génie. L'État peut accorder des *bonus*. D'habitude, cela permet de devenir riche.

Il fit semblant d'être au courant. Il lisait les journaux et avait compris que les bonus rendaient les gens riches. Il connaissait un tant soi peu l'économie. Le Yougoslave rit de bon cœur et lui posa la main sur l'épaule.

— Toi savoir ici à Stockholm, la Handelsbank à Karlaplan, hein ? Près route Valhalla, et on file droit aéroport. Mais serrures là-bas être beaucoup difficiles…

Le Génie écarta les bras pour montrer qu'il était désolé.

— Je ne m'y connais pas du tout dans ce genre de serrures.

Il ne tenait pas à être impliqué dans la mafia yougoslave. Aussi décida-t-il d'éviter Juro pendant les promenades. Mais il l'observa qui cherchait à entrer en contact avec d'autres détenus dans la cour. Entre autres, il harcelait un ex-employé de banque pour obtenir des renseignements. L'homme était un criminel en col blanc, qui avait vidé plusieurs comptes sur une période de plusieurs années, jusqu'à ce que sa femme le dénonce.

Une semaine plus tard, le Yougoslave quittait la maison d'arrêt et le Génie put respirer librement. Juro ne l'avait pas lâché des yeux pendant tout ce temps, même s'il jouait celui qui n'était pas très futé. Mais le silencieux obtient l'information et le stupide parle tout seul, comme on dit. En tout cas, le Génie en comprit assez pour savoir que Juro et ses complices à l'extérieur projetaient de faire un grand hold-up.

— Parfois arrêté prison, pas grave. Seulement reposer un peu. Après chercher argent, avait expliqué le Yougoslave.

Le Génie médita longuement cette phrase en se demandant si on ne pouvait pas aller un peu plus loin avec cette philosophie. Éviter le crime, mais devenir riche *quand même*. Cela devait être le top du top. Sauf que, jusqu'à présent, il n'avait pas trouvé comment faire. Il avait besoin de Märtha. Ensemble, ils trouveraient certainement une solution.

44

— Pourquoi t'es à Hinseberg ? Des comme toi, ça devrait être à l'hospice.

Märtha pivota. Elle se trouvait dans la cuisine et venait de se verser un verre de lait quand une jeune femme aux cheveux frisés, aux lèvres fines et au nez pointu, entra dans la pièce. Elle devait avoir la trentaine, mâchait un chewing-gum la bouche ouverte, les mains sur les hanches dans une attitude de défi. *Quel accueil !* se dit Märtha. Elle aurait au moins pu *essayer* d'être agréable.

— À l'hospice, non. Je ne suis pas un dinosaure. Ou, dans ce cas, je ne serais pas restée ici sans te croquer toute crue.

Les paupières de la fille tressaillirent.

— Ah bon, t'es du genre arrogant. Fais gaffe. N'oublie pas que c'est ta première fois. J'ai déjà été taularde, moi.

Taularde ?

Märtha réfléchit. Cela voulait certainement dire qu'elle avait déjà fait un séjour ici.

— Même si on est taularde, ce n'est pas interdit d'être aimable avec une nouvelle, déclara Märtha, en buvant d'un trait son lait puis en reposant le verre sur le plan de travail. Au fait, je m'appelle Märtha Anderson.

La fille continua à mâcher son chewing-gum.

— Qu'est-ce que tu fous ici ?

— J'ai fait un hold-up, dit Märtha.

— Toi ? C'est pour ça que tu bois du lait, pour prendre des forces pour le prochain casse ? Eh bien, vas-y, grosse vache !

Deux détenues plus jeunes qui venaient d'arriver dans la cuisine s'esclaffèrent. Märtha lorgna vers le maton derrière la vitre, en se demandant s'il les entendait. Le regard de la fille au chewing-gum était dur et sans expression. Ça devait être elle qui faisait la loi parmi les détenues, songea Märtha qui avait appris des petites choses avant de venir à Hinseberg. Des meneuses prenaient les commandes, avait-elle entendu dire, et les matons avaient insisté sur des règles tacites qu'il valait mieux suivre.

— Tu m'as traitée de grosse vache ? dit Märtha.

La fille au chewing-gum acquiesça.

— Si tu m'appelles comme ça encore une fois, je t'enfonce le déambulateur entre les jambes. Te voilà prévenue.

Le silence se fit, puis les filles du fond pouffèrent de rire. Celle au chewing-gum, l'air menaçant, fit un pas en avant.

— Écoute-moi bien, vieille pute sénile. Fais gaffe si tu ne veux pas en voir de toutes les couleurs au sauna.

— Au sauna ?

Märtha n'y comprenait rien et cela devait se voir.

— C'est là que nous réglons nos petites affaires. C'est un lieu isolé et sans fenêtres.

— Ah, je comprends, fit Märtha qui avait deviné où

elle voulait en venir. (Elle changea d'attitude et tenta une approche plus amicale) Tu en veux ? demanda-t-elle en lui tendant la brique de lait.

— Tu rigoles !

— Pour quelle raison es-tu ici, toi ?

— Pour meurtre et vol à main armée.

Märtha avala son lait de travers et toussa plusieurs fois.

— Et toi ? demanda la fille au chewing-gum.

— Bah, c'était un vol de tableaux. Ceux du Musée national, répondit Märtha en haussant les épaules comme si c'était quelque chose d'insignifiant.

— Ah ouais, le vol des œuvres d'art ! J'ai lu quelque chose là-dessus. Les tableaux ne sont toujours pas réapparus ?

Märtha fit non de la tête.

— C'est bien le problème. Ils ont disparu.

— Merde alors... Et vous les avez cachés où, les tableaux ? Je ne vais pas cafter.

— Ni nous ni la police ne les avons retrouvés.

— Eh, tu me prends pour qui ? Allez, accouche. Ici, on est toutes solidaires, tu comprends ? Si tu ne partages pas...

Elle prit le verre que Märtha s'était versé et le vida dans l'évier.

— Le coup a réussi, mais après... Tout ne peut pas être parfait, répondit Märtha en remplissant calmement son verre.

— Sale cachottière, va ! Tu dois savoir qu'ici on n'a aucun scrupule à voler les retraités. Il y a des filles qui se sont même spécialisées dans des gens comme toi. Alors, si tu veux un conseil, rabats un peu ton caquet.

La fille au chewing-gum renversa de nouveau le lait de Märtha dans l'évier.

— Encore une chose. Puisque tu es trop vieille, on ne veut pas de toi à l'atelier. Tu seras de corvée. Nous commençons à 8 heures et je veux que tu nous prépares notre petit déjeuner pour 7 heures.

— Ce n'est pas à toi de décider, mais aux matons, répliqua Märtha.

— C'est nous et eux. Ceux qui vont se plaindre aux matons, on n'en veut pas. Compris ? Tu aurais déjà dû faire un tour au sauna.

— Ça va pas, la tête ? murmura Märtha.

— T'aurais pu être un cadavre que j'aurais pas levé le petit doigt.

Les yeux de la fille au chewing-gum étaient froids comme le vent du nord.

Märtha se racla la gorge.

— Bon, alors demain matin à 7 heures pour le petit déjeuner. À plus.

Elle sortit, la tête haute, et, du coin de l'œil, elle vit les filles ricaner. Tout d'un coup, Märtha se rendit compte que la réalité n'avait rien à voir avec les images vues à la télévision. Ou les romans policiers. Ici, il s'agissait de garder l'équilibre sur le fil d'un rasoir.

45

— Voici, c'est parfait comme ça. Presque rien qui dépasse, dit Allanson, le maître d'équipage, en faisant un dernier tour dans le hangar. Une grande ancre et un casier d'huile étaient posés par terre, et sur les étagères il y avait un ou deux filets de pêche, quelques bouées de sauvetage et des cannes à pêche – sinon c'était vide. Les vélos étaient partis, ainsi que les vélomoteurs et les deux scooters des neiges.

— Tu te rends compte, nous avons pu être payés en euros comme on le voulait. Les bicyclettes d'enfants et les vélos à dix vitesses sont partis direct. Les Estoniens étaient aux anges, fit Jansson.

— Ah oui, les mobylettes se sont bien vendues aussi, renchérit Allanson.

— Maintenant, il y a de la place. Que dirais-tu d'une nouvelle virée ? Pour chercher des vélos et des mobylettes, par exemple ?

— Oui, c'est une bonne idée. Samedi ?

— Je suis libre le week-end, je vais seulement rendre visite à ma mère à la maison de retraite. C'est son anniversaire. Mais après, c'est bon.

— Tu ne vas quand même pas fêter son anniversaire à 4 heures du matin ? ricana Jansson.

— Non, faut pas exagérer.

Allanson baissa les yeux. Il se faisait régulièrement chambrer parce qu'il allait souvent la voir. Mais il était attaché à elle et sa mère était si contente quand il venait lui rendre visite – même si dès le lendemain, elle ne s'en souvenait plus.

— Je resterai un moment avec elle, puis je te rejoindrai chez toi après. Mais j'aimerais bien lui apporter quelque chose. Ça changerait des fleurs et des chocolats.

— Pourquoi tu prendrais pas ça ? Il est comme neuf et il ne fait que traîner dans nos pattes, dit-il en donnant un coup de pied dans le Caddie noir à l'entrée de l'entrepôt.

— Un Caddie ? Mais elle est trop vieille pour sortir faire ses courses.

— Tu ne comprends pas. Laisse-la croire qu'elle peut le faire. Ça la fera se sentir plus jeune. Et tu peux toujours le remplir avec quelque chose.

Allanson jeta un regard méfiant sur le Caddie, mais eut soudain une idée lumineuse.

— Elle a tout un merdier de couvertures qu'elle traîne partout. Le personnel s'en est déjà plaint. Elle n'aura qu'à les mettre dedans !

— Exactement. Mais n'oublie pas de sortir les journaux avant.

— Bien sûr, mais il faut que je lui offre autre chose en plus, estima Allanson.

— Tu disais qu'ils avaient arrêté de leur donner des brioches et des gâteaux. Achète donc une brioche et des viennoiseries pour tout le monde. Comme ça, t'en profiteras pour nous rapporter quelques douceurs, à nous aussi.

Le visage d'Allanson s'éclaira.

— Tu as toujours de bonnes idées.

Jansson rigola, ferma les portes et verrouilla le hangar. Ils remontèrent dans la voiture et prirent la route habituelle en passant devant le container et le bureau des objets trouvés.

Quand le réveil sonna à 6 h 30, Märtha sursauta.
Beaucoup de vieux se réveillent très tôt le matin,
mais pas elle. Dans son milieu, ce n'était pas une
heure pour un bon chrétien mais seulement pour les
oiseaux, les voleurs et la jeunesse qui ne s'était pas
couchée de la nuit.

À contrecœur, elle se leva, prit une douche et
s'habilla. Quand les matons la laissèrent sortir à
7 heures, elle se rendit à la cuisine. Ici, il n'y avait
pas d'îlot central ou d'équipement moderne. C'était
aussi bien, car elle aurait été un peu perdue. Elle
sortit le lait du réfrigérateur, le muesli et les flocons
d'avoine du placard. Les tasses et les assiettes se trouvaient sur les étagères et les couverts dans le tiroir en
dessous. En bâillant, elle fit cuire les œufs, prépara
un porridge à l'ancienne dans une casserole, mit une
nappe et posa le pain, le jambon et la confiture sur
la table. Quand tout fut prêt, elle se laissa tomber sur
une chaise avec une tasse de café à la main. Mais
elle avait pris soin de ne rien préparer pour Liza, la
fille au chewing-gum. Sa place à l'autre bout de la
table était vide.

Les détenues arrivèrent les unes après les autres.

Märtha se présenta. Elles la saluèrent, s'assirent et se servirent. Elles mangeaient leur petit déjeuner dans le calme et, quand Liza fit irruption dans la pièce, elles levèrent toutes les yeux. On voyait de loin qu'elle commençait mal la journée. Cela ne s'arrangea pas quand elle découvrit que personne n'avait mis son couvert.

— Où est ma tasse ?

— Probablement dans le placard, répondit Märtha.

— Alors pose-la sur la table, lui dit-elle.

— Les assiettes sont sur l'étagère du haut et, sur celle du bas, tu trouveras les tasses. Les verres sont sur le plan de travail.

Les filles s'arrêtèrent de mâcher. Le silence se fit dans la pièce. Märtha continua à manger son gruau et tourna calmement sa petite cuillère dans sa tasse de café. Personne ne pouvait ignorer la tension qui régnait, mais Märtha était trop vieille pour s'en préoccuper.

— Va chercher ma tasse et mets mon couvert ! grogna Liza.

— Je mettrai peut-être ton couvert demain, mais cela dépend. Je suis très sensible à la manière dont on me traite.

Liza envoya un coup dans la tasse de Märtha et le café se répandit sur la table. Märtha, qui avait prévu de telles provocations, se resservit calmement du café et continua à manger son muesli. Puis elle se tourna vers sa voisine.

— Elle est toujours d'humeur aussi massacrante le matin ?

Pas de réponse. Il y eut un toussotement, une cuillère grinça contre une assiette et les filles échangèrent des regards inquiets. L'instant d'après, Märtha sentit quelqu'un tirer sa chaise, empoigner sa blouse et la mettre debout.

— Mon café ! hurla Liza.

— Il y a également du thé, si tu préfères, répondit Märtha en dégageant calmement les mains de son col.

Les filles retinrent leur souffle, puis émirent un gloussement à peine étouffé. Tout le monde partit d'un fou rire. Liza la dévisagea bêtement, mais Märtha savait qu'elle ne pouvait pas intervenir. Cette gamine avait dominé les autres filles en les menaçant de leur arranger le portrait dans le sauna, mais, avec Märtha, c'était différent. Si elle y enfermait une femme de 80 ans pour la tabasser, elle avait tout à y perdre. Elle était suffisamment intelligente pour l'avoir compris et les autres aussi.

— Prends ton petit déjeuner, je ferai la vaisselle après, fit Märtha.

Liza fit semblant de ne pas entendre, mais elle alla chercher une tasse, se versa du café et s'assit à sa place. Sans un mot, elle se prépara un sandwich au fromage et, après avoir bu le reste de café, elle se leva et quitta la pièce. Märtha la regarda partir et se demanda quand et comment Liza allait prendre sa revanche.

47

Petra somnolait plus ou moins dans le métro quand elle tomba sur un article concernant un vol de tableaux au Musée national. Il ne s'était passé que quelques années depuis le précédent, et elle se demandait si c'était la même bande qui avait frappé de nouveau. Mais il n'y avait pas beaucoup d'informations dans le journal. La police restait très discrète. Au début, ils avaient même refusé de divulguer quels tableaux avaient été volés. À ce moment-là, Petra n'y avait pas prêté très attention, car son petit ami et elle s'étaient disputés, sans compter qu'elle avait été obligée de donner un coup de collier pour ses examens. Le *Grand Hôtel* et le ménage avaient dû être mis de côté. Ce n'est qu'après les épreuves qu'elle avait repris le cours normal de sa vie et revu son amoureux. Après s'être remis ensemble, ils étaient partis en vacances en Égypte pour fêter l'événement. De retour, reposée et bien bronzée, elle avait recommencé son travail au noir à l'hôtel.

C'est alors qu'elle avait appris que les deux tableaux volés étaient un Monet et un Renoir. Dans la bibliothèque du *Grand Hôtel*, elle feuilletait distraitement des vieux quotidiens quand elle était tombée sur la reproduction des tableaux. Elle avait failli s'étouffer. À part le chapeau et les moustaches de la peinture de Renoir, et les voiliers en trop de l'embouchure de l'Escaut, les tableaux ressemblaient comme deux gouttes d'eau à ceux qu'elle avait décrochés dans la suite de la Princesse Lilian. Elle avait supposé qu'il s'agissait de mauvaises copies – *mais si ce n'était pas le cas…* Il serait quand même étrange que les voleurs aient laissé les peintures dans une chambre d'hôtel à quelques centaines de mètres seulement du Musée national ! Les chefs-d'œuvre étaient certainement sortis du pays depuis longtemps. Cependant, ce soupçon la minait, car en y réfléchissant, les tableaux avaient des cadres particulièrement travaillés… Mais, en même temps, c'était sans doute normal : un bel encadrement donnait du cachet à la pire des croûtes.

Petra se rongeait les ongles et n'arrivait plus à se concentrer. Les toiles avaient disparu du chariot de ménage, mais elles étaient peut-être restées dans le débarras ? Elle aurait voulu demander si quelqu'un les avait vues, mais elle hésita. Si c'étaient les vrais tableaux, ça la mettrait dans une situation délicate vu qu'elle les avait échangés de sa propre initiative. Mon Dieu, des tableaux d'une valeur de trente-deux millions… Elle regarda autour d'elle. Les gens au bar parlaient dans un brouhaha et à l'extérieur, sur la terrasse, les clients déjeunaient. Et si elle traversait la rue pour aller demander au Musée national de lui montrer les reproductions des fameux tableaux ? Puis elle rit de sa propre ineptie : elle n'avait qu'à consulter le site du musée. Elle se leva et se rendit dans la pièce dédiée aux ordinateurs au rez-de-chaussée.

Elle se connecta au site du Musée national et cliqua sur les collections. Elle trouva sans difficulté les deux peintures. L'imprimante couleur de l'hôtel était à côté, elle appuya sur « Impression ». Puis elle glissa les sorties dans son sac à main et effaça l'historique de l'ordinateur, avant d'aller au sous-sol. Il fallait qu'elle en ait le cœur net. Les tableaux devaient bien se trouver quelque part, ils ne s'étaient quand même pas volatilisés. À moins que quelqu'un n'ait découvert que ce n'étaient pas des copies, mais des tableaux qui valaient trente millions de couronnes...

48

Au moment où Allanson entra dans la maison de retraite Le Diamant avec le Caddie, sa mère était couchée et dormait dans sa chambre. Il attendit un peu dans la salle commune, mais comme il s'ennuyait, il alla la réveiller. Les cheveux blancs de sa mère flottaient en désordre sur l'oreiller et elle avait l'air désorientée, mais quand elle vit qui était venu lui rendre visite, son visage s'illumina.

— Ah, mon garçon, ça fait du bien de te voir !

— Je te souhaite un bon anniversaire, dit Allanson en se penchant pour l'embrasser.

— Bah, être félicitée pour vieillir encore, non merci. Ça devrait être le contraire. À chacun de mes anniversaires, tu devrais plutôt mettre le drapeau en berne.

Allanson sortit les pâtisseries.

— Tiens, c'est pour accompagner le café et puis j'ai une surprise. Que dis-tu de ce Caddie ?

— Pour y mettre les gâteaux ?

— Non, c'est pour ranger tes pelotes de laine, tes couvertures, tes plaids et tout ce que tu voudras.

— C'est une bonne idée. Pose-le dans le coin là-bas, puis allons prendre le café.

— Je vais seulement vider le papier journal qu'il y a à l'intérieur.

— Laisse donc ça. Je demanderai à Barbro de le faire plus tard. Les tasses sont là, apporte le café, s'il te plaît.

Allanson obéit à sa mère. Comme il l'avait toujours fait et c'était mieux ainsi. Il posa les tasses sur la table et, pour ne pas compliquer les choses, alla chercher du café à la machine dans la salle commune. Puis il ouvrit le carton et sortit les gâteaux et la brioche tressée. Sa mère s'assit dans le canapé et l'invita à s'asseoir sur le fauteuil.

— Te rappelles-tu quand tu étais petit garçon et que tu avais cueilli des airelles ?

Allanson acquiesça. Aujourd'hui, sa mère avait envie, semblait-il, de raconter l'histoire de la promenade en forêt quand ils avaient vu des traces de loup. C'était une histoire longue et compliquée. Autant dire qu'il n'était pas sorti de l'auberge… Il posa les gâteaux sur la table et versa le café dans les tasses. Le sucre rendait sa mère somnolente ; au bout d'un moment, elle finirait par s'assoupir. Il aimait beaucoup sa mère, mais c'était éprouvant de l'écouter radoter. Il se cala dans le fauteuil et attendit. Dans une heure ou deux, elle dormirait profondément et il pourrait alors partir pour retrouver Jansson.

Les ouvriers étaient rentrés chez eux, et la réserve était vide. Petra s'avança jusqu'au tableau d'affichage afin de voir qui s'était servi du chariot de ménage après elle. Mais la feuille de planning avait été changée. Alors, elle fouilla ici et là avec le vague espoir de tomber sur les fameuses toiles. Elle chercha partout, en vain. Elle commençait à désespérer et s'en voulait de sa négligence. À partir de maintenant, elle approcherait le moindre tableau avec la plus grande déférence. On ne peut jamais savoir quel artiste se cache derrière. Elle continua à fureter dans la cave et dans le débarras, et retourna, épuisée, à la réserve. Ses mains tremblaient quand elle prit une cigarette. Quel merdier elle avait provoqué !

Elle alluma le briquet, avant de se rappeler qu'il était interdit de fumer dans la réserve. Mais elle n'avait pas envie de descendre au bar. Bon, elle allait faire comme pendant les examens : cloper aux toilettes. Elle en profita pour admirer les stucs au plafond et les jolis lavabos. Ici, la décoration était bleu et argent, et les robinets richement ornementés semblaient tout droit sortis d'un château. Dommage que les ouvriers y aient mis le bazar. Y étaient entreposés pots de peinture, pinceaux, rouleaux et gravats. Même si la réserve n'était pas utilisée, on pouvait tout de même garder les toilettes propres ! Elle termina sa cigarette et tira la chasse pour faire disparaître le mégot. Puis elle rangea sur le côté quelques sacs poubelles qui traînaient en plein milieu. Elle ne supportait pas le désordre. Derrière l'échelle des peintres, il y avait une caisse avec des affaires marquées « Armée du Salut ». Puis elle s'arrêta net. Tout au fond, elle aperçut deux tableaux.

Petra enleva tout ce qui était posé dessus et sortit, en tremblant, les tableaux. C'étaient bien les mêmes que ceux qu'elle avait décrochés de la suite de la Princesse Lilian. Elle jeta un regard autour d'elle pour chercher un support où les poser. Tiens, la table du miroir. Elle installa les toiles dessus et ouvrit son sac à main pour y prendre les sorties couleurs. À part le chapeau, la moustache beaucoup trop touffue sur l'un et les nombreux voiliers sur l'autre, les tableaux étaient identiques aux impressions. Elle retourna les toiles et découvrit un numéro au dos de chacune. Toutes deux avaient un cadre doré. En y réfléchissant, elle n'avait pas vu de cadres semblables dans les autres suites. Elle n'eut pas le temps de pousser plus avant ses investigations, car des pas et des voix approchèrent de la réserve. Cela avait l'air d'être le barman et la nouvelle réceptionniste.

Petra s'accroupit et recula pour ne pas être vue. Tout au bout du couloir, il y avait un endroit où stocker les meubles venant des chambres qu'on devait repeindre. Ils s'y dirigeaient probablement. Elle attendit que les bruits de pas cessent avant de soulever le Renoir. Elle découvrit alors une trace de couleur sur l'un de ses pouces. Quelqu'un avait dû, par erreur, gribouillé sur les tableaux. C'était sans doute un ouvrier ou peut-être la star de musique pop qui avait séjourné dans la suite… Encore que… elle avait déjà changé les tableaux à ce moment-là et, avant cela, c'étaient les vieillards qui avaient occupé les lieux… Elle sortit son mouchoir, le mouilla et le passa avec précaution sur la toile. En arrivant au chapeau de l'homme, le mouchoir devint noir et, après chaque passage, ses cheveux réapparaissaient. Elle fit de même sur la peinture de Monet. Un voilier disparut sans qu'elle eût à frotter particulièrement fort. Ça alors ! De si gentils vieillards… Petra éclata de rire, au risque de se faire surprendre. Les policiers de toute la Suède travaillaient sur cette affaire, mais aucun n'avait réussi à retrouver la trace des tableaux. Les vieux de la suite de la Princesse Lilian les avaient tous bernés dans les grandes largeurs…

Sa première idée fut de se précipiter à la réception pour tout raconter, mais au même instant, elle entendit un cri suivi de gémissements et de rires. Le barman et sa copine. Vite, elle remit les tableaux dans la caisse où elle les avait trouvés. Il valait mieux partir. Elle réfléchit : si les peintures étaient si recherchées, la police proposerait tôt ou tard une récompense… Son emprunt d'étudiante se terminait bientôt et elle en avait marre de faire des ménages. *Une petite récompense arrangerait bien mes affaires.* Si elle prenait les toiles chez elle un moment, elle leur dirait qu'elle avait agi de bonne foi. En vérité, elle ne les avait pas *volées*, mais seulement *trouvées* parmi tout un fatras de sacs poubelles aux toilettes. Elle les avait alors gardées chez elle le temps de dégoter un autre endroit à l'hôtel… Elle leur donnerait cette version qui paraissait plausible. Plus tard, en comprenant de quelles peintures il s'agissait, elle aurait immédiatement appelé le musée – ou la police – ou la personne offrant la récompense. L'État proposait des récompenses pour des antiquités en or ou en argent. Alors ce devait être pareil avec les œuvres d'art, songea-t-elle. Et, à la presse, elle raconterait combien elle était heureuse d'avoir sauvegardé les précieuses œuvres pour les générations à venir. Le scénario était béton.

Une porte s'ouvrit et elle entendit des pas dans la réserve. Ils se rapprochaient. Le barman et sa copine ! Ils parlaient à voix haute, amicalement. Elle se réfugia de nouveau dans les toilettes, releva la lunette et s'assit en réfléchissant à ce qu'elle devait dire si elle se faisait surprendre. Puis elle se souvint que, si les gens surprenaient quelqu'un aux toilettes, normalement ils ressortaient illico. Elle les entendit continuer leur chemin et appeler l'ascenseur, mais n'osa pas bouger avant que la porte se referme. Elle s'attarda encore un moment en éprouvant de la gratitude envers le couple. Dans le noir, elle avait eu le temps de réfléchir. À présent, elle savait exactement ce qu'elle allait faire avec les tableaux.

50

Hinseberg, voilà un endroit où passer l'été ! Ici, pas de bar Cadier ou de restaurant en terrasse, non. Ici, ni viande d'oie ni *spettkaka*, d'ailleurs, ce gâteau spectaculaire de Scanie. Märtha se tortillait dans son lit et avait du mal à trouver le sommeil. Il faisait chaud, mais, malheureusement, elle ne pouvait pas aller ouvrir la fenêtre. Elle était en prison ! Elle enleva la couverture, secoua l'oreiller et se recoucha. Le sommeil venait et repartait, et la pensée de Liza la dérangeait. Elle n'aurait peut-être pas dû la contrarier, pourtant, dès que Märtha avait vu la fille, elle avait ressenti une étrange aversion. Maintenant, il était trop tard pour regretter son geste. Le lendemain, elle mettrait la table pour tout le monde.

Quand Liza arriva dans la cuisine le jour suivant, elle fit semblant de ne pas voir la tasse de café et l'assiette à sa place ; elle s'assit et prit son petit déjeuner. Comme d'habitude, elle ne dit pas grand-chose et ne salua même pas Märtha. De temps en temps, elle jetait un coup d'œil par la fenêtre. Märtha se demanda ce qu'elle avait, ça se voyait qu'elle n'allait pas bien. Les traits de son visage étaient tirés, elle avait la peau grise et le regard perdu. Si quelqu'un lui adressait la parole, soit elle grognait soit elle ne prenait pas la peine de lui répondre. Un peu plus tard, dans la salle de gym, Märtha se décida à lui parler.

— Salut, dit Märtha.

— Qu'est-ce que tu fous là ?

— Même un dinosaure doit garder la forme.

Quelques filles entrèrent et se dirigèrent vers les appareils. Liza fit mine de ne pas les voir, posa un tapis par terre et commença ses séries d'abdos.

— J'ai entendu dire que tu avais une permission, déclara Märtha après un moment, tandis que Liza faisait une pause.

Pour toute réponse, elle eut droit à un grognement.

— Tu n'es pas contente ?

Liza se mit à plat ventre et enchaîna les pompes. Märtha haussa les épaules et prit des haltères.

— Tu sais, quand j'aurai une permission, je n'aurai pas d'endroit où aller, dit-elle après un moment, essayant de lier à nouveau la conversation. J'ai quitté la maison de retraite et, à présent, Dieu seul sait...

Liza, qui se dirigeait vers le vélo d'appartement, s'arrêta.

— Bienvenue dans la réalité. Nous, les détenues, nous perdons toujours nos logements. À l'atelier, nous gagnons de l'argent de poche pour nous payer des bonbons et des clopes, mais c'est tout. Si on n'a pas les parents ou un mec à l'extérieur pour régler le loyer, on se fait expulser. Et après, les autorités se demandent pourquoi on retombe dans la délinquance.

Märtha n'avait jamais vu les choses sous cet angle. Comment reprendre une vie normale quand on sort de prison ?

— Tu as fait pas mal de trucs, à ce que je comprends ? continua-t-elle.

— J'ai pas envie d'en parler.

— Mais…

Liza se leva et quitta la pièce.

Les jours suivants, Liza fit régner la loi en ignorant royalement Märtha. Celle-ci était presque contente que sa rivale ait eu une permission. La veille du départ de Liza, elles se trouvèrent face à face à la buanderie. Märtha tressaillit.

— Tu as eu peur, hein ? dit Liza en voyant Märtha.

La fille attendait dans un coin de la pièce que l'essorage de sa lessive soit terminé. Elle se glissa derrière Märtha et bloqua la porte.

— Alors, comme ça, tu oses t'aventurer ici toute seule ?

Du plafond tombait un mince rai de lumière et il flottait une vague odeur de laine mouillée et de détergent. Le sol était humide et un panier à linge traînait dans un coin. Märtha feignit de rester de marbre, en dépit de son cœur qui battait plus vite que d'ordinaire. Elle était allée dans la buanderie pour voir si elle était capable de se servir des machines à laver sans demander de l'aide. Elle n'avait pas du tout imaginé se retrouver nez à nez avec Liza.

— Cette machine-là marche bien ? demanda Märtha en désignant de la tête l'appareil le plus proche.

Elle espérait que sa voix ne la trahirait pas.

— T'as qu'à vérifier toi-même. Mets ta tête dedans, puis je ferai tourner le tambour, répondit Liza en allumant une cigarette.

Märtha feignit de ne pas entendre, se racla la gorge et toussa à cause de la fumée.

— C'est ta lessive ? demanda-t-elle en montrant une autre machine en marche.

— Oui, et j'ai l'intention de la terminer.

Märtha fit mine de vouloir sortir, mais Liza ne la laissa pas passer.

— Hinseberg est comme un aquarium, tu y as déjà pensé ? Les matons nous voient partout. Sauf ici. Et dans le sauna. Assieds-toi, ordonna-t-elle en indiquant le banc près des machines.

— Je voulais sortir et attendre que tu aies fini.

— Non, assieds-toi.

Märtha hésita, puis obtempéra.

— Tu sais, cette affaire de tableaux. J'ai réfléchi, dit Liza en ôtant un brin de tabac de sa langue. Un Renoir et un Monet, ça représente pas mal d'oseille.

— Pour celui qui les trouve, oui.

— N'essaie pas de m'entuber. Où sont-ils ?

— Si seulement je le savais ! Nous avons effectivement réussi à voler quelques-uns des tableaux les plus chers de toute la Suède, mais ils ont disparu quand nous étions partis chercher la rançon. Je me demande ce qui s'est passé à ce moment-là. Il est possible que quelqu'un nous ait suivis et qu'il se soit introduit dans la suite pendant notre absence.

Liza s'approcha d'elle. Beaucoup trop près, estima Märtha.

— Arrête ton petit jeu, j'ai l'impression que tu n'as pas compris. Nous sommes tous dans le même bain, ici. Allez, accouche. Où sont les tableaux ?

— Ils étaient dans la suite quand nous avons quitté le *Grand Hôtel*, et ils n'étaient plus là à notre retour. Que veux-tu que je te dise ?

— Quelle suite ?

— Comme si j'allais te le dire. Vous autres, vous ne divulguez jamais vos cachettes. Tu ne m'auras pas aussi facilement, la prévint Märtha. Peu importe d'ailleurs, les tableaux n'y sont plus.

— Alors, ça n'a pas d'importance.

— C'est sûr, dit Märtha. Oui, je me demande vraiment cc qui s'est passé. Qui a pu s'introduire dans la suite de la Princesse Lilian pour voler les tableaux ? Sûrement un type bien informé parce que nous les avions maquillés.

— Maquillés ?

— Oui, si tu avais vu la tête des tableaux, s'esclaffa Märtha. Nous leur avions ajouté un chapeau, des voiliers et d'autres choses pour que personne ne les reconnaisse. Mais, malgré cela, ils ont disparu.

Liza fit tomber sa cendre et prit une longue bouffée.

— Quelqu'un aurait quand même pu les reconnaître et les revendre.

— Mais qui ? Nous nous sommes absentés seulement vingt-quatre heures.

— Le personnel dc l'hôtel ou d'autres clients. Ou on aurait pu changer la déco.

— Il y avait en effet deux autres tableaux accrochés à notre retour, se rappela Märtha.

— Tu vois, qu'est-ce que je te disais ?

— Mais la police a fouillé tout l'hôtel. Ils n'ont rien trouvé. Et nous qui devions rendre les tableaux après avoir reçu la rançon !

— Et vous l'avez eue ?

— L'argent a disparu.

Ici Märtha fit un petit mensonge parce qu'elle n'avait aucune envie de raconter qu'une partie de l'argent avait été récupérée et attendait bien au chaud dans la gouttière.

— Écoute, ça commence à bien faire. Vous faites un super casse, et ensuite vous perdez à la fois le butin et la rançon ?

— Oui, ce sont des choses qui arrivent. C'était

notre premier casse, tu sais. Mais c'est dommage pour les tableaux.

Liza se rapprocha et se pencha vers Märtha. Un court instant, celle-ci se demanda si Liza n'allait pas lui écraser sa cigarette sur le visage.

— La police a interrogé le personnel ?

— Je ne sais pas. La police a dû entendre tout le monde.

— Quelqu'un parmi le personnel a pu prendre les tableaux. Avec un peu d'argent, on pourrait délier des langues.

— Mais je suis enfermée pour un an.

— J'ai ma permission demain. Je peux t'aider, mais alors je veux dix pour cent de la rançon.

— Je t'ai déjà dit que l'argent avait disparu.

— Écoute, ma vieille. Tout ne peut pas être parti en fumée. Je veux bien qu'une partie de l'argent ait disparu, mais pas l'intégralité. Et les tableaux sont forcément quelque part. Soit ils ont été revendus et là c'est foutu, soit il y a quelqu'un qui les a récupérés et qui fait profil bas. N'importe qui à l'hôtel a pu les reconnaître et attend que la police propose une récompense.

— Tu as raison. C'est drôle que je n'y aie pas pensé…

— Être délinquant, c'est un métier à plein temps. Tu as besoin qu'on te donne un coup de main. Tu es vieille, mais tu n'es pas devenue plus intelligente pour autant.

Elle toisa Märtha.

— Je vais voir avec mes contacts. Quand j'aurai retrouvé les tableaux, je veux mes dix pour cent. Nous serons gagnantes toutes les deux.

— Je ne sais pas, nous sommes plusieurs impliqués. Je ne peux pas décider toute seule, répondit Märtha.

— En fait, ça ne fait rien. Tu m'en as assez dit pour que je me débrouille toute seule. Tu n'as quand même pas cru que j'allais partager avec toi ? Leçon numéro un : ici on doit savoir tenir sa langue. Et ne faire confiance à personne.

— Mais...

— *Sorry*.

Liza alla à la machine à laver et sortit son linge.

— Et voilà. À ton tour, grosse vache.

La veille de sa permission, Liza eut soudain très mal au ventre. Elle dut rester au lit toute la journée du lendemain et même le jour suivant. Ses surveillants et elle ne purent pas sortir. Personne, sauf Märtha, ne sut pourquoi : elle avait gardé un peu des herbes du Râteau. Personne n'avait vérifié le bâton d'arrêt du déambulateur.

51

Cela n'avait pas été facile. Petra eut besoin d'un peu de temps pour se rappeler ce qu'elle devait faire. Mais, dès que les pas s'éloignèrent et qu'elle se retrouva seule dans la réserve, elle se mit à l'œuvre. Les ouvriers avaient laissé du matériel d'isolation, un rouleau de papier bulle et des sacs poubelles, entre autres. Rapidement, elle emballa les deux tableaux dans le papier bulle et les glissa dans un sac poubelle marron avec des matériaux d'isolation, de vieux journaux et autres détritus. Ensuite, elle stocka le tout dans les toilettes. Les poubelles ne seraient vidées que le vendredi suivant. D'ici là, inutile de s'inquiéter : elle disposait de vingt-quatre heures pour faire sortir les tableaux en cachette du *Grand Hôtel*.

En partant, elle salua comme d'habitude les deux personnes de la réception et plaisanta avec le concierge. Puis elle prit le métro pour rentrer chez elle. Son esprit carburait à fond durant tout le trajet pour l'université, réfléchissant à tout ce qui pourrait faire capoter son projet. Elle se persuada cependant que tout allait bien se passer. Elle songea à ses parents qui avaient placé tant d'espoir en elle. « Ma petite fille besogneuse », comme l'appelait sa mère. Et son père qui était toujours si fier d'elle. S'ils savaient ce qu'elle avait fait… Si ça foirait, elle ne pourrait compter que sur elle-même. Jusqu'ici, ses parents l'avaient laissée se débrouiller toute seule et ils ne changeraient pas maintenant. Sa mère, de santé fragile, n'avait pas eu la force de s'occuper d'elle pendant sa jeunesse. Quant à son père, il donnait l'impression d'avoir eu des enfants dans le seul but de se vanter. Il avait travaillé dans un magasin de radios. S'il n'avait pas touché un important héritage, jamais la famille n'aurait eu les moyens de venir s'installer à Stockholm. Elle était la première de la fratrie à aller à l'université. S'il apprenait qu'elle avait caché des tableaux valant trente-deux millions, il s'évanouirait aussitôt. Non, il aurait une crise cardiaque.

Le lendemain, pendant la pause déjeuner, elle alla au Palais royal et acheta une entrée pour admirer les collections d'armurerie, dans le seul but de s'attarder dans la boutique du musée où elle regarda toutes les images représentant le couple royal. Après avoir hésité un bon moment, elle s'arrêta sur une reproduction en couleurs du roi en uniforme et une autre du couple royal. Elle les acheta et, pour des raisons de sécurité, les enroula dans du papier avant de retourner à l'hôtel.

Au cours de l'après-midi, Petra alla plusieurs fois à la réserve afin de vérifier que tout était resté tel quel. Une fois qu'elle eut terminé le ménage, elle attendit une demi-heure de plus jusqu'à ce que les ouvriers soient partis, puis elle descendit avec l'ascenseur. Elle ouvrit la porte avec précaution et resta silencieuse un bon moment pour être sûre d'être seule. Le barman n'arriverait au travail que deux heures plus tard, ce qui lui laissait largement le temps. Elle alla chercher les tableaux et posa le Monet sur l'établi de charpentier. Ce n'était pas une mince affaire que d'enlever le cadre, elle dut employer une cale et des tenailles pour y parvenir. Ensuite, elle plaqua la reproduction en couleurs du roi en uniforme sur la peinture de l'Escaut et la fixa avec l'agrafeuse. Puis elle remit le cadre, posa le tableau contre le mur et recula de quelques pas. Le roi avait fière allure dans son uniforme gris avec un tas de décorations sur la poitrine. Le couvre-chef, bien posé sur la tête, dissimulait son début de calvitie. Il a l'air bien mieux que tous ces politiciens grassouillets qu'on voyait tous les jours à la télé, se dit-elle. Peut-être devrait-elle arrêter de voter pour les socialistes ? Au fond, elle était royaliste. Comment pouvait-on être contre une maison royale ? Si on se débarrassait du roi, on serait obligé de le remplacer par le chef de l'État et on avait tout à perdre au change.

Elle continua avec la toile de Renoir. Le grand cadre doré était parfait pour accueillir le roi et la reine. Avec rapidité, elle renouvela l'opération. Puis, avec pas mal d'efforts, elle parvint à remettre le châssis. Elle ôta une mèche de cheveu de ses yeux et contempla son œuvre. À présent, le tableau avait pris un air tout à fait pompeux, ce qui, somme toute, était normal, vu qu'il représentait le couple royal. Les deux symbolisaient le visage de la Suède, n'en déplaise aux socialistes. Dommage que la reine Silvia ait eu recours à la chirurgie esthétique. Dire que l'une des plus belles femmes du monde ne s'était pas trouvée assez belle ! C'était une catastrophe pour le mouvement féministe et une grande défaite pour les femmes, estimait Petra. Elle examina encore les deux tableaux. Les couleurs étaient parfaites et les cadres n'étaient pas mal non plus. Peut-être que celui pour le couple royal était un peu trop chargé ? Petra prit un peu de poussière laissée par les ouvriers et salit la dorure pour lui donner un air vieillot. Il fallait soulever les tableaux pour se rendre compte à quel point ils étaient lourds, sinon on aurait pu croire qu'ils étaient en plastique.

Elle rangea les outils, posa le sac poubelle parmi les autres détritus et vérifia qu'elle n'avait rien perdu par terre. Ensuite elle remit les tableaux dans le papier bulle, les glissa dans deux sacs en plastique noirs et fourra le tout dans une valise à roulettes. Pendant un court moment, elle regarda la valise avant de la fermer à clé, de tirer la poignée et de la rouler vers l'ascenseur. Ce n'était pas du vol. Elle allait seulement *emprunter* les tableaux un moment, et dès qu'elle aurait touché la récompense, les tableaux seraient rendus au musée.

Personne ne la remarqua quand elle quitta l'hôtel. Dans le métro, elle n'était qu'une touriste parmi d'autres avec une valise. En arrivant à la maison, elle ferma la porte de sa chambre et respira. Sa petite opération avait réussi. Si elle n'avait pas pris soin des chefs-d'œuvre, ils auraient peut-être été perdus à jamais ? Oui, elle n'était pas peu fière de sa contribution pour assurer la pérennité des tableaux. Elle se prépara une tasse de thé et mangea un sandwich avant de procéder à la suite. Elle regarda autour d'elle et décida de les accrocher au-dessus du canapé. Quand ce fut fait, elle recula de quelques pas et contempla avec respect le roi et la reine qui lui souriaient. Personne, absolument personne, n'aurait eu l'idée de chercher un Renoir et un Monet dans une chambre d'étudiante.

52

Des nuages menaçants s'amoncelaient au-dessus du parc du château et il y avait de l'orage dans l'air le jour de l'arrivée de Stina et d'Anna-Greta à Hinseberg. Les grilles s'ouvrirent et Märtha fut remplie de joie en voyant ses amies. Enfin, elle allait retrouver ses vieilles âmes sœurs, cela lui ferait du bien après ces derniers jours difficiles.

Quand Liza fut rétablie, il s'avéra qu'elle ne pouvait plus avoir de permission de sortie avant plusieurs semaines, puisque les accompagnateurs de la prison avaient d'autres engagements, sans compter que c'était la période des vacances. Liza jeta un regard noir à Märtha, comme si elle soupçonnait quelque chose. Et Märtha comprit parfaitement. Une fille comme elle saurait se venger en temps et en heure.

La fouille corporelle de Stina et d'Anna-Greta prit pas mal de temps, puis on leur assigna leurs cellules et elles reçurent leurs premières instructions. Apparemment tout se passa bien car, quelques heures plus tard, une musique de fanfare tonitruante résonnait dans la cellule d'Anna-Greta. Le règlement stipulait qu'on n'avait le droit d'emporter que cinq vêtements personnels, des vases, des livres, des cassettes et des CD, mais Anna-Greta semblait avoir convaincu quelque pauvre maton de ne pouvoir survivre sans ses vinyles. Les matons n'auraient certainement pas pu supporter son rire de cheval. Elle était mieux lotie que Märtha qui n'avait même pas pu garder ses aiguilles à tricoter et son pull à moitié terminé.

Après le déjeuner, le temps s'éclaircit et Märtha sortit dans le parc. Les trois comparses allaient se retrouver pour la première fois depuis Kronoberg. Elle s'inquiétait. Est-ce que les deux autres n'allaient pas lui en vouloir en voyant comment était une vraie prison ? Quand la porte s'ouvrit et que ses deux amies sortirent à leur tour dans la cour, elle dut prendre plusieurs fois sa respiration avant d'aller à leur rencontre. Le soleil brillait et l'air embaumait le merisier à grappes et le lilas. Les cerisiers étaient en fleur et l'air était tiède et doux.

— J'espère que vous n'êtes pas fâchées parce que je vous ai entraînées jusqu'ici, dit Märtha tandis qu'elles marchaient sur le *Streetan*, l'ancienne grande route.

Les oiseaux gazouillaient et le vent bruissait dans les arbres.

— Fâchées ? Mais, ma chère, je ne me suis jamais autant amusée depuis les fêtes à la banque, s'exclama Anna-Greta, qui sortit son briquet et alluma un cigarillo.

Stina et Märtha se regardèrent, surprises. Leur amie prit une longue bouffée, toussa un coup et continua :

— Oui, regardez comme c'est bien ici. C'est quand même autre chose que la salle commune du Diamant.

Stina était d'accord.

— Pourquoi être désolée ? Nous nous sommes donné un mal de chien pour obtenir ceci : un logement élégant avec accès à la nature. En outre, on nous sert des plats faits maison. Dommage que nos bonshommes ne soient pas là, bien sûr, mais on doit se consoler comme on peut.

— Se consoler ? demanda Märtha.

— Oui, en l'absence du Génie et du Râteau, nous devons nous contenter des matons. J'en ai vu plusieurs là-bas. De beaux garçons, jeunes, minces et sans bedaine. Beaucoup de muscles et de désir dans les yeux. Celui avec les favoris n'est pas mal du tout...

— Voyons, Stina. Que dirait le Râteau ? protesta Märtha pendant qu'Anna-Greta regardait dans le vague.

— Savez-vous que Gunnar est venu me rendre visite à la maison d'arrêt ?

— Gunnar, comment ça ? demanda Stina.

— Il est timide, comprenez-vous. Quand finalement il a pris son courage à deux mains et qu'il m'a cherchée au *Grand Hôtel*, j'étais déjà derrière les barreaux. Mais au moins, il a pris la peine de me rechercher.

— Ça alors ! Est-ce à cause de lui que tu t'es mise à fumer des cigarillos ? s'enquit Märtha.

— Oui, vous en voulez ? Je peux demander au surveillant de vous en distribuer un aussi ? Mais dans ce cas, je dois le prévenir dès le matin.

— Merci, c'est gentil, mais on s'en passe très bien, dirent Stina et Märtha d'une même voix en se reculant pour éviter la fumée.

— Gunnar, comprenez-vous, continua Anna-Greta avec un sourire béat sur les lèvres, ne m'a pas du tout jugée, au contraire. Il a lu plusieurs articles sur le vol des tableaux dans les journaux et trouve cela fantastique que nous ayons réussi à tromper à la fois le Musée national et la police. Toutes les femmes qu'il a rencontrées auparavant étaient si ennuyeuses, m'a-t-il dit. Comparée à elles, je suis une tornade merveilleuse.

— Une tornade ?

Märtha savoura le mot. Pas une simple « bouffée d'air frais », non, mais une *tornade*. S'il cherchait une voix et un rire qui s'en approchaient, il avait visé dans le mille.

— Il m'a promis de me rendre visite ici aussi.

— Comme c'est gentil, dit Märtha.

— Et vous savez quoi ? poursuivit Anna-Greta. Gunnar a une grande collection de disques et il m'a prêté trois cartons de vinyles. Il a plusieurs disques de Lapp-Lisa et il adore quand elle chante *Foi d'enfant*.

— Bref, le jackpot, murmura Märtha.

— De toute façon, c'est bien ici, dit Stina en embrassant la pelouse du regard. C'est comme être assis dans un grand jardin.

— Et comment ! lança Märtha. Avant, les prisonniers habitaient dans de belles maisons en bois, mais...

— Les détenus, corrigea Anna-Greta qui trouvait qu'il fallait appeler les choses par leur nom.

— Mais c'était très démodé et on était obligés de signaler chaque fois qu'on allait aux toilettes. Les maisons ont été démolies il y a quelques années, et maintenant nous avons ce parc à la place.

— Dans ce noble cadre, on se sent presque comme au *Grand Hôtel*, s'exclama Stina en ouvrant grands les bras comme si elle voulait embrasser le monde entier.

— Le *Grand Hôtel* ? Comme si c'était le summum ! pesta Anna-Greta. Rien ne peut se mesurer à une villa à Djurholm. As-tu vu le grillage barbelé ? Il mesure quatre mètres de haut. L'avantage, c'est que nous évitons de payer les chambres. Quand ils débitaient ma carte de crédit au *Grand Hôtel*, c'étaient trois années d'économies qui partaient d'un seul coup. Mais cet argent, je veux le récupérer, que cela soit clair entre nous.

— Bien sûr, s'écrièrent en chœur Märtha et Stina.

— Mais leur spa était bien et on a passé du bon temps, n'est-ce pas ? dit Stina. Au Diamant, nous ne faisions que rester là à regarder les affreuses maisons d'en face.

— C'est joli ici, et puis il y a également une salle de gym, ajouta Märtha.

— Bon. J'ai commencé à augmenter ma masse musculaire… je ne sais plus le terme exact, annonça Anna-Greta. Gunnar apprécie la beauté, a-t-il dit. À propos, y a-t-il un spa ici ?

Elle tira la dernière bouffée de son cigarillo, le jeta et l'écrasa avec le talon.

— Non, mais un sauna, répondit Märtha. Et une boutique. Et nous avons le droit de recevoir des visiteurs. Mais seulement ceux qui ne sont pas fichés par la police. Dommage pour le Génie et le Râteau. C'est seulement toi, Anna-Greta, qui vas pouvoir voir ton homme.

Elle partit d'un hennissement plus aigu et joyeux que d'habitude.

Les trois amies, qui avaient beaucoup de choses à se raconter, s'assirent sur un banc. En silence, elles humèrent tous les parfums du début de l'été en contemplant la verdure. Des filles étaient en train de nettoyer les plates-bandes et, un peu plus loin, une autre coupait l'herbe. Stina, l'esprit ailleurs, souriait.

— Figurez-vous qu'Emma et Anders m'ont rendu visite à la maison d'arrêt. Ils m'ont félicitée pour le vol des tableaux et m'ont demandé si je préparais un autre coup. Comme si on pouvait voler en étant en prison ! J'espère qu'ils vont venir ici aussi pour que je puisse voir le nouveau-né d'Emma, poursuivit Stina. Vous savez, maintenant j'ai trois petits-enfants !

Märtha, qui n'avait pas d'enfants, fit semblant de s'y intéresser.

— Tout s'est bien passé ?

— Emma voulait accoucher à la maison, mais son mari lui a dit que c'était idiot de mettre en danger sa vie et celle du bébé.

— Oui, quelle absurdité ! estima Anna-Greta.

— Alors Emma a voulu accoucher dans l'eau, comme dans les années soixante-dix.

— C'est normal, dit Märtha qui, jadis, avait lu un article à ce sujet. Si on ne peut faire l'un, on choisit l'autre.

— Et comment ça s'est terminé ? demanda Anna-Greta, curieuse.

— Elle a accouché avant qu'ils n'aient eu le temps de remplir la piscine.

Anna-Greta partit d'un rire tonitruant. Märtha et Stina se joignirent à elle. Toutes riaient à gorge déployée quand Liza passa devant elles.

— Méfiez-vous de cette fille aux cheveux frisés, lança Märtha en indiquant Liza d'un signe de la tête. Ce n'est pas une tendre. D'ailleurs, elle m'a posé plein de questions sur le vol de tableaux.

— Qu'est-ce que tu dis ? s'exclama Anna-Greta.

— Malheureusement, j'ai raconté que les tableaux avaient disparu. Alors elle a proposé de m'aider à les retrouver en échange d'une partie de la rançon.

— Quelle impertinente ! lança Stina.

— Elle a tenté le coup, mais nous n'allons pas

impliquer d'autres personnes car nous perdrions la maîtrise des opérations, dit Märtha.

— Il me semble que nous l'avons déjà perdue, fit remarquer Anna-Greta.

— Oh, ça va s'arranger. Mais avant de commettre à nouveau la moindre illégalité, il faut que nous retrouvions les tableaux pour les rendre au musée, poursuivit Märtha.

— Certes, mais comment faire ? demanda Stina qui commençait à n'avoir que des hold-up dans le cerveau. À présent, elle ne lisait plus Selma Lagerlöf et Heidenstam, mais des romans policiers compliqués. À la maison d'arrêt, elle avait écouté avec attention dès que quelqu'un parlait d'un vol ou d'un braquage.

— Gunnar pourrait peut-être nous aider, suggéra Anna-Greta.

— Nous ne devions impliquer personne d'autre, rappela Stina.

— Liza a dit quelque chose à propos d'une récompense. (Märtha baissa la voix.) Pas bête comme idée. Si nous faisons savoir qu'il y a une récompense d'un million, celui qui a trouvé les tableaux se manifestera peut-être. Nous avons presque cinq millions dans la gouttière.

— On va donner un million ? (Anna-Greta écarquillait les yeux.) Non, cent mille couronnes suffisent amplement.

— Mais le musée doit récupérer ses tableaux. Même les voleurs ont leur fierté, dit Märtha.

— C'est encore un coup à se retrouver derrière les barreaux, couina Stina.

— Comme si nous n'y étions pas déjà, lui fit remarquer Anna-Greta.

— J'ai une idée, reprit Stina en observant, pensive,

quelques moineaux perchés dans les buissons un peu plus loin. Annonçons la récompense au plus vite et, quand nous aurons une réponse, nous demanderons une permission et...

— Mais il y a des surveillants qui nous accompagnent, intervint Anna-Greta. Peut-être vaut-il mieux attendre que nous ayons notre semi-liberté avec seulement des bracelets électroniques.

— Mais est-ce qu'on peut vivre au *Grand Hôtel* avec un bracelet à la cheville ? s'inquiéta Stina.

— Non, les matons nous suivent avec leur système informatique, ils savent précisément ce que nous faisons et, alors, ils sauront qu'on a mis l'argent dans la gouttière, répondit Märtha.

— Mais ne pourrait-on pas enlever le bracelet et le poser sur l'un des chevaux de la garde, proposa Anna-Greta qui, jadis, avait fait pas mal d'équitation.

Märtha et Stina échangèrent un regard. Avaient-elles bien entendu ? Anna-Greta ne plaisantait pas souvent. Gunnar avait accompli des miracles.

— Il faut réfléchir sérieusement au problème, déclara finalement Märtha. Nous allons préparer un plan et demander une permission pour faire un tour de reconnaissance.

Trouvant l'idée bonne, les autres s'en tinrent là.

Mais Märtha n'était pas du tout rassurée, car l'inquiétude au sujet de Liza la rongeait. Et si cette fille mal embouchée mettait la main sur les tableaux avant eux !

53

Rien n'est jamais perdu, il ne faut pas désespérer, se disait Barbro en feuilletant les papiers sur le bureau. *L'amour c'est comme la politique. Ou comme la Bourse. On ne sait jamais quand ça tourne mal.* Elle avait investi tout son avenir dans Ingmar, et il se passerait forcément quelque chose bientôt. Elle sortit son mouchoir blanc et épongea la sueur à son décolleté. Là-bas, dans la salle commune, deux messieurs somnolaient et Dolores s'était assoupie dans le canapé. Barbro les voyait sans les voir. Dans sa tête, il n'y avait qu'Ingmar. Il avait un problème avec sa femme. Elle était rentrée avec les enfants, mais était repartie en Angleterre la semaine suivante. Au début, il n'avait pas été très bavard sur son mariage, mais elle avait remarqué qu'il était devenu silencieux et pensif. Quand finalement elle lui avait demandé pourquoi il faisait une tête pareille, il lui avait raconté que son épouse était tombée amoureuse d'un homme d'affaires anglais. Aucun mari n'aime être trahi. Elle comprit qu'il fallait le consoler. Elle resta donc chez lui la nuit et, à présent, elle avait plusieurs paires de chaussures et vêtements dans son placard. Elle sentait qu'elle avait pêché un gros poisson et, lentement mais sûrement, elle ramenait la prise.

— Ingmar, chéri, qu'est-ce qu'il va se passer maintenant ? lui avait-elle demandé quelques semaines plus tard.

— Ma femme et moi, nous avons pas mal de choses à tirer au clair, mais ensuite, ma chère. Ensuite… !

Elle et lui. Elle s'était rendu compte qu'il parlait sérieusement quand il lui avait présenté ses enfants.

— Voici ma collègue Barbro, j'espère que vous vous entendrez bien avec elle, avait-il dit.

Depuis, il avait toujours tant de choses à faire.

— Je regrette de faire autant d'heures supplémentaires, mais nous avons les soirées et toutes les nuits pour nous.

— Je peux t'aider, avait-elle dit sur un ton désinvolte, en sautant sur l'occasion, l'essentiel étant qu'elle se rende indispensable.

Maintenant qu'ils partageaient la maison et le quotidien, elle avait à peine le temps de terminer son travail qu'elle filait préparer le dîner. Exactement comme si Ingmar et elle étaient mariés. Elle sentait qu'elle approchait du but. *Bientôt*, se dit-elle. *Bientôt !*

Heureusement que cela avait l'air de s'arranger entre eux, car au travail, c'était devenu pénible. Depuis le vol des tableaux au Musée national, rien n'était plus comme avant.

— Pourquoi restons-nous ici ? Moi aussi, je veux m'amuser un peu, disait Sven, un homme âgé de 84 ans.

— Moi, je voudrais bien faire un tour en bateau sur le Mälaren, pleurnichait son amie, Selma, 83 ans.

— Ne pourrions-nous pas aller faire des courses

tous ensemble ? suggérait Gertrud, 86 ans, en tirant Barbro par la manche. Quelques emplettes nous remonteraient le moral.

Oui, voilà ce que disaient les vieillards, et quand le désordre devenait ingérable, Barbro aurait bien aimé avoir les petites pilules rouges sous la main. Mais elle avait beau chercher, impossible de les retrouver. À la pharmacie non plus, elle n'avait eu guère plus de chance.

— Ces pilules n'étaient pas rentables, alors nous avons arrêté la fabrication, avait déclaré le pharmacien.

Les nouvelles pilules coûtaient infiniment plus cher. Barbro avait demandé à Ingmar ce qu'il fallait faire.

— Mon Dieu, des pilules à ce prix ne rentrent pas dans notre budget, avait-il répondu. À défaut de pilules, il faudra que tu épuises les vieillards toi-même, avait-il ajouté en riant et en l'enlaçant.

À la maison de retraite, les choses commençaient sérieusement à dégénérer. Plus personne n'allait se coucher à 20 heures, et tous refusaient de manger la nourriture qui leur était servie. La plus difficile de tous, c'était Dolores, une femme de 93 ans. Elle se promenait avec un Caddie rempli de couvertures et de papier journal en prétendant qu'il contenait de l'argent.

— J'ai reçu plusieurs millions, disait-elle tous les jours en montrant le Caddie, l'air très satisfaite. Mon fils est très généreux, lui. J'en ai de la chance, moi.

Barbro riait et lui donnait raison, car la meilleure chose à faire avec les vieux, c'est de leur donner raison. C'était ce qu'on lui avait appris. Et Dolores chantonnait, tapotait le Caddie et riait.

— Ah, mes millions, disait-elle en pouffant.

— Ce qu'elle est amusante, disait tout le monde.

Et on lui donnait une part de son gâteau préféré, le « Princesse », à la confiture de framboises et nappé de pâte d'amande rose. Au bout d'une semaine, Dolores peignit la poignée de son Caddie en bleu ciel. Car, comme elle le disait, l'argent était un cadeau du ciel.

Les journées de Barbro étaient de plus en plus chargées. Elle aurait dû avoir plus d'aide, mais chaque fois qu'elle soulevait la question, Ingmar disait qu'il était désolé mais qu'il ne fallait pas gaspiller trop d'argent.

— Tu comprends, ma chérie, expliquait-il, si Le Diamant devient plus rentable, nous pourrons ouvrir plus d'établissements de ce type. Et alors, mon trésor, je serai riche.

Nous *serons riches*, rectifiait-elle en son for intérieur. Aussi, pour lui faire plaisir, lui suggéra-t-elle des mesures de restriction budgétaire. L'une d'elles, d'ailleurs, lui faisait un peu honte.

— Si nous licencions le personnel actuel pour faute professionnelle, nous pourrons les remplacer par des immigrés payés moins cher. Ils n'oseront pas se plaindre, trop contents d'avoir du travail, avait-elle hasardé, non sans s'inquiéter de sa réaction.

— Ma chérie, tu es merveilleuse, avait-il répondu.

Depuis ce jour-là, il l'avait regardée d'une autre manière. Elle se sentait respectée, plus seulement comme étant sa femme, mais aussi en tant que très proche collaboratrice.

Elle ramassa les papiers sur la table, vérifia de n'avoir rien oublié et se leva. Elle enfila son imperméable et se dirigea vers la porte. La veille, Ingmar avait mentionné qu'ils pourraient peut-être faire marcher l'activité ensemble. Elle étouffa un petit rire. Elle touchait au but, elle brûlait. Tout s'était déroulé plus vite qu'elle n'avait cru.

54

— Il serait temps d'avoir une permission, vous ne trouvez pas ? dit Märtha après le déjeuner, un jour où elle faisait la vaisselle.

La pluie avait cessé. Ses amies et elle avaient prévu de sortir se promener. L'été avait été le plus pluvieux de la décennie, et de temps à autre, Märtha pensait, inquiète, aux billets dans la gouttière. Le Râteau avait-il serré le lien aussi fort qu'il l'avait assuré ? Le fil de pêche avait-il tenu bon ? Personne n'avait pu le vérifier puisque aucune permission n'avait été encore accordée et que plus de six mois s'étaient écoulés.

— Pas de permission cette semaine non plus. Mais ne t'inquiète pas, Märtha. L'argent nous attend à notre sortie, dit Anna-Greta en posant un plateau sale dans l'évier.

Tout en faisant la vaisselle, elle ne cessait de s'émerveiller du calme d'Anna-Greta. Alors qu'elle-même s'inquiétait pour l'avenir, son amie passait de la musique sur son tourne-disques ou cousait des vêtements avec les autres filles à l'atelier de couture.

En un temps record, elle était devenue très populaire parmi les détenues. Et surtout quand, l'aiguille à la main, elle parlait de la gestion des comptes bancaires et des transferts d'argent.

— Je me plais bien ici, parce que les filles respectent mes compétences, déclara Anna-Greta. Elles m'écoutent d'une tout autre manière qu'à la banque.

Ça, je veux bien le croire, pensa tout bas Märtha. Stina aussi était contente. Elle passait pas mal de temps dans l'atelier où on imprimait des transferts sur des tee-shirts. Chaque jour, elle leur racontait les nouveaux slogans que l'agence de publicité leur demandait d'imprimer.

« Donne du piment à ta vie, déménage pour Vittangi », gloussa-t-elle un jour. La semaine suivante, elle continua avec : « Si tu as oublié ton nom, déménage pour Västerbron. » Märtha ne trouvait pas la rime extra et se demanda si c'était vraiment cela qui était marqué sur les tee-shirts. Alors Stina admettait que cela *aurait pu* être marqué, mais qu'elle avait tout inventé. Pendant un bon moment, elle cassa les oreilles de tout le monde avec ses rimes à la noix, et elle ne s'arrêta pas avant que l'atelier reçût une importante commande d'une entreprise russe. Avec ces lettres-là, elle ne pouvait pas faire de rimes.

Märtha aussi finit par trouver sa place, même si, parfois, elle trouvait bizarre d'être entourée par autant de criminelles. Aucune des détenues ne voulait admettre sa culpabilité, ce qui était tout de même un peu louche. Le plus terrible, c'était que les pires d'entre elles régnaient sur les autres. Comme par exemple Liza. Märtha fit une grimace quand le plateau glissa dans l'évier.

— Je ne serai tranquille que le jour où nous aurons rendu les tableaux et récupéré l'argent, soupira-t-elle en frottant le plateau.

— Mais, Märtha, l'argent dans la gouttière ne va pas s'en aller tout seul, la rassura Stina.

— Il va peut-être s'écouler avec l'eau.

— Rien ne presse. Nous sommes bien ici, je trouve, continua Stina. Je m'amuse bien avec les tee-shirts et puis on n'a plus besoin de se cacher pour aller à la gym.

— Oui, exactement, renchérit Anna-Greta. Et moi, je peux jouer Lapp-Lisa et Jokkmokks-jokke autant que je veux. Avez-vous pensé à cela, les filles ? Si les prisonniers sont si bien, les vieux à la maison de retraite aussi pourraient avoir la belle vie.

— Bien sûr que ça devrait être possible, dit Stina.

— À l'étranger, on a plus de respect pour les aînés. Dans certains pays, on peut être président après 70 ans, fit Märtha.

— Ici, ils vous licencient à 50 ans, enchérit Anna-Greta. Nous ne valons plus rien. Aux informations hier soir, des retraités se plaignaient de ne pas avoir le temps de traverser aux passages cloutés avant que le feu ne passe au vert pour les voitures. Alors le fonctionnaire responsable a déclaré qu'il ne comprenait pas ces critiques parce que le bureau avait calculé le temps nécessaire.

— Amenez-moi le mec pour que je lui balance mon déambulateur entre les jambes ! s'insurgea Märtha. Non, c'est carrément une chaise roulante qu'il faudrait lui balancer !

— Je sais ce qu'il faut faire, intervint Anna-Greta. Il faut transformer les maisons de retraite en prisons, et les prisons en maisons de retraite.

— Non, ça ne serait pas gentil pour les prisonniers, dit Stina.

Le silence se fit dans la cuisine pendant que tout le

monde réfléchissait. Märtha posa l'éponge et regarda les autres.

— Écoutez-moi. Nous avons pu changer notre situation, n'est-ce pas ? Alors, il serait grand temps d'aider les autres.

— Mais avec les quelques millions dans la gouttière, nous n'irions pas très loin, objecta Anna-Greta.

— Hier, le pasteur était ici avec un nouveau poème du Génie. C'était, en quelque sorte, un poème utopique concernant un vol, l'idée étant qu'on ne devait pas commettre le vol nous-mêmes, mais seulement nous occuper de l'argent après coup.

— Du cash rapide, ah, j'aime ça, déclara Anna-Greta.

— Oui, je ne veux plus commettre de crime, déclara Stina. Le Râteau me manque.

— Mais ce n'est pas *nous* qui allons commettre le crime, Stina. Nous allons seulement nous occuper de l'argent récolté, répéta Märtha.

— Voilà donc la nouvelle idée, résuma Anna-Greta. Voler de l'argent volé...

— *Commettre un crime et gagner en estime,* pouffa Stina.

— Exactement. Il faut voir les choses en grand, sinon il n'y aura pas assez d'argent pour investir dans toutes les maisons de retraite du pays, dit Märtha. Le Génie le mentionne bien dans ses poèmes. Il est sur un coup.

— Mais que disent les matons ? demanda Anna-Greta.

— Rien, il faut lire entre les lignes. Il s'agirait d'un braquage de banque, les filles. Pas seulement le hold-up *parfait*, mais le hold-up *ultime*.

— Pourvu que nous ne perdions pas nos bonshommes en route, dit Stina qui se faisait déjà du mouron.

— Ou l'argent, ajouta Anna-Greta.

Märtha vida l'évier et rangea l'éponge.

— Nous avons quand même un peu plus d'expérience depuis la dernière fois.

Les autres en convinrent et, quand Märtha eut essuyé l'évier, elles allèrent chercher leurs imperméables et sortirent se promener. Tout en marchant, les conversations allaient bon train. L'un des secrets d'une vie heureuse, toutes étaient d'accord sur ce point, c'était d'avoir un but, un projet. Et qu'y avait-il de mieux que le hold-up du siècle ?

Au petit déjeuner, le lendemain matin, elles s'attendaient, comme d'habitude, à une journée riche en rebondissements et ne furent pas déçues : la place de Liza était vide.

— Liza ne vient pas ? demanda Märtha.

— Vous ne savez pas la dernière ? répondit l'une des filles. Elle était en permission hier et elle n'est pas revenue. Elle s'est fait la belle.

Märtha s'arrêta net. Ses mains tremblaient et, sans s'en rendre compte, elle renversa du porridge sur la table.

55

— Connais-tu une fille aux cheveux frisés qui mâche du chewing-gum ?

Le barman du *Grand Hôtel* arrêta Petra qui entrait dans l'ascenseur avec son chariot de ménage. Elle allait terminer la suite Drapeau, il ne restait plus que le sol. Elle s'immobilisa. Une fille aux cheveux frisés ?

— Ça ne me dit rien.

— Elle a la trentaine. Elle parlait de ménage et se renseignait si l'on prenait des stagiaires. Je l'ai orientée vers la gouvernante.

— Pourquoi n'est-elle pas allée la voir directement ?

— Il y en a beaucoup qui se renseignent au bar d'abord. Elle demandait comment c'était de travailler à l'hôtel et si je savais qui faisait le ménage ici.

— Le genre curieux, quoi.

— Elle voulait voir quelqu'un du service du ménage, alors j'ai pensé que toi...

— Oublie. J'ai bientôt un examen. Elle n'a qu'à parler à quelqu'un d'autre.

— Je n'aurais peut-être pas dû, mais je lui ai donné ton nom. D'habitude, t'es tellement sympa avec les gens.

— Envoie-la à quelqu'un d'autre. Je suis désolée.

Une fois dans l'ascenseur, Petra se demanda qui pouvait bien être la fille aux cheveux frisés. Elle haussa les épaules, poussa le chariot dans la suite et sortit l'aspirateur. Puis elle n'y pensa plus.

Liza se dépêcha de sortir du métro et regarda autour d'elle. Elle tourna le dos aux bâtiments bleu ciel de l'université et se dirigea vers les logements des étudiants. Ces derniers jours, elle s'était introduite en cachette chez tous ceux qui faisaient le ménage au *Grand Hôtel*, mais elle n'avait pas encore retrouvé les tableaux. Elle avait failli abandonner quand le barman avait mentionné une remplaçante qui étudiait l'histoire de l'art. Alors elle avait demandé :

— Comment puis-je entrer en contact avec elle ? Nous pourrions peut-être partager un travail à temps plein ?

Le barman lui avait répondu qu'il ne donnait pas les coordonnées des employés, mais elle avait déjà vu son regard. Ça marchait à tous les coups. Il lorgnait plus sur son décolleté qu'il ne la regardait dans les yeux. Sans hésiter, elle demanda une cigarette, s'avança d'un pas et posa une main provocante sur la hanche.

— Y a un hôtel bien dans les environs et pas trop cher ? demanda-t-elle.

Le barman essuya le même verre à vin pour la seconde fois.

— Tu as le bateau *Af Chapman* qui sert d'auberge de jeunesse, sinon faut aller en banlieue pour trouver des endroits pas chers.

— Mais il n'y a plus de place à l'auberge de jeunesse et un hôtel en banlieue…

Elle s'assit sur l'un des tabourets de bar, croisa

les jambes avec ostentation, ce qui remonta sa jupe d'une manière provocante.

— Si tu veux, je pourrai peut-être t'arranger quelque chose de bon marché dans une dépendance. Mais il faudra que tu sois partie à 7 heures demain matin avant que les employés commencent leur boulot.

— Si ça ne coûte pas trop cher…

— Rien n'est jamais gratuit, dit-il avec un clin d'œil.

Après le service du soir, il l'avait rejointe dans l'annexe, et le lendemain matin elle connaissait les noms de toutes les personnes qui faisaient le ménage à l'hôtel.

Quelques jours plus tard, elle eut même le nom de l'étudiante qui révisait ses cours à la bibliothèque royale. D'ordinaire, Petra Strand y restait jusqu'à la fermeture et ne rentrait chez elle que vers 18 heures. Liza regarda la montre. 16 h 30. Elle avait largement le temps. Arrivée à l'adresse indiquée, elle vit que l'appartement de la fille se trouvait au premier étage, escalier gauche. Elle monta les marches et se retourna pour vérifier qu'elle était seule. Puis elle glissa un peigne en acier entre le pêne et le mur. Un clic se fit entendre, il n'y avait plus qu'à entrer.

56

Liza se glissa dans une petite chambre guère plus grande que la sienne à Hinseberg. Une chaise et un lit défait. À gauche, une table avec une pile de livres. Devant le canapé, une petite table basse et deux fauteuils. Au-dessus, deux tableaux du roi et du couple royal, ainsi que deux anciennes reproductions plus petites figurant des nymphes et des anges. Près du mur à droite, un panneau d'affichage avec un pense-bête et une affiche du carnaval de l'année. Elle prit l'un des livres et commença à le feuilleter. *L'Histoire de l'art.* Oui, c'est bien ce que le barman avait dit. Liza ouvrit la porte du placard : elle vit des pantalons, des chemisiers et des jupes et en dessous des chaussures et des bottes. Tout au fond, elle aperçut quelques tableaux. Son cœur fit un bond et elle les sortit. C'étaient des reproductions, mais si modernes qu'elle ne voyait même pas ce qu'elles représentaient. Elle secoua la tête en les remettant à leur place. Pas de Claude Monet ou d'Auguste Renoir ici, non, rien que de la camelote. Elle referma le placard et commença à fouiller le bureau. Le tiroir du haut contenait des lettres, des stylos, une gomme, des trombones et une paire de ciseaux. Dans celui en dessous, il y avait des photos et un paquet de cartes postales. Elle les regarda rapidement. Quelques vues de Stockholm, le navire *Vasa*, le Palais royal, le *Grand Hôtel* et des cartes d'art. Elle les feuilleta. Les deux dernières représentaient les tableaux disparus. Pourquoi la fille les avait-elle en sa possession ? Liza observa le mur et se décida à regarder s'il y avait quelque chose d'inscrit au dos des tableaux. Elle s'approcha de celui représentant le couple royal et le retourna avec précaution quand elle entendit des pas dans le couloir. La porte des toilettes était ouverte et elle eut juste le temps de la refermer derrière elle avant qu'une bande de jeunes se précipite dans la pièce. Un court instant, ce fut calme, puis quelqu'un tira sur la poignée de la porte.

— Petra, nous savons que tu es là !

Des rires et des cris retentirent, puis tout le monde entonna : « Joyeux anniversaire, joyeux anniversaire... »

Liza resta silencieuse, devant la glace.

« Nos vœux les plus sincères. Hourra, hourra, hourra ! »

On entendit un cri puis des chuchotements, et quelqu'un réussit à ouvrir la porte. Liza se fit toute petite.

— Mais t'es qui, toi ? demanda une fille à la tête du groupe.

— Je pensais lui faire une surprise pour son anniversaire, répondit Liza en glissant son rouge à lèvres dans son sac à main. Je suis sa cousine.

— Ah bon, c'est vrai ? Cool !

— J'ai une idée. Attendez Petra ici dans la pièce, moi, je vais l'accueillir dans l'entrée, continua-t-elle en se faufilant vers la sortie avant que quelqu'un n'ait le temps de dire quoi que ce soit.

En descendant les escaliers, elle rencontra une jeune fille aux cheveux roux avec un sac à dos sur l'épaule. C'était peut-être elle. Liza n'osa pas s'arrêter pour vérifier. C'était déjà assez embêtant qu'on l'ait vue.

Une fois qu'elle se fut ressaisie et eut repris le métro pour le centre-ville, elle repensa aux tableaux. Peut-être avait-elle été trop optimiste en s'imaginant qu'elle pourrait les retrouver facilement ? S'ils n'étaient pas à l'hôtel et que personne parmi le personnel ne les avait, ils devaient déjà être à l'étranger. Une autre possibilité étant qu'on les ait cachés dans une cave ou un grenier, mais cela lui parut moins probable. Ce serait trop risqué de les entreposer là. Dommage pour Petra. Liza avait espéré que celle-ci aurait deviné la valeur des tableaux et qu'elle en aurait pris soin. Mais elle n'avait aucun goût. Avoir de tels cadres du couple royal, c'était d'un ringard… Les cadres étaient d'ailleurs beaucoup trop grands. *Une spécialiste en art, mon œil !* se dit Liza en se recroquevillant sur le siège. Mais, en repensant au tableau qu'elle avait essayé de retourner, elle se souvint l'avoir trouvé étonnamment lourd. Déjà que le cadre était trop grand. Quelque chose ne collait pas.

57

Penaud. Il n'y avait pas d'autre mot. Pendant des semaines, le Génie avait cherché un stratagème pour enlever un bracelet électronique et le remettre sans que cela se remarque. Mais, au moment où il avait trouvé une solution au problème, il sut qu'il n'y aurait pas droit. Par un matin d'automne, la porte de sa cellule, à l'établissement pénitentiaire de Täby, s'ouvrit :

— Ça y est. Vous allez être transféré, annonça le surveillant.

Le Génie qui lisait allongé se mit péniblement debout.

— Comment ça, transféré ?

— Vous avez fini votre temps ici, vous allez être envoyé dans un établissement ouvert. Ensuite, vous pourrez retrouver votre maison et votre femme.

Tout se bousculait dans sa tête. La maison ? Il eut comme une vision de Märtha et de Barbro. Il n'avait plus de vraie maison. Sa femme s'était remariée avec un homme riche et âgé, et habitait à Göteborg. Quant à son fils, il était parti à l'étranger depuis quelques années, suite à un mariage raté. Il travaillait pour la Croix-Rouge en Tasmanie, et le Génie ne l'avait pas revu depuis bientôt trois ans. Il avait bien gardé l'atelier à Sundbyberg dans l'espoir que son fils reprendrait un jour l'affaire. Mais il ne pouvait pas habiter là-bas. Le Génie se frotta le nez en réfléchissant. S'il n'avait pas le droit de retourner au Diamant, où irait-il ?

— Est-ce que le Râteau aussi va être libéré ? demanda le Génie.

— Dès que ses papiers seront prêts.

Le Génie se grattait encore le nez en essayant de s'imaginer sa nouvelle vie. Mais la seule chose qu'il voyait, c'était Märtha et l'argent dans la gouttière.

— À Asptuna, on va vous aider à vous habituer à votre nouvelle liberté pour que vous puissiez mieux vous réinsérer, continua le maton.

— J'aurai bientôt 80 ans. Mieux vaut tard que jamais, commenta le Génie.

— Nous avons prévenu le service de transport. On viendra bientôt vous chercher.

Le vertige le reprit. Le Génie avait fini par se sentir bien ici, et s'il n'y avait pas eu Märtha et les autres, il aurait très bien pu y rester. Certes, la prison de Täby était mal insonorisée et humide, mais au moins, il avait pu participer à l'élaboration des plats cuisinés et travailler dans un vrai atelier de menuiserie. En outre, rencontrer des gens de tous les âges avait été une vraie chance. Il avait ainsi évité les sempiternelles discussions sur les petites misères et le passé. Ici, tout tournait autour de l'instant présent. Et puis les détenus fourmillaient de projets. Il les écoutait souvent pendant les pauses. Il analysait comment ils avaient procédé quand leurs coups avaient réussi, et ce qui avait foiré quand ils s'étaient fait coincer. La pensée du *hold-up ultime* ne le lâchait pas, la condition sine qua non étant de *ne pas* se faire prendre.

Même le Râteau se plaisait bien ici, car il avait pu gratter la terre. Il aimait bien les fleurs, les voir pousser, il avait même semé des salades, des choux et des radis. Sans oublier les roses et les vivaces. Certes, il avait un peu de mal à se courber, mais le Génie lui avait fabriqué un râteau et une pelle à manche télescopique. Il lui avait même bricolé une caisse à outils et une chaise pliante à hauteur réglable. C'était merveilleux de voir la joie du Râteau ! Il chantait gaiement des chansons de marin pendant qu'il s'occupait de ses plantes. Mais il n'aimait pas être enfermé à 8 heures du soir et, pour se consoler, il avait accroché sur le mur un calendrier de femmes dévêtues. Au lieu de Stina, avait-il dit, mais le Génie n'était pas né de la dernière pluie. Le Râteau avait toujours aimé les belles femmes.

Le lundi suivant, les documents de sortie du Râteau furent prêts. Les deux amis emballèrent leurs affaires et, tôt le matin, partirent pour l'établissement ouvert d'Asptuna. Ni l'un ni l'autre n'ayant l'air de vouloir s'échapper et ne présentant de risque pour la sécurité, ils évitèrent la surveillance électronique. Ou comme l'un des matons le formula :

— Bracelet électronique et déambulateur, curieux comme association.

Ils s'installèrent donc dans le nouvel établissement, mais à leur surprise, leur cellule n'avait ni douche ni toilettes, et ils avaient à peine la place de ranger leurs affaires. En outre, c'était un peu angoissant de se retrouver au milieu de lourds criminels.

Mais on s'habitue à tout, se dit le Génie, *c'est comme ça. C'est le propre de nous autres, humains.*

Le premier jour, il demanda à travailler à l'atelier,

puis il se dit qu'il devrait essayer de faire un peu de gym. Il s'était laissé aller dès que Märtha n'avait plus été là pour le surveiller, et il voulait être en forme pour leurs retrouvailles.

— J'aurais aimé faire de la gym, dit-il aux matons.

— Dans ce cas, moi aussi, fit le Râteau qui voulait également retrouver son allure de jeune homme.

Stina avait dit quelque chose sur les hommes musclés. Il mit du tabac à chiquer sous sa lèvre et sourit à la pensée qu'ils se retrouveraient tous bientôt. Mais où ? En fait, il n'avait plus d'endroit où habiter.

— Dis, le Génie, continua-t-il. En sortant, qu'est-ce qui va se passer ? Nous ne pouvons plus loger au *Grand Hôtel*, j'imagine ?

— Il faudra retourner à la maison de retraite tant que nous n'aurons pas trouvé autre chose, répondit le Génie.

— Ça, jamais !

— Mais ton fils a payé la chambre, tu dois le savoir, et là-bas nous avons nos affaires et puis les filles…

— Les filles, oui, dit le Râteau, en sentant que ça lui faisait chaud au cœur.

Ils passèrent les semaines suivantes à discuter des avantages et inconvénients de diverses maisons de retraite et hôtels, mais avant d'avoir trouvé une solution, ils eurent d'autres problèmes à résoudre. En effet, tard, un après-midi, le portail s'ouvrit et le fourgon arriva avec deux nouveaux prisonniers à son bord. Le Génie sursauta. Dans la voiture, il y avait un type qu'il avait déjà vu. Juro, le Yougoslave.

58

— Eh, toi !

Au dîner du lendemain, à peine le Génie se fut-il assis à table qu'il sentit une présence derrière lui.

— Salut !

Juro lui donna une tape dans le dos et s'installa à côté de lui avec une assiette remplie de spaghettis. Le Génie n'arrivait pas à détacher les yeux de ses gros bras et de ses épaules de camionneur. *Mon Dieu ! Pas un gramme de gras, que des muscles.* Le Yougoslave avait l'air d'être capable de redresser un fer à cheval à mains nues. Non, plutôt les piliers d'une plate-forme pétrolière.

— Où étais-tu ? demanda le Génie en espérant paraître détendu.

— Isolement. Devait être dès début, mais papier faux.

— T'as déconné ? dit le Génie en s'appliquant à parler comme les délinquants.

— Hein ?

— Ce n'est pas ce que je voulais dire, balbutia le Génie en rougissant.

— Moi, profil bas un moment. (Juro remonta son pantalon et montra son bracelet électronique autour de sa cheville.) Regarde, chaussettes en dessous pas frotter. Mais, plus important, toi savoir court-circuit électronique ?

Il enfourna une bouchée de spaghettis. Presque toute l'assiette se vida d'un coup.

— Hum, chantonna le Génie. Oui, ce bracelet-là, on peut le…

Il s'interrompit au dernier moment. Mieux valait que Juro s'occupât lui-même de ses affaires. Sinon, il tenterait peut-être à nouveau de l'embaucher. Le Génie avait à peine formulé cette pensée que Juro baissa la voix.

— Toi, pas oublier la Handelsbank, hein ? Maintenant, nous temps pour plans.

Le Yougoslave avait l'air de mijoter un braquage. La respiration du Génie s'accéléra. Il devait se tenir loin de tout cela, mais…

Le lendemain matin, Juro l'attendait à l'atelier. Il lui fit signe qu'ils avaient à parler. Le Génie fixa son morceau de bois sur l'établi et commença à percer avec un tour. Il réalisait une coupelle pour le Râteau. Elle était déjà formée et il ne restait plus qu'à faire un trou au milieu. Le Râteau avait besoin d'un endroit où poser son tabac à chiquer. Juro jeta un coup d'œil au morceau de bois.

— Merde, toi fixer ça ?

— Euh… parfois…

Juro regarda par-dessus son épaule pour vérifier que personne ne les écoutait.

— Toi aider. Presque tout être prêt. Mais, problème serrure…

— Ah oui, marmonna le Génie. Pour la salle des coffres-forts ?

Juro hocha la tête.

Le Génie cherchait son souffle. D'un côté, il avait envie de tout savoir sur le hold-up et l'endroit où ils pensaient cacher le butin – et d'un autre côté, il voulait se tenir le plus loin possible de la mafia yougoslave. Les larcins des retraités et ceux de la mafia n'entraient pas dans la même catégorie. Cela étant, le hold-up parfait consistait à faire commettre le délit par autrui pour ensuite s'occuper tranquillement de rafler la mise. Auquel cas, il fallait bien qu'il sache où le butin serait planqué. Il arrêta le tour.

— Alors, c'est en bonne voie ?

Le Génie lorgna vers Juro. Son tatouage au bras représentait une torche enflammée, un couteau et une épée. Tout en haut du bras, un crâne souriait.

— Seulement enlever bracelet, dit Juro.

Le Génie prit une profonde inspiration. Encore le bracelet. Devait-il le lui dire ou non ? Peut-être pas.

— Écoute. Un braquage de banque est trop risqué. En plus, les banques ne conservent plus beaucoup d'argent liquide sur place. Détournez plutôt un transport de fonds.

Les yeux du Yougoslave brillèrent tout à coup.

— Trop échanges coups de feu.

— Non. Renseignez-vous sur les voitures utilisées. Quand devront-elles passer au contrôle technique ? À ce moment-là, tes gars interviendront pour jouer les mécaniciens.

Juro fronça les sourcils, contracta les épaules et attendit la suite. Mais le Génie remit en route le tour, sentant qu'il avait besoin de réfléchir.

Pendant la pause, il voulut tester une nouvelle canne à pêche, mais au bout de quelques pas, il remarqua que Juro ne le quittait pas d'une semelle.

— Ça être quoi ? demanda-t-il en montrant la canne télescopique avec des barbelures sur la ligne.

Le Génie avait la prémonition qu'il en aurait besoin à l'avenir… peut-être pour la gouttière.

— As-tu jamais pensé au fait que les poissons arrivent à se détacher très souvent de l'hameçon ? Avec ça, certains sont sûrs d'y rester, expliqua le Génie en montrant un bout de la ligne avec les barbelures.

— Mais, comment… Ça fait mal, non ?

— Pas du tout. Tu prévois des capuchons sur les hameçons qui se dissolvent dans l'eau.

— Ah bon, dit le mafieux, l'air perplexe.

Il s'assit.

— Le transport de fonds. Mécaniciens faire quoi ?

— Il faut que j'en sache plus sur l'affaire pour pouvoir te répondre, fit le Génie en fuyant le regard de Juro.

— Nous arrêter voiture. Barrière à clous et mitraillettes. Après, dynamiter voiture et rouler direct Djursholm avec les sacs.

— Oublie les mitraillettes, conseilla le Génie. Les convoyeurs de fonds ne sont pas armés. Il faut plutôt trafiquer la serrure. Pourquoi compliquer les choses ?

— Transport de fonds, pas serrure de vélo, grandes serrures…

Juro fit un geste de ses gros bras qui ressemblaient à des massues. Le Génie ouvrit sa besace de pêche avec plombs, hameçons et leurres et montra la serrure. Puis il enleva son chewing-gum de la bouche, le mit entre le pêne et la gâche, et referma le couvercle.

— Maintenant, on a l'impression que c'est bien fermé, mais ce n'est pas le cas. Pas vraiment. (Il prit fermement le sac de pêche et, sans utiliser la clé, il réussit à ouvrir le couvercle.) Le plus difficile est souvent le plus facile, tu comprends ?

Juro avait le regard fixe.

— Quand les voitures seront déposées au garage, c'est vos mécaniciens qui seront là. Ils creuseront un peu la gâche et colmateront le trou avec des copeaux métalliques et de la résine pour rendre le tout invisible. Les portières se refermeront comme d'habitude. Mais ce sera possible de les ouvrir, je t'assure.

— Résine ? Tous rire de moi, merde.

Le Génie exposa son idée.

— Je t'avais prévenu que je n'étais pas un expert. Mais les voitures vont chercher des devises dans les banques de la ville. Des sacs postaux destinés à être expédiés à l'étranger. Échange donc les sacs avec d'autres, identiques, remplis de fausse monnaie. Va les livrer à l'aéroport d'Arlanda. C'est un plan en béton. On ne découvrira pas qu'il s'agit de faux billets avant qu'ils arrivent à Londres, et alors si les flics veulent remonter la filière, bonne chance !

— Toi vraiment pas bête, dit le Yougoslave.

— Aujourd'hui, il y en a beaucoup qui utilisent des transports de fonds. Il circule beaucoup d'argent dans des véhicules qui n'attendent que d'être cueillis, continua le Génie.

Puis il fit un long exposé sur les attaques de transports de fonds à Hallunda, à Gustavsberg, entre autres, en expliquant ce qui aurait pu être amélioré. Il pimentait le récit par des détails picorés ici et là à la prison de Täby, en espérant avoir l'air assez pro pour que Juro lui donne des précisions sur le braquage qu'il préparait. Il fallait espérer qu'il lâcherait au détour d'une phrase où il avait prévu d'entreposer l'argent.

— Si tu n'aimes pas trop mon idée de serrure, j'ai

une autre proposition, continua le Génie. Pourquoi ne pas provoquer un faux contrôle de police ? Déguisez-vous en policiers. Quand le fourgon s'arrêtera ct qu'ils auront baissé leur vitre, vous jetterez dedans quelque chose qui les endormira. De l'éther, par exemple. Une fois les gardes endormis, vous aurez tout le temps nécessaire pour ramasser le magot.

— Oh, bordel ! Toi avec nous, putain, s'exclama Juro.

— Non, je ne veux surtout pas être impliqué, répliqua le Génie. Je ne supporte pas la prison. Je suis trop vieux. Ceci est mon dernier séjour ici. Plus jamais un gardien ne m'enfermera et ne me dira quand je dois manger et dormir. Je veux être tranquille pendant les années qui me restent. Tu verras, tu me comprendras quand tu seras plus vieux.

— Mais…

— Puis c'est mon cœur, ajouta le Génie en posant sa vieille main décharnée sur sa poitrine.

Il voulait faire croire à Juro qu'il avait abandonné sa vie d'ancien malfrat une fois pour toutes. *Alors que sa carrière de criminel venait de débuter...*

— Oui, c'est difficile de vieillir, mais au fait, après le hold-up… vous avez pensé à l'endroit où vous allez entreposer les sacs ? demanda-t-il en ayant l'air le plus détaché possible.

— Au 11.

— 11 ?

— Oui, belle-mère avoir cave à vin à 11, Skandiavägen. Ah Jésus, elle avait grande baraque là-bas, comme château, avec longue barrière. Après voiture à Dubrovnik et…

Juro se tut car l'un des matons approchait. Le Génie lança la ligne et fixa le flotteur. Juro avait été beaucoup plus bavard qu'il ne l'avait espéré. Si les Yougoslaves entreposaient réellement le butin du hold-up dans cette cave à vin, les cinq retraités pourraient saisir leur chance. À présent, il ne restait plus qu'à savoir la date du hold-up sans éveiller la méfiance de Juro. Mais ce n'était pas si simple. Ici, il ne s'agissait pas seulement d'éviter la police. La bande des retraités devait en plus doubler la mafia.

Le soir même, le Génie sortit une feuille de papier et un stylo pour écrire un poème à Märtha. Il fut encore plus mystérieux que d'habitude, et il n'était pas sûr que Märtha comprendrait le message. D'un autre côté, il n'osait pas être trop explicite. Voler la mafia yougoslave, c'était risquer gros.

59

La première permission de sortie de Märtha ne se déroula pas comme elle l'avait imaginé. Elle avait prévu un léger déguisement pour se rendre dans la suite de la Princesse Lilian et vérifier que tout allait bien avec la gouttière. Mais au lieu de profiter de quelques heures toute seule, on lui mit deux surveillantes sur le dos. Et l'une d'elles était celle à la queue-de-cheval, le visage de fer qui avait procédé à la fouille corporelle quand elle était arrivée à Hinseberg. Ce personnage dénué d'humour ne laissait jamais son prisonnier échapper à sa vigilance, elle la suivait de si près que Märtha faillit la renverser avec son déambulateur.

— Faites attention, s'indigna Märtha, en comprenant qu'elle devait se contrôler.

La queue-de-cheval ne raterait pas l'occasion de la remettre à sa place. Plus la détention de Märtha serait longue, plus elle serait heureuse. Dire qu'il existait de tels êtres ! En réalité, la première permission aurait dû avoir lieu à Örebro, mais Märtha avait demandé à retourner à Stockholm. Elle avait parlé d'état de faiblesse dû à son grand âge et s'était plainte de vertiges et de problèmes d'équilibre. Elle avait prétexté qu'elle voulait voir le Palais royal pour la dernière fois de sa vie.

— Et c'est du *Grand Hôtel* qu'on le voit le mieux, précisa-t-elle en arrivant à Nörrebro.

— Nous devons d'abord régler vos affaires à la Caisse d'assurances et rendre une visite à la maison de retraite Le Diamant, dit la surveillante.

— Mais le Palais royal est si grandiose ! supplia Märtha qui harcela la gardienne jusqu'à obtenir gain de cause.

Elles mirent un certain temps pour y arriver, car Märtha feignait d'être plus décrépite qu'elle ne l'était. Inutile de lui montrer qu'elle était dans une forme olympique. Mais en cheminant, elle s'inquiétait pour l'argent caché dans la gouttière. Et si les collants d'Anna-Greta étaient trop vieux ? Et si le Râteau avait raté ses nœuds ? Rongée par l'inquiétude, Märtha voulut monter aussitôt à la suite de la Princesse Lilian. Elle se tourna vers la femme.

— Quand j'habitais au *Grand Hôtel*, j'ai perdu le bracelet en or de ma mère. Je voudrais demander à la réception s'ils l'ont trouvé, dit-elle en dirigeant le déambulateur vers le comptoir de l'hôtel.

— Maintenant ? Mais nous n'avons pas le temps.

— Ça ne prendra pas beaucoup de temps, je vous le promets.

Les deux gardiennes se regardèrent et acquiescèrent de la tête.

— OK, on passera devant.

Märtha put souffler. Bientôt le déambulateur roula de nouveau sur le tapis bleu à couronnes d'or qu'elle connaissait bien. Certes, c'était gênant d'y revenir en tant que détenue, mais il fallait ravaler sa fierté. À la réception, elle expliqua sa démarche.

— Ce serait merveilleux si vous aviez trouvé le bracelet, dit-elle pour terminer sa requête.

— Votre nom ?

— Märtha Anderson, fit-elle en rougissant.

— Märtha Anderson, oui. Vous étiez chez nous au mois de mars cette année ?

— À la fin du mois de mars.

— Märtha Anderson, j'y suis.

La fille jeta un coup d'œil sur la date et fit défiler des listes sur l'écran.

— Vous étiez trois à vous partager la suite de la Princesse Lilian, c'est cela ?

Märtha fit oui de la tête.

— Non, malheureusement, nous n'avons pas récupéré de bracelet.

— Mais je crois savoir où il est. Cela ne prendra pas longtemps...

— Désolée.

La fille écarta les bras.

— La suite est occupée.

La voix avait soudain pris une intonation sèche et distante.

— D'ailleurs, reprit la réceptionniste, nous n'avons pas d'autre chambre de libre.

Märtha fut vexée. La réceptionniste avait compris à qui elle avait affaire, mais ce n'était pas une raison pour être malpolie ! Puis elle se rappela. Ils avaient quitté la suite sans payer et l'hôtel avait dû récupérer le montant sur la carte de crédit d'Anna-Greta. Mais Märtha n'avait pas l'intention d'abandonner aussi vite.

— Le bracelet appartenait à ma mère et il compte beaucoup pour moi. C'est un bijou de famille.

La surveillante à la queue-de-cheval eut l'air

embarrassée et fit mine de partir, mais Märtha, têtue comme une mule, ne bougea pas d'un pouce.

— Écoutez, nous ne laissons personne monter dans la suite, répéta-t-elle, mais… Attendez, Märtha Anderson, disiez-vous…

La fille disparut derrière le comptoir et revint avec une lettre.

— C'est ici depuis un certain temps, dit-elle en la tendant à Märtha. Nous avions l'intention de vous la faire suivre, mais vous nous avez devancés.

Ce n'était pas l'écriture du Génie, pourtant c'était bien le nom de Märtha Anderson sur l'enveloppe. L'adresse avait été imprimée sur une étiquette avec un ordinateur. Märtha déchira l'enveloppe avant que la surveillante à la queue-de-cheval n'eût le temps d'arriver. À l'intérieur, il y avait un bout de papier.

Dissimulez 100 000 couronnes suédoises dans une poussette. Mettez-la derrière le Grand Hôtel *le 30 octobre à 13 heures. Restez à l'écart et ne faites pas intervenir la police. Revenez au même endroit deux heures plus tard. Sous les couvertures et les coussins, vous trouverez les tableaux…*

Märtha n'eut pas le temps d'en lire davantage avant d'entendre la surveillante surgir derrière elle. Elle fit semblant d'être prise d'une quinte de toux et, entre deux toussotements, avala le bout de papier. Bah, quel mauvais goût ! Mais c'était comme ça que l'on procédait dans les romans policiers… Elle se retourna.

— Étrange, une enveloppe sans rien dedans ! dit-elle.

Puis elle fut prise d'une nouvelle quinte de toux, car un bout de papier s'était coincé dans sa gorge.

60

Ah non, tout sauf ça ! Barbro était furibarde. La bande des choristes était de retour ! Ils s'étaient apparemment bien conduits en prison et, après quelques mois dans un établissement dit ouvert, allaient réintégrer Le Diamant. Ils avaient payé leurs chambres, pendant tout ce temps, et selon le bureau des affaires sociales, elle n'avait aucun moyen légal de les empêcher de revenir. Comme si cela ne suffisait pas, loin de déplorer cette affaire, Ingmar en avait été très content.

— Quelle chance pour nous, avait-il dit. Maintenant, tout le monde va nous connaître. Les médias vont certainement suivre les vieillards et faire des reportages. Peux-tu t'imaginer meilleure publicité ? L'établissement va devenir si célèbre que nous pourrons augmenter les tarifs pour de bon. Chérie, tu te rends compte des possibilités que ça nous ouvre ?

Barbro avait essayé d'expliquer que les cinq retraités étaient un mauvais exemple, et elle l'avait prévenu qu'ils pourraient foutre le bazar. Mais il n'avait pas eu l'air de comprendre.

— Mais, ma chère Barbro, c'est ton travail de t'occuper de ce genre de choses. C'est pour cela que tu es payée. Tu n'as pas oublié, j'espère, l'essence de ton poste : « Soigner et s'occuper des vieux. »

— Mais pas des malfaiteurs !

— Ils ont purgé leur peine et ont largement le droit de revenir dans la communauté. Nous pourrons montrer au monde entier que nous nous occupons bien de ces vieillards mis au ban de la société. Nous allons leur donner tous les soins et toute l'aide dont ils ont besoin.

— Mais ils s'étaient sauvés !

— Eh bien, justement. Je compte sur toi, mon trésor, bichonne-les. La solidarité, comprends-tu, c'est un mot dont la municipalité raffole.

— Quoi… ? fit Barbro qui n'en revenait toujours pas. Je croyais que nous devions faire des économies ?

— Un mot gentil, une marque d'affection… cela ne coûte rien. Ça, c'est de la sollicitude. Tant que la presse nous observera, nous devrons nous montrer exemplaires. Notre maison de retraite doit servir de modèle. Cela sera la référence quand j'ouvrirai nos nouveaux établissements. J'en ai deux en chantier et il y a encore beaucoup de choses à régler. Comme ce serait bien de faire des restrictions budgétaires, j'ai pensé que tu pourrais préparer la transaction et prendre en charge l'administratif. Pendant ce temps, Katja s'occupera du Diamant.

— Tu voudrais que je lâche Le Diamant ?

Mille pensées se bousculaient dans la tête de Barbro. Avait-elle bien entendu ?

— Non, c'est seulement provisoire. Et n'y prête pas attention, chérie. Bientôt, tu monteras en grade et tu auras un statut de chef. Trois maisons de retraite rapportent plus qu'une seule, et maintenant que je vais divorcer, j'aurai besoin d'argent. Et j'espère bien, chérie, que tu voudras m'accompagner dans tous ces changements ? J'ai besoin de quelqu'un pour la direction du groupe. Comme partenaire. Toi et moi.

Il la prit dans ses bras, et alors, elle oublia tout le reste. Il avait enfin prononcé le mot « divorce », et mentionné un avenir commun, rien que tous les deux. Quand il la prit dans ses bras en susurrant des mots enflammés à son oreille, elle appuya la paume de ses mains contre sa poitrine en chuchotant :

— Bientôt, Ingmar, bientôt c'est nous qui...

61

— Nous revoilà à la case départ. J'ai encore du mal à le croire, dit Anna-Greta, en relevant la voilette de son chapeau et en jetant un regard à la ronde.

Dans la salle commune, les vieux jouaient, comme de coutume, aux échecs, Mme Dolores somnolait dans son fauteuil de relaxation et deux nouvelles étaient en train de tricoter des chaussettes.

— Ne dit-on pas que les personnes âgées, sur leurs vieux jours, devraient mener une vie paisible ? Et on nous déplace de maison d'arrêt en prison pour, finalement, nous retrouver là d'où on vient, soupira Stina. Si on m'avait dit que j'allais remettre les pieds ici ! Le point culminant de la région de Västergöta...

— Eh, n'oublie pas le *Grand Hôtel*. Ne me dis pas que tu regrettes d'y être allée... Ici, c'est juste transitoire, la consola Märtha en lui faisant un clin d'œil.

— Je ne comprends pas qu'ils nous accueillent aussi bien. Nous pourrions exercer une mauvaise influence sur les autres, hennit Anna-Greta.

— Pour une raison quelconque, Le Diamant a expressément souhaité nous récupérer. D'ailleurs, l'autre solution, c'était un placement sans le Génie et le Râteau et ce n'est pas ce que nous voulions, n'est-ce pas ? Comment Gunnar aurait-il pu te retrouver ?

— Il me retrouve toujours, protesta Anna-Greta, vexée.

— De toute façon, ce sera une excellente base, le temps que nous trouvions nous-mêmes des solutions, dit Märtha en prenant un air mystérieux.

Elles rirent de bon cœur et ne furent pas mécontentes de réintégrer leurs chambres où toutes leurs affaires étaient rangées à leur place.

— Si je comprends bien, ici c'est notre quartier général pour organiser la suite des opérations, Märtha ? demanda Stina.

— Exactement. Ici, nous pouvons faire nos réunions et préparer la suite. Qui s'imaginerait trouver un quartier général dans une maison de retraite ?

Elles posèrent leurs valises dans les chambres, se pomponnèrent et se retrouvèrent dans la salle commune afin de papoter un peu. Elles avaient calculé que ce serait à peu près l'heure du café de l'après-midi, et découvrirent à leur grand étonnement qu'on servait de la brioche tressée et trois sortes de gâteaux. Katja était apparemment revenue.

— J'ai compris qu'il se passait un tas de choses ici qui vous avaient contrariés, déclara Katja en s'asseyant à côté d'eux. Barbro a maintenant d'autres responsabilités.

— Il était temps. On nous enfermait comme des enfants en bas âge, déclara Anna-Greta.

— Cela va changer. Signalez seulement à la réception quand vous voudrez sortir pour que nous puissions savoir où vous êtes.

— Parfait ! répondit Märtha, sans réfléchir.

— Ensuite, j'ai compris que vous aviez fait quelques propositions d'amélioration.

— Oui, mais personne ne s'en est soucié, lâcha Stina.

— Je vais m'en occuper, dit Katja.

Märtha et les autres se regardèrent. C'était incroyable. Allaient-ils soudain se plaire ici, alors qu'ils préparaient leur départ ? Car, si elle avait interprété le poème du Génie correctement, il y avait le feu. *Le casse ultime* approchait à grands pas. Avec le Râteau, ils allaient rentrer d'un jour à l'autre, et elle en saurait alors un peu plus. Mais, d'abord, il y avait les tableaux. Il fallait trouver cent mille couronnes avant le 30 octobre.

Quelques jours plus tard, elles discutèrent de l'affaire autour d'une tasse de thé chez Märtha.

— Il me reste des économies... même si le plus gros est parti dans l'hôtel et le ferry, évidemment, fit Anna-Greta. On peut toujours puiser dedans en attendant de trouver une solution.

Märtha faillit s'étouffer avec son morceau de gâteau, toussa et regarda son amie fixement.

— Sans intérêts ?

Anna-Greta balaya d'un revers de main le commentaire.

— Je ferai un virement sur vos comptes pour que les retraits ne soient pas anormalement importants, continua-t-elle. Ensuite, nous irons ensemble à la banque les chercher. Ce n'est pas plus difficile que cela. (Elle alluma un cigarillo.) C'est fantastique avec Internet. Un clic avec la souris, et la transaction est faite.

Un clic avec la souris et Anna-Greta... Cette fois,

Märtha avala vraiment son gâteau de travers et ses amies durent lui taper dans le dos un bon moment avant qu'elle puisse respirer normalement. Anna-Greta scruta Märtha.

— Je comprends que tu te poses des questions sur l'argent, mais Gunnar a dit qu'il fallait vivre dans le présent. À nos âges, il faut s'amuser. C'est la seule manière d'avoir une vie plus riche.

— Ah, dans ce sens-là, s'écria Stina qui était aussi surprise que Märtha.

Mais quand les deux amies furent remises de leurs émotions, elles remercièrent Anna-Greta avec de grandes phrases bien tournées, elle qui les aidait à se sortir d'une situation difficile. Puis elles lui demandèrent d'avoir l'obligeance d'éteindre le cigarillo.

— Excusez-moi, je n'avais pas réfléchi. Mais Internet est vraiment fantastique, répéta Anna-Greta en écrasant son cigarillo. Gunnar m'a appris beaucoup de choses. Savez-vous qu'on peut aussi y trouver des vinyles ?

— Ah bon, alors tout s'explique, s'écrièrent à l'unisson Stina et Märtha.

Jusqu'à présent leur amie n'avait juré que par son tourne-disques. Quand Gunnar venait en visite, ils restaient dans sa chambre à écouter de la musique de fanfare. De temps à autre, le hennissement d'Anna-Greta couvrait le son des cuivres et des percussions et, quand un vinyle était rayé et que personne n'intervenait, Märtha se demandait ce qui se passait vraiment dans cette chambre.

Le plus terrible, c'était le disque rayé de *Foi d'enfant* de Lapp-Lisa. Si au moins ils avaient passé du Frank Sinatra ou du Evert Taube...

Quand il fut clair qu'Anna-Greta allait sortir les cent

mille couronnes de récompense, un bien-être général les envahit. Elles burent leur thé accompagné de liqueur de mûre arctique dans la chambre de Märtha et papotèrent gaiement de tout ce qui s'était passé, jusqu'à ce qu'Anna-Greta se lève et prenne congé en disant qu'elle avait des choses importantes à faire.

— La transaction bancaire, vous savez, annonça-t-elle avec une voix solennelle, en insistant sur le fait qu'elle ne voulait être dérangée sous aucun prétexte.

Toute la soirée, elle resta devant son ordinateur et fit ses virements. Lentement, avec attention, elle répartit la somme entre Stina, Märtha et elle-même, afin de pouvoir, au petit déjeuner le lendemain, déclarer avec fierté qu'il était temps de prendre un taxi pour la banque.

Comme il y avait foule, les amies firent les cent pas pendant un long moment avant que n'arrive le tour d'Anna-Greta. Elle leur fit signe de la suivre et elles s'avancèrent jusqu'à la caisse. Märtha chuchota que cela aurait l'air suspect si elles s'attroupaient toutes en même temps, mais Anna-Greta ne se laissa pas démonter.

— C'est mon argent et c'est moi qui décide.

La guichetière afficha un grand sourire quand elle les vit arriver avec leurs déambulateurs, mais pâlit en découvrant leurs bordereaux de retrait.

— Nous n'avons pas de telles sommes.

— Oh que si. J'ai téléphoné pour prévenir. C'est toujours ce que l'on doit faire quand on veut retirer des sommes importantes, répondit Anna-Greta.

La guichetière hésita, s'excusa et disparut afin de prendre conseil auprès d'un collègue. Après un moment, elle revint en regardant Anna-Greta avec un air désolé.

— Malheureusement, il y a un petit problème. Il n'y a pas assez sur votre compte.

— Ne me racontez pas d'histoires. J'ai transféré mes économies hier sur Internet. Sur Internet, comprenez-vous ? C'est ce que vous nous incitez à faire. Vous ne voulez pas nous garder, ou quoi ? Je vous prie d'aller vérifier vous-même combien d'argent j'ai sur mon compte d'épargne.

— Alors il a dû y avoir une mauvaise manipulation. Je ne vois rien sur ce compte.

— Mais j'ai pris la souris et j'ai cliqué, objecta Anna-Greta.

— Vous avez pris quoi ?

— La SOURIIIIIS ! cria Anna-Greta.

La guichetière eut un mouvement de recul et Märtha remarqua qu'elle avait du mal à rester sérieuse.

— Cela peut parfois être un peu délicat d'utiliser Internet, dit la fille pour la calmer.

— Oseriez-vous prétendre que je ne sais pas utiliser une souris à cause de mon âge ? s'écria Anna-Greta en montant sur ses grands chevaux.

De l'intérieur du bureau, on entendait des rires fuser et leur interlocutrice se couvrait discrètement la bouche avec la main.

— Nous avons eu pas mal de problèmes informatiques hier. Cela a pu entraîner des erreurs dans les transactions. Nous allons vérifier ça, dit-elle.

— J'ai travaillé dans le secteur bancaire et j'ai été cliente chez vous pendant quarante ans, hurla Anna-Greta si fort que la voilette de son chapeau se souleva. Vous ne pouvez pas me traiter de la sorte !

Märtha observa le cinéma. Pas de hennissement aujourd'hui, non. Anna-Greta avait sa voix cassante, capable de briser du verre.

— Si c'est compliqué avec l'informatique, que diriez-vous du service téléphonique ? suggéra la guichetière en essayant d'être agréable.

— Le service téléphonique ? Mais, enfin, vous n'avez pas compris pourquoi je parle si fort ? J'ENTENDS SIIII MAL, hurla-t-elle.

La queue derrière eux s'allongeait et il n'y avait plus de sièges libres pour s'asseoir. La porte du bureau s'ouvrit et un homme en costume bien coupé se précipita vers elles.

— Revenez demain, nous aurons arrangé tout ceci, dit-il poliment.

Puis il leur tendit un petit stylo avec le logo de la banque. Ensuite, il leur fit une révérence et les guida gentiment, mais fermement, vers la porte.

Quand les trois amies furent de retour à la maison de retraite, autant dire que l'ambiance était plombée. Anna-Greta s'enferma dans sa chambre et refusa de parler à quiconque, Märtha s'installa dans la salle commune pour se remettre les idées en place et Stina se lima les ongles qui étaient déjà faits. Elles ne prirent aucun plaisir à boire du café, même chose pour la brioche tressée. Avant le week-end, il fallait que la poussette soit remplie d'argent, sinon ils ne récupéreraient pas les tableaux. Märtha se laissa aller au fond du fauteuil et ferma les yeux. D'habitude, elle trouvait toujours une solution, mais la situation semblait bloquée. De loin, elle entendit Katja parler au téléphone et quelques vieux discuter foot. Puis la voix de Katja lui revint. Internet... Connexion défectueuse... Service... Elle rit intérieurement. C'était bien, elle allait pouvoir consoler Anna-Greta. Puis elle somnola et rêva qu'elle braquait la banque d'Ystad. Mais au moment de monter à bord du *Pologne* avec l'argent, elle se réveilla. La porte de la chambre de Dolores s'était ouverte avec fracas, et la vieille entreprenait comme d'habitude son petit tour dans la pièce en tirant le Caddie.

— Mon fils est le meilleur, chantonna-t-elle en souriant. Il a fait le tour du monde en mer et m'a rendue millionnaire.

Puis elle montra du doigt le Caddie de courses en riant. Un bout de couverture et une chaussette pendouillaient à l'extérieur et un châle traînait par terre. Par l'ouverture, on pouvait apercevoir du papier journal froissé.

— C'est bien, Dolores, fit tout le monde dans la pièce.

— Mais maintenant, il a débarqué. Il veut rester près de sa mère, comprenez-vous. Hier, il est rentré de Helsingfors.

Puis elle fredonna encore un petit peu et fit quelques tours supplémentaires avant de s'asseoir à la table pour prendre un morceau de gâteau. Märtha aimait bien Dolores, toujours de bonne humeur, et qui voulait le bien de tout le monde, mais en cet instant elle n'avait pas le courage de s'intéresser à elle. Märtha s'enfonça plus dans son fauteuil et referma les yeux. Comment trouver l'argent de la récompense ?

62

Märtha se réveilla en sursaut. Elle avait fait un rêve bizarre. Il s'agissait de Dolores qui marchait sur le pont des voitures avec son Caddie. Elle déambulait en rond et chantait en parlant de ses millions. Alors qu'elle s'était avancée trop loin sur la rampe d'accès des voitures quand elle s'apprêtait à tomber à l'eau, Märtha se réveilla et se redressa, l'esprit troublé, dans son lit. Il faisait noir et il restait de nombreuses heures avant l'aube. Mais son cerveau carburait à plein régime. Le Caddie et les ferries pour la Finlande...

Au petit déjeuner, Märtha s'assit à côté de Dolores avec une tasse de thé. Elles bavardèrent du temps qu'il faisait et de la nourriture qu'on leur servait jusqu'à ce que Märtha lui lance :

— Ton fils a navigué toute sa vie ?

— Presque. Il est si doué. Il travaille sur le pont des voitures.

— C'est bien, ça. C'est mieux que d'être capitaine. Eux, ils ont une lourde responsabilité. Tu te rends compte, si le bateau coule, c'est eux qui trinquent, baratina Märtha.

— Il n'a jamais fait naufrage.

— Non, ce n'est pas ce que j'ai voulu dire, ma petite Dolores.

— Je ne suis pas petite. Cc n'est pas parce qu'on est vieille que l'on doit se faire appeler « ma petite ».

Märtha se tut. C'était mal parti.

— Petite vieille, c'est encore pire, tu ne trouves pas ? dit-elle en essayant de l'amadouer.

Dolores ne répondit pas, elle était de mauvaise humeur. Märtha essaya de nouveau.

— Quel beau Caddie tu as là, avec une poignée bleue.

— C'est mon fils qui me l'a donné. Il s'occupe de sa vieille mère, lui.

Märtha s'approcha et examina furtivement le chariot. Un Urbanista. Un noir tout ce qu'il y a de plus noir, comme ceux dans lesquels la rançon avait été livrée. Encore que celui-ci était taché, un peu abîmé et avait une poignée bleue. Mais elle avait pu être repeinte avec une bombe. Le Caddie lui-même était brillant sur sa partie supérieure, comme s'il avait été aspergé d'huile.

— On va demander à Katja d'acheter un peu de tarte, proposa Märtha. Une délicieuse tarte « Princesse ».

— Non, je suis fatiguée. Je retourne dans ma chambre.

— Laisse-moi t'aider... dit Märtha en passant sa main sur la poignée pour sentir s'il y avait le trou pour le bâton d'arrêt.

— Pas touche à mon Caddie ! L'argent est à moi ! cria Dolores, indignée, qui se leva et se précipita dans sa chambre.

Tout le monde rit avec indulgence et retourna à ses

occupations, tandis que Märtha, pensive, contemplait la porte fermée.

Dolores ne ressortit pas de tout l'après-midi et, le lendemain matin, Katja raconta qu'elle était tombée malade. Personne n'avait le droit de la déranger. Elle avait demandé à Katja d'appeler son fils et celui-ci avait promis de venir. Märtha demanda d'abord à Anna-Greta, puis à Stina de frapper à la porte pour jeter un coup d'œil au Caddie, mais Dolores refusa d'ouvrir. Même Katja ne fut pas autorisée à entrer. Pour le repas du soir, elle mit le chariot de service avec une assiette garnie devant la porte et, le lendemain matin, tout avait été mangé. Mais Dolores ne se montra pas. Märtha soupira. Ça se compliquait et elle ne savait plus quoi faire.

Cette nuit-là, elle ne put trouver le sommeil. Il fallait qu'elle voie le Caddie. Si le fils arrivait le lendemain, il risquait de l'emporter. Mais avant cela, il fallait qu'elle sache. Märtha avait gardé la clé qui faisait office de passe. Certes, ça ne se faisait pas d'entrer chez les gens par effraction, mais elle pourrait toujours prétendre s'être trompée.

À moitié somnolente, elle enfila sa robe de chambre et se glissa à travers la salle commune jusqu'à la porte de Dolores. Elle baissa la poignée et découvrit qu'il n'y avait qu'à entrer. Avec précaution, elle poussa la porte mais resta immobile dans l'embrasure. Mon Dieu, c'est à peine si elle distinguait ce qui se passait devant elle : elle avait oublié que ses yeux ne voyaient pas aussi bien dans le noir qu'auparavant. Le plus discrètement possible, elle retourna dans sa chambre pour chercher la casquette que le Génie lui avait donnée. Elle réussit à la mettre et retourna chez

Dolores. Une fois à l'intérieur, elle referma sans bruit la porte, inspira profondément et appuya sur la visière. Une petite lumière bleuâtre se répandit dans la pièce et des ombres fantomatiques voletèrent sur les murs. Effrayée, Märtha recula de quelques pas et faillit s'évanouir d'angoisse avant de comprendre que c'était seulement à cause des diodes électroluminescentes.

La vieille femme dormait et chaque respiration se terminait par un ronflement sifflotant. Märtha chercha du regard le Caddie. Pas de chance ! Il était à côté de la table de chevet, tout près de la tête de Dolores. Qu'avaient-ils dit à Hinseberg... Sur la manière de se faufiler sans se faire repérer ? Son esprit était encore ensommeillé. Tant pis, il fallait qu'elle y aille. À pas de loup, elle s'avança jusqu'au lit et tendit la main vers le Caddie. Dolores respira profondément, puis se retourna soudain et son visage toucha presque la poignée. Märtha s'arrêta net, éteignit aussitôt la lumière de sa visière et resta immobile. D'un instant à l'autre, la vieille pouvait ouvrir les yeux et pousser un cri. Mais, sa respiration se fit lourde de nouveau. Quand le ronflement reprit, Märtha osa enfin attraper la poignée et tirer lentement le Caddie hors de la pièce.

Une fois dans sa chambre, elle souleva le rabat. Rarement elle avait ressenti une telle excitation. Le fils de Dolores travaillait sur le ferry pour la Finlande, et cette tache-là avait bien l'air d'être de l'huile. Si jamais... Mais, s'il avait récupéré un Caddie sur le pont des voitures après la tempête, il aurait forcément vérifié son contenu *avant* de le donner à sa mère. Cela dit, il y avait plusieurs Caddies. Mais la poignée bleue la perturbait. Le papier journal fit un bruit de froissement et quelques vieilles couvertures tombèrent par terre. Impatiente, Märtha glissa sa main un peu plus au fond. Là, il y avait encore des couvertures et du papier journal. *Mon Dieu, c'était ça les millions de Dolores ?* Märtha arracha le papier et enfonça son bras. Encore du papier journal, mais n'y avait-il pas aussi quelque chose d'autre ? Mais si... Le cœur de Märtha s'emballa. Elle renversa tout le contenu par terre. *Mon Dieu ! Des billets de cinq cents !* Un à un, ils tombèrent en tourbillonnant. Son intuition ne l'avait pas trompée : il s'agissait bien du second Caddie. Mais, à présent, elle était bien avancée. Qu'allait-elle faire avec tout cet argent ? Elle regarda autour d'elle. Le drap-housse du lit ! Impatiente, elle l'arracha et commença à fourrer les billets de cinq cents dedans. Brassée après brassée, tout disparut sous le tissu fleuri et, quand il fut plein, elle continua avec les coussins. Une taie d'oreiller ou deux devraient suffire. Le reste, elle le remit dans le Caddie. Il ne fallait pas que Dolores s'aperçoive du subterfuge. Rapidement, elle mélangea les billets avec les vieux papiers et rajouta quelques journaux neufs qu'elle prit dans son placard. Enfin, pour couronner le tout, elle mit une épaisse couche de billets de cinq cents et rajouta les couvertures et le châle. Quand le chariot fut rempli, elle l'examina de tous les côtés pour s'assurer qu'il eût la même apparence qu'avant. Ensuite, elle se glissa à travers la salle commune et entrouvrit prudemment la porte de Dolores. Elle resta d'abord sur le pas de porte et tendit l'oreille. Elle ronflait toujours. Märtha appuya encore sur sa visière et, grâce à la faible lumière, se glissa en silence à l'intérieur. Doucement, elle fit rouler le Caddie jusqu'à la table de chevet et le remit exactement à l'endroit où elle l'avait trouvé. Soudain, Dolores cessa de ronfler et Märtha tressaillit. Elle resta tétanisée : la vieille tendait le bras et semblait vouloir se redresser. Dolores tâtonna devant elle, ouvrit les yeux et la fixa. Märtha eut un mouvement de recul et allait balbutier une excuse quand la vieille referma les yeux et se recoucha sur le côté. En poussant un grognement, elle remonta la couverture sur ses épaules et laissa échapper un pet sonore. Märtha attendit, inquiète. Quand Dolores se remit à ronfler, elle osa enfin bouger. Elle sortit rapidement par la porte. De retour dans sa chambre, elle se laissa tomber, épuisée, sur son lit.

— Ah, la, la ! quelle épreuve, s'exclama-t-elle quand elle perçut tout à coup un bruit suspect.

Elle sursauta et fut si effrayée qu'elle faillit tomber du lit. Les bras serrés autour de sa poitrine, elle fixa la porte. Tout était silencieux. Märtha attendit. Rien. Elle s'enhardit. Prenant appui sur la table de chevet, elle se leva prudemment. Puis elle entendit le même bruit. Ça avait l'air de... Mais bon sang, elle s'était assise sur les billets ! Avant de s'endormir, il fallait qu'elle les dissimule sous une couverture pour étouffer le bruit du papier. Sous aucun prétexte, il ne fallait que le vol soit découvert. Ce serait vraiment la fin des haricots et ils pourraient dire adieu à leur carrière de criminels.

63

— Nous sommes deux à avoir longtemps attendu ce moment, déclara le Génie, le jour où il étreignit Märtha et laissa son bras autour de sa taille.

Il aurait voulu lui dire bien d'autres choses, mais ne trouvait pas les mots. Il se contenta de la serrer contre lui, puis ils restèrent un long moment ainsi en silence. L'entrée vitrée du Diamant n'était pas comme dans son souvenir. Finalement, c'était pas si moche que ça. Bien sûr, la propriété était construite dans le style tristounet des années quarante, mais Märtha habitait là. Il la sentait contre son torse.

— Enfin ! réussit-elle à dire, avant que ne jaillissent les larmes. Enfin !

Le Génie compléta la phrase en son for intérieur avec tous les mots tendres qu'il avait entendus au cinéma et dans des séries télévisées.

Il ressentait la même chose, mais ça sonnait si bête de les prononcer à haute voix. Aussi se contenta-t-il de marmonner en lui caressant maladroitement les cheveux.

— Salut, vous ne me reconnaissez pas ? cria le Râteau en arrivant à leur hauteur.

Comme d'habitude, il avait son foulard autour du

cou et, pendant la période d'incarcération, il s'était
fait pousser un collier de marin. Il souriait, heureux,
de tout son cœur. Il prit le Génie dans ses bras en
lui donnant une tape amicale dans le dos.

Märtha regarda en riant ses amis qui lui avaient
tant manqué. C'était merveilleux d'être là, à leurs
côtés.La fatigue de son aventure nocturne la rendait
encore plus sentimentale. Le Râteau était élégant, bien
qu'il sentît le tabac. De fait, le Génie était le seul
homme à qui elle eût écrit des poèmes – même s'ils
ne concernaient que des scénarios de hold-up.

— Märtha, ma petite, fit le Râteau en l'embrassant
sur les deux joues comme un véritable Français.

C'était certainement pour l'impressionner avec son
nouveau collier.

— Aïe ! tu piques, laissa-t-elle échapper avant de se
reprendre pour dire quelque chose de gentil. Comme
c'est bon de te revoir !

Alors il sourit et lui pinça amicalement la joue avant
de retourner auprès de sa chère Stina. Et ils semblaient s'être déjà longuement salués, car le foulard
du Râteau était de travers et les yeux de Stina étincelaient. Märtha avait remarqué qu'elle s'était tenue
près de la fenêtre toute la matinée pour le guetter
et qu'elle s'était recoiffée de nombreuses fois alors
qu'elle sortait de chez le coiffeur.

Ils étaient enfin réunis.

Pendant que tout le monde s'embrassait, Anna-
Greta restait en retrait. Certes, elle était heureuse de
revoir le Génie et le Râteau, et elle les avait aussi
embrassés, mais il n'y avait aucun signe de Gunnar. Et
puis, elle n'avait pas encore digéré le fiasco du transfert d'argent sur Internet. Tout son être était comme

éteint. Märtha vit que quelque chose n'allait pas et vint vers elle pour la consoler.

— Il y avait quelque chose d'anormal avec le haut débit du Diamant hier, dit-elle.

— Tu crois ?

— Oui, il y a eu une panne informatique. Même un hacker de 15 ans n'aurait pas pu faire de transactions.

— Ah, bon. C'est vrai ? dit Anna-Greta d'un air soulagé.

— En outre, cette histoire d'argent. Il semble que cela se soit arrangé, ajouta Märtha avec un air finaud.

Elle n'osait pas en dire plus avant d'être sûre que Dolores n'avait rien remarqué.

Pendant le café de l'après-midi, Märtha s'attarda avec son tricot sur les genoux, mais au lieu de participer à la conversation, elle surveillait, inquiète, la chambre de Dolores. Quand la porte s'ouvrit, elle fut si surprise qu'elle lâcha sa pelote. La doyenne commençait à tourner en rond avec son Caddie dans la salle commune, comme d'habitude, en parlant de son fils si généreux... Märtha put enfin se détendre. Soulagée, elle se tourna vers les autres en disant :

— Rendez-vous dans ma chambre après le dîner.

Après un mauvais ragoût de bœuf accompagné de haricots trop cuits et de purée de pommes de terre froide, le tout servi dans un récipient en plastique, Märtha estima qu'ils avaient mérité un petit extra. Elle sortit du café et des chocolats, une tarte aux myrtilles, puis de la liqueur de mûre arctique, bien sûr. Le Génie fut le premier à frapper à la porte.

— As-tu besoin d'un coup de main ? demanda-t-il en posant un carton avec un gâteau à la crème glacée sur la table. J'ai pensé qu'on pourrait fêter l'événement.

Puis, prenant son courage à deux mains, il se pencha et lui donna un petit baiser sur la bouche. Märtha ressentit une telle chaleur qu'elle l'étreignit très fort. Ils restèrent ainsi dans les bras l'un de l'autre si longtemps qu'ils en oublièrent la tarte. Si l'on n'avait pas frappé à la porte, la glace aurait certainement fondu.

— Cette tarte, ne devrait-elle pas aller au congélateur ? dit le Râteau sur le pas de la porte en montrant du doigt un océan de glace à la poire fondue autour du carton.

— Euh, c'est ainsi que la glace est la meilleure, marmonna le Génie en sortant rapidement les coupelles.

Une fois que tout le monde fut installé, que chacun eut bu un peu et se fut délecté de la glace ramollie, Märtha tapota sur son verre pour prendre la parole.

— Écoutez, j'espère que vous n'avez pas l'impression de vous être fait avoir en vous retrouvant ici.

— Mais Märtha, voyons, s'écrièrent les autres. Nous ne resterons pas ici très longtemps. Allez, à ta santé, espèce de petite crapule !

Tous levèrent leur verre de liqueur. Puis ce fut *Cul sec* et *Joyeux comme l'oiseau*, puisque tout le monde se sentait d'humeur légère. Après quoi, ils écoutèrent patiemment le Râteau chanter *La Mer* et Anna-Greta enchaîner avec son interprétation de *La Ronde de l'argent*. Quand tous eurent fini de chanter et de raconter leurs aventures carcérales, Märtha éleva de nouveau la voix.

— J'ai retrouvé le Caddie qui avait disparu.

— C'est vrai ? Formidable ! s'écria le Génie.

— Comment diable as-tu fait ? demanda le Râteau.

— Ne me dis pas que l'argent s'y trouvait encore, dit Anna-Greta.

— Bas bossible, je beux à beine le croire, commenta Stina, de nouveau enrhumée.

Alors Märtha relata son expédition nocturne chez Dolores.

— Il y avait près de cinq millions dans le Caddie.

Un soupir parcourut les retraités et le Râteau se redressa sur son fauteuil, droit comme un balai.

— Cinq millions !

— Chut, dit Märtha qui alla jusqu'au lit et tapota la couverture. L'argent est ici. Mais la personne qui détient les tableaux veut une récompense. « Cache 100 000 couronnes suédoises dans une poussette. Mets-la derrière le *Grand Hôtel* le 30 octobre à 13 heures », m'a-t-elle écrit dans une note.

— Une note ? Puis-je la voir ? demanda le Râteau.

— Désolée, mais je l'ai mangée. Dissimulation de preuves, tu sais.

— Eh, pas de grands mots, s'il te plaît, murmura le Râteau.

Märtha les pria de l'excuser et leur parla des gardiennes qui la surveillaient de sorte qu'elle avait dû avaler le message.

— La nuit dernière, j'ai mis cent mille couronnes pour la récompense dans les taies d'oreillers. C'est-à-dire deux cents billets de cinq cents, si je ne me suis pas trompée. Vous êtes d'accord pour m'aider à poser les deux cents talbins dans la poussette ?

— « Talbins » ?

— Oui, l'argent, expliqua Märtha.

— Dans une poussette... dit Stina qui s'était soigneusement mouchée et pouvait de nouveau prononcer

356

les « p ». Anders et Emma devraient pouvoir nous aider. Je demanderai à garder ma petite fille, puis nous utiliserons la poussette. Malin a six mois. Ce sera parfait.

— Six mois et déjà une délinquante, s'esclaffa Anna-Greta avec un petit rire de poney.

— Oh non, ça ne sera pas aussi terrible, dit Märtha en essayant de minimiser.

Or le plan qu'elle avait fomenté était justement celui-là : n'être âgé que de six mois et être déjà impliqué dans un casse.

64

Heureusement, il ne pleuvait pas et il ne neigeait pas non plus. Bref, le temps idéal pour les magouilles.

— Il faut régler ça avec calme et discernement, déclara Märtha en détaillant la rue du regard.

Sa voix était tendue et elle-même en était consciente. Pas encore de voiture de livraison, pourquoi tardait-elle ?

— Ne t'inquiète pas. Nous y arriverons, dit le Génie.

— Mais si quelqu'un nous découvre ? demanda Märtha.

— Ça, tu aurais dû y penser avant de commander les quatre cartons de couches et la poussette, marmonna Stina.

Cette dernière était toujours vexée parce qu'elle n'avait pas pu tout organiser avec ses enfants. Anders et Emma avaient une poussette et des couvertures, et elle n'avait pas compris pourquoi Märtha tenait à gaspiller de l'argent avec des achats inutiles.

— L'instinct maternel peut être aveuglé par une planification stratégique, avait répondu Märtha.

Depuis, Stina faisait la tête.

Märtha devrait essayer de rattraper le coup, mais

plus tard. Pour l'heure, ils attendaient la fameuse livraison. La voiture était en route, les avait-on prévenus, et les cinq retraités étaient sortis dans la rue. Pour les faire patienter, Anna-Greta décrivit à ses amis comment elle avait commandé sur Internet une poussette-parapluie, une couverture de bébé et plusieurs grands cartons de couches écologiques Bambo, exigeant que le tout soit livré directement à la maison de retraite et payable comptant à la livraison.

— Nous avons de la chance de t'avoir, firent-ils tous d'une même voix.

Elle eut l'air si heureuse que tout le monde éclata de rire.

Deux jours auparavant, ils s'étaient réunis pour évoquer ces achats. Le premier point concernait les « couches ». Tous avaient patiemment écouté le discours de Stina concernant sa petite-fille Malin et ses habitudes nocturnes. Stina était entrée dans les détails techniques sur la quantité de pipi qu'une certaine couche écologique pouvait absorber (elle en savait un rayon), alors qu'il s'agissait uniquement de déterminer quelle couche pouvait contenir le plus de billets. Le Génie et le Râteau avaient bâillé, Anna-Greta avait tambouriné des doigts sur l'ordinateur et Märtha avait essayé de reprendre les choses en main.

— Les couches doivent cacher des billets de cinq cents, ma chérie, lui avait rappelé Märtha. Il faut que le tissu soit suffisamment couvrant pour dissimuler les billets, et de surcroît avoir une bonne résistance aux fuites pour qu'aucun des billets ne se perde. Je vote donc pour les couches de la marque Bambo.

Le Génie, le Râteau et Anna-Greta avaient levé la main. La majorité l'avait emporté.

— C'est toujours vous qui décidez de tout, alors

que vous n'y connaissez rien, avait protesté Stina. C'est qui, la spécialiste des couches ici, hein ?

— Je sais bien, mais c'est la vie, mon trésor, l'avait consolée le Râteau. Ceux qui ne savent pas décident pour ceux qui savent.

Quand ils arrivèrent au sujet : « Achat d'une poussette », cela commença vraiment à chauffer.

— Cela aurait été merveilleux de travailler avec tes enfants, Stina, avait déclaré Märtha. Mais, malheureusement, la poussette d'Emma pourrait permettre à la police de remonter directement jusqu'à nous. Il nous faut une poussette anonyme et, dans un modèle pour jumeaux, nous aurons de la place pour les deux tableaux.

— Elle a entièrement raison, était intervenue Anna-Greta.

Assise devant l'ordinateur, elle avait examiné différentes poussettes.

— Celle-ci, la « Akta Gracila », modèle parapluie, est moins chère que les autres. On la prend.

— Mais les avis sont mauvais, avait rétorqué Stina. J'ai entendu dire que la poignée et les rivets pouvaient se détacher et il arrive que la poussette se referme sur elle-même comme un piège à loup.

— Pas celle-ci. Sur Internet, ils disent que c'est la meilleure des tests, avait continué Anna-Greta. Et puis elle est équipée d'une protection contre la pluie et d'une serrure.

— Mais s'il s'agit d'une poussette double, ça va sembler curieux de n'avoir qu'un seul bébé dedans, avait fait remarquer le Génie.

— Alors, il va falloir que nous achetions une poupée réaliste, avait proposé Märtha. De toute façon, à mon âge, je ne pourrai plus faire de bébé, ça au moins, c'est sûr.

— C'est supposé être drôle ? Tu es complètement folle, avait marmonné Stina. Alors que le matériel de mes enfants pourrait faire l'affaire, tu proposes d'acheter une *poupée en plastique*. Non mais ! Maintenant, j'en ai assez…

Elle s'était précipitée hors de la pièce en pleurant à chaudes larmes.

Ils s'étaient dévisagés, embarrassés, comprenant que tôt ou tard ils seraient obligés d'impliquer Anders et Emma, sinon Stina pourrait tout laisser tomber. Märtha était allée chercher une boîte de chocolats belges et l'avait donnée au Râteau pour qu'il tente de la consoler. Il s'était passé un long moment, et personne n'avait su quoi dire, car on n'avait entendu que les sanglots de Stina. En attendant leur retour, les autres avaient repris la discussion et peaufiné certains détails. Quels vêtements de bébé allait porter la poupée ? Devait-on, oui ou non, lui couvrir la tête avec un bonnet ?

— Sous la protection contre la pluie, la poupée ressemblera à un vrai nourrisson, avait dit le Génie. Avec la petite Malin, on pensera qu'il y a deux enfants dans la poussette.

Mais privée des étincelles de Stina, la conversation s'était tarie d'elle-même. Enfin on avait entendu un bruit de pas et tout le monde avait été soulagé quand le Râteau était revenu avec Stina. Elle avait du chocolat autour de la bouche, mais elle n'avait pas oublié la poupée.

— Mais enfin, que vont penser les voleurs en trouvant la poussette avec une poupée en plastique à l'intérieur ? s'était-elle exclamée en ouvrant grands les bras.

— Que nous avons pensé au moindre détail et que nous tenons à ce que tout soit le plus plausible possible, avait répondu le Génie.

— Et ta petite-fille pourrait ensuite récupérer la poupée, avait suggéré Märtha.

À cette idée, Stina s'était calmée. Pour lui être agréables, ils l'avaient laissée choisir les coussins et les couvertures de bébé et, à la fin, tout le monde avait été content. Leur choix s'était arrêté sur une bonne poussette double avec protection contre la pluie, assez grande pour contenir les tableaux, les couches, les coussins et les couvertures. Ensuite, ils avaient trinqué avant d'aller au lit.

Märtha fut interrompue dans ses pensées par un bruit de moteur : une camionnette blanche qui ralentissait en haut de la crête, non loin de la maison de retraite.

— La voilà, s'écria-t-elle.

Le véhicule s'approcha et s'arrêta devant eux. Le conducteur baissa la vitre.

— C'est ici, la maison de retraite Le Diamant ?

— Tout à fait, répondit Märtha.

Le jeune homme ouvrit sa portière, descendit de son véhicule et demanda une certaine Maja Strand. Märtha hocha la tête et signa le bon de livraison sur le terminal informatique qu'il lui présenta. Son écriture était hésitante car elle n'avait pas l'habitude de signer par son pseudo Maja Strand. Sa signature était aussi illisible que celles des hommes importants et des médecins.

Anna-Greta compta les cartons, vérifia le bordereau de livraison et paya. Le livreur fut assez aimable pour porter le tout dans l'ascenseur. Il y eut un peu d'énervement, mais à la fin, tout rentra dans leurs chambres. À peine eurent-ils fini de ranger que Märtha vit la camionnette devant la fenêtre. Elle n'avait pas bougé. Märtha se dépêcha de redescendre. Le chauffeur eut l'air un peu perplexe quand elle affirma que la poussette était pour son enfant, et il lui fallut un peu de temps pour lui faire comprendre qu'à son âge, il s'agissait évidemment de petit-enfant. Mais tout se passa bien et, quand elle fut remontée dans sa chambre, elle sortit des verres et une bouteille de champagne.

— Alors, chers amis. À votre santé ! Aux tableaux et à l'art, trinqua-t-elle.

— Aux impressionnistes, ajouta Anna-Greta.

Ensuite, cette dernière mit la table pour les sandwiches suédois qu'elle avait commandés sur Internet. Märtha ferma la porte à clé et, après s'être restaurés et avoir bu le champagne, ils remplirent les couches avec les billets de cinq cents. Toute la soirée, Anna-Greta fut d'excellente humeur puisque sa commande sur le Net avait fonctionné à merveille. Toute ragaillardie, elle les informa que, le lendemain, elle téléphonerait à sa banque pour leur expliquer la panne informatique. Mais les autres la freinèrent dans son élan, disant qu'il valait mieux se faire discrets. Le mieux serait qu'elle demande à sa banque de rétablir son compte comme il l'était à la veille des transactions – parce qu'un virus avait tout effacé.

— Mais s'ils se posent des questions sur les gros retraits que j'ai voulu effectuer ? demanda Anna-Greta.

— Dis seulement que les intérêts ont augmenté et que tu as changé d'avis.

La réunion d'amis s'était transformée en une journée merveilleuse. Quand Gunnar apparut après le dîner, ce fut pour Anna-Greta la cerise sur le gâteau. Elle disparut avec lui dans sa chambre et, bien que la soirée fût assez avancée, on entendit résonner les notes de *Foi d'enfant*. Quand Lapp-Lisa chantait « Tu es la passerelle d'or pour le ciel », le couple chantonnait comme d'habitude en même temps, mais ensuite le diamant s'enraya sur « passerelle d'or, passerelle d'or ». Le disque continua en boucle pendant un bon moment jusqu'à ce qu'un bruit strident indique que le diamant avait glissé sur le disque. Alors, on n'entendit plus rien. Les autres échangèrent des regards pleins d'espoir. Peut-être Gunnar avait-il réussi, sur un coup de chance, à toucher le tourne-disques avec son pied ? Faux espoir : *Foi d'enfant* retentit de nouveau, mais cette-fois-ci avec deux nouvelles rayures vers la fin. Alors tout le monde se souhaita bonne nuit, remercia les autres pour cette si bonne journée et chacun se retira dans sa chambre.

Mais il ne fallut pas très longtemps avant que deux portes s'ouvrent de nouveau et que le Génie et le Râteau se retrouvent nez à nez dans la salle commune.

— Difficile de s'endormir, dirent-ils avant de retourner dans leur chambre respective.

Mais, un peu plus tard, ils rouvrirent les portes pour se faufiler chacun chez sa dulcinée. Et alors ils firent tout à fait autre chose que de planifier des hold-up. Mais à la réflexion, vu comment les événements allaient se dérouler, ils auraient peut-être dû employer leur temps à des choses plus utiles.

65

Oh, mon Dieu, que c'est stressant ! songea Stina en avançant avec la nouvelle poussette.

On était le 30 octobre et il était 12 h 55. Le vent qui s'engouffrait dans Nybroviken était froid et annonçait l'hiver. Sa petite-fille Malin dormait, emmitouflée dans l'un des sièges, l'autre étant occupé par la poupée qui faisait illusion avec son petit bonnet. Stina et Märtha se relayaient, car la poussette était beaucoup plus lourde qu'elles ne le pensaient. Plus tôt dans la journée, elles avaient glissé à l'intérieur la couverture et les couches bourrées d'argent, elles y avaient même déposé un biberon, quelques chaussettes de bébé et une brassière. Puis elles avaient pris un taxi pour Blasieholmstorg avec la petite fille. Le chauffeur de taxi les avait aidées avec la poussette et une fois qu'elles eurent installé Malin et le faux bébé à l'intérieur elles s'étaient dirigées vers le *Grand Hôtel*.

En route, Märtha se demanda qui pouvaient bien être les voleurs des tableaux. Elle envisagea tout, de la mafia yougoslave jusqu'au personnel de l'hôtel ou quelque riche homme d'affaires durant son séjour à l'hôtel. Mais au fond, quelle importance ? Il fallait seulement que les tableaux soient restitués. En arrivant à la Hovslagargatan, elles regardèrent bien autour d'elles et, à l'angle de Blasieholmsgatan et Teatergatan, elles laissèrent comme convenu la poussette sur le trottoir. Au moment où Stina allait soulever sa petite-fille pour la sortir, elle frôla la poupée et s'arrêta.

— Märtha, nous commettons une erreur. Si des gens voient cette poupée, ils vont croire que nous abandonnons l'enfant, et ils vont nous courir après.

— Ne t'inquiète pas. Nous installerons la capote et le tablier pour que personne ne voie rien, dit Märtha en rabaissant la capote et en refermant la fermeture Éclair. Je n'ai aucune envie de traîner celui-là, continua-t-elle en montrant la poupée du doigt.

— Ça s'appelle un enfant, corrigea Stina d'une voix coupante. Mais alors, si on ne voit rien dans la poussette sous la protection, quel est l'intérêt de la poupée ?

— Hum, je pensais que... commença Märtha qui ne se rappelait plus du tout la raison pour laquelle ils l'avaient achetée. (Pourquoi fallait-il que Stina soit toujours si sentencieuse *après coup* ? Elle était toujours à contretemps.) Nous avons...

— Nous ? Je ne fais pas partie de ce « nous », se récria Stina. Moi, je voulais qu'on prenne la poussette d'Emma. Les escrocs doivent penser que nous sommes complètement folles. Une poupée en plastique ! Si seulement ça avait été moi qui m'étais occupée de ça...

— Il vaut mieux que nous partions, l'interrompit Märtha. Selon l'accord que nous avons passé, nous devrons nous en éloigner pendant deux heures. Ensuite, nous pourrons revenir chercher les tableaux.

— Un Monet, un Renoir et une poupée en plastique dans une poussette, maugréa Stina.

Eh oui, il s'agit du patrimoine suédois qui va être restitué à la nation, dit Märtha.

Stina haussa les épaules et attacha la poussette avec le cadenas. La rue était déserte, il y avait rarement des promeneurs par ici. Les flâneurs étaient plutôt du côté du quai de Strömkajen. Elle sortit Malin, l'enveloppa dans une couverture et lui mit son chapeau.

— Qu'elle est mignonne, dit Märtha avec une voix enjouée en essayant d'égayer l'atmosphère.

— Oui, CELLE-CI elle est RÉELLE, tu comprends, répondit Stina. L'enfant je veux dire.

Comme il n'y avait pas de café dans les environs, elles allèrent au jardin d'hiver du *Grand Hôtel*. Märtha hésita car elle craignait d'être reconnue, comme la dernière fois. Mais il faisait froid et il n'y avait rien d'autre dans les parages. Elles commandèrent un hors-d'œuvre qu'elles mangèrent du bout des lèvres. Deux heures plus tard, en se relevant, elles tenaient à peine sur leurs jambes. Pour se réconforter, elles avaient pris chacune un verre, mais après l'avoir bu, elles avaient compris qu'il ne s'agissait pas de liqueur, mais de vodka aux fraises. Qu'est-ce que cela pouvait bien faire puisque leur confiance en elles-mêmes avait atteint des sommets insoupçonnés ? En outre, Stina avait eu du chocolat belge avec le café et elle rayonnait. Oui, elle babillait si bruyamment avec Malin que Märtha fut obligée de lui dire de baisser un peu la voix.

— Espérons que c'est un voleur honnête et pas quelqu'un qui a pris l'argent en se fichant de nous rendre les tableaux, dit Märtha quand elles sortirent dans la rue. Sinon, je lui flanquerai une de ces raclées, à un type comme ça !

— Oui, un bon de coup de pied de karaté où je pense, gloussa Stina en titubant un peu.

Märtha la regarda, incrédule. Comme son amie avait pris de l'assurance ! C'était sans doute à cause du magazine *Kriminaljournalen* et de tous les romans policiers qu'elle lisait maintenant. Stina souleva Malin en l'air.

— *Un crime par jour, c'est bon pour l'amour,* récita-t-elle.

Alors Märtha comprit que Stina était au top de sa forme. Elles allaient se débrouiller comme des chefs.

Le crépuscule n'était plus très loin et il commençait à pleuvoir. Imaginant des cadres abîmés par la pluie et des toiles gondolées, Märtha accéléra le pas. Elle marcha même si vite qu'elle eut du mal à respirer et dut faire une pause pour se reposer. Puis elle se souvint de la protection contre la pluie et se calma. En tournant à l'angle de la rue, elles aperçurent la poussette. Le cœur de Märtha s'emballa. Et si elle était restée là pendant deux heures sans que le voleur ne soit passé ? Et s'il y avait eu un problème ? Prudemment, elles approchèrent de la poussette et, à moins d'un mètre, Märtha tendit sa canne. Après tout, une bombe ou autre chose d'horrible aurait très bien pu y avoir été glissée, il valait mieux être prudent. Mais la canne était trop courte. Elle avait pris, par erreur, celle d'Anna-Greta, qui était toujours tordue. Alors, elles firent deux fois le tour de la poussette en l'observant sous toutes les coutures avant d'oser enfin s'avancer et soulever la capote en plastique. Et là, elles comprirent. La poupée avait glissé vers le bas et quelqu'un avait fouillé dans les couvertures. Le coussin et les couches avec l'argent avaient disparu, et sous la couverture on voyait un renflement, oui, deux renflements même, comme sur un chameau. Märtha tâta du bout des doigts et laissa échapper un soupir de soulagement, car il y avait effectivement deux tableaux. Ils étaient bien emballés et elle sentait qu'il y avait deux cadres imposants. L'un était rectangulaire comme celui de la peinture de Monet, et l'autre était lourd, plus large, avec des angles arrondis comme sur le Renoir. Elle essaya de soulever ce dernier pour le regarder, sans succès. Le cadre doré était trop lourd.

— Alors, nous allons directement au musée ? souffla-t-elle à voix basse.

Stina fit oui de la tête.

Elles ôtèrent le cadenas de la poussette et, ensemble, se dirigèrent vers la Hovslagargatan. Là, elles s'arrêtèrent de nouveau.

— Ici, il fait un peu plus clair. D'abord, nous devons vérifier si les œuvres sont intactes. As-tu les gants, Stina ?

— Ils sont dans la boîte. Il faut que je tienne Malin. Elle a fait dans sa culotte.

— C'était prévisible.

Märtha fouilla pour sortir les gants, les enfila et commença à arracher le papier. Il y en avait plusieurs épaisseurs et l'opération s'avéra plus difficile qu'elle ne l'avait pensé. Mais, en voyant le cadre doré briller dans l'un des angles, elle poussa un soupir de soulagement.

— Ah, Stina ! Comme je suis heureuse. Tu sais, posséder n'est pas toujours le plus grand des bonheurs. Donner quelque chose est agréable. Mais pouvoir rendre quelque chose que l'on a volé, c'est encore mieux.

— Dis, nous philosopherons une autre fois. Il faut que je lui change sa couche.

Märtha remit la couverture sur les tableaux et recula de quelques pas pour laisser la place à Stina. Cela ne lui prit pas longtemps, il faut dire que c'était son troisième petit-enfant. Une odeur reconnaissable entre mille se répandit autour de la poussette.

— Heureusement que ni Monet ni Renoir n'ont plus leur odorat, remarqua Märtha.

Stina ne répondit pas mais coinça la couche vers le pied de la poussette. Puis elle borda Malin de son mieux sous les couvertures.

— Il faut nous dépêcher. Remets la protection. Il y a des gens qui arrivent.

Märtha leva les yeux. Un groupe de retraités se dirigeait vers elles.

— Ils vont certainement au Musée national.

— Comment tu le sais ?

— Quand il y a un ou deux hommes pour une foule de vieilles femmes, tu peux être sûre qu'il s'agit d'une sortie culturelle.

Elles tournèrent à l'angle de la rue et descendirent vers le musée. En arrivant sur le quai de Ström près du *Grand Hôtel*, le vent faillit emporter la poussette. Une rafale s'engouffra sous la capote et fit rouler la poussette vers le quai. Voyant le danger, Märtha attrapa au vol l'une des poignées afin de la retenir. Mais celle-ci se détacha et lui resta dans la main. Instinctivement, Stina se baissa pour empoigner Malin, avant le prochain coup de vent. Allégée d'une partie de son poids, la poussette se dirigea vers l'eau.

— Rattrapez-la, rattrapez-la, hurla Stina d'une voie aiguë, avec Märtha sur ses talons.

Elle la voyait déjà tomber à l'eau, et s'imaginait

regarder, impuissante, le Renoir et le Monet s'enfoncer dans les profondeurs. C'est fou comme le danger peut vous donner des ailes. Märtha essaya de courir. Mais au bout de trois pas, elle dut admettre ses limites et appela à l'aide. Oui, elle cria et gesticula, alors même qu'elles avaient prévu de s'approcher le plus discrètement possible du musée. Un capitaine de Waxholm courut après la poussette, réussit à la rattraper et la remonta sur la rue.

— Il vaut peut-être mieux enlever la capote pour éviter que le vent ne s'y engouffre à nouveau, conseilla-t-il gentiment.

— Non, ce n'est pas la peine, répondit Märtha, affolée à l'idée qu'il découvre ce qu'il y avait à l'intérieur. Je ne sais pas comment vous remercier.

Sur ce, elle saisit la poussette, remit la poignée en place et se dirigea vers le Musée national.

— Chère madame, c'est là que vous allez ? Laissez, je vais vous aider, insista l'homme.

— Non, ça va aller très bien, protesta Märtha.

Mais le capitaine de Waxholm qui ne l'entendait pas de cette oreille prit les commandes. En arrivant au pied de l'escalier, il déclara galamment :

— Ne vous imaginez pas que je vais vous laisser en plan maintenant. Il vous faut un homme, un vrai.

Il porta la poussette en haut des marches et la laissa tomber avec un grand fracas devant l'entrée.

— Voilà. À vous de vous débrouiller.

L'homme sourit, fit le salut militaire, tandis que Märtha et Stina se sentirent obligées de se confondre en remerciements.

— Il n'aurait pas dû nous voir, dit Märtha.

— Mais la police ne va pas nous en vouloir parce que nous rendons les tableaux ? Calme-toi, Märtha.

D'ailleurs, il avait l'air très gentil. Nous ne serions jamais arrivées à monter jusqu'à l'entrée sans lui, fit remarquer Stina que toutes ces péripéties avaient épuisée.

À bout de forces, elle s'appuya sur la poussette et découvrit qu'elle était complètement tordue. Un rivet tomba par terre.

— Qu'est-ce que j'avais dit, hein ? Et en plus, ce n'était pas donné. Moi qui avais espéré pouvoir l'offrir à Emma, se lamenta-t-elle.

— Crois-moi, Emma sera contente de ne pas la récupérer, dit Märtha en essayant de manœuvrer la poussette endommagée.

Les roues avaient reçu un bon coup et la poussette était devenue encore plus difficile à bouger. Elle s'appuya, hors d'haleine, contre le mur.

— Écoute, mettons-la dans l'ascenseur pour nous en débarrasser, fit Stina en regardant autour d'elle à la recherche d'une place où poser la petite Malin.

— Bonne idée, répliqua Märtha.

L'ascenseur était sur la gauche, tout près de l'entrée, et à côté se trouvait un banc. Stina déposa sa petite-fille dessus avec précaution, puis elles conduisirent la poussette vers la porte de l'ascenseur. Quelques personnes les regardèrent avec curiosité, mais Stina et Märtha firent comme si de rien n'était. Heureusement, l'ascenseur était là et la porte s'ouvrit aussitôt. Deux jeunes se proposèrent de les aider. Ensemble, ils firent entrer la poussette dans l'ascenseur. Mais ils l'empoignèrent si fort qu'elle cogna le mur.

— Oups, pardon, s'excusèrent-ils.

— Merci, merci. Vous êtes gentils. Ça ne fait rien, c'était gentil de votre part, dit Märtha, pantelante. Maintenant c'est bon. Nous pouvons faire le reste.

Mais, quand elle prit la poignée pour placer la poussette dans un coin, une vis se détacha, puis d'autres suivirent.

— Il vaut mieux fermer la porte de l'ascenseur, dit-elle à Stina en appuyant sur le bouton.

Mais, ce faisant, la porte dut heurter l'une des poignées car, soudain, un grand bruit se fit entendre.

— Qu'est-ce qui s'est passé ? demanda Stina.

Märtha appuya sur le bouton d'ouverture. La porte s'ouvrit et elles découvrirent la poussette par terre.

— Oups, ça alors, s'étonna Märtha.

— Je vous avais prévenus : il ne faut jamais acheter trop bon marché, rappela Stina.

À l'intérieur, c'était un fatras de capote, de roues, de couches et de couvertures, le tout surmonté d'une poupée et de deux monticules ressemblant à des bosses de chameaux : les tableaux. La poussette s'était effectivement rabattue comme un piège à loup. Märtha réagit instinctivement et appuya sur « Fermeture ». Pendant que la porte se refermait, elle fit signe à Stina qu'il était temps de se retirer. Pour couronner le tout, Malin s'était mise à hurler. Avec un sourire gêné, elles prirent la petite et se dirigèrent vers la sortie. Elles quittèrent le musée avec lenteur et dignité. Märtha attendit d'être arrivée à l'arrière du *Grand Hôtel* et d'avoir arrêté un taxi pour sortir un téléphone mobile. Elle avait pu en emprunter un avec une carte prépayée, et elle composa tout de suite le 118 218.

— Pouvez-vous me passer le Musée national, dit-elle pendant que Stina entrait dans le taxi avec la petite Malin dans les bras.

Une standardiste répondit et Märtha demanda à parler au responsable du musée.

— Allô ? Ici, la directrice du Musée national, que puis-je faire pour vous ?

Märtha prit son élan et travestit sa voix.

— Il y a une poussette avec le Monet et le Renoir dans l'ascenseur à l'entrée du Musée national, annonça-t-elle avant de raccrocher.

Puis elle rentra à son tour dans le taxi et demanda au chauffeur d'aller à Bromma. Des vols nationaux et internationaux partaient de là-bas, et Märtha trouvait que c'était une fausse piste astucieuse.

— La mission est accomplie, dit-elle.

— Accomplie ? Tu en es vraiment sûre ? demanda Stina. Nous avons oublié la poupée.

— Ah zut ! s'écria Märtha qui, malgré la gravité de l'erreur, éclata de rire. Des tableaux à trente-deux millions, et une poupée oubliée avec son bonnet. La vie est pleine de surprises, n'est-ce pas ?

En arrivant à Bromma, elles firent un grand tour dans le hall des départs en veillant à ce que les gens les remarquent, avant de reprendre discrètement le bus pour le centre-ville. Au retour, elles rendirent Malin à Emma, puis retournèrent à la maison de retraite.

Le Génie et le Râteau les aidèrent à ôter leurs manteaux. Anna-Greta était si excitée qu'elle en avait même oublié ses vinyles et avait mis la table pour prendre le thé dans sa chambre.

Ils se servirent chacun une tasse et s'installèrent dans le canapé (puisque le Génie avait pris soin de déplacer le tricot de Märtha qu'elle avait posé là en versant son thé).

— Alors ? demanda Anna-Greta qui essuya ses lunettes et les souleva vers la lumière.

Elle avait acheté une nouvelle paire qui lui allait bien et qui, en plus, ne glissait pas sur son nez. Elle avait donné les vieilles montures à un marché aux puces.

Après quelques gorgées de thé, Märtha et Stina commencèrent leur récit. En arrivant à l'épisode de l'écroulement de la poussette, Anna-Greta plissa son visage de plaisir et émit un rire inhabituel qui inquiéta ses amis. Mais, quand Märtha mentionna la poupée oubliée dans l'ascenseur, le hennissement revint, au grand soulagement de tout le monde. Anna-Greta était seulement si fatiguée que son rire avait pris plus de temps à retentir.

— Ces tests ne sont pas du tout fiables, dit-elle en se ressaisissant.

— Jadis, on avait des boutiques avec du personnel compétent à qui on pouvait poser des questions, rappela Märtha. Aujourd'hui, tout doit être vendu sur Internet et des gens qui n'y connaissent rien peuvent donner leur avis sur le site. Si, au banc d'essai, c'était la meilleure poussette, qu'est-ce que ça devait être avec les autres !

— Mais la société évolue. Il va falloir vivre avec Internet, fit le Râteau.

— L'évolution ne va pas toujours dans le bon sens, constata Märtha.

— Toi et tes réflexions philosophiques, marmonna-t-il.

Le silence se fit durant un moment.

— Au fait, je crois que nous avons encore oublié un détail, déclara Stina.

Tout le monde tendit l'oreille, car quand elle employait ce ton-là, elle avait souvent des choses importantes à communiquer.

— Oublié quoi ? voulut savoir le Génie.

— Pourquoi toutes ces cachotteries avec les

tableaux ? Märtha, tu as bien dit pendant l'interrogatoire de police que nous avions seulement voulu les
dérober pour les rendre dès que nous aurions récupéré
la rançon ?

— Oui, répondit Märtha.

— Alors pourquoi faire autant d'histoires ? Nous
aurions pu prendre les tableaux sous le bras et les
rendre – et, ainsi, éviter la poupée et tout le bataclan.
Ce n'est pas répréhensible de rendre quelque chose.
Et puis ton idée de brouiller les pistes en allant à
Bromma !

Stina laissa échapper un léger frémissement qui se
transforma en éternuements. Elle était restée dans les
courants d'air et était encore en train de s'enrhumer.

— Nous avons fait tout cela pour rien, termina-
t-elle en sortant son mouchoir.

Märtha baissa les yeux, elle était toute rouge. Le
Génie croisa ses mains sur le ventre et le Râteau
fredonna tout bas. C'est Anna-Greta qui rompit le
silence.

— Mais grands dieux, quand on est vieux, on
commet parfois des erreurs. Qu'est-ce que ça peut
faire ?

— Pour des casses futurs, nous aurons besoin de
gens jeunes et forts capables d'avoir les idées claires,
déclara Stina. Comme Anders et Emma, par exemple.
Quand on n'arrive plus à tout faire soi-même, on a
besoin d'aide. Et nous ne rajeunissons pas.

— Bigre ! Parce que tu crois qu'ils vont arriver
à suivre notre rythme ? dit Anna-Greta. En tout cas,
nous nous sommes bien amusés. N'est-ce pas le plus
important ? Rien ni personne n'a été endommagé ou
blessé – à part la poussette, bien sûr.

En prononçant le mot « poussette », elle craqua et

éclata d'un rire encore plus joyeux et tonitruant. À cet instant, Märtha aurait voulu l'embrasser car, en route vers l'aéroport, elle s'était fait la même réflexion. Elle n'était pas obligée de rapporter les tableaux en cachette. Mais elle n'avait rien osé dire en espérant que personne n'y penserait. Elle se consola en se disant que la balade à Bromma avait été intéressante d'un point de vue informatif. Elle avait jeté un coup d'œil aussi bien au comptoir d'enregistrement qu'au contrôle de sécurité. Cette reconnaissance des lieux allait certainement leur servir pour plus tard.

66

La sonnerie du téléphone retentit à travers la pièce. Le commissaire Petterson foudroya du regard l'appareil. Il avait passé la journée au bout du fil et n'avait pas envie de prendre une autre communication. De plus, il haïssait cette sonnerie. Elle ressemblait à l'hymne national norvégien qu'il avait déjà assez entendu comme ça lors de la coupe du monde de ski. Petterson décrocha.

— Que dites-vous ? On a trouvé des tableaux dans l'ascenseur ? Un grand cadre doré, deux tableaux, vous croyez que c'est le Renoir et le Mon... Non, non, ne touchez à rien... Non, ABSOLUMENT RIEN, je vous le défends ! Nous arrivons tout de suite.

Le commissaire Petterson suffoquait. Était-ce vrai ? Et lui qui avait pensé que les tableaux avaient été vendus sur le marché de l'art international depuis longtemps, mais la dame au téléphone avait l'air d'en être certaine. Il valait mieux se dépêcher. Le commissaire Strömbeck comprit l'urgence, prit son imperméable au vol et, ensemble, ils filèrent au Musée national. Ils se garèrent sur le quai de Ström près du bar Cadier devant le *Grand Hôtel*. Au moment de claquer la portière, Petterson se pencha et ramassa un billet de cinq cents couronnes sur le trottoir, mais, en regardant autour de lui, il ne vit personne.

— Ça alors ! Qui sème des billets de cinq cents couronnes comme ça ? marmonna-t-il en fourrant le billet dans la poche de son veston.

À l'entrée du musée, ils furent accueillis par un gardien en uniforme. L'homme les guida jusqu'à l'ascenseur, le même que celui, hors service, de l'autre fois. Mais à présent il y avait indiqué FERMÉ sur la porte. Un groupe de retraités qui avait réservé pour la visite de l'exposition « Vices et Vertus » attendait devant.

— Nous exigeons que vous remettiez l'ascenseur en état de marche immédiatement. Comment voulez-vous que nous montions les escaliers ? Par lévitation, peut-être ? rouspéta une dame âgée dès qu'elle aperçut le gardien.

— Ou bien avez-vous imaginé nous porter pour nous monter ? ajouta son mari en faisant la moue.

— Du calme, du calme, fit le commissaire Petterson en se frayant un chemin vers l'ascenseur. Nous sommes de la police. Vous allez malheureusement devoir attendre un peu.

— La police ?

Sur ces entrefaites, une quinquagénaire distinguée s'approcha d'eux et leur tendit la main. Elle portait des lunettes et un tailleur chic.

— Soyez les bienvenus. Je suis Mme Tham, directrice du musée, annonça-t-elle.

— Enchanté, commissaire Petterson.

— Les tableaux se trouvent ici à l'intérieur.

Elle appuya sur le bouton pour ouvrir la porte de l'ascenseur. Une méchante odeur se répandit dans la pièce.

— C'est une blague ? Des restes de poussette...

Et ça, c'est quoi, sapristi ! Une poupée avec un petit bonnet rose.

— Non, mais vous ne voyez pas les tableaux ? Vous disiez qu'il ne fallait toucher à rien, alors je n'ai pas enlevé le papier d'emballage. Mais je reconnais les cadres, précisa la directrice de musée en les montrant du doigt.

— Si vous le dites.

Le commissaire Petterson se pencha et mit ses mains dans la poussette.

— Fais attention, elle peut se refermer sur tes doigts, l'avertit Strömbeck.

Petterson s'arrêta un instant. Il avait travaillé si longtemps sur l'affaire qu'il ne pouvait plus attendre.

— Ça serait formidable de pouvoir enfin résoudre l'énigme du vol des tableaux, dit-il en enfonçant ses mains plus profondément dans la poussette. Bordel de merde !

En jurant, il recula d'un pas, sortit la couche sale et la jeta par terre.

— Je suis terriblement désolée, monsieur le commissaire, mais les tableaux…, bégaya la directrice du musée.

D'un geste brusque, Petterson s'essuya les mains et poursuivit la fouille de la poussette avec un peu plus de précaution. Seul le cadre doré était apparent. Il sortit son canif.

— Vous êtes sûre que ce sont les œuvres recherchées ? demanda-t-il sur un ton aigre, en commençant à découper le papier.

— Vous m'avez dit que nous n'avions pas le droit de toucher à quoi que ce soit. J'ai compris que vous vouliez préserver les empreintes ADN, alors nous n'avons touché à rien. Nous savons que vous poursuivez une bande de trafiquants de tableaux au niveau international.

— Oui, exactement, marmonna Petterson en coupant avec soin le papier pour ne pas endommager les toiles.

Il en déchira un gros morceau qu'il jeta par terre. Au même instant, il entendit un gémissement et vit la directrice de musée se couvrir le visage avec ses mains.

— Mon Dieu !

Le commissaire Petterson retira le reste du papier et recula d'un pas. Il reconnaissait les tableaux, pour les avoir vus plusieurs fois auparavant. À l'intérieur du cadre, on distinguait le motif bien connu d'une petite fille en pleurs, le tableau dont presque chaque Suédois possédait une copie chez lui, dans les toilettes au fond du jardin. Sans un mot, le commissaire Petterson posa le tableau par terre et continua avec l'autre. Cette fois-ci, il prit moins de gants. Il fit quelques entailles rapides dans le papier et arracha le reste.

— J'en étais sûr !

Le tableau représentait un marin en suroît, fumant une pipe.

— De l'art de supermarché, ahana la directrice de musée.

— Vous ne croyez pas que la police a autre chose à faire ? s'emporta la voix de Petterson. Et que dire de ça ?

Il souleva la poupée et la posa à califourchon sur le cadre, d'un mouvement si brutal que le petit bonnet rose tomba par terre.

— Si j'avais su… je suis vraiment désolée, dit la directrice du musée, en rougissant.

Soudain, un grand rire se fit entendre. Le commissaire Strömbeck était resté à côté et avait pris des photos de la scène.

— C'est pour l'enquête, ricana-t-il. Je vais les publier sur Internet.

Le commissaire Petterson leva les mains pour l'en dissuader.

— Enfoiré, pas question ! Tu te rends compte si les journaux les publient ?

— Parfaitement. *La police roulée dans la farine. La bande des retraités a encore frappé*, dit Strömbeck, pris d'un fou rire.

— Arrête ! dit Petterson avant de se taire pour réfléchir, les mains sur les hanches.

— Tu te rappelles ? Märtha Anderson a dit qu'elle avait voulu rendre les tableaux, mais qu'ils avaient été subtilisés dans la suite au *Grand Hôtel*. Comment expliquer ceci ? Nous avons les cadres, mais pas les peintures.

— Il faudrait regarder qui est venu ici avec la poussette. Nous avons les images des caméras de vidéosurveillance.

— Des images de vidéosurveillance ? Pas encore, gémit Petterson.

— Non, tu sais ce que nous allons faire ? répliqua Strömbeck sur un ton plus sérieux. Nous allons faire une déclaration à la presse en disant que nous avons retrouvé les œuvres. Alors les vrais voleurs vont être pris d'un doute. Nous allons les forcer à se manifester. Cela pourra nous donner un semblant de piste.

— Cela me paraît un peu tiré par les cheveux. Et si la presse veut voir les tableaux ?

— Dans ce cas, nous dirons qu'il n'y a pas de problème, mais qu'il faudra attendre un peu puisqu'ils sont entre les mains des enquêteurs.

— Hum...

La directrice du musée était tellement sous le choc qu'elle n'arrivait pas à prononcer un seul mot. Petterson chercha son regard.

— Et que devons-nous faire avec ceci ? demanda-t-il en montrant la fille en pleurs.

Strömbeck s'efforçait de sourire.

— Le marché aux puces ?

— Au fait, on pourrait y trouver de l'ADN, répondit Petterson.

— C'est ce que j'avais pensé, dit la directrice du musée. Entreposons-les dans la réserve en attendant. Mon Dieu, de l'art de supermarché au Musée national !

— N'oubliez pas la poussette, dit Strömbeck. Quelle installation ! *Un instant immortalisé...* oui, d'un illustre inconnu.

— Nous ne sommes pas au Musée d'art moderne. Au Musée national, nous exposons de vraies œuvres, fit remarquer la directrice d'une voix cassante.

— Bien sûr, nous avons compris, fit le commissaire Petterson. N'importe comment, nous n'avons pas beaucoup fait avancer l'enquête. Les tableaux ne sont toujours pas là et...

— Oui, exactement... les tableaux n'ont toujours pas refait surface et beaucoup de choses peuvent encore arriver, confirma Strömbeck.

67

Liza se gratta le cuir chevelu et secoua ses cheveux. Elle se regarda dans le miroir et poussa un juron. Pourquoi devrait-elle se peigner, bordel de merde ? Elle se retrouvait encore une fois à Hinseberg. Pas étonnant qu'elle soit de mauvaise humeur. Il ne s'était pas passé très longtemps avant que la police ne la coffre à nouveau. Et tout ça parce qu'elle avait essayé de vider le compte d'épargne d'un vieux. Oui, elle avait aussi imité sa signature dans une boutique de joaillerie et emporté quelques bijoux – mais il n'y en avait pas pour tant que ça. C'est quand elle avait volé le vieux qu'elle s'était fait prendre. C'était vraiment nul. Retourner en taule à cause de quelques billets de cent alors qu'elle visait des millions… Merde, quoi ! Si seulement elle avait pu disposer d'un peu plus de temps pour chercher les tableaux, elle les aurait certainement trouvés. Le cadre doré super kitsch sur l'une des images du roi n'était pas un objet ordinaire, et tôt ou tard, elle aurait réussi à faire cracher la vérité à cette Petra. Car c'était sûr que la fille était impliquée.

Elle avait prévu de retourner faire un tour à la fac, mais l'intervention de la police avait contrarié ses projets. Quelle idiote ! Bon, il faudrait qu'elle attende la prochaine permission ou qu'elle se fasse la belle d'une manière ou d'une autre. Et si elle ne trouvait rien chez Petra, elle ferait avouer Märtha. La grosse vache était de retour à la maison de retraite, il faudrait juste la cuisiner en peu. Märtha en savait certainement plus que ce qu'elle avait laissé entendre. Et ces dix millions de récompense que le musée avait versés, ça ne disparaissait pas comme ça dans la nature ! Liza alla dans la salle commune pour se faire un café quand elle vit l'un des matons lui faire signe derrière la vitre. Il ouvrit la porte et vint vers elle.

— Au fait, commença le maton.

— Quoi ?

— Tu te souviens de Märtha Anderson ?

— Pas facile à l'oublier, cette bonne femme.

— Elle ne t'a jamais parlé du vol des tableaux ?

Liza ne répondit pas. Le maton fit une nouvelle tentative.

— Elle a reconnu le vol mais affirme que les tableaux ont ensuite été volés par quelqu'un d'autre. Est-ce que tu sais si elle soupçonnait une personne en particulier ?

Liza feignit de ne pas entendre la question.

— Les tableaux sont de retour au musée, en tout cas. Mais personne ne sait où ils étaient passés ni pourquoi ils ont été restitués.

— Vous finirez bien par l'apprendre, dit Liza.

— Je pensais seulement que tu en savais en peu plus.

— Si tu savais comme je m'en fous, lança Liza en s'éloignant.

Puis, elle jura un bon coup en serrant les poings. Ainsi, les tableaux étaient revenus ! Et elle qui avait rêvé de mettre la main dessus et de faire accoucher

Märtha d'un million ou deux. *Tout avait foiré !* Le restant de la journée, Liza travailla à l'atelier de transfert sur tee-shirts, mais elle avait tellement la tête ailleurs qu'elle imprima tous les slogans à l'envers.

Petra éteignit la télé, ouvrit la porte du réfrigérateur et se servit un verre de vin. Elle avait terminé ses examens et se demandait ce qu'elle allait faire pendant le week-end. Elle avait encore une fois rompu avec son petit ami et, cette fois-ci, c'était pour de bon. Curieusement, elle n'était pas triste, mais plutôt soulagée. Enfin, ils s'étaient séparés. Et elle n'était pas seule, plusieurs garçons s'étaient déjà mis sur les rangs. Le problème, c'est qu'elle n'arrivait pas à décider avec lequel elle voulait sortir. En passant devant le canapé, elle s'arrêta et jeta un coup d'œil aux affiches de Stockholm. Elles étaient accrochées à la même place que les peintures du musée, et rétrospectivement, elle avait du mal à croire qu'elle avait eu des œuvres d'art d'une valeur de trente-deux millions de couronnes accrochées dans son salon. Des peintures qu'elle avait failli abîmer. Tout aurait pu très mal finir le soir où elle avait renversé de la soupe partout. Elle allait à la cuisine quand elle avait trébuché et que le contenu de l'assiette avait éclaboussé tout le mur. Une bonne partie de la soupe de myrtilles s'était collée sur les peintures. Le bel uniforme gris du roi avait été maculé de pois bleus et la reine Silvia avait eu une tache mauve au niveau du lifting. Par chance, les reproductions avaient absorbé les éclaboussures et protégé ainsi les œuvres d'art qui se trouvaient en dessous, mais les images de la famille royale étaient bien amochées. Non seulement elle avait eu la visite mystérieuse de quelqu'un qui avait prétendu être sa

cousine, mais elle avait aussi failli abîmer un patrimoine artistique. Il était grand temps de se défaire
des tableaux avant qu'il n'arrive un incident grave.

Le soir même, elle s'était assise pour écrire le message aux petits vieux. Elle était partie du principe
qu'ils avaient encore de l'argent depuis le vol des
tableaux et que cent mille couronnes comme « récompense » était une somme raisonnable. Ni trop ni trop
peu. Plus aurait été malhonnête. Certes, elle avait
considéré un moment demander un demi-million,
mais cela aurait fait d'elle une délinquante. La somme
équivalait à une forme de compensation pour service
rendu. Elle avait quand même mérité quelque chose
pour avoir sauvé les peintures du débarras ? Grâce à
l'argent, elle pourrait habiter et manger gratuitement
pendant le reste du semestre, et même s'offrir des
vêtements et des voyages. Elle n'en demandait pas
plus à la vie. Dès le lendemain, en venant faire le
ménage au *Grand Hôtel*, elle avait agi. Profitant d'un
relâchement dans la surveillance, elle avait déposé la
lettre destinée à Märtha à la réception.

Mais il fallait aussi qu'elle fasse quelque chose pour
les tableaux. Elle ne pouvait pas garder les images
tachées du couple royal au-dessus du canapé. La solution s'était imposée à elle au salon d'Art et Curiosités
à Kista qu'elle avait visité deux jours plus tard. Là,
elle était tombée sur le tableau de la petite fille en
larmes ainsi que celui du marin avec le suroît et la
pipe ; le problème avait été résolu. De retour à la
maison, elle avait seulement eu à les recouper un peu
pour qu'ils soient à la dimension des cadres. Quelle
stupeur au Musée national quand ils découvriraient
ces croûtes ! se disait-elle en regrettant de ne pouvoir
assister à la scène.

Petra s'installa dans le canapé et prit le journal pour relire l'article sur les tableaux. Il était écrit que les toiles disparues de Renoir et de Monet avaient été retrouvées dans une poussette ainsi qu'une poupée. Elle sourit en se remémorant les événements et se demanda ce qui était passé par la tête des vieux. Une poupée ! De toute manière, tout avait l'air de s'être arrangé, même si les journalistes s'étaient montrés étonnamment discrets sur l'affaire. Mais, le plus important, c'était qu'elle avait eu ses cent mille couronnes, et en billets de cinq cents par-dessus le marché. Les vieux avaient vraiment été parfaits. Elle allait pouvoir dépenser son argent en toute tranquillité sans que personne ne la soupçonne. Elle souleva son verre de vin, ferma les yeux et but. Enfin la vie lui souriait.

Petterson et Strömbeck étaient assis devant leur ordinateur chacun avec leur tasse de café. Le communiqué de presse annonçant que les tableaux avaient été retrouvés avait été envoyé à tous les médias, et tout le monde croyait l'affaire résolue. Mais ici, au poste de police, les choses étaient différentes. Les tableaux restaient introuvables et toutes les tentatives d'analyser le canular de la poussette avaient échoué. La police avait encore été bernée. Le commissaire ne nourrissait guère d'espoir sur le stratagème suggéré par son collègue, à savoir que l'article mensonger ferait réagir les malfaiteurs. Or, étant donné les circonstances, toutes les initiatives étaient bonnes à prendre. Il était en train de visionner les images de surveillance de l'entrée du Musée national quand il vit un homme avec une casquette de marin laisser retomber par terre la poussette.

— Regarde ça. Il jette la poussette comme si c'était un vulgaire sac à patates. Normal qu'elle s'écroule.

— Mais je ne comprends pas pourquoi. Il n'a quand même pas fait ça uniquement pour nous mener sur une fausse piste ? s'enquit Strömbeck.

Sur les images, on voyait la poussette retomber de travers et se tordre. Quelques secondes plus tard arrivaient Märtha Anderson et son amie, Stina, avec deux autres visiteurs du musée dont on ne pouvait distinguer les visages. Avec difficulté, elles faisaient entrer la poussette dans l'ascenseur et refermaient la porte. Ensuite, elles revenaient sur leurs pas et se dirigeaient calmement vers la sortie. Selon les images, elles semblaient très satisfaites d'elles-mêmes. Petterson se repassa la scène en boucle jusqu'à ce que la lumière se fasse dans son esprit. *Bon sang ! Si Märtha Anderson et son amie étaient impliquées dans ce sketch, il ne pouvait s'agir que des vrais tableaux.*

— Strömbeck. Il faut que nous allions refaire un tour au Musée national. Crois-moi si tu veux, mais je pense que l'affaire est résolue.

— Tu veux dire…

— Je n'ai pas le temps de t'expliquer. Allez, viens.

Un peu plus tard, les deux policiers étaient avec la directrice du musée en bas, dans la réserve. Ils scrutaient la petite fille en pleurs et le marin au suroît.

— Quand je pense que presque tous les Suédois ont ces peintures chez eux ! se lamenta Petterson en sortant son canif.

— Sauf nous, dit la directrice du musée en faisant la moue.

Petterson commença à découper avec précaution l'un des coins.

— Attendez ! fit Petterson en tirant tout doucement sur la toile à la petite fille. Il y a une peinture en dessous. Regardez !

— Monet ! souffla la directrice du musée. C'est pas vrai…

Dix minutes plus tard, Petterson avait renouvelé l'opération avec le Renoir.

— Oh, Renoir, sanglota-t-elle.

— Voilà qui est fait. Nous avons résolu l'affaire, lança Petterson avec autorité, en se redressant et en repliant son couteau. À présent, il faut que le musée s'équipe d'un vrai système d'alarme afin d'éviter que pareille histoire se répète à l'avenir.

— Les systèmes d'alarme coûtent cher. Les subventions ne suffisent pas, déplora la directrice.

— Alors il faudrait que vous trouviez des fonds, répondit Petterson.

En montant dans l'ascenseur, l'ambiance était tendue, mais, quand la porte s'ouvrit, la directrice du musée s'enhardit.

— Monsieur le commissaire, en ce qui concerne l'argent… Si jamais la rançon pouvait être retrouvée, les dix millions, je veux dire, alors nous pourrions…

— La rançon ? répéta Petterson, interloqué.

— Oui, les dix millions que le musée a payés aux voleurs par l'intermédiaire de l'Association des Amis du Musée national.

— Ah, celle-là…

— Oui, si l'argent était retrouvé, nous pourrions acheter un nouveau système d'alarme.

Petterson s'appuya contre le chambranle de la porte. Merde alors ! Cet argent lui était complètement sorti de l'esprit. L'enquête n'était pas encore classée.

— Bien sûr. Nous travaillons d'arrache-pied sur ce

dossier. Je reviendrai vous voir, marmonna-t-il en se dépêchant de partir.

En descendant les escaliers, il se tourna vers Strömbeck.

— Fallait vraiment que la directrice soulève le problème de la rançon juste maintenant ! Moi qui étais si content...

— En fait, elle a raison d'insister, Petterson. L'argent n'a toujours pas été retrouvé.

68

— C'est quoi ?

En chemin vers le thé de l'après-midi chez Märtha, le Génie avait vu le journal et l'avait emporté. À présent, il aurait préféré ne pas l'avoir vu. En fronçant les sourcils, il parcourait l'article.

— « Grand braquage d'un transport de fonds. Pas d'indice », lut-il à voix haute.

— Märtha, ma chère, et moi qui croyais que nous allions avoir la paix pendant un moment...

— C'est quoi ?

— Les Yougoslaves...

— Que dis-tu ? Raconte-moi tout, calmement et intelligiblement.

Elle alla fermer la fenêtre, puis sortit son tricot. À la mine du Génie, elle comprit qu'il avait beaucoup de choses à dire. Ça tombait bien, son pull n'était pas tout à fait prêt. Elle avait toujours eu du mal à monter les manches et le dos. Le Génie se racla la gorge.

— Tu sais, ce hold-up que Juro prévoyait de faire. Nous en avons pas mal parlé à Asptuna. Au lieu d'un braquage à main armée, je lui ai suggéré de s'en prendre à un transport de fonds où on endormirait les convoyeurs. Et regarde ici ! (Le Génie lui montra l'article.) Les auteurs ont fait exactement ce que j'avais dit. Ils ont raflé vingt millions. Vingt millions ! Ça ne peut être qu'un coup de Juro.

— Ça, c'est terrible. Juro ?

Märtha posa le tricot et se leva pour préparer le café. Quand l'eau eut bouilli, elle la versa dans la cafetière, sortit des tasses et remplit une coupelle de petits gâteaux au chocolat. Elle servit le Génie. Puis elle se réinstalla dans le canapé. Elle passa le fil sur l'index et reprit son ouvrage.

— Mais, le Génie, qu'est-ce qui t'inquiète ? Tu ne peux quand même pas être condamné pour tes bonnes idées.

— Ce n'est pas cela. Juro disait qu'ils allaient cacher les sacs à Djursholm et garder profil bas le temps que la police soit moins sur les dents. Mais les sacs ne resteront pas là pendant une éternité. Si nous devons faire notre casse ultime, il faudrait que ça soit *maintenant*.

Märtha se pencha en avant et souffla sur son café pendant un long moment. Puis elle tendit la main pour prendre un gâteau.

— Hum, alors le moment est venu ? demanda-t-elle.

— Pour le *crime parfait*, oui, et pour cela nous avons besoin de l'argent caché sous le matelas. Nous devons investir.

Quand Märtha s'était plainte que son lit était trop dur, le Génie avait pensé qu'il pourrait y cacher l'argent de Dolores. Il avait détaché une latte, et entre les ressorts et le bas du sommier, il avait posé des couvertures, des couches et des taies d'oreillers remplis de billets de banque. Curieusement, le lit était devenu plus agréable. Mais, à présent, ils avaient besoin de liquide. Le Génie croisa les bras.

— Il nous faut une voiture pour transporter le butin du casse.

— Pourquoi pas un taxi ? Personne ne va soupçonner une voiture de taxi.

— Encore mieux, je vote pour un véhicule utilitaire. Une telle voiture peut contenir jusqu'à huit ou neuf personnes, et on peut même rester debout à l'arrière – ce serait bien pour Anna-Greta qui a du mal à se baisser. Et puis il y a un hayon. Nous pouvons y entrer nos déambulateurs directement et charger tout ce qu'on veut.

— Je commence à comprendre. Vingt millions, dis-tu. Cela fait pas mal de sacs.

— Ils vendent des fourgons à Blocket pour environ un demi-million. Une Toyota ou un Ford Transit, par exemple. Ils ont un grand espace de rangement.

— Alors, nous serons obligés d'investir pour commettre un crime ? Tu sais, nous ne sommes pas des gens d'affaires. C'était plus simple avec les tableaux, dit Märtha.

— Peut-être, mais ce coup-ci semble plus réaliste, jugea le Génie.

— Et nous nous épargnerons la responsabilité du patrimoine culturel, bien évidemment.

Märtha reposa sa tasse et reprit son tricot.

— Tu sais quoi ? Il est grand temps d'appeler les autres.

Le Génie s'illumina.

— Ce qui est bien avec toi, c'est que tu comprends tout.

Après le dîner, la bande des retraités se retrouva dans la chambre de Märtha. Quand tout le monde eut sa liqueur de mûre arctique, elle prit la parole :

— Il s'agit d'un vol. La première question est de savoir si nous sommes prêts à risquer notre place à la maison de retraite. En effet, si nous allons au bout de ce projet, nous devrons probablement passer quelques années à l'étranger.

— Ça ne me dit rien, dit Anna-Greta en pensant à Gunnar.

— Tant que nous ne devons pas vivre sous une fausse identité ! Aujourd'hui, on peut acheter un nom et un numéro de sécurité sociale, le saviez-vous ? demanda Stina qui avait lu un roman policier intitulé : *Pas toi : l'identité usurpée.*

— Ah bon, c'est possible ? Alors je suis des vôtres, s'écrièrent en même temps Anna-Greta et le Râteau.

— La banque et les personnes lésées seront indemnisées, continua Märtha.

— La banque, est-ce nécessaire ? protesta le Râteau. Je ne suis pas sûr de vouloir donner à ceux qui volent les autres.

— Mais, si tout le monde n'est pas content, ce n'est pas un crime parfait ! fit remarquer Märtha.

— *Le crime parfait*, répéta Anna-Greta. Nous allons en réalité faire un hold-up si gentil que la banque n'aura pas de problèmes. Ai-je bien compris ?

— Non, ce n'est pas tout à fait cela. Ce n'est pas nous qui allons faire le casse. Il est déjà fait. Nous allons seulement chercher l'argent, expliqua le Génie.

— Tout semble si facile avec toi, soupira Anna-Greta.

— Bien sûr que cela comporte des risques. Mais il faut essayer, n'est-ce pas ? estima le Râteau en tripotant le foulard en soie qu'il avait noué autour de son cou.

Il s'ensuivit plusieurs heures de discussions animées

concernant l'avenir et, après deux bouteilles de liqueur, tout le monde avait exprimé ce qu'il avait sur le cœur.

— Rendez-vous compte, nous allons enfin commettre un nouveau vol, se réjouit Stina. C'est merveilleux. Moi qui avais si peur que le reste de ma vie soit d'un ennui... Ah, s'ils pouvaient me voir maintenant, ceux de Jönköping. Du reste, croyez-vous qu'on écrira un livre sur nous plus tard ?

— Absolument, la rassura le Râteau. Les gens adorent lire des histoires vraies.

— Il ne s'est encore rien passé, fit remarquer Anna-Greta.

— Mais c'est en bonne voie, répliqua Märtha.

Alors tout le monde rit et malgré l'heure tardive, ils voulurent absolument chanter un peu. Ce fut *Joyeux comme l'oiseau* suivi du psaume *Rien qu'un jour, un instant à la fois*, un air qu'ils utilisaient souvent pour les rappels. Dans la foulée, Anna-Greta enchaîna avec *La Ronde de l'argent,* quand la porte de chez Märtha s'ouvrit soudain avec fracas.

— Mais qu'est-ce qui vous prend ? Vous réveillez toute la maisonnée. Vous auriez dû éteindre, il y a longtemps.

Les cinq retraités se regardèrent. Barbro ?

— Mais où est Katja ? bégaya Märtha.

— Elle a été mutée. Le Diamant est désormais sous mon entière responsabilité.

69

Depuis que Katja avait été virée, rien n'était plus comme avant. La jeune femme avait écrit une lettre dans laquelle elle les remerciait pour le temps passé ensemble, regrettant d'avoir été forcée de les quitter. Et les vieillards partageaient ce regret, car personne, *absolument personne,* ne voulait revenir à la situation antérieure.

Pendant la période où Katja avait dirigé l'établissement, tous avaient retrouvé leur joie de vivre. À présent, ils n'en faisaient qu'à leur tête. Barbro n'arrivait à rien avec eux. Quand elle disait qu'il était temps d'aller se coucher, ils ne l'écoutaient pas, et quand elle devait fermer le service à clé, ils se mettaient dans l'encadrement de la porte en réclamant plus de personnel. Si la nourriture n'était pas bonne, ils râlaient et refusaient de manger, sans compter qu'ils étaient de plus en plus nombreux à exiger d'avoir une clé de la salle de fitness. Beaucoup posaient des questions sur la médication et ne prenaient leurs comprimés que s'ils étaient convaincus de leurs bienfaits. Quand Barbro, sans prendre de gants, essaya de réduire la consommation de café à deux tasses par jour, ils renversèrent exprès le thermos. Pendant que la bande des retraités était en pleine organisation du vol, Le Diamant devenait ingérable. Märtha voyait ce qui se passait et proposait du zan extra fort, *Rugissement de la Jungle*, à tous ceux qui en voulait. Elle espérait que ça allait les inspirer.

Barbro scrutait les vieillards à travers la vitre en écoutant distraitement leur caquetage. Anna-Greta écoutait ses vinyles, Dolores chantait et deux vieux bonshommes ronflaient. À présent, c'était un peu plus calme, mais plus tôt dans la journée, ils avaient fait tellement de tapage qu'elle avait été prête à rendre son tablier. Dans la nouvelle maison de retraite, elle aurait enfin sa propre pièce avec une porte fermée à clé et une fenêtre donnant sur le jardin. Dès l'acquisition des nouveaux locaux, ils pourraient regrouper les activités, et tout serait bien mieux. Ingmar lui accorderait plus de liberté pour qu'elle puisse réorganiser l'ensemble. On aurait besoin de plus de personnel, c'était inévitable, mais Ingmar s'y était opposé. Il voulait restreindre encore davantage les frais de fonctionnement. Elle cogitait. Les immigrés, devait-elle admettre, savaient prendre soin de leurs parents. Si seulement elle arrivait à les faire travailler comme il faut, cela diminuerait les coûts… Ingmar allait adorer ses propositions. Bon, d'ici là, il faudrait qu'elle essaie d'amadouer les vieillards avec des mots gentils. Elle se leva et alla dans la salle commune.

— Quel beau temps nous avons aujourd'hui, n'est-ce pas ? lança-t-elle.

— Ça tombe bien, nous voulons sortir. Et nous voulons une meilleure nourriture. Finies les promesses et les belles paroles. Vous ne nous tromperez plus, lança Henrik, 93 ans au compteur, en lui faisant un bras d'honneur.

Barbro retourna dans son bureau. C'était moins risqué.

— Vous savez, elle va bien finir par craquer un de ces jours, fit Märtha une semaine plus tard en entendant les claquettes de Barbro dans le couloir. Même Dolores feule comme un chat quand elle la voit.

— Laisse-la. Tant que le bordel régnera ici, elle ne s'occupera pas de nos affaires, déclara le Génie en posant son pinceau.

À l'instar des autres, il s'était mis à la peinture et s'y consacrait vraiment. Des toiles à moitié terminées s'entassaient contre le mur et de la peinture à l'huile jonchait le sol. Il se recula et contempla le tableau devant lui couvert d'épaisses couches de gouache et résolument « moderne ».

— Comme c'est amusant de peindre, continua-t-il. Dommage que je n'aie pas commencé plus tôt.

— Dommage surtout que ça sente aussi fort. Il n'y a pas une autre peinture qu'on puisse utiliser ?

— Pas pour ce qu'on veut faire, répondit Stina. La peinture à l'huile est une couverture privilégiée. J'ai raconté à Barbro que nous avons baptisé notre petit groupe d'artistes « Les Vieux au pouvoir ». Elle n'a pas répondu, mais m'a fusillée du regard.

— De toute façon, vous savez quoi ? Elle est revenue à trois tasses de café par jour, intervint Anna-Greta.

— C'est vrai ? Elle veut se faire bien voir. Bientôt, nous pourrons l'ignorer. À présent, les choses sérieuses commencent, dit le Râteau.

— Avec le fourgon, enchaîna Märtha. Pensez, là-dedans, nous pourrons mettre nos peintures, les sacs et même des distributeurs automatiques de billets si besoin.

— Et les déambulateurs !

Märtha et le Génie se regardèrent en riant. À chaque nouvelle aventure, ils rajeunissaient. Pour les stimuler, rien ne valait un bon défi. D'un jour à l'autre, ils allaient de nouveau frapper un grand coup.

70

— Ce n'est pas ce que nous avions imaginé quand nous avons été admis à l'Institut national de police, hein ?

Le commissaire Lönnberg mordait dans un hamburger et regardait à travers la fenêtre. Il pleuvait depuis des semaines. Un morceau de tomate avait atterri sur la jambe de son pantalon et il la fit tomber par terre.

— Ça fait des jours que nous sommes planqués devant cette maudite maison de retraite sans que rien ne se passe.

— Oh que si ! Ils se sont procuré un chat, dit Strömbeck en se glissant une chique de tabac sous la lèvre. Et si je ne me trompe, c'est toi qui as voulu les surveiller. Des vieillards dans un hospice...

— Non, l'ordre venait d'en haut. (Encore une des idées lumineuses de Petterson). D'ailleurs, tu pues le tabac. Tu ne pourrais pas essayer une autre marque ?

Lönnberg ouvrit la bouche à nouveau et quelques morceaux de cornichon tombèrent sur le siège. Il les balaya du revers de la main et jeta un regard à Strömbeck. L'homme donnait l'impression de ne jamais avoir besoin de manger. Il survivait grâce à la nicotine. Du tabac à chiquer et des chewing-gums à la nicotine, il ne lui en fallait pas plus. D'un autre côté, c'était pire avant quand il fumait des cigarettes. Il empestait. Mais le commissaire Lönnberg appréciait Strömbeck, c'était quelqu'un de bien. Il avait une femme et deux enfants, et quand il était à la maison, il était du genre à tout faire. Il appartenait à la nouvelle génération d'hommes qui savent changer les couches et faire la cuisine. Lui-même avait été élevé selon le précepte que c'est l'homme qui porte la culotte. Le devoir de la femme est de rester à la maison, faire des enfants et servir l'homme. Pourquoi avoir changé cela ? Dès qu'il avait exigé de ses conquêtes qu'elles restent à la maison, la relation avait pris l'eau. À présent, il avait abandonné depuis longtemps l'idée d'une vie maritale. Il n'était finalement pas malheureux avec la vie qu'il menait, son jardin et ses livres. Avant tout, il vivait pour son travail et, pour cette raison, l'affaire des vieux lui restait sur l'estomac. Il n'aboutissait nulle part avec eux et ne savait pas, à proprement parler, comment appréhender la situation. Mais, puisqu'ils pourraient peut-être le mener jusqu'à la rançon du musée, il ne pouvait pas abandonner. À aucun moment il n'avait gobé leur histoire de billets emportés par le vent sur le ferry. Non, ces vieillards étaient futés et il était sûr qu'ils avaient caché l'argent quelque part.

Le pire, c'était les fois où il avait convoqué Märtha pour l'interroger. Il ne savait pas s'y prendre avec elle. Elle était entrée dans la salle d'interrogatoire habillée d'un joli tailleur bien coupé, avec une écharpe et des chaussures assorties. Elle avait souri tout le temps en assurant qu'elle n'avait pas vu l'argent, mais qu'elle allait faire tout ce qui était en son pouvoir pour l'aider. Oui, si elle voyait ou entendait la moindre petite chose suspecte, elle prendrait contact avec lui. Ah, elle devait bien rire dans son dos ! À la fin, il avait pris la décision de les mettre tous sous surveillance. Petterson avait dans l'idée que les retraités faisaient office de guetteurs pour une organisation criminelle, et que la police découvrirait tôt ou tard leur réseau. D'habitude, les délinquants utilisaient des chômeurs ou des poivrots pour de telles besognes. Faire appel à des vieillards ? C'était peut-être une nouvelle tendance. Le commissaire Lönnberg jeta un coup d'œil sur son hamburger, fit une rapide évaluation de la quantité qui restait, puis enfourna le tout dans sa bouche. Une pluie de salade et de mayonnaise dégringola sur son pantalon. Il lâcha un juron, sortit un mouchoir et repoussa le tout par terre. Puis il se tourna vers Strömbeck.

— Dis, t'as une idée des contacts que cette bande de retraités pourrait avoir avec le crime organisé ?

— Je ne sais pas avec qui ils travaillent. Mais ils étaient très fiers du vol des tableaux.

— Ah putain, je commence à en avoir marre ! Faire la planque pour des gens en déambulateur...

Lönnberg essaya de déloger un morceau de salade qui s'était coincé entre les dents.

— C'est pour ça que le chef a baptisé la surveillance « Opération Couverture ». Il a dit qu'ils ne devaient se douter de rien.

— Avec les vrais délinquants, on sait à quoi s'attendre, dit Lönnberg.

— Oui, et on fait un vrai boulot. Mais ça ? Ces derniers jours, nous les avons suivis cinq fois et toujours pour un rendez-vous chez le pédicure.

— Ou à la bibliothèque.

— Sans oublier l'aquagym et la messe.

— Mais ils peuvent très bien avoir eu des rendez-vous secrets avec quelqu'un. On est bien obligés d'avoir un large spectre dans notre surveillance, enchaîna Lönnberg.

— Mais t'avais quoi en tête, quand tu as demandé des renforts là où ils se faisaient masser ? Les voitures ont foncé à Eros Rosenmassage alors que c'était chez Iris Rosenterapi et qu'il ne s'agissait que de vulgaires torticolis. La prochaine fois que nous ferons une descente là-bas, ce sera sans doute pour proxénétisme ?

— Mais...

Il se tut. Märtha Anderson et ses deux amies sortaient de la maison de retraite, suivies de près par les deux messieurs. Ils restèrent sur le trottoir en ayant l'air d'attendre quelque chose. Lönnberg donna une bourrade dans les côtes de son collègue.

— Hé, Strömbeck. Ils préparent un coup, je le sens.

— La dernière fois, ils sont allés prendre le thé au grand magasin Nordiska Kompaniet, ensuite ils ont déposé des roses sur une tombe à Skogskyrko-gården et puis ça a été l'heure de leur massage de pieds. Qu'est-ce que tu veux qu'ils fassent de louche, maintenant ?

Un fourgon vert approchait. Il ralentit et s'arrêta devant Le Diamant. Un homme blond, la cinquantaine, bondit du siège conducteur, ouvrit la portière et ouvrit le hayon. Les trois dames entrèrent avec leurs déambulateurs, suivies des deux messieurs.

— Cinq personnes âgées entrent dans un fourgon. Ça y est, Lönnberg, nous les tenons. Ils vont certainement faire un hold-up dans une banque, lança Strömbeck.

Lönnberg feignit de ne pas relever le ton ironique et posa les mains sur le volant. Quand le chauffeur eut remonté le hayon, fermé la portière arrière et grimpé sur son siège, Strömbeck sortit les jumelles.

— Ils s'en vont. Nous les suivons.

— OK, c'est toi qui décides.

— Mais conduis doucement pour qu'on ne se fasse pas repérer.

— Oui. Et je vais éviter de mettre la sirène...

Le fourgon vert fonçait sur les routes pendant que les essuie-glaces balayaient le pare-brise. Les cinq retraités l'avaient baptisé *Le Danger vert* et tout le monde était très satisfait. Seule Märtha ne se sentait pas au mieux de sa forme. En faisant marche arrière, elle avait embouti un peu un véhicule pour handicapé garé juste devant Le Diamant, ce qui avait provoqué un certain émoi chez les pensionnaires. Avec beaucoup de diplomatie, Stina avait proposé qu'ils embauchent Anders comme chauffeur. Les autres s'étaient tellement raclé la gorge que Märtha avait finalement laissé le volant. Et, au fond, elle trouvait que ce n'était pas une si mauvaise idée. Le Râteau et le Génie avaient dépassé l'âge limite – même s'ils ne voulaient pas le reconnaître – et, pour les tâches difficiles, Anders pourrait s'avérer fort utile. Toutefois, même s'il était le fils de Stina, Märtha ne savait si l'on pouvait faire confiance à ce garçon. Il avait l'air si jeune, seulement 49 ans ! N'était-ce pas trop lui demander ? Et s'ils volaient les vingt millions et qu'il parte au volant avec... Alors, ils n'auraient pas perdu la *moitié* du butin, mais *tout* le butin. Märtha s'était rassurée en se disant qu'un bureaucrate émérite occupant un poste de fonctionnaire comme Anders ne devrait pas voler. Mais en repensant au passé des différents membres de la bande des retraités, son inquiétude revint. De toute manière, il était trop tard pour changer quoi que ce soit, car Stina avait déjà trop parlé et Anders avait compris que les cinq complices organisaient un nouveau casse.

— Vous n'avez vraiment aucune conscience ? avait-il demandé.

— Mais, c'est justement le contraire, répliqua Stina avant de lui expliquer le *crime ultime* et leur cagnotte. Cette cagnotte, mon petit Anders, c'est très important, avait-elle dit. Nous qui avons construit ce pays, nous voulons avoir une vie décente sur nos vieux jours. Nous ne sommes pas de vrais voleurs, vois-tu. C'est seulement là où l'État a failli que nous intervenons. Et nous empruntons seulement un peu aux riches pour le donner aux nécessiteux. Oui, tu sais, les gens dont l'État profite, les veuves, les vieux et les malades.

Alors, Anders avait étreint Stina en disant qu'il était fier d'elle. Il avait souligné la monotonie et la futilité de son travail de fonctionnaire. En les aidant, il se sentait enfin utile. Oui, c'est ainsi qu'Anders était devenu l'homme à tout faire de la bande des retraités. Märtha l'accepta en trouvant que c'était sage de garder le contact avec la jeune génération pour ne pas s'encroûter. Mais, il ne serait jamais un membre à part entière, et serait rémunéré. Et le butin, c'était eux-mêmes qui allaient le gérer.

— Ce compte-là, je m'en occupe, avait tranché Anna-Greta avec sa voix aiguë, mettant ainsi fin aux discussions.

Ensuite, Anders n'avait pas pu tenir sa langue sans tout raconter à sa sœur. Emma, à son tour, avait levé les yeux au ciel en disant que sa mère avait l'air chaque jour de rajeunir et de reprendre de la vigueur. Märtha avait en effet tout entendu quand les deux enfants de Stina fumaient dehors sous les fenêtres du Diamant.

— À partir de maintenant, je m'occuperai mieux de maman, avait dit Anders.

— Moi aussi, avait renchéri Emma.

En entendant cela, Märtha avait accepté qu'Anders fît partie de leur groupe. Et le soir même, lors de leur réunion, ils s'étaient rendu compte qu'ils allaient déjà avoir besoin de lui.

— Les grandes villas à Djursholm sont déconcertantes. La cave à vin est en général située au sous-sol, en bas d'un escalier. Alors, c'est bien d'avoir de l'aide, avait dit le Génie.

— Et les sacs sont certainement lourds, avait ajouté le Râteau.

— En outre, il est très important que nous puissions avoir *tout* le butin. Nous ne pouvons pas continuer à perdre la moitié de ce que nous volons. À la longue, ça coûte trop cher, avait dit Anna-Greta.

— Ah bon, ça coûte cher de perdre la moitié d'un butin volé ? avait demandé Märtha tout haut. Quelque chose qui au fond ne nous appartient pas peut-il coûter beaucoup d'argent ?

— Ne recommence pas, il ne s'agit pas de philosopher, avait soupiré le Râteau.

— Je trouve que c'est bien de prendre Anders avec nous, était intervenue Stina. Cela nous fera un contact en Suède pour s'occuper de nos affaires pendant notre séjour à l'étranger. Il y aura certainement pas mal de choses à faire ici chez nous.

Sur ce point, Märtha était d'accord car, dès que les cinq retraités auraient leur argent, ils prévoyaient de s'envoler pour les Caraïbes. Ils avaient pris cette décision, quelques jours auparavant, et Anna-Greta avait déjà réservé le vol et l'hôtel sur Internet, et obtenu tous les papiers nécessaires. Comment elle avait réussi ce tour de force, cela dépassait l'entendement de Märtha. N'étaient-ils pas fichés par la police ? Peut-être qu'en raison de leur grand âge, ils ne faisaient pas l'objet d'un signalement aux frontières...

La voiture qui les précédait klaxonna et Märtha voulut faire de même, avant de se rappeler qu'elle n'était pas au volant, mais que c'était Anders qui conduisait la voiture cahotante vers le centre de Djursholm.

Après avoir ralenti et dépassé la bibliothèque, il fila tout droit et tourna ensuite vers la gauche près de la promenade du bord de mer. Märtha jeta un coup d'œil par la fenêtre. Ils passèrent devant plusieurs grandes villas de luxe qui semblaient plus grandes et plus tape-à-l'œil les unes que les autres. Puis ils longèrent une baie et montèrent une côte.

— C'est ici, annonça Anders.

Il tourna à droite et gara la voiture sur le côté de la route.

Le silence se fit à l'intérieur du fourgon et tout le monde perçut la gravité de l'instant. Timidement, ils cherchaient la maison du regard.

— Nous sommes bien au 11 de la Skandiavägen, mais je ne vois pas de lumière à la fenêtre, déclara le Génie. La belle-mère est sans doute partie en voyage, comme le disait Juro.

— Ça semble complètement mort, souffla Stina d'une voix tremblante. Vous croyez vraiment qu'ils ont caché les sacs ici ?

— Faisons le tour de la maison avant de frapper, suggéra Märtha.

— Si quelqu'un nous découvre, nous n'aurons qu'à dire que nous pensions que c'était la maison de retraite Kronan. C'est bien cela, ton idée, Märtha ? demanda le Râteau.

— Oui. La villa est aussi grande qu'un établissement spécialisé. Dire Kronan, c'est parfait. As-tu emporté la pince-monseigneur, le Génie ?

— Oui, et quelques clés en plus. Les gens ont souvent des portes blindées et des serrures extraordinaires, mais oublient en général les caves.

— Et l'alarme ? demanda Stina.

— Tu le sais bien. C'est ma spécialité, répondit le Génie.

— On y va, alors, dit Stina en se couvrant d'un châle noir.

Vêtu de sombre, on était moins voyant ; c'était la première chose qu'elle avait apprise à Hinseberg. Elle avait l'air d'être en route pour un enterrement royal. Il ne manquait plus que le voile.

— Attendez. Le Génie, le Râteau et moi, nous allons d'abord jeter un coup d'œil dans la maison en faisant le tour par le jardin, annonça Märtha. Ensuite – si la voie est libre –, nous descendrons à la cave.

— D'accord.

— On peut y aller ? s'impatienta le Génie qui trouvait que c'était inutile de rester trop longtemps assis dans la voiture. Prêts ?

Des murmures se firent entendre.

À l'instant même où Märtha ouvrit la portière, une voiture monta la côte. La Volvo bleu foncé semblait avancer en flottant et ralentit en passant devant le fourgon.

On est faits comme des rats, pensa Märtha.

71

— Non mais t'as vu ça ? Les maudits retraités sont rentrés dans le fourgon avec leurs déambulateurs, et en sont descendus sans. Ils n'ont même pas de canne. Je t'avais dit qu'ils étaient louches, dit le commissaire Lönnberg.

— C'est pas la peine de t'énerver, Lönnberg. On ne sait jamais avec les vieux, répliqua Strömbeck. Gare-toi sur le chemin et claque la portière en sortant. Cela semblera normal. Ensuite tu monteras la pente pendant que, moi, je me faufilerai derrière eux.

— OK, mais fais attention. Il fait noir.

— Tant mieux, ils ne me verront pas.

— Attention aux fruits mûrs qui sont tombés par terre. À cette période de l'année, c'est vite fait de se fouler le pied sur une pomme d'hiver ou de déraper sur une pomme pourrie.

— Si je me casse la figure, j'aurai toujours le temps de voir sur quoi j'ai glissé, ronchonna Strömbeck.

Il resserra son écharpe, remonta son col et s'avança, le dos courbé, vers la maison. D'abord, il ne vit rien, mais, quand ses yeux se furent habitués à la pénombre, il découvrit trois silhouettes noires. S'il y avait quelqu'un qui risquait de tomber, c'étaient bien

411

ces gens-là, pensa-t-il. Peut-être se casseraient-ils tous le col de fémur ? Il s'approcha. Les vieillards ne se déplaçaient pas en se cachant, mais se promenaient comme s'ils allaient rendre visite à quelqu'un – encore que n'importe qui aurait pu voir qu'il n'y avait personne dans la maison aux lumières éteintes. Strömbeck prit position derrière un sapin et les observa entre les branches. Ils marchaient lentement autour du bâtiment en regardant de temps à autre vers les fenêtres. Puis ils s'avancèrent vers l'entrée et sonnèrent. Comme personne ne vint ouvrir, ils se dirigèrent vers l'entrée de la cave. L'un des hommes farfouilla la serrure, mais ensuite Strömbeck ne vit plus rien. Il prit son courage à deux mains et franchit le portail. Arrivé sur le terrain, il aperçut une serre, le poste d'observation idéal.

Märtha fixait l'énorme villa de Djursholm qui se dressait comme un château hanté devant elle. Et si les escrocs étaient dans la maison, avec les lumières éteintes, et qu'ils les observaient en cachette ? Et n'y avait-il rien de louche avec cette Volvo bleu foncé ? Elle appartenait peut-être aux propriétaires – mais, dans ce cas, ils ne l'auraient pas laissée dans la rue. Et si c'était la police… ou les Yougoslaves, en embuscade, attendant de les prendre sur le fait. Märtha eut un frisson. Tout ce stress commençait à être un peu difficile à gérer.

— Psst ! chuchota le Génie en lui posant la main sur l'épaule. J'ai réussi à ouvrir la serrure et je n'ai plus qu'à débrancher l'alarme. Peux-tu aller chercher Anders avec le diable ?

— Et les déambulateurs ?

— Prends-les aussi.

Märtha boutonna son imperméable. Oh, la, la !

ça picotait drôlement dans la région du ventre. À présent, c'était du sérieux. Ils pouvaient encore faire semblant de s'être trompés, mais dès qu'ils auraient les sacs, ce serait plus difficile. Si quelqu'un les voyait à ce moment-là, c'en serait fini. Ils avaient encore quelques minutes pour tout laisser tomber, mais non… Depuis le temps qu'ils rêvaient de ce *crime ultime* ! Elle prit une profonde inspiration et retourna vers le fourgon. Là, elle attrapa son déambulateur et fit signe aux autres de la suivre. Anders arriva le premier et déplia le diable.

— Où sont les sacs ?

— Ils sont en bas, chuchota le Génie en montrant l'escalier de la cave. Il me semble que ce sont des sacs ordinaires de dix kilos. Prends-en plusieurs à la fois. Puis nous porterons chacun le nôtre sur le déambulateur.

— Imagine un peu qu'ils s'effondrent comme la poussette, dit Märtha.

— Aucun risque, ceux-ci n'ont pas été achetés à Blocket.

Anders se dépêcha de descendre l'escalier.

— Espérons qu'il soit aussi futé que ce que Stina prétend, murmura Märtha.

— Il est costaud, commenta le Génie.

— Ce n'est pas la même chose, objecta Märtha.

Après un moment, on entendit les grognements d'Anders dans la cave et il réussit à projeter quatre sacs en haut avant de remonter lui-même en haletant.

— J'en prends trois sur le diable et vous n'aurez qu'à vous occuper du quatrième, dit-il en posant un sac sur le déambulateur de Märtha.

À cet instant, Märtha crut voir quelque chose dans la serre du jardin.

— Il y a quelqu'un là-bas.

Anders s'immobilisa.

— Retournons tout doucement au fourgon comme si nous n'avions rien vu, dit-il.

Au même moment, l'ombre à l'intérieur de la serre se détacha et sortit en trombe. La forme se précipita vers eux avec les bras tendus comme s'il tenait un revolver. Anders accéléra et Märtha et le Génie se cachèrent derrière un arbre. L'homme s'approcha, mais, voulant prendre un raccourci par la pelouse, tomba.

— Il a dû glisser sur le compost, supposa le Génie.

— Ou sur une pomme, hasarda Märtha.

Les vieillards revinrent rapidement au fourgon, pendant qu'Anders courait devant avec le diable. Mais comme il faisait noir et qu'il y avait beaucoup de pommes par terre, chaque fois que le diable rebondissait, les sacs tombaient.

— Voilà que ce million-là est passé en pertes et profits, constata Märtha, à bout de souffle, en essayant de traîner son sac dans la voiture.

Les dix kilos ballottaient d'une façon inquiétante dans le panier du déambulateur et elle craignait de tout perdre. Si le sac tombait, elle n'arriverait jamais à le soulever. Mais le Génie arriva à son secours et, finalement, ils rejoignirent le fourgon. Comme *Le Danger vert* avait les portières arrière ouvertes et le hayon baissé, il n'y avait qu'à entrer directement. Mais Anders se faisait attendre et Märtha pensa qu'il avait pris l'argent et s'était sauvé. À moins qu'il n'en soit venu aux mains avec le pauvre homme qui avait trébuché. Elle eut le temps de penser à bien des choses avant qu'il n'arrive enfin en courant. Elle se figea.

— Où sont les sacs ? demanda-t-elle en apercevant le diable vide.

— Je vous expliquerai plus tard. Ça urge. Asseyez-vous !

Il les poussa sans ménagement dans le fourgon, ferma la portière arrière et sauta sur le siège du conducteur.

— Où sont les sacs ? répéta Märtha, en vain.

Anders tourna la clé de contact, appuya sur l'accélérateur et partit. Quand ils eurent fait un petit bout de chemin, il se retourna enfin.

— Combien de sacs avez-vous pu emporter ?

— Un, c'est tout, répondit le Génie. Où sont les tiens ?

— Vous savez, acheter un fourgon pour un sac de pommes de terre, c'est cher payé.

— Que veux-tu dire ?

— Ce n'était pas une cave à vin, mais une *cave à patates*, dit-il. Je suis enrhumé, mais vous, vous n'avez rien senti ? C'étaient des sacs de *patates*.

— Probablement une adresse erronée, s'excusa le Génie.

— Le type sur la pelouse alors, c'était qui ? voulut savoir Märtha.

Anders fut pris d'un tel fou rire qu'il eut du mal à tenir le volant. Personne n'entendit ce qu'il disait. À la troisième tentative, il réussit à articuler :

— L'homme disait qu'il était de la police. La police, la police...

— Patate de police, ajouta le Génie.

Alors le fou rire général repartit de plus belle. Märtha dut les calmer.

— Les sacs de pommes de terre sont peut-être seulement une fausse piste.

— Toi et tes fausses pistes, marmonna le Râteau.

— Non, le hold-up que Juro avait planifié a pu rater, assena Stina sur un ton si énergique que tout le monde écouta. Vous savez, ces ampoules de couleurs dont les banques sont à présent équipées. Les Yougoslaves ont peut-être braqué le transporteur de fonds, puis ils ont eu les billets souillés de rouge.

— Du bleu, rectifia Anna-Greta.

— Du coup, ils ont été obligés de tout jeter. C'est pour cela qu'il n'y avait pas de sacs d'argent dans la cave. C'est peut-être l'explication.

— Et les patates, alors ? demanda le Génie.

— Seulement de vieux sacs qui sont restés depuis que les pommes de terre ont été récoltées.

— Mais Juro n'est pas du genre à abandonner, repartit le Génie.

— Peut-être pas, mais actuellement il y a moins de transports de fonds, continua Stina. Pourquoi n'y ai-je pas pensé plus tôt ? Ce genre de hold-up est démodé. Aujourd'hui, il existe des manières plus futées. D'ailleurs, il y a une voiture derrière nous. Une Mercedes.

— Stina a peut-être raison, intervint le Génie. En taule, les détenus parlaient beaucoup de hold-up de transports de fonds, mais ceux qui avaient été condamnés se trouvaient derrière les barreaux depuis pas mal d'années déjà. Ils étaient peut-être dépassés.

— Cette Mercedes nous suit, c'est évident, coupa Märtha.

Ils restèrent silencieux un instant et tout le monde se retourna. C'était difficile de voir dans le noir, mais on distinguait bien les phares de la voiture et, en passant devant un réverbère, ils virent qu'il s'agissait d'une Mercedes grise.

— Nous sommes à Djursholm. Ici les Mercedes

sont aussi courantes que les vélos à Copenhague. Cela aurait été plus suspect si nous *n'avions pas* eu une Mercedes derrière nous, fit remarquer Anna-Greta.

En route vers la ville, la conversation tourna autour du voyage. Désormais, ils n'avaient plus d'argent.

— Dommage, moi qui me faisais une joie d'aller à l'étranger, dit Stina en éternuant.

Elle attrapait toujours des rhumes, et sa robe noire était certainement trop légère…

— Malheureusement, nous serons obligés de décommander l'hôtel, se lamenta Anna-Greta. Mais avec Internet, cela n'est pas un problème.

— C'est bien, Anna-Greta, que tu le prennes de cette façon. Ne considérons pas cela comme un échec, mais plutôt comme une répétition générale, conseilla Märtha. C'était l'occasion de faire un nouveau test.

Tout le monde en convint. Quand ils arrivèrent à la maison de retraite, ils étaient certes très fatigués mais moins déçus. Märtha fut la dernière à descendre. Entendant un vague bruit de moteur, elle se retourna. Un court instant, elle crut apercevoir la Mercedes grise, mais, en regardant une seconde fois, elle ne la vit plus. C'était sûrement le fruit de son imagination.

Le lendemain matin, chacun était plongé dans ses pensées en buvant un café, quand tout à coup le Génie fit bruisser son journal.

— Écoutez tous, avez-vous vu ceci ? dit-il en dépliant le journal pour que tous puissent voir. « Grande saisie après un braquage raté. Les billets sont inutilisables. »

— Qu'est-ce que j'avais dit ! s'écria Stina en tapant des mains de pur ravissement.

— Il vaut mieux que nous allions dans ma chambre, coupa Märtha en leur faisant signe.

Les autres la suivirent. Calé dans le canapé, le Génie lut le journal à haute voix. L'article évoquait un véhicule de transport de fonds qui avait été braqué, et la découverte d'un tas de sacs dans une déchetterie. Les billets étaient maculés de bleu et inutilisables. Tout le monde regarda Stina.

— Il semble que tu avais raison, en convint le Génie. Et cela a pu être Juro. Étonnant qu'il ait raté son coup en faisant une erreur aussi élémentaire.

— Les voleurs aussi peuvent avoir un métro de retard. Exactement comme ces gens ordinaires qui pensent qu'ils savent toujours tout, ajouta Märtha.

— Ce genre de personnes n'apprend jamais rien de nouveau, c'est vrai, admit le Génie.

— Actuellement, les convoyeurs sont équipés de valises sécurisées. C'est ce qu'ils avaient dit à la radio ce matin, continua Stina. Les valises sont munies d'ampoules d'encre et d'un GPS. À la moindre secousse, l'ampoule éclate. Ces valises-là ne peuvent pas être déplacées en dehors de leur périmètre autorisé. Sinon, le GPS le détecte et met en route l'alarme.

Ils se retournèrent et dévisagèrent Stina. Après le séjour en prison, elle était devenue incollable sur les casses. Elle était du genre à ne pas faire les choses à moitié. Si le jardinage éveillait son intérêt, elle ne parlait plus que de plantes ; si c'était l'art, elle n'avait plus que la peinture à la bouche. Actuellement, elle avait l'air d'être fascinée par le crime. Les crimes compliqués.

— Un GPS et des ampoules d'encre. Alors, il faut berner le système. Cela fonctionnerait peut-être avec le froid. Si on congèle le tout... réfléchit le Génie tout haut.

— Ce n'est que dans le sud de l'Europe qu'ils ont gardé les anciens modèles de valises sécurisées, indiqua Stina. Nous devrions aller là-bas.

— À l'étranger, les prisons ne sont pas aussi bien qu'en Suède. Non, j'ai une autre idée. Et si, au lieu de voler de l'argent déjà volé, nous commettions le délit nous-mêmes ? proposa Märtha.

Il y eut un silence de mort dans la pièce. Personne n'osait regarder son voisin dans les yeux. Märtha avait mis des mots sur ce que tout le monde avait pensé en secret. À savoir : allaient-ils sauter le pas et devenir de *vrais* escrocs ?

— Tu veux dire... hésita Stina.

— Un braquage, c'est très sérieux, dit Anna-Greta. De gentils voleurs de tableaux, nous passons à voleurs de butin pour finir par devenir des braqueurs. Est-ce compatible avec la philosophie de la bande des retraités ?

— Comment allons-nous renflouer la cagnotte sinon ? Aussi longtemps que nous ne faisons de mal à personne et que nous volons l'argent dans un but louable, je ne sais pas s'il y a une très grande différence, répondit Märtha.

— « C'est plus beau d'écouter le son d'une corde qui se brise, que de ne jamais tendre l'arc », s'écria Stina qui, bien qu'elle se fût convertie aux romans policiers, se rappelait son vieux Heidenstam.

— Mais comment se déroulerait le braquage ? demanda le Râteau. J'imagine difficilement cinq vieillards faire irruption dans une banque avec des pistolets.

— Les métiers changent. Tout est devenu plus

difficile, mais aussi plus ennuyeux, précisa Anna-Greta. Quand je travaillais dans les banques, il n'y avait aucun ordinateur. Je comptais les billets aussi vite qu'un sorcier et personne ne me battait en calcul mental. Actuellement, ces qualités n'ont plus aucune valeur. Tout est sur ordinateur. On ne fait que cliquer sur la souris.

— De toute façon, continua Märtha, personne ne commettra un délit pour nous rendre service. Nous devrons nous en charger nous-mêmes.

— Mais comment on va s'y prendre ? demanda le Génie.

— Je ne sais pas, mais c'est quand on doute le plus de trouver une solution qu'elle est la plus proche, conclut Märtha.

Et, curieusement, c'était bien vrai.

72

Les cinq comparses furent dérangés alors qu'ils discutaient de la date du braquage. Sans prévenir, Barbro entra dans la chambre de Märtha en leur demandant de venir immédiatement dans la salle commune. Quand ils voulurent savoir pourquoi, elle était déjà repartie.

— Quelle salope, grimaça le Râteau. Elle aurait pu nous dire de quoi il s'agit.

À peine avaient-ils rejoint les autres et vu qu'il y avait des fleurs sur la table, que Barbro tapa dans ses mains et monta sur une chaise en disant :

— Nous allons faire la fête, mes amis.

— « Mes amis »… Elle ne manque pas de toupet, marmonna le Râteau.

— Grâce à une donation de Dolores, nous allons faire une grande fête ici demain. Nous célébrerons nos cinq ans et, parallèlement à cet anniversaire, nous avons de grandes nouvelles à vous annoncer. (Le visage de Barbro se fendit d'un large sourire.) À la suite de longues tractations, M. Mattson a acheté deux maisons de retraite qui vont faire partie d'une nouvelle organisation. Oui, monsieur le directeur vous donnera de plus amples informations à ce sujet un peu plus tard, mais je peux d'ores et déjà vous dire que ces nouvelles maisons feront partie du même groupe que Le Diamant. Tout sera réorganisé. M. Mattson et moi-même faisons partie de la direction. C'est quelque chose que nous devons célébrer...

— Pour vous peut-être, dit Märtha.

— Barbro a dit que nous allons avoir une grande fête, intervint Dolores.

Tout le monde se retourna vers elle.

Elle se pencha sur le Caddie et fouilla parmi les couvertures en chantonnant. Puis elle sortit quelques billets de cinq cents et les tint en l'air pour que tout le monde puisse les voir.

— C'est pour la fête, et il y en a d'autres si nécessaire.

— Oh, non, gémirent Stina et Anna-Greta en même temps.

Le Génie pâlit, le Râteau fut pris d'un hoquet et Märtha eut une crampe à l'estomac. Si la police avait vent que des billets de cinq cents circulaient à la maison de retraite, elle procéderait à une perquisition. Et il leur faudrait à peine quelques minutes pour découvrir que les numéros de série étaient les mêmes que ceux des billets « emportés par le vent » sur le ferry. Ensuite, ils auraient tôt fait de trouver l'argent dans le matelas.

— Sapristi, il y a le feu ! s'exclama Märtha.

— Nous devons agir MAINTENANT, chuchota le Génie.

— Je réserve tout de suite un vol et un hôtel, annonça Anna-Greta.

Märtha se leva et, pendant qu'un brouhaha s'élevait dans la salle commune, alla à la fenêtre pour réfléchir. Ils devaient partir le plus tôt possible, mais ils n'étaient pas prêts pour le prochain casse. Un braquage doit être préparé dans les moindres détails. Elle regarda à l'extérieur. Une voiture ralentit et s'arrêta un peu plus bas dans la côte. Une Volvo bleu foncé. Elle observa les alentours, mais la Mercedes grise qu'elle avait vue plus tôt dans la journée avait disparu.

La fête débuta dès 16 heures. Barbro trouvait que c'était le mieux puisqu'elle voulait qu'ils soient tous couchés à 20 heures.

— Elle ne sait jamais se détendre, celle-là, dit Märtha. Même les enfants ont le droit de veiller pour les fêtes.

— Certains se croient obligés d'avoir des règles très strictes pour se sentir bien, lâcha le Génie.

— Même quand on organise sa propre fête ? soupira Märtha.

Quand ils se furent habillés pour l'événement et que le Génie entra chez Märtha pour la chercher, elle jeta un coup d'œil à travers la fenêtre. La Mercedes grise était de retour.

— Le Génie, t'as vu ?

— Attends, j'ai oublié mes lunettes, dit-il.

À son retour, la voiture était repartie.

À la place se trouvait la Volvo bleu foncé.

— Avant, il y avait une Mercedes grise ici, et maintenant il y a une Volvo bleu foncé. Pourquoi ça ? s'étonna Märtha.

— Tout le monde a des Volvo comme celle-là.

— Mais celle-ci possède un crochet d'attelage et des doubles rétroviseurs.

— La police ne peut pas mettre une maison de retraite sous surveillance, quand même ? Cela doit être quelqu'un d'autre, supposa le Génie. Imagine que…

La porte s'ouvrit et le Râteau entra.

— Que faites-vous ? Tout le monde vous attend.

— Nous arrivons, répondit le Génie. (Dès que le Râteau eut quitté la pièce, il se tourna vers Märtha.) Tu sais, je commence à avoir peur. Si c'est Juro qui a raté le hold-up de la banque, il sera obligé de trouver de l'argent autrement. Je pense qu'il va vouloir me cuisiner pour que je lui raconte tout ce que je sais sur les serrures et les alarmes. Ce sont des gars qui n'ont pas froid aux yeux. Si jamais il a compris que j'habite ici et que ce soit lui dans la voiture grise...

Märtha lui prit la main.

— Mais la Mercedes n'est plus là. Détends-toi. Maintenant, il faut que nous nous dépêchions : Anna-Greta a promis que nous chanterions.

Elle l'entraîna dans la salle commune où tous étaient alignés le long du mur. Märtha sortit le diapason, donna le *la* et ils chantèrent *Mai à Malö, La Belle Bataille à San Remo* et laissèrent le Râteau terminer par *La Mer*. Quand Anna-Greta mentionna qu'elle aurait aimé entonner *a capella* la mélodie *Foi d'enfant*, les autres décrétèrent qu'il était temps de s'attabler.

— Au moins *La Ronde de l'argent* alors ? supplia-t-elle.

On entendit le bruit d'une fanfare et l'on tamisa la lumière.

— Asseyez-vous, ordonna Barbro.

Immédiatement, des serveurs arrivèrent avec un pâté aux crustacés et au saumon posé sur un lit de neige carbonique.

Le tout était présenté sur un grand plateau de porcelaine décoré de feuilles de salade et de brins de persil. Quand la lumière du plafonnier changea en bleu, cela avait l'air tout à fait magique.

— Ça alors ! dit Märtha. Dolores n'a pas lésiné avec ses sous.

— *Nos* sous, précisa Anna-Greta.

— Vous voyez la neige carbonique ? Ne la touchez pas avec vos doigts. Elle est si froide qu'elle peut tout congeler, prévint le Génie.

Après un moment, on ralluma les lumières, et Barbro, habillée d'une robe de soirée rouge décolletée, commença à distribuer des serpentins et des chapeaux. Apparemment, elle avait mis le paquet, se disait Märtha. Elle avait peut-être appris à lâcher la bride ? Ensuite, on servit le champagne et, quand tout le monde eut un verre à la main, le directeur se leva pour porter un toast.

— À l'avenir, dit-il en lorgnant sur le décolleté de Barbro.

Le plat principal consistait en une dinde rôtie au four avec des pommes de terre amandines et des haricots verts. Tout le monde se frottait les yeux en croyant à une hallucination.

— C'est presque au banquet du prix Nobel, commenta Stina.

— Il ne manque que l'argent du prix, hennit Anna-Greta.

Tous parlaient en même temps, n'en croyant toujours pas leurs yeux. Mais, quand Dolores se leva et, les mains jointes, remercia son fils pour le don qu'il lui avait fait, ils comprirent qu'ils étaient encore à la maison de retraite. Après son petit discours, la lumière fut encore tamisée. Au son d'une musique et de jeux de lumières disco, ils eurent droit à de la glace aux framboises à la sauce au chocolat dans de petites coupelles décorées de feuilles de mélisse. À part deux crises d'épilepsie provoquées par la lumière stroboscopique, tout se déroula parfaitement. Quand 20 heures approchèrent, Barbro tapa dans ses mains.

— Chers amis. L'heure avance. Il va être temps de se retirer.

— Non, pas du tout ! s'écrièrent à l'unisson les vieillards.

Alors, Mattson se leva.

— Ce soir est un soir très particulier, commença-t-il. D'abord et avant tout, nous voulons remercier Dolores qui nous a conviés à ce festin, mais j'ai aussi une annonce à faire.

— Probablement encore des réductions d'effectifs, murmura Märtha.

— Barbro disait plus tôt dans la soirée que nous avions décidé de gérer ensemble trois maisons de retraite. Mais nous ne fêtons pas que cela : nous nous sommes fiancés !

— Ah, c'était donc ça ! Alors, je comprends mieux, ça vous évite de payer une autre fête, couple de pingres, marmonna Anna-Greta.

La porte s'ouvrit et, l'instant d'après, deux serveurs apparurent avec une drôle de machine qui soufflait des bulles de savon. Pendant que les bulles transparentes et brillantes dansaient dans la lumière disco, Märtha et le Génie lorgnèrent sur le Caddie de Dolores. La fête avait dû coûter les yeux de la tête, et ce n'était qu'une question de temps avant que la vieille n'épuise le contenu de son Caddie et ne découvre qu'il n'y avait que du papier journal au fond. Märtha se pencha vers le Génie.

— Il faudrait faire notre braquage demain, ou au plus tard vers la fin de la semaine.

— Je sais. Cela peut marcher même si nous n'avons

426

pas eu le temps de bien nous préparer. Nous avons Anders…

— J'espère que nous pouvons lui faire confiance, dit Märtha.

Ils se retirèrent dans la chambre de Märtha et, tandis que la nuit tombait, s'installèrent avec un crayon et du papier.

— Je crois que personne n'a jamais fait un hold-up de ce genre auparavant, déclara le Génie, avec une pointe de fierté dans la voix.

— Je le pense aussi, rit Märtha.

73

Barbro était entrée dans la chambre de Märtha sans frapper.

— Ne refaites jamais ça, siffla Märtha en se levant.

— Mais ça, par exemple, qu'est-ce que vous fabriquez ?

Barbro recula et parcourut la pièce du regard. Comme si ça ne suffisait pas que le chaos règne dans l'établissement, les chambres des choristes étaient aussi dans un état lamentable. Tous s'étaient mis à la peinture. Le bureau et la table basse étaient couverts de peinture à l'huile, de toiles, de cadres, de film étirable, et le sol était jonché de tubes vides sans bouchon. Un chevalet était écroulé sur le canapé et, à côté, le Génie était en train de mélanger des couleurs dans un sceau. Stina étalait d'épaisses couches de peinture sur une immense toile, tandis qu'Anna-Greta en tamponnait une petite avec son pinceau. Elle semblait vouloir reproduire l'image d'une pièce de monnaie dans des tons gris clair, mais, au final, ça ressemblait plutôt à une galette. Tout à son affaire, elle chantonnait *La Ronde de l'argent*.

— Juste ciel ! Que faites-vous ?

— Nous développons nos aptitudes artistiques,

répondit Märtha en s'essuyant du dos de la main le visage déjà barbouillé.

— Pourquoi vous ne faites pas de l'aquarelle ? suggéra Barbro d'un air enthousiaste.

Le directeur lui avait conseillé de ne rien leur interdire, mais plutôt de les prendre par la douceur. Il fallait les manipuler sans qu'ils s'en rendent compte. Par exemple, utiliser de la peinture à l'eau plutôt que de la peinture à l'huile qui sentait mauvais.

— De l'aquarelle ? Non, j'en ai trop fait, dit Stina nonchalamment. L'aquarelle, comprenez-vous, a ses limites. À présent, nous expérimentons la peinture à l'huile.

Barbro ne le constatait que trop. De grandes toiles étaient posées contre le mur et les chaises, et s'il n'y avait pas eu le film étirable, le sol aurait été dans un état épouvantable. Elle s'approcha. Les peintures étaient gaies et colorées, mais, avec la meilleure volonté du monde, elle n'arrivait pas à comprendre ce qu'elles représentaient.

— Oui, en effet. L'art... dit-elle, assez perplexe.

— On s'amuse tellement ! s'exclama Märtha. Nous préparons une exposition. Nous pourrions peut-être exposer ici aussi. Nous avons monté une association artistique intitulée *Les Vieux au pouvoir – et à la peinture.*

— Oui, ça sera très bien, je n'en doute pas. Mais maintenant, il faut ranger. Vraiment, on ne peut pas laisser un tel désordre.

Un court instant, elle regretta d'avoir dit « un tel désordre », mais parfois il fallait appeler les choses par leurs noms. Elle soupira et retourna dans son bureau où elle ferma la porte à clé. Après la fête, elle avait cru qu'il serait plus facile de mener tout ce petit monde à la baguette, mais c'était le contraire. Les vieux n'en faisaient qu'à leurs têtes, proposaient de multiplier les fêtes et d'exposer leurs œuvres à la maison de la retraite ! Certes, elle était arrivée à ses fins : Ingmar et elle allaient se marier, et même s'il avait décalé le mariage, ils s'occuperaient bientôt des trois maisons de retraite ensemble. Il croyait rester le patron, mais que nenni. Ses projets à elle étaient autrement plus ambitieux. Le mariage n'était que la première étape.

Märtha posa son pinceau en jetant un regard sur la porte fermée.

— Barbro n'a pas osé rester. Elle me fait de la peine, cette fille, elle est toujours à cran. Si elle s'était doutée de ce que nous mijotons, elle aurait probablement eu une crise cardiaque.

— Oui, prochain arrêt, Las Vegas ! fit le Râteau.

— Non, les Caraïbes, rectifia Anna-Greta. Là-bas, il n'y a pas d'accords d'extradition. À partir des États-Unis, nous pourrions être renvoyés directement en Suède. Ce sera la Barbade, le vol ne dure que dix heures et, là-bas, j'ai trouvé l'hôtel le plus luxueux du monde.

— C'est parfait, mais d'abord allons faire un petit tour à Täby.

Tout le monde se tut ; les choses sérieuses commençaient. Car il leur restait à comprendre comment se vident et se remplissent les distributeurs automatiques de billets à Stockholm.

Encore une fois, *Le Danger vert* partit sur les routes avec la radio à fond. Ils firent ainsi la tournée des distributeurs des banlieues nord et est de Stockholm. Le fourgon s'arrêta à Sundbyberg, Råsunda, Ringleby et Djursholm où ils s'extrayaient du véhicule en chancelant avec leurs déambulateurs pour retirer un peu d'argent avant de repartir aussitôt. Tantôt c'étaient le Râteau et le Génie qui sortaient de la voiture, tantôt c'étaient Stina et Anna-Greta. Tous se donnaient à fond dans leur mission. Ils étaient si concentrés par leur tâche qu'ils ne remarquèrent pas la Volvo bleu foncé qui les suivait. Märtha non plus, qui prenait des notes détaillées, ne se rendit compte de rien. Ils n'avaient d'yeux que pour les distributeurs automatiques et les itinéraires secondaires qui pourraient leur servir lors de leur fuite.

Quand ils eurent fait une dernière reconnaissance à Täby, ils remplirent le réservoir à la station-service Q8 et retournèrent à la maison de retraite. Après une longue sieste, ils firent leurs valises, réglèrent les derniers détails avec Anders et prirent en guise de pot d'adieu de la liqueur de mûre arctique. Cette fois-ci, on ne plaisantait plus. Pour la première fois, ils allaient commettre un grave délit, quoique d'une manière gentillette, mais quand même…

Märtha dormit bien cette nuit-là. Elle rêva qu'après un casse rentable, elle distribuait de l'argent à tout le monde. Oui, elle eut même le temps de faire un autre rêve, plus bref celui-là, sur une fraude réussie. Vers 7 heures le lendemain matin, elle se réveilla de bonne humeur et en pleine forme. Ce genre de rêve la rendait toujours joyeuse.

La journée idéale pour un casse, songea Märtha quand, le lendemain après-midi, ils approchèrent du centre de Täby. Il ne pleuvait pas, il faisait maussade comme souvent au début de décembre. Mais ils avaient tout de même de la chance : comme il

431

ne gelait pas, il n'y avait aucun risque qu'il y ait du verglas. Malgré tout, ce n'était pas facile de se promener comme si de rien n'était quand on envisageait de voler entre quinze et vingt millions.

— Regardez, il tourne.

Märtha mit le clignotant à gauche, ralentit pour suivre le fourgon de la Loomis à distance. Puisqu'il fallait deux conducteurs cette fois-ci, elle avait eu le droit de conduire. Anders était au volant de son véhicule de transport pour handicapés avec une remorque, tandis qu'elle-même conduisait *Le Danger vert. Ce n'est pas tous les jours qu'un véhicule de transport pour handicapés prend en filature un véhicule de transport de fonds*, se dit-elle.

— Ils vont commencer par vider le distributeur automatique du centre de Täby. Exactement comme nous l'avions prévu, annonça le Génie quand la voiture ralentit pour tourner à droite vers le parking.

— Espérons que c'est comme hier pour qu'Anders puisse entrer avec la remorque. Il faut que tout marche comme sur des roulettes, ajouta Märtha.

— Ne t'inquiète pas. Personne ne s'intéresse à un véhicule pour personnes à mobilité réduite. Ici, les gens ne s'occupent que d'eux-mêmes.

— Mais les glacières ?

— Ce sont les restes d'une fête ou de la récupération. S'ils nous arrêtent, nous dirons ce qui semble le plus vraisemblable. Le mieux étant de ne rien dire du tout.

Märtha suivait lentement le fourgon. Sur le pavé, les gens se hâtaient pour rentrer chez eux, le regard fixe. *Les pauvres, quel stress*, songea-t-elle. Il faut dire qu'il y avait aussi des boutiques capables de faire tourner la tête à n'importe qui. Mais ici pas de clochette qui sonne à l'entrée, ni de vendeuse qui vous reconnaisse, non. Les jeunes ne la croiraient jamais si elle racontait que, jadis, les vendeuses connaissaient votre nom et savaient tout sur vos parents.

— Märtha, eh, ne perds pas des yeux le fourgon ! cria le Râteau en lui donnant un coup dans les côtes.

— Euh, bien sûr, dit-elle en rougissant.

Il avait raison. Elle devrait se concentrer. À présent, la voiture se dirigeait vers le distributeur et le conducteur n'avait pas l'air de se soucier des personnes alentour. La plupart des gens avaient fini leurs courses et, dans ce froid, étaient pressés de rentrer chez eux. Et en plus, on était vendredi. *Contentez-vous de vos amuse-bouches*, songea Märtha, *tandis que nous nous allons rafler plusieurs millions !* Le coup qu'ils préparaient dépassait tout ce qu'ils avaient fait jusqu'à présent. Elle chantonna, pleine d'assurance quand, tout à coup, elle découvrit la voiture dans le rétroviseur. La Volvo bleu foncé. Elle comprit sur-le-champ que ce n'était pas un hasard. Elle regarda à l'arrière, demanda au Génie de prendre le volant et sortit un paquet de clous galvanisés Gunnebo de sa banane. Si c'était la police, elle n'avait pas l'intention de se rendre aussi facilement. Elle s'était préparée à cette éventualité.

Le commissaire Lönnberg ralentit et lança un regard fatigué à Strömbeck en secouant la tête :

— Tu as vu ça ? Les vieillards ont l'air de faire la tournée des distributeurs automatiques, aujourd'hui aussi.

Il désigna de la tête le véhicule de transport pour handicapés.

— Faut croire que les dix visites de distributeurs

bancaires d'hier ne leur ont pas suffi. Maintenant, ils vont à Täby. Ils n'étaient pas déjà venus hier ? Je n'y comprends rien.

— Et, chaque fois, ils retirent de l'argent. Et ils avancent en s'accrochant à leurs déambulateurs, même s'ils n'en ont pas besoin. Je me demande ce qu'ils mijotent. On va les cueillir ? demanda Strömbeck en mettant du tabac à chiquer sous sa lèvre.

— Oui, tu sais quoi ? Je pense qu'on a déjà trop attendu. J'ai comme l'impression qu'ils se foutent de nous. On n'a qu'à passer outre l'ordre de Petterson. Allons-y, décréta Lönnberg en se sentant aussitôt beaucoup mieux.

Il commençait à en avoir ras-le-bol de surveiller les cinq retraités, et il avait envie de passer à l'action.

— J'ai une idée, fit Strömbeck. Nous allons établir un barrage de contrôle à l'entrée du parking pour qu'ils ne puissent pas atteindre le distributeur de billets.

— Mais, si tu penses qu'ils vont commettre un vol, tu ne crois pas qu'on devrait attendre qu'ils passent à l'acte ? demanda Lönnberg.

— Il faut toujours que tu sois tatillon. Mais si tu veux. J'ai une faim de loup, il faut absolument que je mange un hot-dog. Tiens, il y a un stand de saucisses là-bas ; tu veux que je t'en prenne un aussi ?

Lönnberg hésita, mais lui aussi avait faim. Il inspecta les alentours et arriva à la conclusion que la situation était sous contrôle.

— Oui, mais dépêche. Il ne faut pas les perdre de vue. S'ils commettent un braquage, ce serait trop bête de les manquer, hein ?

— Ça ne prendra qu'une minute, dit Strömbeck.

Le commissaire Lönnberg ralentit et s'arrêta. Strömbeck descendit rapidement de la voiture.

Märtha jeta un coup d'œil dans le rétroviseur. La Volvo bleu n'y était plus. C'était peut-être seulement un habitant de Djursholm, ou alors elle s'était trompée. Mais mieux valait rester sur ses gardes. À cet instant, elle vit la Volvo près du stand de saucisses. Des doubles rétroviseurs. Bien sûr que c'était la police ! Elle baissa la vitre et balança sur la route le paquet de clous galvanisés. Ce n'était qu'une mesure de précaution, mais comme on dit : mieux vaut prévenir que guérir.

La veille, ils avaient chronométré le transport de fonds dans les banlieues et calculé combien de temps il fallait aux convoyeurs pour entrer et sortir avec leurs valises sécurisées. Mais, avant tout, ils n'allaient pas commettre la même erreur que les escrocs dont ils avaient lu l'histoire dans les journaux. Les voleurs avaient loué une grue pour arracher le distributeur automatique de billets. Sauf que ce n'était pas là que l'argent se trouvait, mais à côté.

Märtha ne quittait pas le fourgon Loomis des yeux en ressentant la même excitation que le jour où ils avaient vidé le coffre-fort de l'hôtel. Et encore, c'était rien par rapport à leur braquage du jour. Mais il pouvait leur valoir jusqu'à quatre ans de prison ferme et, à présent, aucun d'eux ne voulait plus se retrouver derrière les murs. La suite de la Princesse Lilian les avait finalement un peu corrompus.

— Crois-tu qu'ils soupçonneront une voiture pour handicapés ? demanda Stina pour la troisième fois.

— Je n'ai jamais rien lu sur un hold-up de ce genre, dit Märtha.

— Tant mieux, renchérit le Râteau. Sans antécédent, la police ne nous soupçonnera pas. Crois-moi, tout se passera bien.

— Voilà le premier distributeur automatique de billets que le fourgon Loomis va remplir, informa Anna-Greta. Donc, ils devraient avoir encore neuf valises sécurisées pleines dans la voiture. Chaque valise contient quatre mallettes d'une valeur de cinq cents mille couronnes. Soit presque dix-neuf millions. Cela devrait nous permettre d'avoir la belle vie durant un bon bout de temps.

— Oui, mais d'abord il faudrait que nous te remboursions pour le *Grand*... commença Märtha.

— Certes, c'était fâcheux, coupa Anna-Greta. Quand j'ai voulu bloquer mon compte, ils avaient déjà eu le temps de débiter ma carte de crédit.

— Pour ce qui est des dépenses imprévues, il faut penser aux voyages à venir, aux frais d'hôtels et à nos menus plaisirs. Mais tout le reste ira alimenter la cagnotte, promit Märtha.

— Chut ! Regardez, intervint le Génie. La voiture est arrivée.

Il sortit le téléphone portable de réserve d'Anders qui était muni d'une carte prépayée, et composa le numéro. Dès que cela sonna, il raccrocha. C'était suffisant. Anders savait de quoi il s'agissait. Devant eux, les convoyeurs ralentirent, s'arrêtèrent devant le distributeur et sortirent. Märtha freina à une certaine distance, mais sans couper le moteur. Les hommes ouvrirent la portière arrière, sortirent une valise sécurisée, refermèrent à clé et pénétrèrent dans la banque. Ils ne jetèrent même pas un regard autour d'eux.

— Allons-y, lança le Râteau en ouvrant la portière.

— Allons-y, répéta le Génie en sortant lui aussi.

Märtha les vit se faufiler vers le fourgon du transport de fonds, jeter un coup d'œil autour d'eux avant de commencer à travailler. Le Génie s'occupa de l'alarme du véhicule et le Râteau de la portière arrière. Si tout se déroulait comme prévu, le Râteau devrait pouvoir coller la résine avec les copeaux de métal dans la serrure. Quand les convoyeurs actionneraient les portières, elles ne se fermeraient pas vraiment. Et alors la bande des retraités pourrait faire son coup. Mais tout dépendait du succès du Râteau. Et, jusqu'ici, ils n'avaient testé le procédé que sur leur propre véhicule de transport pour handicapés.

— Où est Anders ? chuchota le Génie, de retour à la voiture. Je l'ai appelé comme convenu. Il devrait déjà être ici.

— Il ne va quand même pas nous trahir ? Stina lui a promis qu'il aurait une partie de son héritage dès maintenant s'il nous aidait, répondit Märtha.

— Ne t'inquiète pas. J'ai confiance en Anders, dit le Génie.

— Dis, nous l'indemniserons comme prévu. Il n'est pas question qu'il fasse partie de la bande, rappela Märtha.

Quand les deux convoyeurs eurent approvisionné le distributeur automatique, ils ouvrirent la portière arrière et posèrent la valise vide dans le fourgon. Ensuite, ils verrouillèrent avant de monter dans le fourgon. Mais la portière arrière ne s'était pas réellement refermée, ce qu'ils ne remarquèrent pas, puisque le Génie avait vaporisé de la peinture sur l'objectif de la caméra de surveillance et déconnecté l'alarme. Märtha embraya la première, appuya sur le champignon et passa en quatrième afin que *Le Danger vert* puisse caler juste devant le fourgon Loomis. Pendant qu'elle faisait semblant de redémarrer, Stina, appuyée sur le Râteau, titubait en se dirigeant vers le conducteur et frappait à sa vitre. Elle portait une perruque noire, était très maquillée et souriait avec ses dents de chez Butterick, la fameuse boutique de déguisements. Le Râteau, de son côté, portait une barbe et une perruque blonde qui le rajeunissaient beaucoup. Quand le conducteur eut baissé sa vitre, il contourna discrètement la voiture jusqu'à l'autre portière.

— Nous avons une panne de moteur, pourriez-vous nous aider ? demanda Stina en montrant le véhicule de transport pour handicapés.

En même temps, Stina tenait un bouquet de fleurs imbibé d'éther.

— S'il vous plaît, dit-elle gentiment en le balançant par la fenêtre directement dans le visage des convoyeurs.

Ensuite, elle coinça la poignée de porte avec sa canne et finit de la bloquer avec le déambulateur. Les convoyeurs se jetèrent sur l'autre portière, mais le Râteau avait déjà mis de la colle néoprène dans la serrure. L'instant d'après, Stina déversait toute la bouteille d'éther sur le siège du conducteur. Mais ils ne purent ouvrir car la poignée était bloquée et Anna-Greta surveillait la canne pour qu'elle ne glissât pas.

— Ils n'ont aucune possibilité de sortir, murmura-t-elle fièrement.

Puis elle vit, presque déçue, que les convoyeurs étaient déjà dans les vapes.

Alors Anna-Greta reprit sa canne et le déambulateur pour retourner avec Stina à la voiture de transport de handicapés. Le Génie et le Râteau, en revanche, se dirigèrent vers la portière arrière du fourgon, et, quand Anders arriva avec la remorque, ils avaient déjà réussi à l'ouvrir.

— Le plus simple est toujours le plus difficile, dit le Génie en grattant la résine en copeaux de métal.

Sur la remorque, il y avait deux congélateurs avec de la glace carbonique et une boîte de serpentins. Sur les côtés, des ballons se balançaient et, dans l'un des angles était suspendu un grand panneau écrit « Gratuit ». Anders sauta sur la remorque et ouvrit les congélateurs, et, pendant que la vapeur carbonique s'échappait des boîtes, le Génie et le Râteau sortirent les deux premières valises sécurisées et, avec douceur, les posèrent sur le déambulateur du Râteau.

— Sois prudent, pour que les cartouches ne se déclenchent pas, l'exhorta le Génie, tandis que le Râteau, sur ses vieilles jambes de marin, avançait d'un pas souple et assuré vers la remorque.

Puis Anders – qui portait des gants épais – transféra d'abord la première puis la deuxième valise dans le congélateur en les couvrant de glace. Quand ils eurent glissé huit des neuf valises sécurisées, Märtha cria soudain :

— Dépêchez-vous, il faut partir !

Elle montra un groupe de fonctionnaires avec des porte-documents en cuir qui se dirigeait vers eux. Les hommes discutaient vivement et approchaient à grands pas.

— Nous prendrons aussi la dernière, décrétèrent le Génie et le Râteau, en hâtant le pas.

Cette fois, ils eurent à peine le temps de faire disparaître la valise dans la glace carbonique et de fermer la portière arrière du fourgon Loomis que les fonctionnaires arrivèrent au niveau de la remorque.

— Vous ne pouvez pas rester ici, dit l'un d'eux en donnant un coup de pied dans le pneu.

— Hé, attention ! cria Märtha.

Anders fut plus futé. Il referma la porte du congélateur et leur fit un large sourire.

— Soirée d'enterrement de vie de jeune fille ! Quelle bonne surprise elle va avoir, la mariée, dit-il en leur faisant un clin d'œil. Ne vous mariez jamais !

Puis il donna un ballon à chacun et retourna s'asseoir derrière le volant. Très calme, il passa la première et démarra. Märtha en resta bouche bée. Finalement, il était moins bête qu'elle ne le pensait. Avec le Génie et le Râteau, elle regagna le véhicule de transport pour handicapés, et quand les hommes les eurent aidés à fermer les portières, elle mit le moteur en route.

— On y va, lança la voix radieuse d'Anna-Greta. Ils auraient dû voir ça à la banque !

Märtha sortit du parking et suivit Anders en direction de la E4 vers Arlanda.

— C'est pas possible, ça a marché ! s'écria le Râteau.

— Bon, on n'est pas encore dans l'avion, fit Märtha en appuyant sur l'accélérateur.

Mais, à l'approche de Sollentuna, elle remarqua une voiture derrière eux. Une Mercedes grise.

74

— Quel abruti, pourquoi avoir voulu bouffer un hot-dog ? ! Maintenant, nous les avons perdus, vociféra Lönnberg pendant qu'il regardait sur le parking.

Il faisait presque noir et il ne distinguait pas le véhicule pour handicapés. A priori, vu sa taille, il aurait dû être facile à repérer, mais elle était verte, une couleur qui se fondait dans le décor à cette époque de l'année.

— Je te rappelle que toi aussi tu en as mangé un et, en plus, tu as salopé tout le siège avant avec le ketchup. C'était à toi de faire attention, bordel ! On ne doit jamais rouler sur quelque chose dans la rue. Et encore moins sur un petit paquet.

— Mais, merde, on ne s'attend pas à ce que quelqu'un perde un sachet de clous non plus, marmonna Lönnberg.

— Cent clous filetés enfoncés à fond dans les pneus, constata Strömbeck. Encore une chance qu'on ait eu un pneu de rechange dans le coffre.

— N'en parlons plus. Il faut retrouver les vieux.

— Il ne manquerait plus qu'ils en profitent pour faire des conneries. Si c'est le cas, je change de métier, déclara Strömbeck.

— Moi aussi, renchérit Lönnberg en démarrant.

— Mais je ne crois pas qu'il y ait lieu de s'inquiéter. Ils vont sûrement chez le podologue.

— Excuse-moi, mais je ne vois pas trop le rapport avec un distributeur automatique.

Lönnberg fit semblant de ne pas entendre et accéléra en oubliant de regarder dans le rétroviseur. S'il l'avait fait, il aurait vu que le cric et les outils étaient restés sur le trottoir...

Märtha inspira profondément plusieurs fois. Elle roulait toujours à vive allure.

— Qu'est-ce qu'on fait ? La Mercedes ne nous lâche pas.

— Mon Dieu ! La Mercedes... N'importe quelle voiture, mais pas celle-là ! se désola le Génie qui avait immédiatement compris de quoi il s'agissait.

La Mercedes grise devant la maison de retraite... C'est pour cela qu'il s'était inquiété. Juro et ses frères... Ils le traquaient. Au début, ils avaient peut-être pensé l'utiliser pour lui demander des conseils techniques, mais ils avaient dû se douter de ce qui se tramait. Le temps passé devant les distributeurs automatiques, la reconnaissance aux alentours de Täby, l'essai avec la remorque la veille... Peut-être avaient-ils tout compris, même le hold-up. Et si c'était le cas... On ne la faisait pas à Juro et à ses acolytes. Eux savaient ce que représentaient quinze à vingt millions de couronnes...

— Les Yougoslaves, murmura-t-il, et Anders qui est en route pour la grange...

— Grands dieux ! J'ai comme l'impression qu'ils ont l'intention de nous braquer, dit Märtha.

— Appelle Anders pour lui dire que nous aurons

du retard. Et pendant ce temps, nous essaierons de les semer, proposa Stina.

— Les semer, c'est vite dit, ronchonna Märtha. Non, je sais ce que je vais faire, lança-t-elle en faisant un tête-à-queue.

Le Râteau lâcha un juron, en manquant tomber de son siège.

— Morbleu ! Toi et ta façon de conduire…

— Dieu du ciel ! Qu'est-ce que tu fais ? hurla Anna-Greta.

— Prochain arrêt, église de Danderyd. J'ai ma petite idée, annonça Märtha.

Et il n'y avait plus rien à ajouter parce qu'elle avait déjà passé la quatrième, accéléré à fond en se tassant dans son siège. Vous allez voir, ça va décoiffer !

— J'en ai bien peur, se lamenta le Râteau.

Quand la vieille église médiévale apparut sur la gauche, Märtha ralentit pour prendre la sortie. Le moteur, en surrégime, rugissait et le Génie espérait que la voiture tiendrait le coup même si elle avait été achetée à Blocket. En jetant un coup d'œil dans le rétroviseur, il vit que la Mercedes était toujours derrière eux.

Mais il aperçut aussi une autre voiture bien connue. Une Volvo bleu foncé.

— Non, pas celle-là en plus ! Maintenant, nous avons deux voitures à nos trousses ! gémit-il.

Märtha vérifia dans le rétroviseur.

— La mafia et la police ! C'est le comble…

Elle fit un virage serré devant l'église.

— Mais, Märtha, tu te trompes de chemin. Arrête ! Nous devions aller à Arlanda, cria Stina, désorientée.

— Je croyais que tu voulais d'abord qu'on sème nos poursuivants ?

— Avec un véhicule pour handicapés ? Ne me dis pas que tu vas descendre le hayon aussi, se lamenta le Râteau.

— Mais qu'allons-nous faire à l'église ? s'inquiéta Anna-Greta en se cramponnant à la poignée de la portière.

— Nous y allons pour prier, répondit Märtha en ralentissant.

— Ah non ! Pas ça, soupira le Râteau.

Märtha freina et s'arrêta.

— Je vous laisse ici, je vais garer la voiture un peu plus loin. Prenez les déambulateurs et entrez calmement dans l'église. Arrivés à l'autel, vous faites le signe de croix.

— Ah non, pas ça ! répéta le Râteau.

— Prenez un psautier alors. Marchez calmement et dignement comme si vous alliez à la messe. N'oubliez pas que nous sommes vieux et gâteux. Restez calmes surtout, ça donne un air innocent. Il ne faut pas qu'ils puissent penser que nous venons de commettre un hold-up.

— Mais la mafia et la police ! Merde, nous ne pouvons pas… bredouilla le Râteau.

— Descendez. Dépêchez-vous !

— Deux voitures à nos trousses et toi, tu nous forces à aller à l'église, soupira le Génie.

— Je vous expliquerai plus tard. Allez, ouste ! Tout se passera bien et bientôt nous pourrons repartir vers l'aéroport. N'oubliez pas de prendre les déambulateurs !

Märtha poussa ses amis dehors et ferma la portière. Puis elle gara la voiture aussi près de l'église que possible.

— J'en ai marre. J'abandonne, lâcha le commissaire Lönnberg quand il vit le véhicule pour handicapés prendre la bifurcation pour l'église de Danderyd. Alors qu'on les retrouve enfin, ils vont à *l'église* ! Je n'ai pas l'intention d'attendre que la messe soit finie, et puis quoi encore ?

— Mais, bon Dieu ! Que font-ils là ? La messe et toutes ces choses-là, ce n'est que le dimanche, fit Strömbeck.

— Ils vont confesser leurs péchés, pardi !

— À moins qu'ils ne veuillent faucher l'argenterie de l'église.

— Dis, il est 18 heures passées. Notre filature est terminée. Je pense qu'on peut arrêter là. J'en ai marre de surveiller ces débris, dit Lönnberg en levant le pied et en regardant avec envie en direction de la ville.

— Ce n'est pas possible. Nous sommes obligés de les garder à l'œil. Qui sait ce qu'ils ont trouvé à faire depuis que nous les avons perdus de vue à Täby ? Pense à tous les distributeurs qu'ils ont visités hier, rappela Strömbeck.

— Le mot distributeur automatique fait peut-être partie de leur vocabulaire de mots croisés. Bah ! Détends-toi. On y va.

— Non. Attendons la relève. Sinon Petterson va péter les plombs, affirma Strömbeck.

— Il n'a pas besoin de savoir que nous nous sommes éclipsés, déclara Lönnberg. Mais c'est comme tu veux. Ça ira vite de les contrôler.

Il ralentit, prit la sortie menant à l'église et s'engagea dans le parking.

— S'ils ont volé quelque chose, on devrait retrouver l'argent dans le véhicule pour handicapés, hein ? estima Strömbeck.

— Ça alors ! T'as vu ça ? Ils entrent dans l'église avec les déambulateurs !

— Oui. Maintenant, nous allons vérifier leur voiture. On peut toujours rêver. Si jamais nous pouvions les prendre sur le fait, dit Lönnberg.

Il était décidé, un point c'est tout. Les deux policiers avancèrent du côté conducteur et frappèrent à la fenêtre.

— Police !

Märtha baissa la vitre.

— Ça, alors ! Bonjour ! Je vous reconnais, fit-elle en souriant. Vous en avez de beaux uniformes aujourd'hui.

À sa grande consternation, Lönnberg se rendit compte qu'il rougissait.

— Nous allons contrôler votre véhicule. Je vous prie d'ouvrir la portière arrière, dit-il.

— Ah, mes amis, vous êtes à la recherche de produits de contrebande ? Dans ce cas, je vais vous ouvrir de suite. Voulez-vous aussi que je descende le hayon ?

— Merci, c'est bon, marmonna Strömbeck.

— Si vous trouvez quelque chose de bien, vous pourriez peut-être m'en faire cadeau. La retraite, vous savez. Avec ce qu'on nous donne, on ne va pas bien loin aujourd'hui.

Strömbeck allait répondre au moment où son alarme sonna. Il s'arrêta et regarda la Volvo.

— Lönnberg, il y a quelque chose sur la radio !

— Oh, merde ! C'est l'alerte radio. Va voir pendant que je continue ici, dit Lönnberg. Ce coup-ci, je n'abandonnerai pas. On les tient.

Résolu, il contourna la voiture pour ouvrir la portière arrière. Une canne, une paire de bas de contention et quelques couches pour incontinence tombèrent par terre. Il grimpa dedans et commença à fouiller, mais fut interrompu par Strömbeck qui débovla en trombe.

— Lönnberg ! Ils parlent d'un hold-up à la radio.

— Qu'est-ce que je te disais ? À présent, on les tient. Je te parie que...

— Mais non. Il est vide, leur fourgon. Ils n'ont quand même pas volé des billets invisibles !

Au même moment, on entendit le bruit, reconnaissable entre tous, du moteur diesel d'une Mercedes. Les deux policiers levèrent les yeux. Le véhicule roulait lentement, comme si le conducteur cherchait quelque chose.

— Tu as vu ? Une Mercedes grise. Et si c'étaient les Yougoslaves qui avaient fait le coup ?

— C'est peut-être pour ça qu'on a lancé une alerte.

— Hé, c'est pas bête de chercher refuge dans une église. Je vérifie tout de suite le numéro d'immatriculation.

Strömbeck courut à la Volvo et alluma l'ordinateur. Après quelques clics, il siffla et sortit difficilement de la voiture.

— Tu as raison. C'est ce salaud de Juro, bordel ! Laisse tomber les vieillards et allons contrôler la Mercedes, dit-il.

— Ah, enfin de vrais voleurs. Ça commence à ressembler à quelque chose !

Lönnberg claqua la portière arrière, bredouilla une vague excuse à Märtha et partit en courant rejoindre Strömbeck. Ils se jetèrent dans la Volvo, roulèrent jusqu'à la Mercedes et freinèrent à sa hauteur. Strömbeck alla frapper à la vitre. Le conducteur appuya sur le bouton pour l'abaisser.

— Permis de conduire, s'il vous plaît, demanda Strömbeck.

— Pas de problème.

L'homme à l'intérieur fit semblant de le chercher, puis passa la première. Dans un vrombissement, la voiture démarra sur les chapeaux de roues.

— Merde alors ! hurla Strömbeck en sautant dans la Volvo.

— Poursuivons-les ! cria Lönnberg en accélérant à fond. Nous les aurons. Ah, enfin un peu d'action. Il était temps de passer aux choses sérieuses.

75

Märtha vit la Volvo bleu foncé prendre en chasse la Mercedes.

— Voilà. Ça a marché, dit-elle, contente d'elle-même en voyant les deux voitures disparaître à toute allure vers la E18. Mais c'était moins une. Quand ce Lönnberg est monté dans la voiture, j'ai pensé que c'était cuit. Même si c'est Anders qui a l'argent, il aurait pu trouver des indices.

— Ça a été expéditif, dis donc ! Nous avons à peine eu le temps d'entrer dans l'église... s'exclama Stina en s'installant sur la banquette arrière.

— ... qu'il fallait déjà retourner à la voiture, compléta Anna-Greta. Mais tu nous donnes des ordres comme si on était du bétail.

— Bon, est-ce que tu peux nous expliquer tout cela ? demanda le Râteau. Je n'y comprends plus rien.

— Vous n'avez pas vu ? C'étaient les mêmes voitures que celles devant Le Diamant. Chaque fois que la Volvo bleu foncé arrivait, la Mercedes grise disparaissait. La mafia yougoslave reconnaît la police, et c'est pour cela qu'elle repartait. En les attirant ici dans ce parking, je me suis dit qu'ils allaient se reconnaître mutuellement, se faire la chasse et qu'ils nous laisseraient tranquilles. Ça a marché. À présent, nous pouvons reprendre la route calmement.

Le Génie lui lança un regard admiratif. Il y en avait dans cette petite tête-là !

— Et bonus ! Nous nous sommes débarrassés des *deux* voitures, la grise et la bleu foncé, résuma Stina.

— Celui qui est là-haut nous a aidés, dit Anna-Greta en levant les yeux au ciel, en réalité au plafond de la voiture.

— Non, tout le mérite revient à Märtha, rectifia le Génie.

— Oui, je le sais bien. C'était pour blaguer, admit Anna-Greta.

Puis elle entonna *La Ronde de l'argent* qu'elle reprit en boucle jusqu'à Sollentuna. Märtha, qui roulait à plus de cent à l'heure, ne ralentit qu'en sortant de l'autoroute pour emprunter la petite route de terre vers la grange. Anders devait les attendre là-bas avec le butin... s'il ne s'était pas tiré avec. Mais Märtha avait remarqué qu'il avait bien géré le hold-up et elle avait révisé son opinion à son sujet. Elle n'avait aucune raison de s'inquiéter, mais... Elle jeta un coup d'œil à sa montre. Si tout marchait comme prévu, ils auraient le temps de récupérer l'argent et de sauter dans le dernier avion du soir. Pour plus de sécurité, Anna-Greta avait réservé sur une ligne régulière. Pas question de prendre le risque d'une compagnie low-cost : ils devaient avoir l'assurance d'arriver à bon port et de ne pas se faire refouler en raison d'un surbooking. En roulant, Märtha réfléchissait à tout ce qu'Anders devrait faire. Avait-il exécuté scrupuleusement les ordres ? Ses inquiétudes revenaient au galop. Pouvait-on vraiment lui faire confiance ? Dans moins d'une demi-heure, elle le saurait.

Anders regarda les valises sécurisées une dernière fois et leva la hache. Puis il s'arrêta. La température était-elle vraiment assez basse ? Dès qu'il était arrivé à la grange, il avait branché les congélateurs sur le secteur. Mais il valait mieux vérifier avant de tout gâcher. Les valises devaient être rigidifiées par le froid et les ampoules maintenues à une température de moins vingt degrés au minimum. Or la congélation prenait du temps et, par mesure de sécurité, il décida d'attendre encore un peu. Il lorgnait vers la porte. Bizarre que Stina et les autres se fassent autant attendre. *Pourvu qu'ils ne se soient pas retrouvés dans un embouteillage, qu'ils n'aient pas crevé ou rencontré des difficultés en chemin ! Cela pourrait tout compromettre.* Tout s'était passé si rapidement qu'ils n'avaient pas pensé à un plan B. Celui qu'ils avaient mis au point *devait* fonctionner, voilà tout. En même temps, il n'osait pas téléphoner. La police attendait peut-être son appel pour localiser son portable. Mieux valait rester discret. Il fit les cent pas dans la grange jusqu'à ce qu'il juge avoir assez attendu. Il fallait sortir les billets. Il chercha la hache, cracha dans ses mains et saisit le manche. Tout devrait être à présent congelé et les GPS hors d'usage… En espérant que les ampoules ne contiennent pas de la peinture à l'huile de lin qui ne gelait pas ! Non, les banques employaient certainement de la peinture acrylique. Il s'approcha doucement de la première valise sécurisée, visa et cassa l'ampoule d'un coup puissant. Il attendit. Guetta le moindre bruit. Mais rien ne se passa. Pas même une goutte de peinture ne s'en échappa. Alors, il osa enfin ouvrir la valise et ressentit une vague de bonheur en voyant les billets. Encouragé, il s'empara de la valise suivante, mais s'arrêta en entendant une voiture s'approcher au-dehors. Il passa la main dans sa tignasse, se redressa et fit quelques pas hésitants vers la porte. Là, il s'immobilisa pour tendre l'oreille. Par sécurité, il attendit les trois coups convenus, suivis d'une pause, puis deux rapides. Dieu merci, ils étaient arrivés. Il retira le verrou et ouvrit la porte.

— Tout va bien ? demanda le Génie en entrant.

Anders fit oui de la tête.

— Et l'aspirateur ?

— Les filles s'en sont occupées. Où sont les tableaux ?

— Dans la voiture. Attends.

Anders ouvrit la portière et en sortit la plus grande toile. J'espère que les calculs sont bons. Quatre épaisseurs de billets de cinq cents sur une toile de soixante-cinq par quatre-vingt-quinze centimètres. Ce n'est pas beaucoup.

— Certes. Mais les deux toiles de Stina sont plus grandes. Tu sais, elle voulait se dépasser, plaisanta le Génie.

— Oui, et puis nous avons toutes les toiles des autres, plus les peintures que vous allez prendre en bagages à main. J'espère seulement que le film étirable va fonctionner.

— Ça marchait à la maison de retraite. Si les peintures ont des bosses, cela ne fait rien. C'est de l'art moderne.

— Allez, au boulot, les coupa Märtha en mettant l'aspirateur au maximum de sa puissance.

Son ton était si cassant qu'ils comprirent qu'il y avait urgence. Pendant que les dames aspiraient les billets, les messieurs enlevaient la première couche de film étirable des toiles. Quelques crevasses apparurent et une ou deux plaques de couleur tombèrent – surtout des épaisses peintures à l'huile de Stina –, sinon tout se déroula à merveille. Le Génie et le Râteau posaient la couche de peinture à plat sur un banc, avant de revenir au tableau. À présent, la toile était à nu, à l'exception de la couche supplémentaire de film étirable qu'ils y avaient collée la veille.

— Stina et Anna-Greta, c'est à vous ! cria le Génie.

Les dames s'avancèrent avec une caisse de billets de cinq cents qu'elles déposèrent en une couche régulière sur la toile. Märtha les fixa avec un mince filet de nylon avant de renouveler l'opération, et ce par trois fois, puis les couvrit avec du film étirable et colla les coins. Ensuite, le Râteau et le Génie repositionnèrent la couche de peinture en la fixant avec de la colle néoprène pour lui redonner l'apparence d'un tableau normal. Stina avait proposé d'utiliser une agrafeuse, mais, à la dernière minute, ils s'étaient ravisés car les agrafes se seraient vues au contrôle. Pendant qu'ils travaillaient, les yeux d'Anna-Greta brillaient de plaisir. Elle avait toujours aimé manipuler des billets et, même durant toute sa carrière à la banque, elle n'en avait jamais vu autant.

Ils travaillaient dans le silence et le calme, mais c'était une tâche délicate qui ne tolérait pas l'à-peu-près. Ils se fatiguèrent rapidement. Märtha avait préparé du café et des tartines et, après une courte pause durant laquelle ils discutèrent douane, détecteurs de métaux et autres types d'équipements de sécurité, ils se remirent à l'œuvre. Peu avant 20 h 30, ils furent fin prêts et tout le monde avait l'air très satisfait – à part Stina qui trouvait que sa peinture avait été déformée.

— Elle ne peut pas rester si épaisse. Vous avez gâché l'expression.

— L'expression ? répéta le Râteau.

— Oui, ce que je voulais exprimer avec la peinture.

— Ne t'inquiète pas. En arrivant, nous enlèverons les billets, et elle sera comme avant.

— Mais je veux que ma peinture soit belle.

Tous se tortillèrent, gênés, jusqu'à ce que Märtha prenne la parole.

— Ma petite Stina, les grands maîtres ne sont jamais satisfaits de leurs œuvres, hasarda-t-elle. Nous te comprenons.

Et, de fait, Stina se calma.

Quand ils eurent porté les tableaux dans *Le Danger vert*, Anna-Greta s'arrêta.

— Mon Dieu ! Nous n'avons pas assez de place, constata-t-elle, déçue. Il reste au moins un million à caser.

— Anders va en récupérer un peu, se hâta de dire Stina. C'est lui qui s'occupera de gérer nos affaires. Et Emma, elle...

— Tu appelles un million « un peu » ? Un million pour du papier à lettres et des timbres ? fit remarquer Anna-Greta de sa voix tonitruante.

— Mais nous avons promis de payer les voyages de Gunnar, n'est-ce pas ? Cela aussi coûte de l'argent, rappela le Génie.

— Ah bon ! Dans ce cas... (Anna-Greta resta silencieuse un moment.) Mon Dieu, nous avons oublié l'argent dans la gouttière, ajouta-t-elle en se couvrant le visage. *L'argent dans la gouttière !*

— Oublié ? Non, pas du tout, la rassura Märtha. Je t'expliquerai plus tard, car, maintenant, il faut aller à l'aéroport. Ouste, tous dans la voiture !

L'heure tournait. Tout le monde monta en voiture. Comme les peintures prenaient de la place, ils durent se faufiler au milieu. Au moment de fermer la portière, Anders marqua un temps d'arrêt et montra les toiles en rigolant.

— La bande des retraités a encore frappé.

— « Les Vieux au pouvoir ! » scanda Anna-Greta.

Märtha baissa la vitre.

— Désolée de te laisser toutes les corvées, dit-elle en démarrant la voiture. Mais tu seras payé comme convenu. En tout cas, merci, et salue Emma de notre part.

— Je le ferai sans faute, puis je vais nettoyer et apporter l'aspirateur et les congélateurs à la station de recyclage, répondit Anders.

— Mon pauvre garçon, s'émut Stina. Viens nous voir bientôt, et on vous dédommagera, toi et Emma. Mais, au fait, qu'allons-nous faire du véhicule de transport pour handicapés ?

— Ce que nous étions convenus. Nous le garerons sous le panneau *Dépose* devant le terminal à Arlanda, dit Märtha en remontant la vitre. Personne ne le remarquera avant une semaine, quand nous serons déjà très loin.

— Si je ne vais pas le rechercher avant, grommela Anders.

— Bien. Alors allons-y, décréta le Génie.

— Non, attendez une minute, dit Stina en ressortant de la voiture. (Elle enlaça Anders.) Fais attention à toi, mon garçon, et donne une partie de l'argent à Emma aussi. N'oublie pas de les embrasser pour moi, elle et la petite Malin. (Elle lui glissa un paquet de billets.) C'est une petite avance, et songe que ta sœur et toi vous serez *encore* plus riches si vous patientez pour avoir l'héritage *en entier*. Si par contre vous dilapidez ce million-là, vous n'aurez rien du tout !

— Oui, maman, je sais, sourit Anders en l'embrassant.

Quand les cinq amis arrivèrent à l'aéroport, ils étaient tous très guillerets. Jusqu'à présent, tout s'était bien passé et personne ne voulait trébucher sur la ligne d'arrivée. Ils essayèrent de rester calmes et avancèrent dignement jusqu'aux distributeurs automatiques de billets d'avion. Ils n'eurent aucun problème à faire fonctionner les machines parce que tout le monde s'était entraîné à pianoter dessus. Ils réussirent même à sortir les étiquettes des valises tout seuls. Leurs bagages cabine ne dépassaient pas le poids autorisé, et l'enregistrement se passa bien. Mais voilà, il y avait aussi les tableaux…

— Tu crois qu'ils vont nous laisser embarquer avec celui-là ? demanda Stina en montrant la peinture abstraite d'Anna-Greta qui ressemblait à une femme de dos avec un chouchou dans ses cheveux en bataille.

L'œuvre n'était pas très raffinée. À vrai dire, elle était carrément hideuse. Anna-Greta remarqua les mines hésitantes de ses amis.

— Ici, l'important n'est pas la qualité artistique de l'œuvre, mais sa taille pour passer en bagage à main.

Les autres tableaux ne valaient, en vérité, guère mieux, mais arboraient des couleurs plus gaies. Bien empaquetés, ils ne dépassaient pas d'un millimètre la dimension autorisée.

— Ah bon, un colis spécial, s'étonna la fille au comptoir d'enregistrement.

Mais, à la vue de la peinture de Märtha, elle hésita.

— Celui-là, je ne suis pas sûre, dit-elle.

— J'y tiens particulièrement, insista Märtha avec

un petit tremblement dans la voix en tapotant le cadre à travers le papier d'emballage.

Elle avait mis plusieurs couches de peinture sur la toile et fait plusieurs entailles au couteau comme sur un vrai Fontana. Cela faciliterait la récupération des billets, avait-elle pensé.

— Votre destination est la Barbade, je vois, dit l'hôtesse au sol.

— Oui, Bridgetown. C'est là que nous allons exposer.

— Que c'est amusant ! Et vous voyagez en business, je vois. Je vais demander aux hôtesses de l'air de s'occuper du tableau. C'est sympathique, des retraités qui font de la peinture. Sans les artistes, la société perdrait son âme.

— Nous avons déjà perdu la nôtre, murmura tout bas Märtha.

Mais un peu plus tard, au contrôle de sécurité, les choses se passèrent moins bien que prévu. Les agents de sûreté découvrirent tout de suite la spatule de peinture que Märtha avait oubliée dans sa banane et l'arrêtèrent sans ménagement. Du coup, les agents de sécurité commencèrent à tâter le papier d'emballage avec un air méfiant.

— Qu'est-ce que c'est ? demanda l'un d'eux d'une voix autoritaire.

— Mieux vaut prévenir que guérir, répondit Märtha qui enleva le papier d'emballage et montra l'étiquette tout en bas du cadre.

— Vous voyez ? *Tempête de roses,* c'est le nom de l'œuvre. C'est la meilleure toile que j'aie jamais réalisée.

Ce qui en soi n'était pas un mensonge, puisqu'elle n'avait jamais rien peint auparavant. Certes, on ne voyait aucune trace de roses, mais Märtha trouvait que c'était un titre qui avait de l'allure. Et les nombreux « amas de peinture » contenaient un nombre incroyable de billets.

— Je ne sais pas si nous pouvons vous laisser passer avec ceci, fit l'agent de sécurité.

— Dites que vous l'aimez. Vous me ferez tellement plaisir, implora Märtha en caressant le tableau. S'il vous plaît !

Alors ils la laissèrent passer. Après un moment, le Génie, le Râteau et Anna-Greta franchirent le contrôle sans encombre. Mais, quand ce fut le tour de Stina, l'alarme sonna.

— Oups ! lâcha-t-elle, l'air très malheureuse.

— Il faut repasser sous le portique, dit l'agent de sûreté.

— Ça alors ! s'étonna Stina pendant que tous les autres la fixaient.

Le Râteau piétinait nerveusement, Anna-Greta pinçait la bouche, le Génie fronçait les sourcils et Märtha sentait le sol se dérober sous ses pieds. Compte tenu de la situation, leur amie semblait étonnamment calme. Elle enleva le papier d'emballage et ôta les punaises rouges de la peinture, puis elle sourit à l'agent de sécurité.

— J'ai peut-être exagéré un peu, mais cette peinture est très particulière. Elle s'appelle *La Rougeole*, comprenez-vous. C'est bête, j'avais oublié d'enlever les punaises.

Les agents de sûreté fixèrent le tas de punaises rouges, incrédules. L'un d'eux désigna un autre objet posé sur la table.

— Et ceci ?

— Oh, c'est ma lime à ongles. J'ai dû la perdre.

Ils échangèrent un regard consterné et la laissèrent passer. La bande des retraités se détendit.

— Pourquoi tu as fait cela, Stina ? demanda Märtha un peu plus tard quand ils s'apprêtaient à monter dans l'avion.

— Je voulais seulement tester leurs appareils. Nous allons faire d'autres casses, n'est-ce pas ?

Quand le gros Airbus eut décollé et que la lumière fut revenue dans la cabine, Märtha commanda une bouteille de champagne. Ensuite, elle sortit deux feuilles de papier.

— Je vais seulement faire ce que nous avions convenu, afin que nous puissions poster les lettres à notre arrivée.

— Bien sûr, et on va trinquer, dit le Râteau en levant son verre.

— Attendez un instant. Laissez-moi d'abord écrire.

L'écriture de Märtha était un peu tremblotante, mais, pendant que les autres goûtaient le champagne en cachette en l'encourageant par des petits mots gentils, elle écrivit :

À l'intention d'un gouvernement capable de réaliser quelque chose sans être mis en minorité.

Ici, elle fut coupée par le Râteau qui trouvait qu'elle devait inclure également le Parlement, parce qu'ils étaient en démocratie. Et Anna-Greta éleva la voix pour dire qu'on devrait ajouter quelque chose comme quoi celui qui recevrait l'argent devait promettre de passer outre toutes les tracasseries administratives. Märtha obtempéra et continua :

L'association « Les Amis des anciens » a décidé, pendant sa réunion annuelle légalement publiée, de faire une donation annuelle à ceux qui en ont besoin. L'argent sera seulement dédié aux fins ci-dessous citées :

Toutes les maisons de retraite doivent être équipées selon les mêmes normes – au moins – que les prisons du pays. En outre, on doit y trouver des ordinateurs, des coiffeurs et des soins de pédicure. Des sorties agréables et des soins du corps doivent également faire partie du cahier des charges.

Chaque hôte d'une maison de retraite doit posséder sa propre cuisine avec un personnel compétent où la nourriture est préparée sur place avec des produits frais. Un whisky à l'apéritif et du vin ou du champagne au repas doivent être proposés à qui le souhaite.

Les résidents doivent avoir la liberté d'aller et venir à leur gré, et décider eux-mêmes à quelle heure ils veulent se lever et se coucher.

Des appareils de fitness et une salle de gym doivent être accessibles à tous, et chaque maison de retraite doit disposer d'un coach.

Tout le monde doit avoir le droit de boire autant de tasses de café qu'il le veut, et se voir proposer autant de pâtisseries et de brioche tressée qu'il le désire.

Tout homme ou femme désirant se lancer dans la politique doit avoir travaillé au moins six mois dans une maison de retraite.

La direction de l'Association possède un fonds appelé « Le Sou vaillant » (elle voulait bien sûr parler du butin, mais cela, elle ne pouvait pas l'écrire, bien sûr) et décide elle-même quand et combien d'argent sera versé. Les décisions ne peuvent être contestées. Chaque donation est exemptée d'impôts.

Märtha prépara le courrier pour qu'une copie puisse être envoyée directement aux médias – histoire de s'assurer que sa lettre ne finirait pas aux oubliettes.

— Voilà. Et n'oublie pas l'argent à nos amis du Diamant, lui rappela Stina.

— Non, mais d'abord nous devons signer la lettre de donation, dit Märtha en tendant la feuille.

Ils signèrent de leur nom, mais ce n'était pas grave car tous avaient maintenant une signature tellement illisible qu'elle aurait rendu vert de jalousie n'importe quel médecin. Quand ce fut terminé, Märtha glissa la lettre dans une enveloppe et lécha le rabat.

— Bon, au tour de nos amis de la maison de retraite.

— Oui, mais pas Barbro ! s'exclamèrent-ils en chœur.

— C'est évident, je parlais des autres. Que diriez-vous d'une caisse commune pour les plaisirs avec des budgets affectés à des excursions et des festins au *Grand Hôtel* ?

— Ils devraient aussi profiter du forfait fêtes, suggéra Stina.

Tout le monde était tombé d'accord. Anna-Greta se proposa d'alimenter la caisse chaque mois. Comme tous acquiesçaient, elle leva son verre, ravie.

— Tchin, tchin, les amis ! Il ne reste plus que l'argent de la gouttière, dit-elle en hennissant de joie.

— Peut-être pas vraiment… Ne devrions-nous pas rembourser la donation des Amis du Musée national ? suggéra Stina.

Les autres réfléchirent un moment avant que Märtha ne prenne la parole.

— Évidemment. Nous arrondirons même un peu la somme pour qu'ils puissent se permettre d'organiser une exposition d'un meilleur niveau que *Vices et vertus.*

— Moi, je trouvais qu'elle était très bien, protesta le Râteau.

— Nous leur allouerons deux millions par an. Il nous restera bien assez d'argent pour aller jouer au casino de Las Vegas, dit Märtha.

— Parfait, dirent-ils de concert avant de se rappeler qu'ils étaient en route pour la Barbade.

— Bah, ça ne fait rien. Nous irons à Las Vegas depuis les Caraïbes, fit Anna-Greta. Il y a sûrement un moyen.

— Parfait, alors c'est entendu, dit Märtha. Il ne reste que notre lettre pour la police.

Elle sortit la feuille numéro deux et écrivit le texte dont ils étaient convenus avant de partir.

À l'attention de la Police de Stockholm.
Chère police,
Nous avons pu participer à votre travail de près. C'est pourquoi, nous voulons vous soutenir. Allez au Grand Hôtel *de Stockholm et cherchez la gouttière près du bar Cadier. Si vous détachez le tuyau vous trouverez un collant plein d'argent. Nous vous offrons le contenu à vous et au fonds de retraite de la police. Vous aviez raison. Tout l'argent ne s'était pas envolé. Bonne chance dans vos futures enquêtes.*

Salutations amicales,
La bande des retraités

P.-S. : *Vous pouvez garder le collant.*

Quand cette lettre-là aussi fut terminée et que Märtha eut refermé l'enveloppe, le Génie lui reversa du champagne.
— À notre santé, à nous qui essayons de faire autant d'heureux que possible ! dit-il.
Tous hochèrent la tête et trinquèrent. Avec la conscience légère, ils pouvaient embrasser une nouvelle vie à l'étranger. L'aventure leur tendait les bras ! Et si, contre toute attente, l'envie leur prenait un jour de vouloir rentrer à la maison, ils avaient déjà leur nouvelle identité sous le coude. Anna-Greta avait acheté quelques noms sur le Net.

Épilogue

Assis devant son ordinateur, le commissaire Ström-beck visionnait les images des caméras de surveillance de Stockholm. Il cherchait une Mercedes grise qui aurait dû franchir un poste de douane, la semaine précédente. Malgré leur réactivité et leur conduite sportive – ils avaient roulé à si vive allure dans leur Volvo bleu foncé que le compteur de vitesse était foutu –, ils avaient perdu la trace des Yougoslaves. Strömbeck jura et attrapa un morceau de gâteau au chocolat sur la table. C'était sa façon de se consoler. Que faire d'autre ? Non seulement il n'avait pas réussi à arrêter la mafia yougoslave, mais il avait aussi perdu la trace des retraités.

Il regarda fixement la lettre posée sur le bureau. Certes, il avait été surpris de découvrir qu'une lettre au tarif économique en provenance des Caraïbes leur avait été adressée, mais il n'aurait jamais imaginé que quelqu'un se moquerait à ce point de la police. La bande des retraités avait suggéré d'aller récupérer l'argent dans un collant à l'extérieur du *Grand Hôtel*. Dans une gouttière ! Il poussa un juron, froissa la feuille de papier et la jeta dans la corbeille.

Remerciements

Pendant la rédaction de ce livre, j'ai été entourée par un merveilleux groupe de personnes qui m'ont aidée et soutenue.

Parmi elles, je compte Inger Sjöholm-Larsson qui m'a lue et m'a encouragée depuis le premier embryon de l'histoire jusqu'à la dernière page, ainsi que Lena Sanfridson avec qui j'ai évoqué les premières idées, il y a plusieurs années, et qui m'a poussée à poursuivre en me donnant de nouvelles idées tout au long de ce voyage littéraire. Un grand merci également à Ingrid Lindgren parce que tu as lu très rapidement les chapitres les uns après les autres, que tu m'as encouragée et que tu as émis des avis sensés, tout comme toi, Isabella Ingelman-Sundberg, qui as été mon soutien pendant toute la création du livre.

Merci aussi à Susanne Thorson pour m'avoir consacré autant de ton temps et distillé tes commentaires précieux ; à Kerstin Fägerblad parce que tu as toujours des mots d'encouragement pour tous les manuscrits inachevés que j'envoie, et Fredrik Ingelman-Sundberg pour tes nouvelles impulsions, tes lectures et ton soutien.

Je suis aussi reconnaissante pour les commentaires de Magnus Nyberg, Micke Agaton, Gunnar Ingelman, Britt-Marie Laurell, Åke Laurell, Ingegerd Jons, Helene Sundman, Anna-Stina Bohlin, Bengt Björkstén, Karin Sparring Björkstén, Agneta Lundström, Anna Rask, Mika Larsson, Erva Karlgren et Eva Rylander. Je suis heureuse que vous m'ayez donné de votre temps et fait part de vos pertinentes remarques. L'aide que vous m'avez apportée a été d'une grande importance pour le livre.

J'adresse un remerciement particulier à Barbro von Schönberg qui a été une force inestimable et une source de joie.

Beaucoup ont contribué à cet ouvrage en me donnant de précieuses informations ; je veux ainsi remercier Hanna Jarl Källberg, directrice de la maison d'arrêt de Sollentuna, et Lina Montanari du *Grand Hôtel* qui m'ont guidée et aidée lors de mes recherches. À tous et toutes, un grand merci !

Aux éditions Forum [pour la version originale], j'ai eu la joie de travailler avec Adam Dahlin, Viveca Peterson, Liselott Wennborg Ramberg, Anna Käll, Sara Lindgren et Annelie Eldh.

Merci aussi à mon agent, Grand Agency, représenté par Maria Enberg, Lena Stjernström, Peter Stjernström et Lotta Jämtsved Millberg.

De même un grand merci à Magda Laurell pour les charmantes visites à la maison de retraite Björkbacken de Siljansnäs.

Imprimé en Espagne par
Liberdúplex
à Barcelone
en janvier 2015

Dépôt légal : février 2015
S25751/01

Composition et mise en pages
Nord Compo à Villeneuve-d'Ascq

POCKET – 12, avenue d'Italie – 75627 Paris cedex 13